Siegfried Lenz:
Zeit der Schuldlosen
und andere Stücke



Deutscher
Taschenbuch
Verlag

dtv

März 1988
2. Auflage September 1991
Deutscher Taschenbuch Verlag GmbH & Co. KG,
München
Lizenzausgabe mit freundlicher Genehmigung des
Hoffmann und Campe Verlags, Hamburg

Umschlaggestaltung: Celestino Piatti
Gesamtherstellung: C. H. Beck'sche Buchdruckerei,
Nördlingen
Printed in Germany · ISBN 3-423-10861-4

## Das Buch

»Heute gibt jeder einen prächtigen Schuldigen ab.« Zynismus oder bittere Wahrheit? Mit dieser Frage sehen sich neun unbescholtene Bürger konfrontiert. Auf Befehl des »Gouverneurs« werden sie in einer Zelle gefangengehalten – gemeinsam mit einem Attentäter. Ihre Aufgabe ist es, ihm die Namen seiner Komplizen zu entlocken und dadurch ihre eigene Freiheit wiederzuerlangen ... Siegfried Lenz setzt sich in diesen vier Bühnenwerken mit den Problemen der Macht und der Schuld auseinander. Die Mittel, deren sich die Zwangsherrschaft einer Diktatur bedient, die Mechanismen, aufgrund deren sie funktioniert, die begrenzten Möglichkeiten zur Auflehnung und die Anfälligkeit des Menschen gegenüber den Versuchungen der Macht werden hier auf sehr unterschiedliche Weise vor Augen geführt. »Denkspiele«, hat die ›Wiener Zeitung‹ diese Stücke genannt und ihnen »Überzeugungsfrische und einen Hauch von stets gegenwartsbezogener Zeitlosigkeit« bescheinigt.

## Der Autor

Siegfried Lenz, am 17. März 1926 in Lyck (Ostpreußen) geboren, begann nach dem Krieg in Hamburg das Studium der Literaturgeschichte, Anglistik und Philosophie. Danach wurde er Redakteur. Seit dem Erscheinen seines ersten Romans ›Es waren Habichte in der Luft‹ im Jahre 1951 zählt er zu den profiliertesten deutschen Autoren. Heute lebt Lenz als freier Schriftsteller in Hamburg.

Von Siegfried Lenz
sind im Deutschen Taschenbuch Verlag erschienen:
Der Mann im Strom (102; auch als dtv großdruck 2500)
Brot und Spiele (233)
Jäger des Spotts (276)
Stadtgespräch (303)
Das Feuerschiff (336)
Es waren Habichte in der Luft (542)
Der Spielverderber (600)
Haussuchung (664)
Beziehungen (800)
Deutschstunde (944; auch als dtv großdruck 25057)
Einstein überquert die Elbe bei Hamburg (1381; auch als dtv großdruck 2571)
Das Vorbild (1423)
Der Geist der Mirabelle (1445; auch als dtv großdruck 2571)
Heimatmuseum (1704)
Der Verlust (10364; auch als dtv großdruck 2591)
Die Erzählungen (10527)
Über Phantasie (10529)
Elfenbeinturm und Barrikade (10540)
Exerzierplatz (10994)
Ein Kriegsende (11175)
Das serbische Mädchen (11290)

Inhalt

# Zeit der Schuldlosen

Personen:

HOTELIER
DRUCKER
BANKMANN
BAUER
INGENIEUR
LASTWAGENFAHRER
STUDENT
KONSUL
ARZT
SASON
WÄCHTER
MAJOR
HAUPTMANN
POSTEN

Uraufführung: 19. September 1961, Deutsches Schauspielhaus Hamburg

## Erster Teil

*Ein kahler, vergitterter Raum, der den Eindruck einer Behelfszelle macht. Unentschiedenes Licht. Neun Männer stehen zusammen, gewissermaßen ein repräsentativer Querschnitt der Bevölkerung – was sich auch an der Kleidung erkennen läßt. Die Männer führen ein leises, ungeduldiges Gespräch. Sie erscheinen wie Leute, die man gerade verhaftet hat. Vor dem primitiv vergitterten Raum, eine Lederpeitsche im Arm, steht ein schäbig uniformierter Wächter. Alles, was sein Gesicht verrät, ist Interesselosigkeit. Er blickt zu Boden. Schräg hinter ihm führt eine knapp geschwungene Eisentreppe nach oben.*

*Der Hotelier löst sich aus der Gruppe, lauscht plötzlich und sagt:*

HOTELIER: Still! Es kommt jemand den Gang hinab.

INGENIEUR: Es wird Zeit. Ich habe nichts getrunken seit heute morgen.

*Der Bankmann tritt an das primitive Gitter und wendet sich an den Wächter.*

BANKMANN: Wächter! Wächter!

*Der Wächter hebt müde den Kopf.*

WÄCHTER: Ja, Herr?

BANKMANN: Ich muß telefonieren. Niemand weiß, wo ich bin. Meine Frau muß Bescheid wissen und die Bank. Sie müssen es erfahren.

WÄCHTER: Ich sehe es ein, Herr.

KONSUL: Sein Fehler ist, daß er alles einsieht, aber nichts unternehmen kann – wie der Kummerkasten vor unserer alten Kirche: die Leute schreiben immer noch ihre Sorgen auf Zettel und werfen sie in den Schlitz, aber es gibt niemanden mehr, der den Kasten leert.

HOTELIER: Die Schritte kommen näher.

*Alle treten näher an das Gitter heran, stehen im Licht einer nackten elektrischen Birne, blicken erwartungsvoll auf die Eisentreppe.*

BANKMANN: Wir müssen darauf bestehen, daß man unsere Angehörigen informiert. Sie müssen wissen, wo wir sind und was uns zugestoßen ist. Das ist das Wichtigste.

INGENIEUR: Noch wichtiger ist, daß wir etwas zu trinken bekommen.

BAUER: Es muß ein Irrtum sein.

KONSUL: Heute gibt es keine Irrtümer mehr, zumindest ist die Regierung dieser Ansicht, wenn sie über die Schuld des Menschen befindet. Heute gibt jeder einen prächtigen Schuldigen ab.

HOTELIER: Sparen Sie sich Ihren Zynismus, Konsul. Wir alle hier sind unschuldig, das wissen Sie genau. Man hat es uns sogar zugesichert.

KONSUL: Aber nur mündlich. Ich wäre froh, wenn es auch in meinen Papieren stünde, vielleicht als Berufsangabe – unschuldig.

LASTWAGENFAHRER: Ich habe einen vollen Laster draußen stehn. Sie warten im Hafen auf die Ladung.

BANKMANN: Still!

*Die Schritte zweier Männer sind deutlich zu hören, dann wird eine Tür aufgestoßen, und auf der Treppe erscheinen: Sason, ein junger, blasser, magerer Mann, der die Spuren der Folter an sich trägt; hinter ihm der Major, ein Offizier von eleganter Brutalität. Beide kommen die Treppe herab, der Wächter nimmt Haltung an. Sason bleibt stehen. Bevor der Major sich an die Eingeschlossenen wendet, spricht der Hotelier.*

HOTELIER: Ich muß protestieren, Major. Ich bin unabkömmlich in meinem Hotel. Sie können mich hier nicht festhalten. Der Gouverneur war oft mein Gast.

MAJOR: Ich weiß, doch jetzt sind Sie sein Gast.

BANKMANN: Wir bestehen darauf, daß unsere Angehörigen informiert werden. Außerdem muß man an unseren Arbeitsplätzen Bescheid wissen. Wir sind fast einen Tag hier.

*Mehrere der Eingeschlossenen rufen rasch hintereinander.*

BAUER: Es ist ein Irrtum!

HOTELIER: Ich protestiere!

INGENIEUR: Wann gibt es etwas zu trinken?

BANKMANN: Wir sind unschuldig!

MAJOR *lächelt gelassen – tritt an das Gitter heran, seine Figur strafft sich, er sagt in einem Tonfall von Verbindlichkeit*: Meine Herren – niemand ist von Ihrer Unschuld mehr überzeugt als wir selbst. Wir wissen auch, daß wir Mühe hätten, in dieser Stadt Bürger zu finden, die so frei von Makel sind wie Sie. Doch das ist gerade der Grund, warum wir Sie hier zusammengebracht haben. Wir hätten niemanden ausgesucht, von dem wir gewußt hätten, daß er sich je etwas hat zu schulden kommen lassen. Auch wenn es Sie in Erstaunen setzen wird: diesen Zwangsaufenthalt verdanken Sie nur Ihrer vollkommenen Schuldlosigkeit. Es ist eine Idee des Gouverneurs.

*Unter den Eingeschlossenen tritt eine begreifliche Ratlosigkeit und Unruhe ein. Sie schieben sich näher heran.*

BANKMANN: Niemand weiß, wo wir uns befinden.

MAJOR: Sie haben es in der Hand, diesen Zustand zu beenden. Der Gouverneur hat eine Bitte an Sie.

HOTELIER: Warum läßt er uns dann in den Kerker bringen?

*Der Konsul ist der einzige, der sich nicht ganz nach vorn geschoben hat.*

KONSUL: So fällt ihm die Bitte leichter. Es ist eine kleine Vorsichtsmaßnahme, vermute ich: der Gouverneur könnte es sich nicht erlauben, erfolglos zu bitten.

MAJOR *blickt den Konsul zurechtweisend an*: Schweigen Sie! Der Gouverneur hat das Recht, die Bürger gelegentlich mit einer Bitte anzugehen, und zwar jedermann, der den Schutz und die vielfältigen Vorzüge des Staates genießt. Worum er Sie bittet, ist lediglich eine Gefälligkeit, die nur verweigern wird, wer den stillschweigenden Pakt übersieht, den jeder von uns mit der Regierung schließt. An diesen Pakt gegenseitiger Dienstleistung möchte der Gouverneur Sie erinnern – Sie, meine Herren, von deren absoluter Schuldlosigkeit er am tiefsten überzeugt ist.

HOTELIER: Morgen beginnt der Kongreß der Zahnärzte. Fast alle Delegierten wohnen in meinem Hotel. Ich muß die Arbeitsessen arrangieren. Wissen Sie, was das bedeutet?

MAJOR: Der Gouverneur weiß es einzuschätzen.

LASTWAGENFAHRER: Mein Laster steht genau vor einem Kino, da, wo Sie mich rausgeholt haben.

MAJOR: Es liegt nur an Ihnen, meine Herren. Sie haben die Möglichkeit, die bescheidene Bitte des Gouverneurs in einer halben Stunde zu erfüllen; danach wird diese Tür augenblicklich geöffnet werden, und Sie können zu Ihren Angehörigen zurückkehren und zu Ihrer Arbeit.

BANKMANN: Was verlangt er von uns? Heute haben wir Revision in der Bank.

MAJOR: Der Name des Gouverneurs wird Sie hinreichend entschuldigen.

BAUER: Meine Ziege, Herr, sie steht immer noch angebunden, und jetzt müßte sie schon zum zweiten Mal gemolken werden.

KONSUL: Der Name des Gouverneurs wird ihr über alle Schwierigkeiten hinweghelfen.

MAJOR: Hören Sie zu, um was der Gouverneur Sie bittet. Ich bringe Ihnen einen Mann. Diesen hier. *Er zeigt auf Sason, der reglos während der ganzen Zeit neben dem Major steht.* Er wurde vor zwei Tagen verhaftet – nach dem mißglückten Attentat auf die Familie des Gouverneurs. Dieser Mann war an dem gemeinen Attentat beteiligt. Er hat es bereits zugegeben, und er hat auch gestanden, daß er selbst auf den Wagen schoß. Doch er ist nicht bereit, seine Komplizen zu nennen, die Hintermänner dieses Verbrechens. Er ist ebensowenig bereit, seine Überzeugungen aufzugeben, die ihm dieses Verbrechen erleichterten. Er hat ein Geständnis ohne Reue abgelegt, und er war hochmütig genug, uns zu sagen, daß er, sobald ihm nur die Möglichkeit dazu gegeben sei, ein neues Attentat vorbereiten werde. Ich hoffe, damit sind Sie über Ihren Nachbarn im Bilde.

*Entgeisterung und Verblüffung auf den Gesichtern der Eingeschlossenen.*

HOTELIER: Was haben wir damit zu tun?

MAJOR: Der Gouverneur bittet Sie um Ihre Mitarbeit. Er hatte die Idee, diesen Mann – er heißt Sason und ist schuldig – Ihnen zu überantworten, neun ausgesuchten, ehrenwerten Bürgern dieser Stadt, deren Schuldlosigkeit außer Zweifel steht. Der Gouverneur gibt Ihnen freie Hand, mit diesem Mann zu tun, was Sie für nötig halten, damit er Ihnen die Hintermänner dieses Attentats nennt oder sich bereiterklärt, seine Überzeugungen aufzugeben und für uns zu arbeiten. Wir haben es versucht, doch es ist uns nicht gelungen. Der Gouverneur glaubt, daß es Ihnen eher gelingt. Sobald Sie es erreicht haben, wird sich diese Tür öffnen und Sie können gehen, wohin Sie wollen. Rufen Sie den Wächter, wenn es soweit ist. Dieser Mann hier weiß, daß Sie unschuldig sind und nur seinetwegen diesen Zwangsaufenthalt auf sich nehmen. Wir hoffen, es wird ihm zu denken geben. *Der Major dreht sich um, er glaubt genug gesagt zu haben.*

BANKMANN: Und wenn er sich weigert? Es kann lange dauern – und wir haben Revision in der Bank ...

MAJOR: Der Gouverneur hat so viel Vertrauen zu Ihnen, daß er Ihnen jede Entscheidung überläßt.

*Ratlosigkeit, die bis zur leisen Empörung geht. Die Eingeschlossenen flüstern. Der Major ruft den Wächter.*

WÄCHTER: Ja, Herr?

MAJOR: Bring ihn rein zu den andern.

WÄCHTER: Ja, Herr. *Der Wächter sperrt gleichgültig die Tür auf, schiebt Sason in den vergitterten Raum zu den andern.*

*Der Major verschwindet über die Eisentreppe. Die Eingeschlossenen stehen Sason gegenüber, sehen ihn teils befremdet, teils verwundert an wie eine Kuriosität. Sason steht unentschlossen neben der einzigen Pritsche im Raum. Der Arzt geht auf ihn zu.*

ARZT: Ihr Rücken blutet.

SASON: Ja?

ARZT: Legen Sie sich auf die Pritsche. Haben Sie Schmerzen? Wurden Sie gefoltert?

SASON: Ich kann stehen, es geht schon wieder.

ARZT: Legen Sie sich hin. Es sind nur Platzwunden.

SASON: Sie stammen aus der Unterhaltung mit Julius.

KONSUL: Julius? Bei der letzten Umfrage wählte man ihn zum beliebtesten Polizisten.

ARZT: Platzwunden und Blutergüsse. *Der Arzt hilft Sason, der sich auf der Pritsche ausstreckt. Die Eingeschlossenen lösen sich in Gruppen auf.*

KONSUL: Die Polizei weiß, wie weit sie gehen darf, ohne an Beliebtheit einzubüßen.

HOTELIER *gereizt*: Hören Sie doch auf, Konsul. Offenbar sind Sie der einzige, dem unsere Lage Vergnügen macht. Wenn Sie sich schon nicht betroffen fühlen, dann nehmen Sie zumindest Rücksicht auf uns – und wir vermissen das Unterhaltsame dieser Situation.

BANKMANN *geht auf und ab*: Wir hätten ihn nicht fortlassen dürfen. Es ist phantastisch: auf dem Weg zur Arbeit, am Tag der Revision, wird man aufgegriffen, in eine Zelle geschleppt und soll etwas übernehmen, was seit je zu den Spezialitäten der Polizei gehört. Was gehen mich die Hintermänner des Attentats an und die Überzeugungen dieses Mannes, der dabei war?

BAUER: Wir haben nichts damit zu tun. Es wird bestimmt ein Irrtum sein.

STUDENT: Es ist kein Irrtum. Es ist ihre neue Methode. Sie haben sie auf unserer Universität ausprobiert, als sie bei einigen Studenten Waffen fanden. Sie haben diese Studenten nicht selbst zur Verantwortung gezogen, sondern übergaben sie Unschuldigen. Die Unschuldigen wurden gezwungen, ein Urteil zu fällen.

BANKMANN: Welches?

STUDENT: Das gleiche, das wir fällen werden.

BANKMANN: Sie sind wahnsinnig.

HOTELIER: Was will der Gouverneur mit diesem Trick erreichen?

STUDENT: Es ist kein Trick. Es ist eine neue Möglichkeit zu töten. Wahrscheinlich hat er erkannt, daß er sich den Anschein eines anderen Lebens verschafft, indem er die Art zu töten wechselt. Er überläßt es Schuldlosen, zu tun, was er für richtig hält.

HOTELIER: Aber warum? Was beabsichtigt er damit?

KONSUL: Es gehört zu den Gewohnheiten der Großtiere, gelegentlich deutlich zu machen, wie schwer das Regieren ist. Darum überlassen sie ihre Macht für kurze Zeit gern anderen – ihren Hofnarren, ihren ehrgeizigen Söhnen oder Leuten wie uns. Sie übertragen ihnen etwa, eine Stadt für einen Tag zu regieren oder ein bestimmtes Urteil zu finden, und damit geben sie ihnen eine solide Möglichkeit zur Blamage. Wenn die Macht auch nie in Verlegenheit kommt, an sich selbst zu zweifeln, so hat sie doch mitunter den seltsamen Wunsch, darauf hinzuweisen, wie schwer sie es hat.

HOTELIER: Was meinen Sie, was will der Gouverneur damit erreichen?

STUDENT *zögernd*: Ich weiß nicht. Vielleicht will er sich rechtfertigen. Wenn er Unschuldige dazu bringt, das zu tun, was er selbst tut, dann ist er in seinen Augen gerechtfertigt.

*Der Ingenieur öffnet seinen Hemdkragen, nimmt seinen Schlips ab und steckt ihn in die Tasche.*

INGENIEUR: Es ist hier heiß wie in einem Affenhaus. Man kommt ja um vor Durst. Wächter!

BANKMANN: Lassen Sie ihn. Er wird Ihnen nicht helfen.

INGENIEUR: Wie lange soll denn das dauern?

BAUER *setzt sich auf den Fußboden*: Es ist niemand, der die Ziege füttert, und gemolken werden muß sie schon zum zweiten Mal.

HOTELIER: Hör doch mit deiner Ziege auf.

BAUER: Ich hab nur die eine, Herr. Sie gibt mehr Milch als alle anderen Ziegen bei uns.

HOTELIER: Hach! Wie sich das anhört! Wir haben ganz andere Sorgen. Was soll denn nun werden?

KONSUL *dreht sich zur Pritsche um, deutet auf Sason*: Wir haben eine präzise Aufgabe, die zu lösen ist.

ARZT: Das ist doch nicht Ihr Ernst. Dieser Mann hat Schmerzen. Er ist gefoltert worden.

HOTELIER: Ihr Zynismus ist schamlos, Konsul.

INGENIEUR: Warum? Warum soll es schamlos sein, wenn der Konsul uns daran erinnert, aus welchem Grund man uns hier eingesperrt hat? Natürlich hat man uns eine Aufgabe gestellt.

HOTELIER: Es gibt Aufgaben, die man aus Würde zurückweist. Ich verzichte darauf, mich zum Vernehmungsrichter des Gouverneurs ernennen zu lassen.

KONSUL: Das klingt sehr gut. Das ist ein Wort unter Männern – zu denen zu gehören ich leider nicht die Ehre habe. Ich gebe zu, daß ich schwach bin.

INGENIEUR: Jedenfalls müssen wir irgend etwas tun. Wenn ich von etwas überzeugt bin, so davon, daß dies kein Traum ist. Somit besteht die Möglichkeit, etwas zu tun.

ARZT: Ich sage Ihnen noch einmal: dieser Mann da auf der Pritsche hat Schmerzen. Und glauben Sie im Ernst, daß er Ihnen anvertrauen wird, was die Polizei nicht mit Gewalt aus ihm herausholte? Was man uns zumutet, ist einfach absurd.

HOTELIER: Außerdem ist keiner unter uns, der die Praktiken des Verhörs beherrscht. Ich weigere mich, auf dieses Spiel einzugehen.

INGENIEUR: Wir können nicht etwas zurückweisen, ohne es versucht zu haben – zumal wir alle wissen, was von solch einem Versuch abhängt.

HOTELIER: Der Mann gehört zu uns. Er ist wie wir.

INGENIEUR: Das ist eine Täuschung. Er gehört nicht zu uns. Er war an dem Attentat auf den Gouverneur beteiligt und hat bereits zugegeben, daß er selbst auf den Wagen geschossen hat. Das heißt, er hat zugegeben, daß er schuldig ist. Wir aber – und er weiß es – sind unschuldig. Er weiß außerdem, daß wir nur seinetwegen hier sind und sofort wieder herauskommen, sobald er uns die Namen seiner Komplizen genannt hat. Besteht also nicht ein Unterschied zwischen ihm und uns?

STUDENT: Sie haben recht: auch für den Gouverneur besteht ein Unterschied. Diesen Mann dort haßt er; uns aber verachtet er. Und weil er für Unschuldige nichts als Verachtung empfindet, zwingt er uns, das hier zu tun.

INGENIEUR *ärgerlich*: Ich kann mich nicht erinnern, Sie um Ihre Meinung gefragt zu haben.

HOTELIER: Diese Meinung trifft aber zu.

INGENIEUR: Ah, hören Sie auf. *Der Ingenieur tritt in den Hintergrund, einige Männer gehen auf und ab, wütend, unentschieden.*

KONSUL: Hat niemand eine Zigarette für mich?

BAUER: Ich hab Tabak, Herr. Wir können uns Zigaretten drehen.

KONSUL: Wir brauchen Papier. Hat niemand Papier? Niemand? ... Wächter!

*Pause.*

WÄCHTER: Ja, Herr?

KONSUL: Besorge uns Zigaretten oder Papier.

WÄCHTER: Es tut mir leid, Herr.

KONSUL: Dann eben nicht. Ist schon erledigt. Wir werden uns das Rauchen abgewöhnen. Wir werden uns noch mehr abgewöhnen.

*Aus dem Hintergrund der Gruppe löst sich der Drucker, kommt nah heran, umklammert mit den Händen das Gitter und wendet sich an den Wächter.*

DRUCKER *leidenschaftlich*: Wächter! Hörst du nicht?

WÄCHTER: Ja, Herr.

DRUCKER: Schließ auf, sofort: ich muß nach Hause!

WÄCHTER: Nimm deine Hände vom Gitter, Herr.

DRUCKER: Ich hab nichts mit dieser Sache zu tun. Von der Nachtschicht habt ihr mich hierhergeschleppt.

WÄCHTER *deutet mit der Lederpeitsche auf die Hände des Druckers*: Deine Hände, Herr – sie dürfen das Gitter nicht berühren.

DRUCKER: Meine Frau ist krank und das Kind. Ich muß nach Hause, hörst du. Schließ sofort auf.

WÄCHTER: Geh einen Schritt zurück, Herr.

KONSUL: Gehen Sie zurück, er schlägt zu.

*Der Wächter holt kurz mit der Lederpeitsche aus und schlägt zu. Der Drucker stöhnt auf, reißt seine Hände zurück, krümmt sich wimmernd zusammen.*

WÄCHTER: Es tut mir leid, Herr – die Hände, sie dürfen das Gitter nicht berühren.

*Der Drucker taumelt nach hinten, weist dabei seine Hände den andern vor.*

DRUCKER: Meine Hände – da ...

ARZT: Setzen Sie sich auf die Pritsche.

*Der Drucker schüttelt den Kopf, läßt sich neben dem Bauern auf den Boden nieder, drückt und behaucht seine Hände.*

HOTELIER: Der Gouverneur war oft mein Gast. Ich werde ihm berichten, was hier vorging. Ich werde dagegen protestieren.

KONSUL: Damit werden Sie ihm einen Gefallen tun. Proteste sind die Lieblingslektüre der Großtiere. Dadurch fühlen sie sich aufs beste bestätigt.

BANKMANN: Ich halte es nicht mehr aus. Ich darf einfach nicht daran denken.

KONSUL: Woran?

BANKMANN: Wir haben Revision in der Bank, den ganzen Tag schon. Der halbe Rechnungshof sitzt bei uns, und ich bin nicht da.

KONSUL: Mein Freund, diese Sorge schmeichelt Ihnen. Aber Sie würden erschrecken, wenn Sie wüßten, wie gut der halbe Rechnungshof ohne Sie auskommt. Jeder von uns ist auf die befremdlichste Weise entbehrlich. Wir glauben zwar, nicht auf die Welt verzichten zu können. Sie aber braucht nicht mal ein Achselzucken, um auf uns zu verzichten. Man muß sich allmählich an die Art gewöhnen, auf die wir ersetzt werden.

BANKMANN: Betroffene reden anders.

KONSUL: Im Augenblick, ja. Ich war einmal betroffen: ich hatte die Ehre gehabt, dem Gouverneur mit meinem Vermögen zu helfen, damals, als er nur seine Beredsamkeit und ein paar hausgemachte Bomben besaß und den Terrorismus noch in Abendkursen lernte. Was mich dazu brachte, ihm finanziell beizustehen, war mein Eindruck, daß es sich in seinem Fall um einen korrekten Rebellen handelte. Nachdem sein Erfolg nicht mehr rückgängig zu machen war, bestellte er mich zum Finanzminister auf Lebenszeit. Was das Schlimmste war: ich hielt mich für einen unersetzbaren Finanzminister und richtete mich darauf ein. Wissen Sie, wie lange die Spanne dieses Lebens dauerte? Acht Tage. – Mittlerweile sind es elf Jahre her.

BANKMANN: So genau wollte ich es gar nicht wissen.

KONSUL: Und ich glaubte, Ihnen Genauigkeit schuldig zu sein.

*Der Ingenieur zieht den Schlips aus der Tasche, wickelt ihn um seine Faust.*

INGENIEUR: Man vertrocknet hier drin. Wir müssen uns jetzt für irgend etwas entscheiden.

KONSUL: Nicht für irgend etwas. Wir haben eine präzise, begrenzte Aufgabe.

HOTELIER: Schämen Sie sich, Konsul.

KONSUL: Sie werden erstaunt sein: es gibt Situationen, in denen ich bereit bin, dies zu tun.

INGENIEUR: Ich schlage vor, daß wir abstimmen.

HOTELIER: Worüber?

INGENIEUR: Ob wir uns mit der Aufgabe befassen, die man uns gestellt hat.

BANKMANN: Es gibt keine andere Möglichkeit, hier herauszukommen.

INGENIEUR: Also?

*Pause.*

INGENIEUR: Anscheinend ist niemand dafür und niemand dagegen.

BANKMANN: Wir sollten es zumindest versuchen.

ARZT *warnend*: Sie wissen, daß dieser Mann Schmerzen hat.

BANKMANN: Wir vergrößern sie nicht.

*Pause. Der Ingenieur dreht sich plötzlich um, wendet sich an Sason auf der Pritsche. Er nähert sich ihm langsam, mit entschuldigend ausgestreckter Hand.*

INGENIEUR *befangen*: Bleiben Sie ruhig auf der Pritsche. Bitte bleiben Sie doch liegen. *Zögern.* Sie wissen, daß wir unschuldig sind – daß es von Ihnen abhängt, ob und wann wir hier herauskommen. Sie haben uns nichts getan, und wir haben Ihnen nichts getan: doch jetzt sind wir aufeinander angewiesen. Wir sind abhängig von Ihnen. *Zögern.* Darf ich Ihnen mein Taschentuch geben? Es ist sauber, heute früh gerade eingesteckt. *Er reicht Sason sein Taschentuch.* Wir können verstehen, daß Sie der Polizei nichts sagen konnten oder sagen wollten. Niemand verrät seine Freunde. – Sie können das Taschentuch behalten. – Aber jetzt steht etwas anderes auf dem Spiel. In diesem Raum sind neun Männer, alle unschuldig – die ihre Freiheit erst zurückbekommen, wenn Sie gesprochen haben.

Sie haben es in der Hand, darüber zu entscheiden, was mit uns geschieht.

BANKMANN: Bitte, Sie müssen uns verstehen. Sobald Sie sprechen, sind wir frei.

SASON: Ich verstehe Sie. Jeder wird Sie verstehen.

INGENIEUR *unbefangen*: Ich wußte, daß wir Ihnen nicht gleichgültig sind. Sie sind allein. Wir sind neun, fast alle haben Familie, jeder steht in einem Beruf, vor dringenden Aufgaben, die er hat unterbrechen müssen. Das kann keinem gleichgültig sein.

BANKMANN: Neun Schicksale sind wichtiger als eins.

SASON *liegt unbeweglich auf der Pritsche*: Wichtiger? In welcher Hinsicht wichtiger?

KONSUL: Er meint die Maßeinheit für Schicksale.

INGENIEUR *bemüht*: Sie wissen schon, was ich meine. Sind Sie verheiratet?

SASON: Nein.

INGENIEUR: Wir sind es beinahe alle. Unsere Familien brauchen uns, unsere Kinder. Wir sind bereit, jede Rücksicht auf Sie zu nehmen, und dafür erwarten wir nicht mehr, als daß Sie ebenfalls Rücksicht auf uns nehmen.

BAUER: Die Ziege muß was zu fressen bekommen, und sie muß trinken.

HOTELIER *sehr gereizt*: Halt das Maul. Deine Ziege beginnt mir allmählich zu stinken.

INGENIEUR: Verstehen Sie, was ich meine? Sie als einzelner haben das Schicksal von neun unschuldigen Männern in der Hand. Im allgemeinen unterwirft sich der einzelne dem Willen beziehungsweise dem Wohl der größeren Zahl.

SASON: Im allgemeinen? Steht das irgendwo geschrieben? Ich kann mich nicht erinnern, gelesen zu haben, daß im Zweifelsfalle immer der einzelne das Opfer sein muß. Ich habe Sie nicht hierher bringen lassen. Ich bin nicht schuld daran, daß Sie von mir abhängig sind.

BANKMANN: Aber Sie geben doch zu, an dem Attentat auf den Gouverneur beteiligt gewesen zu sein. Sie selbst haben auf den Wagen geschossen.

SASON *schließt die Augen, als ob ihn eine Erinnerung heimsuchte*: Ja, ich habe auf ihn geschossen.

BANKMANN: Sie haben ihn nicht getroffen.

SASON: Ich traf seine Leibwächter, die sich vor ihn warfen.

BANKMANN: Sie haben zwei getötet.

SASON: Ja? Ja, ich glaube.

BANKMANN: Demnach wissen Sie, was Sie erwartet. Oder zweifeln Sie noch an Ihrem Ende?

SASON: Nein, ich zweifle nicht daran. Ich selbst habe es mir ausgesucht. Sie können mich nur töten. Es kann mir nichts Besseres geschehen; denn wenn sie es tun, hatte das Attentat seinen Sinn, obwohl es erfolglos war. Der Tod legitimiert unseren Versuch.

BANKMANN: Wenn Sie davon überzeugt sind, dann verstehe ich nicht, warum Sie uns nicht helfen. Ihnen scheint nichts mehr daran zu liegen, hier herauszukommen. Uns aber liegt sehr viel daran. Warum helfen Sie uns nicht?

ARZT: Bitte, hören Sie auf. Ich sage Ihnen: dieser Mann ist gefoltert worden.

SASON: Es geht mir besser, Doktor, danke.

INGENIEUR: Das ist es. Sie können für sich selbst nichts ändern, doch Sie haben die Möglichkeit, uns hier herauszuhelfen. Fällt es Ihnen so schwer? Bedenken Sie, in welcher Lage wir sind.

*Sason hebt den Kopf, blickt zur Decke. Ein Schauer geht durch seinen Körper.*

SASON: Ich bin in meiner Lage. Und darauf allein kommt es an. Sie wünschen die Namen meiner Freunde zu erfahren, die bei dem Attentat beteiligt waren ...

INGENIEUR: Mehr nicht.

SASON: Gibt es mehr? Ihre Namen sind das einzige, was ich besitze. Solange sie niemand kennt außer mir, ist es mir gleichgültig, wann und auf welche Art man mich tötet. Es würde sich aber etwas für mich ändern, wenn ich Ihnen die Namen meiner Freunde verriete. Ich hätte einen anderen Tod vor mir.

BANKMANN: Und wir? Sie sprechen nur von sich.

SASON: Was meine Freunde tun, tun sie auch für Sie.

INGENIEUR: Und was soll das sein?

SASON: Wissen Sie es nicht? Würde, ein bißchen Würde für den Menschen: mehr wollen wir nicht.

KONSUL: Wir hörten dieses Wort schon einmal. Offenbar ist es sehr in Umlauf gekommen.

*Der Ingenieur sieht zum ersten Mal haßerfüllt auf Sason, wendet sich ab, geht zur Gittertür und ruft den Wächter heran, der sich ihm gleichgültig nähert. Der Ingenieur massiert seinen Hals.*

INGENIEUR: Wächter, komm her.

WÄCHTER: Ja, Herr.

INGENIEUR *ungeduldig*: Komm noch näher. So. Und jetzt hör mir zu: du gehst jetzt nach oben zu deinem Major und bestellst ihm einen Gruß von mir und sagst ihm, daß wir nicht weiterkommen, ohne etwas zu trinken. Er soll sofort etwas schicken. *Drohend.* Wenn ich nicht sofort etwas zu trinken bekomme...

*Der Wächter deutet mit der Lederpeitsche auf die Hände des Ingenieurs.*

WÄCHTER *monoton*: Deine Hände, Herr – sie dürfen das Gitter nicht berühren.

INGENIEUR: Geh jetzt sofort!

WÄCHTER: Es tut mir leid, Herr, ich darf diesen Platz nicht verlassen.

KONSUL: Das bringt ihn uns so nahe. Er ist nicht besser dran als wir.

INGENIEUR: Dann ruf deinen Major.

WÄCHTER: Der Major ist weggefahren, zum Gouverneur.

INGENIEUR: Dann ruf einen anderen. – Oder soll ich rufen?

WÄCHTER: Niemand würde es hören, Herr, und selbst wenn es jemand hörte, so würde er nicht kommen, weil er keine Möglichkeit dazu hat. *Der Wächter geht einige Schritte zurück, auf den Platz, auf dem er immer steht wie ein Möbel.*

KONSUL: Ihr Rufen wäre schlicht verschenkt. Sie sollten es wissen – bei aller Macht haben Großtiere seltsamerweise undifferenzierte Sinne: sie sehen und hören nur, was ihnen Erfolg verspricht. Das Ohr der Macht kann man nur auf einer einzigen Wellenlänge erreichen.

*Aus dem Hintergrund nähert sich halbwegs der Lastwagenfahrer.*

LASTWAGENFAHRER: He, Wächter, noch 'n Augenblick. Mir ist es wurscht, was ihr mit meinem Laster macht. Die Karre steht genau vor einem Kino. Natürlich ist da Halteverbot. Soll mir alles wurscht sein. Wir beide werden das nicht bezahlen. Aber wenn du unseren lieben Chef siehst, dann sag ihm, er soll mir etwas zu essen schicken. Allmählich drückt es mich hüftwärts, klar?

Wenn ich richtig sehe, handelt es sich in diesem Fall um ganz gewöhnlichen Hunger.

WÄCHTER: Es tut mir leid, Herr, ich darf diesen Platz nicht verlassen.

LASTWAGENFAHRER: Solange ihr mir nichts zu essen bringt, fühle ich mich für jede Aufgabe ungeeignet, klar?

BANKMANN: Geben Sie sich keine Mühe. Hier sind wir uns selbst überlassen. Wir kommen nur raus, wenn wir dem Gouverneur bringen, was er erwartet. Und was er erwartet, das wissen wir. Sein Auftrag ist absolut klar.

KONSUL: Man soll einen Menschen wie den Gouverneur nie vor seinem Tode loben.

*Der Ingenieur blickt voll nachdenklicher Erbitterung auf Sason.*

INGENIEUR: Lassen Sie Ihre Witze, Konsul. Wir haben an etwas anderes zu denken. Wir müssen etwas tun.

*Der Hotelier kommt ebenfalls an die Pritsche heran, setzt sich behutsam.*

HOTELIER: Entschuldigung. Lieber Freund, darf ich Ihnen auch etwas sagen? Sie wissen, wer ich bin, zumindest kennen Sie mein Hotel und die Pflichten, die ich dort auszuüben habe. Ich verstehe Sie vollkommen. Ich bin sogar überzeugt, daß ich bis zu einem gewissen Punkt genauso handeln würde wie Sie. Doch ich bin ebenso überzeugt, daß ich dann, im gegebenen Augenblick, so handeln würde, wie man es von einem einzelnen erwartet, der das Schicksal von neun Männern in der Hand hat.

SASON: Und was verpflichtet den einzelnen dazu?

HOTELIER: Die gleiche Würde, die Sie vorhin genannt haben. Es gibt unzählige Beispiele, die das beweisen.

SASON: Man kann etwas bezweifeln, auch wenn es bewiesen ist – wie man auch an etwas glauben kann, das noch keinen Beweis gefunden hat.

HOTELIER *steht wieder vom Fußende der Pritsche auf*: Gut. Ich kann einsehen, daß Sie Ihre Freunde retten wollen, die am Attentat beteiligt waren. Sich selbst können Sie nicht retten, das wissen Sie – zumindest so lange nicht, wie Sie bei Ihren bisherigen Überzeugungen bleiben. Doch Sie haben selbst gehört, daß es noch einen anderen Weg gibt, für Sie und für uns. Wahrscheinlich hätten Sie sogar die Möglichkeit, Ihr Leben zu retten.

Sie könnten mit uns diesen Raum verlassen und frei sein. Man würde Sie begnadigen.

SASON: Begnadigen wozu? Zum Verrat?

HOTELIER: Sie haben auf den Gouverneur geschossen. Trotzdem gibt Ihnen der Gouverneur die Chance, straflos auszugehen.

KONSUL: Die Güte der Großtiere ist rätselhaft, und wen sie ereilt, der hat nichts zu lachen. Amen.

HOTELIER: Sie brauchen sich nur bereitzuerklären, für den Gouverneur zu arbeiten.

INGENIEUR: Sie würden damit nicht nur sich selbst helfen.

BANKMANN: Wissen Sie, was das bedeutet?

SASON: Ich vermute es.

INGENIEUR: Warum zögern Sie dann noch?

SASON: Wenn ich weiterlebe, ist unser Versuch gescheitert. Dann war das Attentat erfolglos. Man kann sich auch in der Wahl seines Todes vergreifen – ich habe mir diesen Tod ausgesucht, weil das der einzige ist, den ich auf mich nehmen kann. Und nun bitte ich Sie, auch mich zu verstehen. Natürlich weiß ich, daß wir frei wären – wenn ich die Namen meiner Freunde verriete, oder wenn ich meine Überzeugung verriete. Natürlich ist es denkbar, daß ich mich bereit erklärte, für den Gouverneur zu arbeiten. Doch dann würde ich den Tod verlieren, der meinem Leben die Sinnlosigkeit nimmt und den Ekel. Wenn ich weiterleben wollte, wie Sie es sich vorstellen – oder wie der Gouverneur es sich vorstellt –, dann müßte ich unsere Opfer verhöhnen. Ich würde die Schmerzen entwerten, die meine Freunde auf sich genommen haben. Ich würde aus unserer Überzeugung ein schmutziges Hemd machen, das man einfach abstreift. Ich würde den Tod meiner Freunde der Lächerlichkeit preisgeben. Dies würde geschehen, wenn ich tun würde, was Sie von mir erwarten.

INGENIEUR *leicht drohend*: Sie vergessen etwas: wir haben einen Anspruch darauf, zu leben.

SASON: Und ich habe einen Anspruch auf meinen Tod.

*Pause. Die Männer sehen sich hilflos an, wenden sich ab.*

BANKMANN: Verflixt noch mal. Wir müssen zu einem Ergebnis kommen. Wir wissen doch, was von einem Ergebnis abhängt.

HOTELIER: Ich muß zugeben, daß ich enttäuscht bin.

KONSUL: Enttäuscht wovon? Von unserem Preisschützen hier? Sie haben doch gehört: er ist nicht nur ein Attentäter – er will auch ein Märtyrer sein. Und das sind die Gefährlichsten. Ich habe mit Schwierigkeiten gerechnet. Alle Märtyrer sind in gewissem Sinne Attentäter: sie wollen predigen, uns weismachen, daß es etwas gibt, wofür man sich töten lassen muß. Sie fordern sogar mit ihrem Beispiel, daß man sich töten lassen muß. Sie sind durchaus mit einem Blutbad einverstanden – nur mit der Maßgabe, daß dieses Blutbad nicht profanen, sondern erhabenen Zielen dient. Und die Schmerzen, die sie auf sich nehmen, steigern nur ihren Missionswahn. – Ich bin nicht überrascht. Ich weiß, warum ich es in einer Gesellschaft voller Erlöser nie ausgehalten habe. Was uns angemessen ist, das ist Gleichgültigkeit: eine Bruderschaft der Gleichgültigen sollte man gründen.

*Der Ingenieur lehnt sich an die Wand.*

INGENIEUR *erschöpft*: Ich kann nichts mehr sagen. Ich muß etwas zu trinken haben.

BANKMANN: Wir können doch aber nicht erwarten, daß etwas geschieht. Der einzige, der sich das erlauben kann, ist der Gouverneur. Wir müssen etwas unternehmen.

ARZT: Es geht nicht, nicht jetzt. Sie müssen Rücksicht nehmen, denn dieser Mann wurde gefoltert. Lassen Sie ihm Zeit.

LASTWAGENFAHRER *streckt sich auf dem Boden aus*: Ich jedenfalls hau mich ein Weilchen hin. Ich saß die ganze Nacht am Steuer. Und außerdem habe ich Hunger. Weckt mich, wenn etwas Besonderes passiert.

KONSUL: Hier wird nichts Besonderes passieren.

*Das Licht wird schwächer, die Eingeschlossenen liegen und stehen reglos da; einen Augenblick wird es ganz dunkel; dann nah beieinander der Student und der Drucker.*

STUDENT *leise*: Haben Sie Schmerzen in der Hand?

DRUCKER *hauchend*: Da – meine Finger: sie sind aufgeplatzt von der Peitsche. *Hauchend.* O Gott, wie das brennt! Wie das klopft! Dieses Schwein!

STUDENT: Ich würde Ihnen gern helfen.

DRUCKER: Ich muß hier raus!

STUDENT: Ja.

DRUCKER: Wir wollten immer ein Kind haben seit vierzehn Jahren. Nun ist es da: krank, mit verkrüppelten Füßen.

Wie lange wollen sie uns hier festhalten? Meine Frau kann nicht aufstehen!

STUDENT: Wir können nicht sehr viel tun.

DRUCKER *haucht auf seine Hand*: Der Hauch kühlt nicht mehr. Ich könnte die Finger abhacken ... Woran denken Sie?

STUDENT *mit einer Kopfbewegung zu Sasōn*: An ihn.

DRUCKER: Er ist an allem schuld.

STUDENT: Nein. Er ist so schuldlos wie wir. Er hat seinen Tod bereits auf sich genommen.

DRUCKER: Er hat zugegeben, daß er leicht stirbt.

STUDENT: Niemand stirbt leicht, auch wenn er seinen Tod als Protest ansieht. Vielleicht glaubt er, in seinem Tod ein Alibi zu finden. Doch vor dem Tod kommt das Sterben ...

DRUCKER: Sie sind auf seiner Seite!

STUDENT: Ich bin auf der Seite der Opfer. Ich werde immer auf der Seite der Opfer sein. Er ist ein Leibeigener seiner Überzeugung. Sein Leben hatte nur ein einziges Ziel: den Gouverneur zu töten. Das ist zuwenig.

LASTWAGENFAHRER *auffahrend*: Ruhe da! Man kann hier ja nicht zwei Stunden durchschlafen.

KONSUL: Beklagen Sie sich nicht. Ich wäre schon mit einer Stunde Schlaf zufrieden.

LASTWAGENFAHRER: Wenn man so alt ist wie Sie, braucht man vielleicht keinen Schlaf mehr. Ich aber brauche ihn. Ich habe die ganze vorletzte Nacht am Steuer gesessen.

KONSUL: Soviel kann ich nicht in die Waagschale werfen. Ich beschäftige mich nur mit meinen nächtlichen Schweißausbrüchen – seit drei Monaten schon.

LASTWAGENFAHRER: Halten Sie die Fresse. Sie öden mich schon die ganze Zeit an. Sie reden wie ein Narr.

KONSUL: Jedes Schicksal legt Wert auf die Anwesenheit eines Hofnarren: vielleicht werden Sie es einsehen, wenn Sie hundert Nächte wachliegen.

*Nach und nach werden die Männer durch das Gespräch wach, heben den Kopf, rühren sich oder stehen auf.*

BANKMANN: Wie spät ist es eigentlich? Hat niemand eine Uhr?

HOTELIER: Ich muß eingeschlafen sein.

KONSUL: Dann wünsche ich ein ausnehmend frohes Erwachen.

HOTELIER: Sie sind ja schon wieder da.

KONSUL: Es besteht kein Anlaß zum Staunen: seit ich diese Zelle mit Ihnen teilen darf, müssen Sie sich an meine Allgegenwärtigkeit gewöhnen.

BAUER *noch vom Schlaf benommen*: Kuzi, Kuzi, Kuzi, Kuzi...

KONSUL: Wie meinen ergebenst?

HOTELIER: Die Ziege. *Verächtlich.* Kaum macht er die Augen auf, schon ruft er seine Ziege.

BANKMANN *tritt an das Gitter heran*: Es kann doch noch nicht Morgen sein? Wächter!

WÄCHTER: Ja, Herr?

BANKMANN: Wie spät ist es?

WÄCHTER: Es tut mir leid, Herr. Ich habe keine Uhr. Ich weiß nicht, wie spät es ist.

KONSUL: Einem Wächter darf die Uhrzeit gleichgültig sein. Darin unterscheidet er sich von uns.

BANKMANN: Ich habe jetzt genug.

INGENIEUR: Mir klebt die Zunge schon am Gaumen fest.

*Der Bankmann wird ungeduldig; er »kippt um«.*

BANKMANN: Wir sind unschuldig, wir alle – bis auf ihn da. Alles geschieht nur seinetwegen. Ich bin dafür, daß wir zu einer Lösung kommen.

KONSUL: Ich habe Lösungen immer als Taktlosigkeit angesehen – aber gelegentlich muß man sich wohl eine Taktlosigkeit leisten. Man ist sie sich schuldig wie eine Rasur.

*Der Ingenieur tritt an die Pritsche und blickt entschlossen auf Sason herab.*

INGENIEUR *heiser, befehlend*: Stehen Sie auf!

ARZT: Dieser Mann kann nicht aufstehen, er hat Schmerzen.

INGENIEUR: Wir haben andere Schmerzen.

SASON: Es geht schon, Doktor. *Sason erhebt sich mühsam, geht zur Wand und lehnt sich an.*

INGENIEUR *überrascht, zögernd zunächst*: Sie haben es gehört: wir müssen jetzt zu einer Lösung kommen. Bitte, verstehen Sie uns doch. Hier sind neun unschuldige Männer, die auf Ihre Entscheidung warten, die ein Recht haben auf Ihre Entscheidung.

SASON: Welche Entscheidung meinen Sie?

INGENIEUR: Nennen Sie uns die Namen Ihrer Komplizen, die bei dem Attentat dabei waren. Außer Ihnen waren doch noch einige dabei?

SASON: Ja, es waren noch vier dabei. Einer warf von einem Dach eine Bombe, aber sie ging nicht los. Die andern drei warteten an der Hauptstraße. Sie warteten umsonst. Nachdem ich geschossen hatte, fuhr das Auto durch Nebenstraßen zum Hafen.

INGENIEUR: Nennen Sie ihre Namen, und ich verpflichte mich, Ihre Freunde zu warnen, sobald wir draußen sind. Ich schwöre es, daß sie entkommen werden. Nur – sagen Sie etwas, damit das hier aufhört!

SASON: Ich kann nichts sagen. Ich habe die Namen für die Folterung vergessen. Sie werden mir nie mehr einfallen, um keinen Preis.

INGENIEUR *auffahrend*: Und wir? Ist die Freiheit von neun unschuldigen Männern nichts?

SASON: Man kann kein Leben mit einem anderen Leben aufwiegen.

INGENIEUR *höhnisch*: Sie nicht, ich weiß. Sie haben Ihre Überzeugung, Ihre allmächtige Überzeugung. Aber die ist nicht mehr als der brutalste Egoismus, den ich kenne. Solche Überzeugungen sind unmenschlich, denn sie kennen keinen Verzicht.

SASON: Sie irren sich. Unsere Überzeugung fordert nichts als Verzichte. Einer meiner Freunde promovierte mit einundzwanzig Jahren zum Doktor der Naturwissenschaft. Er hatte eine glänzende wissenschaftliche Karriere vor sich. Er hatte ein großes Erbe zu erwarten. Er verzichtete auf alles, als das Los ihn traf, und er ging hin und tötete in einer Nacht einen Kurier des Gouverneurs, weil wir die Papiere brauchten. Er verzichtete auf alles und tat es.

INGENIEUR *schroff*: Ich brauche von Ihnen keine Belehrung, und schon gar keine Einweihung in Ihre Praktiken.

KONSUL: Es fehlt nicht viel, und er wird uns beweisen, daß der Terror eine Religion ist ...

INGENIEUR: Ich verlange – im Namen dieser unschuldigen Männer verlange ich, daß Sie die menschliche Konsequenz ziehen, die sich aus unserer Lage ergibt.

HOTELIER: Wir sind ja bereit, uns dafür zu revanchieren. Ich habe gute Verbindungen. Der Gouverneur war oft Gast in meinem Hotel. Sie dürfen sicher sein, daß Sie es nicht umsonst tun.

SASON: Wofür wollen Sie mich bezahlen? Für meinen Verrat oder für mein »menschliches« Verhalten!

INGENIEUR: Ich warne Sie! Auf Hochmut reagiere ich allergisch.

BANKMANN: Passen Sie mal auf, Freundchen: Sie scheinen wohl nicht bemerkt zu haben, was hier geschieht, mit wem Sie zusammen sind ...

ARZT: Darf er sich nicht setzen?

INGENIEUR: Nein. Ich glaube, er steht ganz bequem. Seine Antworten sprechen zumindest dafür.

*Der Hotelier geht auf Sason zu, ihre Gesichter berühren sich fast.*

HOTELIER *freundschaftlich*: Hören Sie zu. Es gibt doch etwas, woran wir alle glauben, von mir aus nennen wir es Gerechtigkeit oder Würde oder meinetwegen auch Liebe. Sie wissen jedenfalls, was ich meine: etwas, das uns veranlaßt, für eine Sache einzutreten. Sehen Sie, ich hörte von einem verwundeten Partisanen, den seine Kameraden auf der Flucht mit sich trugen, obwohl sie dadurch langsamer vorwärts kamen. Sie ließen ihn nicht im Stich, auch als man ihnen den Weg abschnitt und sie einschloß. Sie weigerten sich, ihn zu verlassen. Der Verwundete aber wußte, daß er ihnen den Weg in die Freiheit versperrte. Er sah, daß bei ihm allein die Entscheidung über Leben und Tod seiner Leute lag. Er hatte es in der Hand, alle sterben zu lassen. Und er handelte, wie er zu handeln hatte: da er einen Revolver nicht halten konnte, ließ er sich von der Bahre kippen und warf sich in eine Schlucht. Seine Kameraden kamen frei, und sie wußten, wem sie es zu verdanken hatten.

SASON: Es konnte nicht schwer sein für ihn. Er hatte nichts anderes preiszugeben als sich selbst.

INGENIEUR *wütend*: So kommen wir nicht weiter. Solche Geschichten können wir uns sparen. Er geht einfach hinter seiner Überzeugung in Deckung, und dort erreicht ihn nichts. Das regt mich auf.

KONSUL: In diesem Fall würde es sich lohnen, auch eine Überzeugung zu haben. Man könnte sie ihm entgegensetzen. Leider habe ich keinen Gaumen dafür. Überzeugungen sind mir immer wie Krankheiten vorgekommen, die durch Begeisterung übertragen werden. Ich sehe mich außerstande, mich für irgend etwas in dieser Welt zu begeistern – außer für Zierfische und Spieluhren. Aber ich fürchte, das reicht nicht aus.

*Abwechselnd, wie in einer Stafette, treten sie auf Sason zu und bearbeiten ihn.*

BANKMANN: Hören Sie, Freundchen, wir wollen jetzt mal vernünftig reden. Sie wissen, warum Sie hier sind: Sie sind schuldig. Wir aber wissen nicht, wofür wir das hier aushalten müssen. Keiner von uns hat das getan, was Sie getan haben. Und es ist Ihnen doch klar, daß Sie an einem Verbrechen teilgenommen haben?

LASTWAGENFAHRER: Genau das ist meine Meinung. Dieser Bursche ist ein Verbrecher!

BANKMANN: Einen Augenblick ... Jeder aber, der so etwas getan hat, wie Sie es getan haben, muß bereit sein zur Sühne. Sie haben eine Gelegenheit zur Sühne, wie sie nicht oft vorhanden ist. Es kostet Sie nicht viel, manches von Ihrer Tat gutzumachen, indem Sie andern helfen: Unschuldigen. Das ist doch logisch, oder?

SASON: Im Namen der Logik ist noch nie Blut geflossen. Darum rechtfertigt sie nichts.

BANKMANN: Lassen Sie doch Ihren Fanatismus. Hier, wo wir jetzt sind, hilft uns nur die Vernunft. Passen Sie auf: wenn an unserer Stelle Ihre gesamte Familie hier wäre, Ihr Vater, Ihre Mutter, all Ihre Geschwister, und Sie könnten über ihre Freiheit entscheiden – was würden Sie tun? Würden Sie nicht die Namen Ihrer Komplizen preisgeben? Würden Sie nicht um jeden Preis versuchen, für die Freiheit Ihrer Angehörigen zu sorgen?

SASON: Ich würde sie umarmen und schweigen. Vielleicht würde ich sie noch bitten, für mein Schweigen Verständnis zu haben, doch da sie mich kennen, würde es wohl nicht nötig sein.

BANKMANN: Es würde Ihnen also nichts ausmachen, Unglück über Ihre ganze Familie zu bringen, nur weil Sie glauben, den Götzendienst an Ihren Überzeugungen ausüben zu müssen. Sie wären zu dieser Verachtung fähig?

SASON: Es ist keine Verachtung. Man kann auch sterben, um damit der Idee der Liebe zu dienen.

BANKMANN: Habt ihr das gehört? Und von einem Burschen, der das sagt, sind wir abhängig.

LASTWAGENFAHRER: Ich sagte doch: er ist ein Verbrecher. Mir ist das klar. Und wegen so was sitzt man hier und hungert und kann nicht raus.

BANKMANN: Komm mal her.

SASON: Ich?

BANKMANN: Ja, du. Wer denn sonst? *Drohend.* Komm her zu mir!

*Sason stößt sich von der Wand ab und geht zum Bankmann.*

BANKMANN: Sag mal, schämst du dich nicht? Wenn ich das getan hätte, was du getan hast, dann würde ich jetzt nicht solch eine Lippe riskieren. Dann wüßte ich, was ich den andern schuldig bin.

SASON: Man erträgt es leichter, andern etwas schuldig zu sein, als sich selbst etwas schuldig zu sein.

BANKMANN: Reiz mich nicht, mein Junge.

*Sason sieht ihn überlegen an und schweigt.*

BANKMANN: Also was ist? Einigen wir uns? Siehst du ein, wozu du neun unschuldigen Männern gegenüber verpflichtet bist? Unschuldigen, sage ich.

SASON: Heute kann man nur unschuldig sein, wenn man eine gewisse Schuld auf sich nimmt ...

LASTWAGENFAHRER: Haut ihm in die Fresse dafür. Das hat er verdient.

HOTELIER: Erlauben Sie, ich möchte noch etwas sagen. Ich möchte Ihnen einen Vorschlag machen. Sehen Sie, der Gouverneur hat versprochen, daß wir alle sofort herauskommen, sobald Sie sich bereit erklären, für den Gouverneur zu arbeiten. Sie brauchen demnach nicht Ihre Freunde zu verraten, zumindest wird es nicht gleich von Ihnen verlangt. Wenn Sie sich bereit erklären, sind wir alle zunächst einmal frei – wir, aber besonders Sie. Frei – Sie wissen, wieviel es für Sie bedeutet und wie viele neue Möglichkeiten auftauchen. Es wäre jedenfalls eine Chance – wozu, das können Sie selbst bestimmen. Ebenso ist es Ihre Sache, wie weit Sie sich an diese Erklärung gebunden fühlen. Sie haben Zeugen, die immer bestätigen werden, unter welchen Verhältnissen Sie sich bereit erklärt haben, für den Gouverneur zu arbeiten. Sie würden also in keinem Fall ein Risiko eingehen, und uns, uns allen wäre geholfen. Bitte, überlegen Sie sich das. Denken Sie daran, was sich auf diese Weise erreichen läßt ...

SASON: Ich denke daran. Aber ich kann Ihnen nicht helfen. Wenn ich mich bereit erklärte, für den Gouverneur zu arbeiten, müßte ich mich selbst hintergehen. Ein geheimer Vorbehalt würde nichts ändern.

HOTELIER: Denken Sie doch nur ein einziges Mal nicht nur an sich!

SASON: Tue ich das?

HOTELIER: Ja, das tun Sie. Die andern scheinen für Sie überhaupt nicht zu existieren.

BANKMANN: Geben Sie sich keine Mühe mit ihm. Er will uns nicht verstehen. Alles, was er für uns empfindet, ist Verachtung – Verachtung, weil wir nicht so sind wie er. Gehn Sie weg! Gehn Sie zu Ihrer Pritsche. Ich will Sie nicht mehr sehn. Ich habe genug von Ihnen.

SASON: Was wollen Sie von mir? Sie erinnern mich fortwährend an ein Zahlenverhältnis. Sie sagen: wir sind neun und du bist einer. Nun, wenn wir hier unten die einzigen Menschen auf der Welt wären, dann hätten Sie mich längst überzeugt. Dann wüßte ich, was ich zu tun hätte. Aber da draußen leben Millionen, deren Seufzen ich bis hierher höre, und ich könnte Sie mit dem gleichen Recht fragen, warum Sie nicht gewillt sind, Rücksicht auf diese Millionen zu nehmen, indem Sie mir die Namen meiner Freunde lassen, die sich gegen dieses Seufzen auflehnen. Wenn Sie schon glauben, daß sich die kleinere Zahl der größeren opfern muß: warum tun Sie es dann nicht? ... Nein, ich werde mich nie bereit erklären, für den Gouverneur zu arbeiten. Ich muß Sie enttäuschen.

LASTWAGENFAHRER: Stopft ihm doch das Maul. Ich kann das Gefasel nicht mehr anhören.

*Sason geht, vom Arzt unterstützt, zur Pritsche und legt sich hin.*

KONSUL: Trotzdem gibt es ein Gefasel, das nachdenklich macht.

LASTWAGENFAHRER: Sie sind genau solch eine Marke.

KONSUL: Sie geruhten mich bereits darauf hinzuweisen. Ich habe es mir zu Herzen genommen.

LASTWAGENFAHRER: Man merkt nur nichts davon.

KONSUL: Das liegt daran: ich denke mit Verzögerungen.

LASTWAGENFAHRER: Dann müssen Sie sich mal durchputzen lassen. Vielleicht geht's dann schneller.

KONSUL: Ich habe den Ehrgeiz, alles sehr langsam zu verstehen.

*Der Bauer taucht neben der Pritsche auf, kauert sich hin und blickt Sason lange und unsicher lächelnd an.*

BAUER: Einen Moment, Herr.

HOTELIER *seufzend*: O Gott, jetzt fängt der mit seiner Ziege an.

BAUER: Hörst du mich, Herr?

SASON: Natürlich.

BAUER: Ich möchte dir etwas sagen.

SASON: Ja.

BAUER: Als das Unwetter kam und die vielen Bäume entwurzelte, durften wir das Holz mitnehmen. Ich tauschte es gegen ein Boot und fischte damit im Fluß. Dann kam der heiße Sommer und der Fluß trocknete aus. Da tauschte ich das Boot gegen Saatgetreide. Ich säte es aus, aber dann kam der Wind . . .

SASON: Warum erzählst du mir das alles?

BAUER: Warte nur, Herr. Ich tauschte ein Stück Land gegen Holz ein, um einen Schuppen zu bauen. Aber bevor ich den Schuppen hochzog, kam einer und bot mir für einen Stapel Bretterzeug eine Ziege. Er wohnt hier in der Vorstadt. Ich brachte die Bretter zu ihm, und er gab mir die Ziege. Auf dem Heimweg hielten sie mich an und brachten mich hierher.

SASON: Eine traurige Geschichte. Aber was habe ich damit zu tun?

BAUER: Du kannst dafür sorgen, daß wir freikommen, Herr. Ich habe es verstanden, es liegt alles bei dir. Und ich bitte dich sehr, Herr: sorg dafür, daß wir freikommen.

SASON: Du irrst dich. Es sieht vielleicht so aus, als ob ich dafür sorgen könnte; doch ich kann es nicht. Auch mit Anlauf kommt niemand über seinen Schatten.

BAUER: Vielleicht geht es mit Mitleid?

SASON: Es gibt etwas, das noch stärker ist als Mitleid.

BAUER: Was, Herr?

SASON: Die Tränen der Kinder, die sie über ihre gefolterten Väter weinen. Ich habe es gesehn, glaube mir. Ich war dabei, als sie einen von uns, einen Bäcker, in seiner Backstube folterten, während seine Kinder dabei waren. Später kühlten sie seine Wunden mit Mehl.

BAUER: Meinst du, du kannst uns nicht helfen?

SASON: Die Hilfe, die du von mir erdenkst, wäre zu klein – gemessen an den Folgen, die sie für andere hätte. Diese Folgen wären so schlimm, daß niemand sie tragen könnte.

INGENIEUR *winkt resigniert ab*: Komm, Kuzi-Kuzi, setz dich wieder hin. Auch dir wird es nicht gelingen, aus einem Stein einen Menschen zu machen. Ein Stein erwacht nicht von einer Lebensgeschichte. Komm her, schon deine Kraft. Wer weiß, wozu du sie noch brauchen wirst.

HOTELIER: Ich hätte nicht gedacht, auf soviel Unnachgiebigkeit zu stoßen. Natürlich werde ich meine Konsequenzen daraus ziehen.

INGENIEUR: Man läßt uns hier verdursten.

LASTWAGENFAHRER: Und verhungern.

KONSUL: Man sollte die Menschen nicht danach beurteilen, was ihnen möglich ist, sondern danach, was ihnen unmöglich ist. Dann erst erhält man ein zutreffendes Bild.

*Der Ingenieur springt plötzlich auf.*

INGENIEUR: Was ist das für ein Irrsinn hier? Neun unschuldige Männer lassen sich von so einem Burschen quälen; bitten ihn, flehen ihn an, reden ganz freundschaftlich. Und er? Er verzieht sich hinter die Festungsmauern seiner Überzeugung und gibt hochmütige Antworten. Ich muß sagen: ich wundere mich. Ich wundere mich über uns, weil wir seinen Hochmut und seine Verachtung in Kauf nehmen. Wir behandeln ihn wie einen Gönner, und dabei hätte er Grund, uns so zu behandeln.

KONSUL: Nun – auch der entfernteste Onkel kann zum Erbonkel werden.

INGENIEUR: Ich hab die Nase voll. Wir ziehen jetzt andere Seiten auf, sonst kommen wir hier nie heraus.

BANKMANN: Ich war von Anfang an dafür.

LASTWAGENFAHRER: Schließlich ist der Junge ein Verbrecher.

KONSUL: Auch ein Verbrecher ist vor Verzweiflung nicht sicher.

LASTWAGENFAHRER: Ihnen fällt wohl zu allem was ein, wie?

KONSUL: Gegen Einfälle ist man wehrlos.

INGENIEUR: Ich bin dafür, daß wir abstimmen.

HOTELIER: Abstimmen? Worüber?

INGENIEUR: Wenn wir abstimmen, bekommen wir klare Verhältnisse. Dann erfahren wir zumindest, wer auf wessen Seite steht.

KONSUL: Jede Abstimmung enthält ein Urteil.

INGENIEUR: Na und? Was wir hören wollen, ist dies: wer von uns ist bereit, das Verhalten dieses Mannes zu billigen? Oder nein, anders: Wer ist für ihn, wer ist gegen ihn . . .

*Es entsteht eine Pause. Die Männer blicken zu Boden. Alle wissen, daß solch eine Entscheidung Folgen haben kann.*

INGENIEUR: Wir müssen zu einem Ergebnis kommen. Darum frage ich noch einmal: wer ist für, wer ist gegen ihn?

BANKMANN: Gegen ihn.

LASTWAGENFAHRER: Nichts als gegen ihn.

INGENIEUR: Und Sie?

DRUCKER: Er muß doch einsehen ...

INGENIEUR: Also?

DRUCKER: Dagegen.

INGENIEUR: Und du?

BAUER: Es tut mir leid, Herr, aber du willst uns nicht helfen.

INGENIEUR: Gegen ihn?

BAUER: Ja, aber es tut mir leid.

INGENIEUR: Und Sie?

HOTELIER: Durch sein Verhalten hat er mir keine andere Wahl gelassen.

INGENIEUR: Also auch gegen ihn. Weiter.

STUDENT: Bis hierher kann ich ihn noch verstehn.

INGENIEUR: Das heißt: für ihn.

STUDENT: Ja, für ihn.

INGENIEUR: Konsul?

KONSUL: Ohne Meinung.

INGENIEUR: Sie müssen sich entscheiden.

KONSUL: Pardon – ich habe mich entschieden: keine Meinung.

INGENIEUR: Sie müssen mit Ja oder Nein antworten, dafür oder dagegen.

KONSUL: Das ist keine Entscheidung mehr. Das ist Zwang.

INGENIEUR: Also ohne Meinung. – Doktor?

ARZT: Der Mann hat Schmerzen ...

INGENIEUR: Für oder gegen ihn?

ARZT: Für ihn.

*Wiederum eine Pause.*

INGENIEUR: Jetzt wissen wir zumindest, woran wir sind. Haben Sie das Urteil dieser Männer gehört?

SASON: Ja. Ich kann es nicht ändern.

INGENIEUR *wütend*: Bedeutet es Ihnen denn nichts, daß neun unschuldige Männer festgehalten werden, weil Sie ein Verbrechen begingen und sich nun weigern, dafür einzustehn?

SASON: Was ich getan habe, habe ich unabhängig von Ihnen

getan. Zwischen dem, was ich getan habe, und Ihrer Lage besteht keine Verbindung.

INGENIEUR: Für Sie ja, für Sie besteht keine Verbindung. Aber für uns; denn alles, was wir hier aushalten, haben wir Ihretwegen auszuhalten.

SASON: Es wurde nie gesagt, daß der Gouverneur Sie als Geiseln hierherbringen ließ.

INGENIEUR *zornig*: Halten Sie jetzt das Maul. Wenn Sie nur den Mund aufmachen, dann juckt es mich in der Hand. *Dann drohend.* Ich warne Sie zum letzten Mal. Überlegen Sie sich alles sehr genau, sehr gewissenhaft. Sonst – sonst werden Sie was erleben ...

*Das Licht wird schwächer, die Eingeschlossenen stehen und sitzen reglos da; sie scheinen zu schlafen. Der Student kriecht zur Pritsche, auf der Sason liegt.*

STUDENT *leise, als ob er fürchtet, gehört werden zu können*: Schlafen Sie?

SASON: Nein. Warum?

STUDENT: Wo ist Ihre Hand? *Student tastet nach Sasons Hand.*

SASON: Was wollen Sie?

STUDENT: Eine Kapsel. Sie müssen sie in den Mund stecken und zerbeißen; dann dauert es nur noch zwanzig Sekunden. Es ist das Wertvollste, das ich besitze.

SASON: Warum?

STUDENT: Ich habe es immer bei mir ... eingenäht im Hosenaufschlag. Sie werden nichts spüren als einen Krampf ... nur ein Gefühl, als ob Hämmer auf Sie einschlagen: zwanzig Sekunden lang, dann ist alles vorbei.

SASON: Ich brauche kein Gift.

STUDENT: Es verkürzt den Weg. Es gibt Ihnen eine Garantie.

SASON: Worauf?

STUDENT: Auf die Freiheit.

SASON *nach kleiner Pause*: Nein. Ich verzichte auf diese Garantie. Wir müssen dem Henker die Mühe des Tötens überlassen – auch wenn es für ihn nur eine Formalität ist. Er muß selbst den Augenblick bestimmen.

STUDENT: Behalten Sie das Zeug, für alle Fälle.

SASON: Wozu?

STUDENT: Es wird Sie schützen.

SASON: Vor wem?

STUDENT: Vor uns. Vor den Unschuldigen. Sie sollten sich keine Illusionen darüber hingeben, wozu Leute fähig sind, die in dieser Zeit unschuldig bleiben konnten. Ich an Ihrer Stelle würde vorsorgen. Da, nehmen Sie die Kapsel.

SASON: Danke, ich brauche das Gift nicht. Es ist sehr freundlich …

STUDENT: Ich trenne mich nicht leicht davon.

*Der Student zieht seine Hand wieder zurück und steckt die Kapsel ein. Nacheinander erwachen die Eingeschlossenen.*

LASTWAGENFAHRER *empört*: Ruhe. Was habt ihr da immer zu quatschen?

HOTELIER *auffahrend*: Mein Gott, wie spät ist es? Ist schon wieder eine Nacht vorbei? Das kann doch nicht sein!

KONSUL: Ich fürchte, es ist so.

HOTELIER: Ich darf gar nicht an zu Hause denken.

KONSUL: Der Gouverneur hat sicher nichts dagegen.

LASTWAGENFAHRER: Jetzt bin ich wach, und wenn ich erst mal wach bin, kann ich nicht wieder einschlafen. Auch daran ist dieser Bursche schuld mit seinem Quatschen.

KONSUL: Ich hätte nicht gedacht, daß meine Schlaflosigkeit sich eines Tages als nützlich herausstellen würde. Offenbar können uns aber sogar unsere Leiden nutzen – wenn wir nur lange genug warten.

LASTWAGENFAHRER: Das war wohl sehr klug, was?

KONSUL: Im Gegenteil – ich versuchte mich selbst zu trösten, und man kann doch wohl nicht sagen, daß Trost etwas Kluges ist.

LASTWAGENFAHRER: Sie öden mich an.

BANKMANN: Jetzt habe ich Hunger. Meine Geduld ist zu Ende.

*Pause.*

INGENIEUR: Ist er immer noch da?

LASTWAGENFAHRER: Auf der Pritsche, klar. Den bequemsten Platz hat der Bursche.

*Plötzlich geht der Arzt zur Pritsche. Alle sehen ihn an. Der Arzt sammelt sich.*

ARZT: Entschuldigen Sie …

SASON: Ja, Doktor?

ARZT: Ich muß mit Ihnen sprechen. Ich habe lange gewartet, Sie wissen es.

SASON: Ja, ich weiß. Ich habe Ihnen viel zu verdanken.

ARZT: Darum werden Sie verstehen, wenn ich gezwungen bin ...

LASTWAGENFAHRER: Hört euch nur an, wie der Doktor mit ihm redet! Mit diesem Verbrecher! Er ist noch höflich zu ihm.

ARZT: Ich habe lange gewartet. Doch nun muß ich Ihnen sagen, daß es so nicht weitergehen kann. Wir müssen zu einem Ergebnis kommen.

SASON: Es hängt nicht von mir ab.

ARZT *erregt*: Ich muß in die Klinik. Hören Sie – seit drei Wochen beschäftige ich mich mit einer Frau, ein Mamma-Karzinom, hoffnungslos, wie es zuerst aussah. Die Klinik hat auf meine Empfehlung ein Präparat gekauft, ausnahmsweise, denn es ist sehr teuer. Es sollte ein Versuch sein. Das Karzinom geht zurück, ich glaube es. Wissen Sie, was das bedeuten könnte? Wenn es mir gelingt, die Frau zu heilen ...

SASON: Ich verstehe, Doktor. Aber was erwarten Sie von mir? Soll ich mit dem Verrat an meinen Freunden das Leben dieser Frau retten?

ARZT: Es wäre nicht nur ein Leben. Wenn es mir gelingt, sie zu heilen, dann ist meine Vermutung ein wenig bestätigt, und es könnten vielleicht hundert geheilt werden.

SASON: Ist ein Verrat gerechtfertigt, wenn man ihn im Namen einer größeren Zahl begeht?

ARZT: Nicht im Namen einer Zahl – im Namen des Lebens.

SASON: Manchmal hat auch der Tod gute Gründe auf seiner Seite. Welchen Wert soll ein Leben haben, wenn jeder Tod es lächerlich machen kann. Ich kann an keine Forderung glauben, die nur im Namen des Lebens gestellt wird.

ARZT: Und in wessen Namen haben Sie auf den Gouverneur geschossen?

SASON: Im Namen eines besseren Lebens und eines besseren Todes. Im Namen des Gewissens.

KONSUL: Das hört sich fast überzeugend an. Mich stört nur die Promptheit, mit der unser Scharfschütze antwortet. Merkwürdig, wer so warm im Schoß einer Überzeugung ruht, kennt offenbar nicht die Schauer des Zweifels; der ist fertig, der hat für alles seine fertigen Meinungen. Beinahe beneidenswert – aber nur beinahe.

ARZT *fordernd*: Sie sind also nicht bereit, Rücksicht zu nehmen? Ich denke nicht einmal an die Rücksicht auf uns, auf neun unschuldige Männer, sondern an die Rücksicht auf die, die von uns abhängen.

SASON: Doktor, es gibt ein Leiden, das darin besteht, anderen Leid zufügen zu müssen. Wer das auf sich nimmt, ist nicht besser dran als der, der das Leid zu erdulden hat.

LASTWAGENFAHRER: Macht ihn doch fertig, wenn er so redet.

ARZT: Gibt es keine Möglichkeit für Sie, uns zu helfen?

SASON: Wenn es nur eine Möglichkeit gäbe, Doktor, hätte ich Ihnen längst geholfen.

ARZT: Dann muß ich Ihnen sagen ...

SASON: Ich weiß ...

ARZT *empört*: Nein, Sie wissen nicht ... Ich muß Ihnen sagen, daß ich Ihre Haltung verabscheue. Sie geben vor, mit Ihren Freunden solidarisch zu sein, aber dadurch verletzen Sie die größere Solidarität. Sie reden von Gewissen, aber Ihre Haltung hat uns allen gezeigt, wie wir Ihr Gewissen einschätzen dürfen.

KONSUL: Ich würde nicht zögern, es ein Patentgewissen zu nennen. Es funktioniert nach Gutdünken.

ARZT: Ich habe Ihnen nichts mehr zu sagen. *Der Arzt wendet sich erbittert ab.*

*Der Lastwagenfahrer tritt näher, packt Sason.*

LASTWAGENFAHRER: Dann werde ich mich mal mit ihm unterhalten. Komm hoch von der Pritsche, los. *Sason steht auf, stellt sich auf das Kommando gegen die Wand.* Schneller! Stell dich hierher, gegen die Wand. So. Und nun paß mal auf, Freundchen: ich rede nicht so unklar wie die andern. Ich verstehe nur »ja« oder »nein«. Das ist doch auch deine Sprache.

SASON: Was ich zu sagen habe, habe ich gesagt.

LASTWAGENFAHRER: Irrtum. Du kannst noch mehr sagen. Also was ist?

SASON: Ich kann nur wiederholen.

LASTWAGENFAHRER: Bei mir nicht. Damit bin ich nicht zufrieden. Sieh dich um: hier sind neun Männer, alle haben eine saubere Weste, und nur, weil du auf den Gouverneur geschossen hast, müssen wir das hier aushalten. So. Und jetzt raus mit den Namen. Schnell! *Pause. Der Lastwagenfahrer packt Sason an den Aufschlägen des Jacketts und schlägt mit der flachen Hand zu.* Hast du mich nicht verstanden?

KONSUL: Hören Sie auf, ihn zu schlagen. Ich kann mich nicht erinnern, daß jemand durch einen Kinnhaken überzeugt wurde.

LASTWAGENFAHRER: Wer war bei dem Attentat noch dabei? *Pause. Wieder schlägt der Lastwagenfahrer zu, mehrmals. Sason stöhnt auf.* Ich will die Namen hören! *Schreiend.* Die Namen! *Neuer Schlag.*

HOTELIER: Schlagen Sie doch nicht so hart zu.

LASTWAGENFAHRER: So versteht er mich besser, nicht wahr? So verstehst du mich doch besser?

INGENIEUR: Wir können es nur noch hoffen.

LASTWAGENFAHRER: Warum sagst du jetzt nichts mehr? Fällt dir nichts mehr ein? Verstehst du nicht? Die Namen deiner Komplizen! Oder das andere! Ich rede mit dir! *Er schlägt noch einmal zu. Sason hat sehr große Mühe, aufrecht zu stehen.*

STUDENT: Lassen Sie ihn zufrieden.

LASTWAGENFAHRER: Mischen Sie sich nicht ein. Ausgerechnet Sie! Sie sind wohl immer noch für ihn, was? Dann sind Sie der einzige. Haben Sie gehört, was der Doktor zu ihm sagte?

STUDENT: Ich habe es gehört.

LASTWAGENFAHRER: Was wollen Sie dann?

STUDENT *verächtlich*: Ich will darauf hinweisen, daß Ihre Fäuste zu weich sind. Sie können sie sich zerschlagen.

LASTWAGENFAHRER: Er kann sich doch wehren. Warum wehrt er sich nicht?

STUDENT *zynisch und verächtlich*: Aus Rücksicht. Er läßt sich nur mit Ebenbürtigen ein.

LASTWAGENFAHRER: Verschwinden Sie. *Lastwagenfahrer wendet sich wieder Sason zu.* Hast du mich nicht verstanden? Ich will die Namen hören. Wir alle! Wir verlangen, daß du uns hier rausbringst, so wie du uns reingebracht hast. *Schlag.* Wird's bald? Du kannst doch so schön reden. Wir haben soviel von dir gehört, und auf einmal kriegst du deine Fresse nicht auf.

*Pause. Ein Aufschrei des Bauern. Der Bauer springt auf.*

BAUER *entsetzt*: Hier! Seht, was er gemacht hat! Er hat sich die Finger abgehackt ... mit diesem Fallmesser ... Zwei Finger ... Mein Gott, seht nur ...

INGENIEUR: Was ist los?

DRUCKER *benommen vor Schmerz, mit grausamer Genugtu-*

*ung*: Ihr müßt mich rausbringen! Jetzt müßt ihr mich rausbringen! *Stöhnend.* Ah! *Er preßt seine verstümmelte Hand gegen den Unterleib, krümmt sich zusammen.*

INGENIEUR: Er hat sich die Finger abgehackt. Wächter!

WÄCHTER: Ja, Herr?

ARZT: Was ist denn geschehen? Einen Riemen, schnell!

DRUCKER: Ihr müßt mich nach Hause bringen.

INGENIEUR: Wächter! Mach sofort auf! Los! Er hat sich die Finger abgehackt. Wir müssen ihn rausbringen.

WÄCHTER: Es tut mir leid, Herr. Ich darf die Tür nicht vorher öffnen.

INGENIEUR *außer sich*: Vorher? Was heißt das? Begreifst du denn nicht? Siehst du denn nicht, wie er blutet. Zwei Finger...

WÄCHTER: Das Gitter, Herr. Du darfst es nicht berühren.

INGENIEUR: Ich scheiße drauf. Mach sofort auf! Sofort, hörst du! *Der Wächter schlägt mit der Lederpeitsche zu. Der Ingenieur stöhnt vor Schmerz und Wut auf, zieht sich blitzartig zurück. Der Arzt hat seinen Ledergürtel in der Hand.* Du Hund. Warte nur. Oh, warte nur!

ARZT: Die Jacke runter, den Ärmel hoch. *Der Arzt hilft dem Drucker, bindet die Hand ab.*

DRUCKER: Jetzt müßt ihr mich rausbringen. Jetzt.

BANKMANN: Wächter!

WÄCHTER: Ja, Herr?

BANKMANN: Du mußt den Major benachrichtigen. Sofort. Dieser Mann braucht Hilfe.

WÄCHTER: Der Major ist nicht zu sprechen.

BANKMANN: Wann ist er denn zu sprechen?

WÄCHTER: Sobald ihr fertig seid, Herr.

KONSUL: Haben Sie es noch nicht gemerkt? Die Großtiere wissen, daß niemand ihnen etwas zuliebe tun würde. Weil sie aber sichergehen wollen, greifen sie zu ihrer Lieblingsmethode: zur Erpressung. Das bringt ihnen zwar keine Dankbarkeit ein, aber es beschleunigt den Erfolg.

BANKMANN: Sie können diesen Mann nicht ohne Hilfe lassen.

WÄCHTER: Er wird Hilfe erhalten, Herr.

BANKMANN: Er braucht sie sofort.

DRUCKER: Ich hielt es nicht mehr aus. Jetzt müßt ihr mich weglassen.

ARZT: Setzen Sie sich.

BANKMANN: Das ist unmenschlich.

KONSUL: Ich fürchte das Gegenteil.

BAUER *erregt*: Ich hab nicht gesehn, wie er es machte. Ich hörte nur etwas, und dann warf er sich zurück, und ich sah das Messer. Er war ganz still dabei.

BANKMANN: Noch einmal so lange, und ich werde wahnsinnig.

KONSUL: Es gibt keine Garantie, daß wir es nicht schon sind.

ARZT: Bleiben Sie sitzen.

*Der Konsul zieht sein Hemd aus der Hose, reißt einen Streifen ab, dazu ein Stück vom Ärmel des Hemdes.*

KONSUL: Hier, Doktor, Sie können es zum Verbinden nehmen. Den Manschettenknopf brauche ich allerdings.

ARZT: Es wird nicht viel helfen. Er muß eine Spritze bekommen.

BANKMANN *scharf*: Sie waren Zeuge!

SASON *mühsam*: Es tut mir leid. Ich danke ihm.

BANKMANN: Danken?

SASON: Ich weiß, warum er es getan hat.

LASTWAGENFAHRER: Bestimmt nicht deinetwegen. Unseretwegen hat er das getan. Er wollte uns die Tür aufmachen. Aber das geht ja nicht in deinen Schädel rein. Bleib schön stehen! Wehe, wenn du dich auf die Pritsche setzt.

BANKMANN: Es scheint ihn überhaupt nicht zu berühren. Nichts macht Eindruck auf ihn, nicht einmal die Verwundung dieses Mannes da.

SASON *erschöpft*: Machen Sie mit mir, was Sie wollen. Ich kann Ihnen die Namen meiner Freunde nicht nennen. Ich kann mich auch nicht bereit erklären, für den Gouverneur zu arbeiten. Niemals. Ich weiß, Sie können mich nicht verstehen. Sie haben mich im Namen dieses Augenblicks verurteilt. Für Sie ist dieser Augenblick nur ein Mißgeschick, das bald vergessen sein wird. Für mich aber ist er die letzte Möglichkeit, die Opfer meiner Freunde zu bestätigen. Natürlich, irgendwann werden alle Leiden durch die Geschichte korrumpiert, die ausgehaltenen Schmerzen verächtlich gemacht, die Überzeugungen, für die man sich quälen ließ, mit Nachsicht belächelt. Niemand, der gelitten hat, ist davor sicher. Es gibt für alles Friedhöfe, auch für unsere besten Ziele. Unsere Leiden sind das einzige, was sich nicht in Frage stellen läßt.

KONSUL: Tadellos. Ich muß sagen, das überzeugt mich, obwohl es unsere Lage nicht verbessert. Das ist ein Fall von unerwünschter Wahrheit, vor der ich schon immer Respekt hatte.

LASTWAGENFAHRER: Bleib stehen! Du kommst nicht wieder auf die Pritsche.

BANKMANN: Und jetzt?

DRUCKER: Bringt ihr mich denn nicht raus?

ARZT: Bald. Es muß etwas geschehen.

INGENIEUR *hochfahrend*: Macht doch endlich Schluß!

KONSUL: Dieser Mann kann hier nicht bleiben. Er muß behandelt werden. Er muß eine Spritze kriegen.

LASTWAGENFAHRER *drohend*: Hörst du das? Verstehst du überhaupt, was du angerichtet hast? Macht das immer noch keinen Eindruck auf dich?

SASON: Ich bitte ihn um Entschuldigung.

*Der Lastwagenfahrer wendet sich Sason voller Empörung zu und schlägt ihn.*

LASTWAGENFAHRER: Was! Um Entschuldigung bittest du ihn? Frech wirst du auch noch! Erst läßt du es soweit kommen, und dann bittest du ihn um Entschuldigung und denkst, damit ist alles getan. Also willst du dich jetzt entscheiden! *Wieder ein Schlag. Sason fällt zu Boden. Der Lastwagenfahrer versucht ihn aufzurichten.* Steh auf, los, komm hoch!

STUDENT: Er kann nicht. Sie sehen doch, daß er besinnungslos ist.

LASTWAGENFAHRER: Er soll aufstehn. *Er versucht, ihn hochzuziehen, kleine Schläge.*

STUDENT *verächtlich*: Halten Sie sich nicht damit auf, ihn zur Besinnung zu bringen. Tun Sie doch gleich, woran Sie denken. Das ist der sicherste Ausweg.

LASTWAGENFAHRER: Ich habe Sie nicht gefragt.

KONSUL: Manchmal sind auch unerbetene Ratschläge gut.

LASTWAGENFAHRER: Komm hoch, sage ich.

*Sason ist ohne körperliche Kontrolle.*

STUDENT *verächtlich*: Der Gouverneur hat uns alles überlassen.

KONSUL: Ein Mord als Liebesdienst . . .

BANKMANN: Reden Sie doch nicht. Diesem Verbrecher wäre es gleichgültig, wenn wir zugrunde gingen. Vielleicht hofft er sogar darauf.

HOTELIER: Das glaube ich auch. Er würde nichts tun, um unsern Tod zu verhindern.

INGENIEUR: Hört doch auf zu reden und tut etwas.

KONSUL: Keine Angst, wir haben schon etwas getan. Einstweilen allerdings nur in Gedanken.

HOTELIER: Was soll das heißen?

KONSUL: Mein Verehrter, jeder von uns hat schon so vielen den Tod gewünscht – Gegnern und Freunden –, daß wir alle über einen stattlichen geheimen Privatfriedhof verfügen. Ich bin überzeugt, daß es auf der Erde keine Probleme der Übervölkerung mehr gäbe, wenn sich an all unsern Nachbarn das erfüllte, was wir ihnen mitunter wünschen.

HOTELIER *ärgerlich*: Passen Sie mal auf, Konsul: dieser Bursche hat kein Hehl daraus gemacht, daß er uns verachtet. Er wäre bereit, an uns einen Mord durch Gleichgültigkeit zu begehen. Ist Ihnen das egal? Kommt Ihnen nicht einmal der Gedanke, sich zu wehren?

KONSUL: Sie werden überrascht sein, doch ich weiß es nicht. Ich kann es nicht entscheiden.

HOTELIER: Und denken Sie an den Mann, der dort sitzt. Er braucht sofort Hilfe. Zählt sein Leben nicht?

KONSUL: Man kann sich weigern, etwas einzusehen – selbst wenn einem die Argumente der Weigerung fehlen.

LASTWAGENFAHRER: Komm hoch, sag ich. Wach auf! Das war erst der Anfang.

INGENIEUR *resigniert*: Macht doch endlich Schluß!

BANKMANN: Macht Schluß, ja.

*Das Licht wird schwächer, die Eingeschlossenen stehen und liegen reglos. Man hört nur leises Stöhnen. Der Student wendet sich an den Arzt.*

STUDENT *flüsternd*: Doktor! Schlafen Sie?

ARZT: Was gibt es?

STUDENT: Einer von uns muß wach bleiben.

ARZT *müde*: Was ist passiert?

STUDENT: Es kann etwas passieren. Ich merke es. In diesem Raum bereitet sich etwas vor. Spüren Sie es nicht?

ARZT: Schlägt er ihn schon wieder?

STUDENT: Sie schlafen beide.

ARZT: Er darf ihn nicht schlagen. Wir müssen verhindern, daß er ihn fertigmacht.

KONSUL *leise*: Wenn Sie erlauben, schließe ich mich Ihnen an. Ich übernehme gern eine Wache.

ARZT: Wir dürfen nicht zulassen, daß dieser Mann noch mehr geschlagen wird.

STUDENT: Wir haben das Äußerste versucht – und das Äußerste gebilligt. Nichts ist erreicht. Jetzt gibt es nur noch eine Möglichkeit: das zu tun, was wir uns selbst schuldig sind.

KONSUL: Wir müssen aufpassen auf ihn. Merkwürdig: irgendwann kommt ein Punkt, an dem uns auch ein Widersacher kostbar wird.

ARZT: Warum haben Sie das mit angesehen?

STUDENT: Ich denke, wir teilen uns die Wache ein.

KONSUL: Nur wir drei? Wir können doch auch die andern fragen. Ich glaube, wir würden noch einige finden, die bereit wären, eine Wache zu übernehmen. *Mit resignierter Ironie.* Wie das klingt: eine Wache übernehmen! Wir schützen einen Mann, der sich endgültig geweigert hat, uns hier herauszuhelfen. Genaugenommen bewachen wir den Schlaf unseres Richters, der die Freundlichkeit hatte, uns zu verurteilen. Verstehn Sie das?

STUDENT: Jetzt gehört er zu uns. Niemand ist dem Verurteilten näher als sein Richter.

KONSUL: Aber die andern?

STUDENT: Ich weiß nicht, ob wir sie fragen sollen.

ARZT: Sie würden alle eine Wache übernehmen.

STUDENT: Vielleicht, aber jeder würde seine Wache anders ausfüllen.

BAUER: Ich hör alles, was Sie sagen. Ich möchte die erste Wache übernehmen. Er wird gut schlafen bei mir, und niemand wird ihm etwas tun. Niemand, Herr, niemand wird ihn anrühren.

ARZT: Ich glaube es.

STUDENT: Alle sind nicht geeignet.

KONSUL: Entweder alle oder niemand. Denn wir verteidigen diesen Preisschützen doch nur gegen uns selbst.

ARZT: Ich fange an.

KONSUL: Lassen Sie es mich versuchen.

STUDENT: Oder mich.

BAUER: Ich werde den ersten ablösen, Herr.

ARZT: Einverstanden. Ich fange an, du löst mich ab.

*Pause. Das Licht wird schwächer, dann wird es ganz dunkel. Plötzlich Sasons Aufstöhnen, Ächzen unter einem Würgegriff. Schlagen von Absätzen. Das Licht wird langsam stärker.*

LASTWAGENFAHRER: Was ist da los?
HOTELIER *stockend*: Sag dem Wächter – er kann öffnen.
STUDENT: Was ist denn passiert?
*Der Bauer zeigt entsetzt auf Sason, der auf der Erde liegt.*
BAUER: Wie er da liegt, Herr, sieh nur. Ich glaube, er ist tot.
STUDENT: Tot? Woher weißt du das?
BAUER: Sieh nur, wie er liegt: auf dem Gesicht. Und die Hände, als ob er sich festhalten will.
ARZT: Es war deine Wache.
BAUER: Ich muß eingeschlafen sein, Herr.
STUDENT: Er ist tot. Einer hat ihn erwürgt.
HOTELIER: Ruft doch den Wächter. Jetzt wird er öffnen.
ARZT: Wer war es? Wer hat es getan!
LASTWAGENFAHRER *kniet neben Sason*: Ich kann es sehen, er wurde erwürgt. *Abwehrend.* Ich habe nichts damit zu tun, nichts.
ARZT: Wer war es?
BAUER: Ich muß eingeschlafen sein auf der Wache, Herr. Ich sah ihn erst, als ich aufwachte.
ARZT: Sie waren es!
INGENIEUR: Erlauben Sie, ich habe es nicht einmal gehört.
ARZT: Dann Sie!
BANKMANN: Ich? Halten Sie mich für einen Mörder?
ARZT: Einer muß es gewesen sein.
STUDENT: Es spielt keine Rolle mehr, wer es war. Wir alle haben an diese Möglichkeit gedacht. Jeder von uns hat sie in Gedanken vollzogen. Darum sind wir alle daran beteiligt.
HOTELIER: Wächter!
WÄCHTER: Ja, Herr?
HOTELIER: Komm und überzeuge dich. Und dann schließ auf.
STUDENT: Er braucht sich nicht überzeugen. Er war seiner Sache von Anfang an sicher.
KONSUL: Bitte, nach Ihnen, meine Herren. Die Tür wird gleich geöffnet. *Bewegung.* Die Gerechten dürfen nach Hause gehen.
DRUCKER *mit grausamer Genugtuung*: Seht ihr, jetzt kommen wir raus. Jetzt sind wir frei.
KONSUL: Wir haben es uns verdient. Wir sind der Verpflichtung nachgekommen, die man von uns erwartete. Die Unschuldigen haben die gestellten Forderungen erfüllt. Bitte,

nach Ihnen, meine Herren. Die Absolution wurde uns bereits auf dem Vorwege erteilt. Und das ist alles. Das Schlimmste, was uns passieren kann, ist, daß man uns verzeiht.

WÄCHTER: Der Major kommt.

*Stille. Die Schritte des Majors, der über die Eisentreppe herabkommt.*

MAJOR *elegante Brutalität*: Ich sehe, meine Herren, Sie haben Ihre Aufgabe erfüllt – und zwar so erfüllt, wie Sie es für angebracht hielten. Darf ich mir erlauben, Ihnen zu danken.

HOTELIER: Was geschieht denn nun? Dürfen wir jetzt endlich gehen?

MAJOR: Natürlich, meine Herren. Sie haben mehr getan, als der Gouverneur erwartet hat. Natürlich sind Sie jetzt frei. – Wächter, schließ auf.

*Der Wächter geht auf die Tür zu, sucht den Schlüssel, steckt ihn ins Schloß. Der Major nickt lächelnd.*

*Großer Raum einer Villa. Man hat den Eindruck, daß der größte Teil der Möbel fortgeschafft worden ist, um Platz zu haben. Nur ein Tisch, Sitzcouch, mehrere Sessel sind vorhanden, kostbare Stücke von zerschlissener Eleganz. Es ist zu erkennen, daß die Villa requiriert wurde.*
*Außer dem Drucker und dem Arzt befinden sich die Personen des I. Aktes in dem Raum. An ihrer Haltung, ihren Gesten, an ihren leisen ungeduldigen Gesprächen muß die Gleichartigkeit der Situation offenbar werden – zumindest was das Befremden der Menschen angesichts ihrer Lage betrifft.*
*Draußen hält ein Auto. Die Männer heben den Kopf, schweigen. Türen schlagen.*

HOTELIER *vom Fenster*: Jetzt bringen sie den letzten ... Es ist der Doktor.
BANKMANN: Dann sind wir acht. Wir waren neun damals.
HOTELIER: Einen können sie nicht bringen: den Alten, der sich verstümmelte.
BANKMANN: Er war aber dabei.
KONSUL: Ich fürchte, er wird uns kaum die Ehre geben können: soviel ich gelesen habe, beging er Selbstmord, und das spricht allerdings gegen die Möglichkeit, hier zu erscheinen.
HOTELIER: Sie kommen die Treppe herauf.
*Alle wenden sich zur Tür, wobei einige vortreten, andere zurückweichen. Ein junger Hauptmann erscheint mit dem Arzt, läßt ihn ins Zimmer treten, folgt ihm.*
HAUPTMANN: Hier hinein, Sie sind der letzte.
ARZT: Was wollen Sie von mir? Was bedeutet das?
HAUPTMANN: Wenn die Erinnerung unangenehm wird, klagen alle über ein schlechtes Gedächtnis. Schauen Sie in diese Gesichter. Erinnern Sie sich?
*Der Arzt blickt forschend in die Gesichter, bemerkt, daß der Konsul sich zwinkernd vorbeugt.*
ARZT: Ja – ja, ich glaube.
HAUPTMANN: Dann gehören Sie hierher. Jetzt sind alle beisammen.

Hotelier *tritt nach vorn*: Ich muß vorsorglich protestieren, Herr Hauptmann. Wie Sie wissen, ist Ihr Hauptquartier in meinem Hotel untergebracht. – Ich bin dort unabkömmlich.

Hauptmann: Sie können beruhigt sein. Da wir in der Lage waren, den Gouverneur und sein Regime zu beseitigen, wird es uns auch nicht an Fähigkeiten fehlen, uns ohne Sie im Hotel zurechtzufinden.

Hotelier: Der Oberst bewohnt die Räume meiner Frau. Er ist mein Gast.

Hauptmann: Betrachten Sie Ihren Aufenthalt hier als Gegeneinladung.

*Eine Salve in der Ferne.*

Ingenieur: Ich bestehe darauf, den Grund zu erfahren, warum man uns hierhergebracht hat.

Konsul: Bestehen Sie lieber nicht, mein Verehrter. Das einzige, worum man nie verlegen ist, das sind Gründe zur Anklage. Ich würde mich überraschen lassen.

Hauptmann: Schweigen Sie. Es sollte Ihnen nicht schwerfallen, zu bemerken, warum Sie hier sind. Falls Sie es vergessen haben sollten – wir haben es nicht vergessen.

Lastwagenfahrer: Ich war der erste hier. Ich sitze schon seit Mittag rum. Bekommen wir wenigstens was zu essen?

Hauptmann: Wenn Sie etwas wünschen, sagen Sie es dem Posten vor der Tür. Soweit es möglich ist, wird man Ihren Wunsch erfüllen. Sie können es sich bequem machen.

Konsul: Immerhin etwas: Angeklagte mit Komfort. *Der Konsul läßt sich in einen Sessel fallen.*

Bankmann: Ich habe noch die Schlüssel der Safe-Abteilung bei mir. Ich muß sie übergeben. Wann erscheint denn der Richter?

Hauptmann: Er wird erscheinen, seien Sie unbesorgt. Es geht alles der Reihe nach. Für mich ist der Kampf zu Ende; für den Richter hat die Arbeit begonnen. *Eine Salve in der Ferne.* Sie sind nicht die einzigen, die auf der Liste stehen. In diesem Haus und in den Häusern bis hinab zur Kreuzung wird er erwartet.

Arzt: Darf ich fragen, in wessen Namen er das Recht zu finden sucht?

Hauptmann: Im Namen unseres geglückten Aufstands. – Sie können dem für Sie zuständigen Richter manche Mühe abnehmen, indem Sie ihm langwierige Verhöre ersparen.

Es würde nicht zuletzt Ihnen zugute kommen. Sie kämen früher nach Hause; das heißt: bis auf einen von Ihnen. Ich bin sogar ermächtigt, Sie nach Hause zu schicken, falls sich der eine meldet; jetzt.

HOTELIER: Und was geschieht mit dem einen?

HAUPTMANN: Unser Sieg verpflichtet uns zur Reinigung.

HOTELIER: Das heißt, Sie werden ihn erschießen.

HAUPTMANN: Wir wollen die Rückstände beseitigen, weiter nichts. Wer von einem neuen Anfang träumt und dafür alles in Kauf nimmt – dessen Hand darf nicht zittern, wenn reiner Tisch gemacht wird.

KONSUL: Merkwürdig – jeder Sieger beansprucht ein Recht zum Aufräumen; doch in der Art, wie er es beansprucht, scheint immer der Wunsch nach einem Alibi zu liegen.

HAUPTMANN: Ich habe Sie nicht gefragt.

KONSUL: Es sollte auch keine Antwort sein.

*Salve in der Ferne.*

HAUPTMANN: Sie wissen, meine Herren, warum Sie hier sind. *Zögernd.* Vor vier Jahren wurde Sason getötet, einer unserer besten Leute. Es war im Hause des Gouverneurs. Es geschah in Ihrer Gegenwart! Nun sind Sie hier, damit wir den Schuldigen finden. Der Mörder unseres Freundes ist unter Ihnen. Einstweilen kann es für uns jeder gewesen sein. – Ich weiß nicht, wann der Richter erscheint. Er wird erscheinen. Falls sich der Schuldige aber früher meldet, so wird der Posten draußen mich benachrichtigen. *Der Hauptmann geht zur Tür und geht grußlos hinaus.*

*Die Eingeschlossenen lösen sich gleichsam aus der Starre der Erwartung, wenden sich einander zu, setzen sich zum Teil.*

ARZT *mit resigniertem Protest*: Es ist absurd. Es ist unerhört: wie sollen wir heute klären, was vor vier Jahren geschah? Wer kann sich denn noch so genau erinnern? Und wer weiß genug?

HOTELIER *entrüstet*: Wir sollten alle jede Antwort verweigern. Schließlich geschah damals alles nur zufällig. Zufällig fiel das Auge der Polizei auf unsere Namen; zufällig waren wir es, die der Gouverneur mit diesem Attentäter zusammenbrachte. *Unterbricht sich.* Warum heben Sie den Kopf, Konsul?

KONSUL: Neugierde. Ich bin gespannt, ob Sie es auch als Zufall ansehen, daß wir die Zelle verließen und der Junge tot liegen blieb.

HOTELIER *gereizt*: Was wollen Sie damit sagen?

KONSUL: Es gibt immer einen Punkt, an dem der Plan beginnt.

INGENIEUR: Jedenfalls kommt mir unsere Lage verflucht bekannt vor. Es ist alles schon einmal dagewesen.

BANKMANN: Ich bin auch dafür, daß wir jede Antwort verweigern.

KONSUL: Wer in unserer Lage schweigt, gibt nur zu verstehen, daß er sich selbst nicht traut.

BANKMANN: Damit wollen Sie behaupten, daß wir uns schuldig fühlen?

BAUER: Es war meine Wache, Herr. Jeder wollte frei sein damals. Jeder hatte Angst vor dem andern. Wir hatten uns in der Zelle geeinigt, auf ihn aufzupassen. Ich muß auf meiner Wache eingeschlafen sein. Als ich zu mir kam, war es zu spät. Ich bin schuld, Herr.

STUDENT: Du warst es nicht. Du lagst neben mir, und ich hätte es gemerkt, wenn du aufgestanden wärst. Wir müssen versuchen, uns gemeinsam zu erinnern.

ARZT: Wir haben damals nicht erfahren, wie es geschah. Heute, nach vier Jahren, können wir es noch weniger. Es ist einfach eine Zumutung.

BAUER: Ich hatte schuld. Ich werde dem Richter sagen, daß es während meiner Wache geschah.

LASTWAGENFAHRER: Mich haben sie als ersten hierhergebracht, und vielleicht darf ich auch mal was sagen. Also dieser Bursche ist damals in unserer Gegenwart in der Zelle gestorben. Bedauerlich. Aber wie er selbst sagte, hatten sie ihn vorher gefoltert. Vielleicht hat ihm die Folter den Rest gegeben?

KONSUL: Eher die Faustschläge, mit denen Sie ihn zum Sprechen bringen wollten.

BANKMANN: Natürlich, Sie haben auf ihn eingeschlagen, bis er zu Boden ging. Was Sie mit Fragen nicht erreichten, sollten Ihre Fäuste tun.

HOTELIER: Ich habe gesehen, wie sein Hinterkopf gegen die Wand krachte, zweimal. Er war vollkommen wehrlos. Er kam auch gar nicht mehr zu sich.

*Der Lastwagenfahrer weicht argwöhnisch zurück, mustert die Männer ängstlich, dann drohend.*

LASTWAGENFAHRER: Was soll das heißen? Ihr wollt euch wohl auf einen Schuldigen einigen, was? Ihr wollt mich wohl zum Mörder machen? Aber das wird euch nicht gelingen ... Ja, ich habe ihn geschlagen, ich habe es für euch übernommen. Ihr standet daneben, und die Schläge, die er bekam, waren ganz in eurem Sinne. Stimmt das etwa nicht? Und jetzt wollt ihr mir anhängen, daß er durch mich umkam!

HOTELIER: Es können die Folgen der Schläge gewesen sein, als sein Hinterkopf ...

STUDENT: Der Mann wurde erwürgt. *Der Student steht allein, alle sehen ihn betroffen an.*

*Pause.*

BANKMANN: Woher wissen Sie das?

STUDENT: Doktor? Bestätigen sie es.

ARZT: Sein Hals wies Würgemale auf. Die Faustschläge haben nicht seinen Tod herbeigeführt.

STUDENT: Somit ist der Mörder der Mann, der seine Hände um den Hals von Sason legte. Er ist unter uns.

*Der Konsul zieht ein langes Zigarettenetui heraus, schraubt eine Zigarette in eine Spitze, zündet sie an.*

KONSUL: Was heißt: unter uns? Alle oder niemand. Alle oder niemand! Da es keinen Ermordeten ohne Mörder gibt, kann einstweilen jeder von uns der Schuldige sein. Es wäre natürlich leichter, wenn – sagen wir einmal – das Töten den Menschen veränderte, wenn beispielsweise seine Haut schwarz würde nach einem Mord.

HOTELIER: Sie beginnen schon wieder zu faseln, Konsul.

KONSUL: Da wir nicht soviel wissen, wie wir wissen möchten, bleibt uns zunächst nichts anderes.

INGENIEUR: Hoffentlich erscheint der Richter bald, damit die ganze Geschichte ein für allemal aufhört. Ich wünsche, daß alles festgestellt wird und daß man mich für den Rest meines Lebens verschont.

STUDENT: Entschuldigen Sie, aber wie können Sie wünschen, verschont zu bleiben, solange Wehrlosen Leiden zugefügt werden? Solange Schuldige frei ausgehen?

*Der Ingenieur, sehr gereizt, packt den Studenten an den Aufschlägen, zieht ihn gewaltsam zu sich heran.*

INGENIEUR: Hör mir mal zu, Bürschchen: mir paßt deine ganze Art nicht. Du warst mir auf den ersten Blick zuwider, du Milchbrötchen. Wer bist du eigentlich? Wenn du Angst hast, geh zur Toilette.

STUDENT: Wenn wir Angst haben sollten, dann vor Leuten,

die mit nichts etwas zu tun haben wollen. Seine Gegner kann man bestimmen; man gewinnt sogar ein Verhältnis zu ihnen und kann sich auf sie verlassen. Nicht meine Gegner machen mir Angst, sondern die Lauen, die sich nicht entscheiden können, eine Sache zu ihrer Sache zu machen.

HOTELIER: Welche Sache meinen Sie, eh?

STUDENT: Eine Schuld.

INGENIEUR *wütend*: Sei still! Wenn du nicht aufhörst, so zu reden, bekommt der Richter das Doppelte zu tun. Behalt deine Belehrungen für dich.

BANKMANN: Wir sollten protestieren. Der Richter ist gar nicht in der Lage, das, was geschehen ist, aufzuklären. Die Voraussetzungen stimmen nicht. Damals, als der Gouverneur uns einschließen ließ mit dem Attentäter, waren wir neun. Neun waren anwesend, als der Mann ums Leben kam. Wenn es jeder von uns gewesen sein kann – warum dann nicht jener, der heute fehlt. Der Drucker. Gut: er hat Selbstmord verübt; aber schließt das die Möglichkeit aus, daß er der Schuldige ist?

HOTELIER: Genau das ist meine Meinung. Der Richter kann nicht gerecht sein.

ARZT: Es würde mich interessieren, warum er überhaupt Selbstmord beging. Vielleicht besteht sogar ein Zusammenhang.

BANKMANN: Ich erinnere mich, wie er in seiner Ecke lag. Er sprach kaum ein Wort. Er blickte immer nur haßerfüllt auf den Mann, der es in der Hand hatte, den befreienden Satz zu sprechen. Sein Wunsch, herauszukommen, war so groß, daß er alles getan hätte. Warum soll er es nicht gewesen sein?

HOTELIER: Natürlich, warum nicht er?

BANKMANN: Wenn er es war, dann säßen wir zu Unrecht hier. Das sollten wir den neuen Herren beibringen.

BAUER: Er war es nicht, Herr; nicht der Drucker. Das weiß ich. Er kann es nicht gewesen sein, denn er hatte sich zwei Finger abgeschnitten mit dem Fallmesser. Nur um herauszukommen, hat er es getan. Seine Hand war nicht zu gebrauchen.

*Pause.*

ARZT: Das stimmt; seine Hand war nicht zu gebrauchen.

HOTELIER: Für mich ändert das nichts; wir haben nichts mit dieser Sache zu tun. Was geschehen ist, geschah unter

Zwang. Alles war eine Idee des Gouverneurs. Er hat den Befehl gegeben.

KONSUL: Tadellos. Das ist eine Spezialität unserer Zeit: der Mörder aus Gehorsam. Wer auf Befehl tötet, darf mit mildernden Umständen rechnen. Welch eine Gesinnung, die den Mörder aus Habgier oder Leidenschaft nicht verstehen will, den Mörder aus Gehorsam aber freispricht.

HOTELIER: Ich verbitte mir das, Konsul. Wollen Sie damit sagen, daß wir alles freiwillig auf uns genommen haben! Sie wissen so gut wie ich, daß der Gouverneur den Befehl gab.

STUDENT: Er selbst hat aber nicht gehandelt, und er war nicht anwesend in dem Augenblick, als Sason getötet wurde. Dieser Augenblick gehörte nur uns.

BANKMANN *tritt zwischen sie*: Ich finde es beschämend, daß wir uns in dieser Lage so gehenlassen, daß wir uns anfeinden, verdächtigen. Wir haben allen Grund, zusammenzuhalten. Jeder von uns weiß, was auf dem Spiel steht; denn was soll passieren, wenn der Schuldige, der unter uns sein soll, nicht gefunden wird? Was soll geschehen, wenn der Vernehmungsrichter keinen Erfolg hat? Er sucht einen von uns ...

KONSUL: Es gibt einschlägige Beispiele für die Lösung ähnlicher Probleme. Um sicherzugehen, würde der Vernehmungsrichter mit dem Ausdruck unendlichen Bedauerns uns alle verurteilen.

BANKMANN *ratlos*: Wir können doch nicht hier herumsitzen und auf den Richter warten. Wer weiß, wann er kommt.

KONSUL: Das stört mich auch: wir können uns nicht mal den Augenblick aussuchen, in dem wir bereit wären, unseren Richter zu empfangen.

LASTWAGENFAHRER: Das soll wohl komisch sein, wie?

KONSUL: Gewissermaßen, mein Lieber. Schließlich liegt jeder Komik ein Pech zugrunde.

BANKMANN: Und wenn der Richter heute nicht mehr kommt?

KONSUL: Es ist nicht die Sache des Richters, sich zu rechtfertigen. Darin unterscheidet er sich von uns.

INGENIEUR: Verflucht noch mal, aber es muß doch etwas geschehen. Wenn es ihm einfällt, erst morgen zu kommen, oder übermorgen, oder vielleicht sogar in der nächsten Woche ...

KONSUL: Das ist durchaus möglich. Die am meisten beschäftigten Leute nach dem Sieg einer Idee sind Bibliothekare und Richter. Sie haben soviel zu tun, weil jede Idee möchte, daß mit ihr die Geschichte der Welt neu beginnt. Darum entledigt sie sich auch so rabiat aller Zeugnisse aus vergangener Zeit.

INGENIEUR: Ach, halten Sie das Maul.

KONSUL: Gern. Aber vielleicht erst nach dem letzten Satz. Ich wollte Sie lediglich daran erinnern, was uns der Hauptmann sagte. Es liegt an uns, dem überarbeiteten Richter einige Mühe abzunehmen. Man hat uns sogar in Aussicht gestellt, diesen Raum verlassen zu können, sobald der Schuldige sich gemeldet hat. Da er sich nicht meldet, könnten wir doch versuchen, ihn von uns aus zu ermitteln.

HOTELIER *entrüstet*: Machen Sie sich doch nicht lächerlich, Konsul.

KONSUL: Warum nicht? Wenn Lächerlichkeit die letzte Maske ist, um die Wahrheit zu sagen – ich würde sie anlegen.

HOTELIER: Und wie stellen Sie sich das vor? Sollen wir uns gegenseitig einem Verhör unterziehen?

LASTWAGENFAHRER: Vielleicht ist das gar nicht so übel. Wir sollten nur bei dem anfangen, der diesen Vorschlag gemacht hat.

*Der Konsul schaut sich um, zieht sich einen Sessel in die Mitte des Raumes, setzt sich zur Überraschung der anderen und schaut sie erwartungsvoll an.*

BANKMANN: Das ist doch albern.

HOTELIER: Einen Augenblick. *Zögernd.* Ich erinnere mich jetzt: der Mann, der Attentäter, lag auf der einzigen Pritsche. Die Zelle war kaum beleuchtet. Wir hatten eingesehen, daß jener Bursche nicht bereit war, mit Rücksicht auf unschuldige Männer seine Überzeugung aufzugeben. Wir hatten uns damit abgefunden – und schwiegen. Nur einer flüsterte, kurz bevor wir den Tod des Mannes entdeckten. In meiner Erschöpfung hörte ich das Flüstern, das so klang wie eine geheime Absprache. Es war Ihre Stimme, Konsul!

KONSUL: Meine Stimme?

HOTELIER: Mit wem flüsterten Sie?

KONSUL: Mit wem?

HOTELIER: Und welche Art von Absprache trafen Sie?

KONSUL: Entschuldigung, aber mein Gedächtnis ist kein Grundbuch – ein Umstand, der mich mehr als betrübt macht. Schließlich ist es mehr als vier Jahre her.

*Der Hotelier geht auf den Konsul zu, stellt sich neben den Stuhl, tritt manchmal hinter ihn.*

HOTELIER: Das flüsternde Gespräch, das Sie führten – bezog es sich nicht auf den Mann, den wir kurz darauf tot auf der Pritsche fanden?

KONSUL: Alles bezog sich damals auf ihn. Immerhin hing unsere Freiheit davon ab, daß er die Namen seiner Komplizen preisgab.

*Andere treten näher.*

INGENIEUR: Und dann wissen Sie nicht, mit wem Sie flüsterten?

LASTWAGENFAHRER: So was vergißt man nicht.

INGENIEUR: Ich erinnere mich, daß Sie der einzige waren, der ohne Meinung blieb. Sie waren weder für ihn noch gegen ihn. Sie wollten sich nicht entscheiden. Haben Sie, Konsul, über den Mann auf der Pritsche gesprochen?

KONSUL: Wahrscheinlich.

HOTELIER: Einigten Sie sich vielleicht in dem flüsternden Gespräch darüber, wer ihn umbringen sollte? Hatten Sie es sogar übernommen?

KONSUL: Ich möchte darauf hinweisen, daß all meinen Handlungen ein gewisses Interesse zugrunde liegt. Es lag für mich kein Interesse vor, diesen Mann zu töten.

HOTELIER: Ich muß Sie leider berichtigen. Während der ganzen Zeit in der Zelle hatten Sie keine Gelegenheit zu einer ermunternden Injektion. Sie wußten, daß eine neue Sendung für Sie im Hotel bereitlag. Noch auf dem Weg zur Zelle hatten Sie mich danach gefragt. Zeigen Sie uns Ihren Unterarm.

KONSUL: Er bietet keinen Anlaß zur Bewunderung.

HOTELIER: Streifen Sie den Ärmel hoch.

*Der Konsul zieht sein Jackett aus, streift den Hemdsärmel hoch und steht da in einer Haltung ironischen Bedauerns.*

HOTELIER: Meine Herren, sehen Sie sich die Stiche an, die roten Punkte. Dieser Mann ist krank. Seine Krankheit macht ihn zu einem Sklaven, der frei von jeder Verantwortung handelt.

*Bewegung der anderen, Überraschung, sie schauen sich an.*

LASTWAGENFAHRER: So also ...
BANKMANN: Das hätte ich wissen sollen.
HOTELIER *ironisch*: Nun, vielleicht belieben Sie sich jetzt zu erinnern ... War es nicht so: Sie mußten zu den Ampullen. Sie haben sich flüsternd verständigt mit einem Helfershelfer. Und dann hat einer von Ihnen den Mann getötet.
KONSUL: Sie haben es bestätigt, mein Verehrter – wir eignen uns mehr zum Richter als zum Angeklagten. Zu meinem Bedauern muß ich aber Ihre Konstruktion zerstören. Mir ist nämlich eingefallen, daß wir uns damals flüsternd darüber verständigten, den Attentäter zu bewachen. Wir hatten das Gefühl, daß wir ihn vor uns selbst schützen mußten, und darum teilten wir uns in Wachen ein.
INGENIEUR: Sie können uns doch nicht erzählen, daß Sie den Attentäter bewachen wollten! Es ist doch merkwürdig: solange wir diesem Burschen zusetzten, geschah ihm nichts, doch kurz, nachdem Sie den Entschluß gefaßt hatten, ihn zu bewachen, fanden wir ihn tot neben der Pritsche ... Mein Vater sagte: wenn das Böse Bilanz macht, werden nie ein paar Pluspunkte fehlen ...
KONSUL: Ihr Vater hätte das aufschreiben sollen als Weisheit des Volksmunds. Leider ist es mir nicht gegeben, derlei Weisheit zu teilen.
INGENIEUR: Was wollen Sie damit sagen?
KONSUL: Es liegt an Ihnen, wie Sie es verstehen wollen.
*Student, der sich bisher im Hintergrund gehalten hat, tritt nach vorn.*
STUDENT: Ich war es, mit dem der Konsul flüsterte. Wir trafen eine Abmachung, den Mann zu bewachen.
HOTELIER: Sie?
INGENIEUR: Sie also? Warum haben Sie das nicht gleich gesagt?
STUDENT: Ich wollte Ihrem Ergebnis nicht vorgreifen. Der Konsul war nicht der Täter. Er saß vor mir. Meine Füße berührten ihn während der ganzen Zeit. Ich bin sein Zeuge. Ich und der Doktor.
INGENIEUR: Soweit ist es also schon: auch unter uns hier müssen wir uns Zeugen sichern. Auch wer geschlafen hat damals, braucht ein Alibi. Man kann vor Erschöpfung geschlafen haben und trotzdem schuldig sein.
*Der Student wendet sich nicht an einen einzelnen, er spricht, als memoriere er etwas für sich selbst.*

STUDENT: Ja – ja, das ist möglich. Wer zu handeln versäumt, ist noch keineswegs frei von Schuld. Niemand erhält seine Reinheit durch Teilnahmslosigkeit. Wir haben keine Wahl, als bestehende Schuld zu unserer eigenen Schuld zu machen; dann erst kann sie uns ändern.

INGENIEUR: Sie hätten Bußprediger werden sollen.

STUDENT: Dazu fehlt mir eine einzige Voraussetzung: die Büßer.

ARZT: Verdammt, jetzt beginnt Ihr Gerede auch mir auf die Nerven zu fallen. Es war einer von uns, der die Tat ausführte, ein einziger. Er hat das Verbrechen weder mit unserer Kenntnis noch mit unserer Billigung verübt. Und darum weigere ich mich, eine Schuld derer anzuerkennen, die zwar anwesend waren, aber nichts wußten. Ich lehne es ab, die Schuld des Mörders zu meiner zu machen.

LASTWAGENFAHRER: Wenn Sie einen Namen wissen, dann nennen Sie ihn doch.

ARZT: Es ist zwecklos, wenn wir versuchen, uns vor einander zu rechtfertigen. Das wird jedem von uns gelingen. Jeder wird gute Gründe zur Hand haben, mit denen er den anderen beweist, daß er als Täter nicht in Frage kommt. Unter Angeklagten ist es Ehrensache, einander für schuldlos zu halten.

LASTWAGENFAHRER: Ich bin ganz anderer Ansicht, wenn ich Sie reden höre. Warum sollen Sie es nicht gewesen sein, der den Mann umbrachte?

ARZT: Was erlauben Sie sich? Ich bin Arzt!

LASTWAGENFAHRER: Na und? Hat es noch nie einen Arzt gegeben, der zum Mörder wurde? Was man zu lesen bekommt manchmal – da stellt es sich heraus, daß ein Arzt ein sehr geschickter Mörder war. – Und haben Sie ihn zuletzt nicht auch bekniet? Ich erinnere mich noch genau, wie Sie ihn anschrien, als er auf der Pritsche lag. Sie forderten von ihm den Verrat seiner Freunde, weil Sie in Ihre Klinik wollten. Sie waren zu allem fähig.

ARZT: Es ist ungeheuerlich, was Sie mir vorwerfen.

LASTWAGENFAHRER: Wieso soll es in Ihrem Fall ungeheuerlich sein, wenn wir alle uns den Verdacht gefallen lassen müssen?

ARZT: Ich habe einen Eid geleistet ... Aber das verstehen Sie nicht.

*Lastwagenfahrer nähert sich dem Arzt; der Konsul erhebt sich von seinem Sessel.*

LASTWAGENFAHRER *aggressiv*: Sie meinen, ich bin zu blöd... Ihresgleichen haben immer Eide geleistet, ich weiß; aber manchmal habt ihr es nur getan, um euch dahinter zu verstecken.

ARZT: Mit Ihnen kann man überhaupt nicht reden. Sie sind...

LASTWAGENFAHRER: ... ich weiß. Sie können sich sparen, was Sie sagen wollen. Ich habe keinen Eid vorzuweisen, und darum reiche ich nicht aus, um Ihnen Fragen zu stellen. Doch leider waren Sie dabei, als der Junge getötet wurde.

ARZT: Ich warne Sie!

LASTWAGENFAHRER: Um so besser, dann bin ich auf alles gefaßt.

BAUER: Der Doktor hat nichts damit zu tun. Es geschah auf meiner Wache. Ich allein habe die Verantwortung. Der Doktor saß auf dem Boden neben der Tür. Erst nachdem es geschehen war, stand er dort auf.

LASTWAGENFAHRER: Nicht so schnell. Ich saß auch auf dem Boden neben der Tür. Ich erinnere mich, daß Sie auf meiner linken Seite saßen. Als irgend jemand rief, daß der Bursche auf der Pritsche tot sei, erhoben Sie sich: und zwar an meiner rechten Seite.

ARZT: Das ist doch vollkommener Unsinn.

KONSUL: Ich bin nur verblüfft – offenbar wachsen die Fähigkeiten unseres Gedächtnisses mit der Bereitschaft, uns Rechenschaft zu geben.

LASTWAGENFAHRER: Sie sind nicht gefragt.

KONSUL: Ungefragt fällt mir leider das Beste ein.

LASTWAGENFAHRER: Moment mal. Der Doktor hatte ein Interesse daran, rauszukommen, weil er in seine Klinik wollte. Das stimmt doch?

*Die andern umgeben den Arzt, wie sie vorher den Konsul umgaben.*

ARZT: Meine Patienten warteten auf mich.

LASTWAGENFAHRER: Gingen Sie in die Klinik? Ich meine, nachdem man uns freigelassen hatte?

ARZT: Ich war jeden Tag in der Klinik.

LASTWAGENFAHRER: Aber damals, nach dem Mord?

ARZT: Ich lehne es ab, hier zu antworten. Was soll dieses Verhörspiel ohne Nutzen?

BANKMANN: Es fällt mir schwer, Doktor, doch ich muß Sie korrigieren: das, was Sie als Spiel bezeichnen, wird einen Toten hinterlassen. Einer von uns – hoffentlich der Schuldige – wird nicht zurückkehren. In den Regeln des Spiels ist der Tod nicht vorgesehen.

ARZT: Um so schlimmer; dann spielen wir um den Tod von einem von uns.

LASTWAGENFAHRER: Immer langsam. Sie sagten, Sie gingen an jenem Tag vor vier Jahren von der Zelle in die Klinik. Das stimmt doch? Ich ging zu meinem Laster, den sie auf einen Parkplatz geschleppt hatten, hier in der Nähe. Ich fuhr los, fuhr eine gute halbe Stunde auf der Autobahn, als mich ein Konvoi überholte: der Konvoi des Gouverneurs. Vornweg seine Motorradfritzen und er ganz in Weiß im ersten Auto. Es waren zwei Autos. Und wissen Sie, wer im zweiten Auto mit ein paar Kerlen saß? Sie, Herr Doktor!

*Bewegung und Überraschung bei den anderen.*

HOTELIER: Ist das wahr?

INGENIEUR: Mit dem Gouverneur?

BANKMANN: Wie erklären Sie das?

*Pause.*

ARZT: Ich bin Spezialist. Am Eingang zu meiner Klinik erwartete mich ein Beauftragter des Gouverneurs. Ich mußte ihn begleiten. Der Vater des Gouverneurs war schwer erkrankt. Was sollte ich tun?

LASTWAGENFAHRER: Der Vater des Gouverneurs? Soviel ich weiß, ist er lange tot.

ARZT: Er starb vor vier Jahren. Ich habe nur zwei Besuche gemacht.

LASTWAGENFAHRER: Tote sind die besten Zeugen.

ARZT *empört*: Ich verbitte mir das. Es ist unerhört. Wenn ich nur könnte, ich würde Sie ...

LASTWAGENFAHRER: Was? Was würden Sie?

ARZT: Ich zeige Sie an!

LASTWAGENFAHRER *lachend*: Bei wem? Wofür? Wollen Sie es der Polizei überlassen, reingewaschen zu werden vom Verdacht?

INGENIEUR: Es gibt tatsächlich Leute, die sich ihre Sünden von der Polizei vergeben lassen.

KONSUL: In meiner Jugend träumte ich oft davon, eine neue Polizei aufzustellen; sie sollte allerdings nicht das Böse zur

Verantwortung ziehen, sondern das Gute belohnen. Wir hätten viel gewonnen, wenn die Polizei nur dazu da wäre, die Unschuld zu honorieren.

LASTWAGENFAHRER: Sie reden zuviel. Der Doktor hat noch immer nicht geantwortet.

ARZT: Ich denke nicht daran, mich vor einem Lümmel wie Ihnen zu rechtfertigen.

LASTWAGENFAHRER *drohend*: Sagen Sie das noch einmal!

ARZT: Sie sind ein gewalttätiger, dreckiger Lümmel!

*Der Lastwagenfahrer stürzt sich auf den Arzt; es entsteht ein Handgemenge, man versucht, sie zu trennen. Der Lastwagenfahrer schlägt mehrmals zu. Der Student öffnet die Tür, nickt dem Posten zu, der sofort hereinkommt.*

STUDENT *befehlend*: Posten! Bring die beiden auseinander.

POSTEN: Schluß! Auseinander! Ich habe gesagt: auseinander!

*Der Lastwagenfahrer stöhnt auf – nach einem dumpfen Kolbenschlag.*

POSTEN: Ich habe euch gewarnt. Auseinander!

*Pause. Der Posten blickt auf den Studenten, tritt zur Tür, bleibt jedoch im Raum.*

BANKMANN: Es ist beschämend. Wir sehen, wohin es führt, wenn wir uns selbst anmaßen, Richter zu sein. Mit Schlägen versuchen wir, uns zu überzeugen ... Soweit ist es gekommen: die Lage sollte uns zusammenhalten lassen, sie sollte uns verbinden; statt dessen macht sie uns zu Gegnern.

KONSUL: Pardon, es handelt sich um keine Lage, sondern um eine Zwangslage. Und die Solidarität, die in einer Zwangslage entsteht, war schon immer fragwürdig.

HOTELIER: Wir sollten aufhören. Es kommt nichts dabei heraus, wenn wir uns gegenseitig in die Zange nehmen. Drei von uns haben geantwortet – und nun? Hat sich ihre Unschuld erwiesen? Wir können dem Richter keine Mühe abnehmen.

STUDENT: Der Richter braucht einen Anhalt.

INGENIEUR: Aber wo ist er denn, der Herr? Wann geruht er denn zu erscheinen? Wir haben doch gehört: überall in den Häusern bis zur Kreuzung sitzen Leute und warten auf ihn; warten darauf, daß er im Namen des geglückten Aufstandes Recht spricht. Das kann Wochen dauern.

KONSUL: Ich glaube nicht. Während sich die Justiz in ruhigen Zeiten Weile läßt, arbeitet sie nach dem Sieg einer Idee eigentümlich rasch. Im Siegeseifer braucht man auf die Stimme des Zweifels keine Rücksicht zu nehmen.

HOTELIER: Ich warte jedenfalls, bis der Richter kommt. Bis dahin verweigere ich jede Antwort.

INGENIEUR: Und wenn er gar nicht kommt?

HOTELIER: Wenn er uns vergißt?

KONSUL: Es wäre das schlimmste Urteil: er würde die Schuldigen sich selbst überlassen.

STUDENT: Ich bin dafür, daß wir weitermachen, in der gleichen Weise wie bisher.

HOTELIER: Ohne Richter?

STUDENT: Der Richter ist anwesend.

*Alle sehen ihn verblüfft an, beziehungsweise treten fordernd auf ihn zu.*

INGENIEUR: Machen Sie keine Witze, Milchbrötchen.

KONSUL: Vielleicht stimmt es. Dann wäre dies allerdings die interessanteste Verhandlung, die ich bisher kennenlernte: der Richter und der Schuldige inkognito in einer Gesellschaft von Verdächtigen. Auf diese Art wäre auch der Richter gezwungen, sich zu rechtfertigen. Und hätten es manche Richter nicht nötig?

INGENIEUR: Das ist doch Unsinn.

HOTELIER: Wer sollte es denn sein? Als das damals geschah, waren wir alle anwesend, wir acht. Und es wurde festgestellt, daß wir alle als Täter in Frage kommen.

STUDENT: Posten! Geh auf deinen Platz!

*Der Posten grüßt und verläßt den Raum.*

STUDENT: Ich bin es. Ich bin der Richter, den Sie erwarten.

*Pause.*

KONSUL: Fast hätte ich willkommen gesagt – aber aus Überzeugung kann man seinen Richter ja wohl nicht willkommen heißen. Immerhin, das nenne ich eine Überraschung.

HOTELIER *mißtrauisch*: Sie sind es?

INGENIEUR: Das geht mir nicht ein.

BAUER *kniet vor dem Studenten nieder*: Hör mich an, Herr, jetzt, wo du da bist: niemand von denen, die hier sind, hat es getan. Ich hatte die Wache übernommen. Ich bin nicht eingeschlafen. Ich habe gewartet und sah nur in eure Gesichter. Für euch alle wollte ich es tun.

INGENIEUR: Wie können Sie unser Richter sein, wenn Sie selbst dabei waren, mit uns in die Zelle kamen und mit uns hinausgingen?

BAUER: Hör mich doch an, Herr! Ich war es.

STUDENT: Wünschen Sie einen Beweis dafür, daß ich der Richter bin, den Sie erwarten? *Zögernd, nachdenklich.* Nun, vielleicht haben Sie Anspruch darauf, zu erfahren, wie ich es wurde ... Ich war einer von Ihnen. Ich teilte mit Ihnen die gleiche Not und wahrscheinlich den gleichen Wunsch. Auch meine Freiheit hing damals von Sason ab. Wir waren alle unschuldig ... Wir alle wurden zu Mördern in der Einbildung, als wir erkannten, daß Sason nichts preisgeben würde: weder die Namen seiner Freunde noch seine Überzeugung. Wir begingen ein geistiges Verbrechen, aber nur einer von uns vollzog es. So seltsam es klingt: gewisse Verbrechen müssen durch eine Stimmung begünstigt werden. Wir sorgten für diese Stimmung. Darum sind wir schuldig.

KONSUL: Ich habe wenig dagegen einzuwenden.

*Der Student geht auf eine Seite des Raums, die andern bleiben zusammen, so daß sie in sichtbarem Gegenüber stehen.*

STUDENT: Ich sah damals ein, wieviel von der Schuldlosigkeit zu halten ist, wenn sie auf eine äußerste Probe gestellt wird. Wir selbst – neun ehrenwerte Männer – haben gezeigt, daß unsere Schuldlosigkeit nur ein Glücksfall war. Wir glaubten, uns unsere Unbescholtenheit erhalten zu können, indem wir indifferent blieben oder uns auf bewährte Weise totstellten. Dann kam die Probe, und die Überzeugung eines einzigen Mannes widerlegte die Unschuld von neun Zeitgenossen. Wer sich heute auf seine Schuldlosigkeit beruft, kann dafür keine Belobigung erwarten ... Ich habe die Überzeugungen des Mannes, den wir töteten, zu meinen Überzeugungen gemacht: sie sind stärker als die Unschuld, sie sind verläßlicher. Gleich nachdem wir die Zelle verlassen hatten damals, suchte ich Verbindung mit Sasons Leuten.

KONSUL: Vielleicht würden Sie dann auch die Güte haben, uns zu sagen, bei welcher Gelegenheit der Gouverneur den letzten Seufzer tat. Starb er bequem? Es gibt so viele Gerüchte ...

STUDENT: Ich selbst schoß auf ihn, als er ein Kinderheim der Regierung einweihte.

KONSUL: So – na, dann gab's wohl hinterher ein Ringelreihn ... der Wolf ist tot ...

STUDENT: Diesmal hatte unser Aufstand Erfolg.

HOTELIER *noch immer ungläubig*: Sie sind der Richter?

INGENIEUR: Darf ich fragen, was Sie mit uns vorhaben?

BANKMANN: Warum haben Sie gezögert, sich zu erkennen zu geben? Hatten Sie Angst?

ARZT: Es fällt mir schwer, Sie als Richter anzuerkennen. Sie selbst waren doch dabei ...

STUDENT: Setzen Sie sich dort drüben hin, alle. Ich wiederhole nur einmal: Setzen Sie sich an den Tisch.

*Sie schieben die Sessel zusammen, bilden eine Front.*

ARZT: Darf ich eine Frage stellen: auf welches Recht wollen Sie sich berufen?

KONSUL: Ich fürchte, Doktor, Sie haben falsch gefragt. Was ich wissen möchte, ist: welches Recht gedenken Sie anzuwenden?

STUDENT: Man kann sich kein Recht aussuchen. Man wird zu ihm genötigt. *Der Student blickt nach draußen, wendet sich dann ungeduldig an die Männer.* Wer ist der Nächste? Ich habe wenig Zeit. Sind Sie es?

BANKMANN: Ich? Ich weiß nicht. Wir haben keine Reihenfolge aufgestellt.

ARZT: Aber drei von uns haben schon geantwortet. Dürfen wir gehn?

STUDENT: Der Schuldige ist noch nicht gefunden.

BANKMANN: Was erwarten Sie von mir? Ich bin es nicht, den Sie suchen.

STUDENT: Sie waren aber dabei.

BANKMANN: Ich schlief, während es geschah.

STUDENT *schnell*: Wo?

BANKMANN: Am Gitter; ich hatte den Rücken gegen das Gitter gelehnt. Irgend jemand saß neben mir. Vielleicht waren Sie es.

HOTELIER: Ich? Das ist ausgeschlossen. Ich saß am weitesten entfernt von der Pritsche, allein in einer Ecke. Ich kann nicht neben Ihnen gesessen haben.

BANKMANN: Dann Sie?

INGENIEUR *ärgerlich*: Wie kommen Sie darauf? Welchen Wert soll es überhaupt haben, wenn wir hier die Sitzordnung von damals rekonstruieren?

BANKMANN: Ich bin ganz sicher, Sie saßen zwischen mir und der Pritsche.

INGENIEUR: Ich verstehe. Damit wollen Sie sagen, daß Sie es nicht – *seine Stimme wird immer lauter* – bemerkt haben konnten, als ich mich erhob, zur Pritsche ging und den Mann tötete. Ich brauchte ja nicht über Ihre Beine zu steigen; wollten Sie das damit sagen?

BANKMANN: Sie fuhren sich im Schlaf über den Hals.

INGENIEUR: Es wundert mich, wie Sie das bemerken konnten. Ich denke, Sie selbst haben geschlafen?

BANKMANN: Ich erwachte für einen Augenblick.

INGENIEUR: Für welchen Augenblick? Wenn ich mich recht erinnere, hatten Sie eine Revision in der Bank. Sie bejammerten unaufhörlich, daß Sie nicht dabei sein konnten. Erwachten Sie vielleicht, um sich die Möglichkeit zu verschaffen, doch noch zur Revision zu erscheinen?

KONSUL: Meine Vermutung wird immer wieder bestätigt: unser Gedächtnis ist besser, als es uns angenehm sein könnte.

INGENIEUR: Lassen Sie Ihre Witze.

KONSUL: Ein Witz überprüft manchmal die Lage.

INGENIEUR *auffahrend*: Ich habe genug von Ihnen. Wenn Sie sich nicht betroffen fühlen, dann verschwinden Sie – oder schweigen Sie. – So, und nun meine Frage an den Herrn von der Bank: Warum glaubten Sie, bei der Revision unentbehrlich zu sein?

BANKMANN: Warum?

INGENIEUR: Hatten Sie vielleicht einen ganz bestimmten Grund, um rechtzeitig zur Revision zu erscheinen? Einen Grund, der mehr wog als alles andere?

BANKMANN *entrüstet*: Sie beginnen zu phantasieren.

INGENIEUR: Ich habe familiäre Verbindungen zur Bank.

BANKMANN: Das freut mich für Sie.

INGENIEUR: Was ich Ihnen zu sagen habe, dürfte Sie weniger freuen. Sie waren der Vertraute des alten Polizeichefs. Sie verwalteten sein Geheimkonto – die erpreßten Lösegelder, die Bestechungssummen, die eingezogenen Vermögen der Bürger, die emigrieren mußten. Ich weiß, Sie taten es widerwillig, doch Sie taten es, Sie wußten, wieviel Sie riskierten, wenn die Revision diese Tatsache ans Licht bringen sollte.

BANKMANN: Das sind Unterstellungen. Sie haben noch nichts bewiesen.

INGENIEUR: Mich interessiert nur soviel: Stimmt es, daß Sie mit dem Polizeichef zusammengearbeitet haben? Trifft es zu, daß Sie sein Geheimkonto verwalten mußten?

BANKMANN: Ich wurde gezwungen. Nachdem er es mir angetragen hatte, durfte ich nicht nein sagen. Wenn ich mich geweigert hätte ...

INGENIEUR: ... wären Sie heute unschuldig, aber tot.

BANKMANN: Ich weiß nicht, worauf Sie hinauswollen.

INGENIEUR: Sie versuchten mich zu belasten, und ich wollte Ihnen nur zeigen, daß Sie genauso als Schuldiger in Frage kommen wie jeder andere. Keinem gelingt die Rechtfertigung vollkommen. Ihnen am wenigsten.

KONSUL: Es ist nicht zu widerlegen: reine Schuldlosigkeit ist ein Vorzug der Toten. Wer es für nötig hält, leben zu bleiben, hat keine andere Wahl, als schuldig zu werden.

*Pause. Bankmann sieht sich um, findet keinen Beistand, wird unsicher, leiser.*

BANKMANN: Ich gebe zu, der Polizeichef des ehemaligen Gouverneurs zwang mich, sein Geheimkonto zu verwalten. Ich war – in dieser Hinsicht – sein Vertrauter. Wenn man leben will, kann man gezwungen werden, etwas zu tun, was man widerwillig tut, denn nur wer den Tod auf sich nimmt, entgeht allen Schwierigkeiten, doch er löst damit kein Problem. Wir sollten uns davor hüten, den Tod als einzige Form des Alibis anzuerkennen.

STUDENT: Aber er zeigt uns eine Möglichkeit, um nicht schuldig zu werden.

*Pause.*

HOTELIER: Erlauben Sie, Richter – ich möchte Sie etwas fragen. Sie haben uns hierherbringen lassen, weil Sie unter uns einen Schuldigen finden wollen. Sie fordern sein Leben.

STUDENT: Ich fordere Gerechtigkeit.

HOTELIER: Ja, Gerechtigkeit für einen Mörder. Der Mann, mit dem uns der Gouverneur einschließen ließ vor vier Jahren, war ein Mörder. Er war an einem Attentat auf den Gouverneur beteiligt und hatte zwei seiner Leibwächter getötet.

KONSUL: Sie verkennen, mein Freund: unser Attentäter beging einen Mord aus Überzeugung. Das ist eine der bemerkenswerten Errungenschaften unserer Zeit. Wer aus Überzeugung tötet oder im Namen einer Idee, handelt legal; zumindest sind die Anhänger der Idee dieser Ansicht.

HOTELIER: Aber das würde bedeuten, daß ein Mord unter

gewissen Bedingungen erlaubt ist. Wann, Herr Richter, beginnen diese Bedingungen zu zählen und vor welchem Gericht?

STUDENT *fanatisch*: Es gibt einen Mord aus Gerechtigkeit. Wir, meine Freunde und ich, sind davon überzeugt, daß eine Gemeinschaft und Gesetze, wie wir sie im Auge haben, das Blut einiger Menschen wert sind. – Wer sich unserem Ziel verschreibt, wer bereit ist, in unserem Sinne zu handeln, muß etwas auf sich nehmen.

KONSUL: Auch eine Schuld?

STUDENT: Auch Schuld – die aber durch das eigene Opfer ausgeglichen wird.

HOTELIER: Dann bin ich gespannt auf Ihren Spruch, auf das Urteil.

*Pause.*

STUDENT: Was taten Sie in jener Nacht, als es geschah?

HOTELIER *selbstgewiß*: Ich? Ach so, jetzt bin ich dran. Ich habe keinen Grund, zu verheimlichen, daß der ehemalige Gouverneur in meinem Hotel verkehrte. Er war manchmal mein Gast. Seine Lieblingsspeise war gegrillter Lachs; sein Lieblingsgetränk ein Mirabellenschnaps, den herzustellen offiziell verboten war. Ich mußte ihn unter der Hand besorgen.

STUDENT: Danach habe ich Sie nicht gefragt. Sie waren der erste, der den Tod von Sason entdeckte; der erste, der den Wächter rief und ihn bat, aufzuschließen.

HOTELIER *ängstlich, argwöhnisch*: Der erste? Ich?

ARZT: Sie waren es; ich erinnere mich genau.

HOTELIER: Ich bin Ihnen keine Rechenschaft schuldig, Doktor, ich verbitte mir, daß Sie sich in meine Angelegenheit einmischen.

ARZT: Sie waren der erste, der den Mord entdeckte.

HOTELIER: Und was besagt das? Ist der Entdecker eines Verbrechens auch der Schuldige?

ARZT: Wir sind gezwungen, uns alle Einzelheiten zu vergegenwärtigen. Es hängt eine Menge davon ab – für jeden von uns.

HOTELIER: Deswegen brauchen Sie sich nicht als Richter aufzuspielen.

KONSUL: Wir tun es alle, mein Teuerster. Wir sind Angeklagte, aber wir messen uns untereinander mit den Blicken von Richtern.

STUDENT: Stimmt es, daß Sie neben der Pritsche saßen?
HOTELIER: Wie soll ich das wissen. Es ist möglich.
ARZT *sich sorgfältig erinnernd*: Für mich gibt es keinen Zweifel. Wir hatten alles versucht, es war still in der Zelle, wir waren allein mit unserer Erschöpfung. Und dann entstand dieses merkwürdige Gefühl, wir fühlten die Gefahr, in die der Mann auf der Pritsche geraten war, nachdem er sich geweigert hatte, seine Überzeugung für uns aufzugeben. Sein Tod war allen schrecklich, nur einem nicht. Dieser eine stand bereits am Gitter, als sich die andern erst erhoben.
HOTELIER: Sie lügen! Sie wissen nicht, was Sie reden! Ich habe mir nie etwas zuschulden kommen lassen. Sehe ich vielleicht wie ein Mörder aus?
ARZT: Würden Sie uns erklären, wieso Sie bereits an der Tür standen, als wir alle noch auf der Erde lagen? Wie wollen Sie den Mord entdeckt haben?
HOTELIER: Ich hörte ein Geräusch, hörte ihn stöhnen und glaubte zuerst, daß ich selbst es war, der stöhnte. Dann sprang ich auf ...
ARZT: Und Sie erkannten gleich, was geschehen war?
HOTELIER: So etwas sieht man, man ahnt es, man sieht es.
ARZT: Was taten Sie, nachdem Sie es gesehen beziehungsweise geahnt hatten?
HOTELIER: Mein Gott, was tut man in solch einem Augenblick ...
ARZT: Sie riefen den Wächter. Sie baten ihn, aufzuschließen. Das heißt: Sie waren Ihrer Sache sicher. Sie hielten es nicht für nötig, den Tod des Mannes festzustellen.
HOTELIER: Als ich das Stöhnen hörte, öffnete ich die Augen. Ich sah, daß sich etwas bewegte.
ARZT: Sich bewegte? Können Sie uns sagen, wer es war, der sich bewegte?
*Hotelier blickt auf den Richter.*
HOTELIER *zögernd*: Er hatte Ähnlichkeit – mit dem Richter!
*Pause, Überraschung.*
STUDENT: Hatte der Täter Ähnlichkeit mit mir – oder wollen Sie sagen, daß ich es war?
HOTELIER: Ich wollte nichts damit sagen ...
*Pause. Der Bauer kommt nach vorn, werbend, mit ausgestreckten Händen.*
BAUER: Hör mich an, Herr. Eure Mühe ist umsonst. So

werdet ihr den Schuldigen nicht finden. Ich war es, es geschah, als ich Wache hatte.

LASTWAGENFAHRER: Nur nicht drängeln, du kommst auch dran.

STUDENT: Sagen Sie es noch einmal: Wer war es, der sich bewegte? Wen Sie nennen – er wird verurteilt.

HOTELIER: Ich weiß es nicht – ich bin nicht sicher – ich jedenfalls war es nicht. Da – sehen Sie sich meine Hände an.

*Der Student zieht einen Revolver aus der Tasche, tritt näher heran und legt den Revolver auf den Tisch.*

STUDENT: Was soll ich an den Händen sehen? Ihre Unschuld? – Hier!

HOTELIER: Wozu? Was soll ich mit dem Revolver? Ich bin doch ...

STUDENT: Wenn Sie glauben, den Täter erkannt zu haben, dann schießen Sie! Es wird Ihnen nichts geschehen. Machen Sie keinen Unterschied, auch nicht bei mir. Ihr Schuß wird den andern augenblicklich helfen. *Pause.* Sehen Sie in jedes Gesicht. Gehen Sie herum. Wenn Sie den Mann gefunden haben, dann drücken Sie ab.

HOTELIER *ratlos, furchtsam*: Ich kann es nicht. – Ich habe noch nie einen Revolver in der Hand gehabt.

BAUER: Überlaß es mir, Herr.

*Student wehrt den Bauern ab, verweist ihn durch einen Blick und schickt ihn zurück.*

STUDENT: Messen Sie einen jeden. Messen Sie eines jeden Schuld, als ob Sie der Richter wären. Und vollstrecken Sie das Urteil.

*Der Hotelier wird immer unsicherer.*

HOTELIER: Vielleicht habe ich mich geirrt.

KONSUL: Die Absolution erhielten Sie im voraus; sie gilt auch für den Fall des Irrtums, dafür haben Sie mannbare Zeugen.

BAUER: Warum überlaßt ihr es nicht mir? Ich kenne den Schuldigen. Wo bleibt die Gerechtigkeit, wenn ihr einen Unterschied macht? Gebt mir den Revolver.

LASTWAGENFAHRER: Hast du nicht verstanden, hier geht es genau der Reihe nach.

*Der Student nimmt den Revolver an sich und steckt ihn wieder ein.*

STUDENT: Mehr konnte ich nicht für Sie tun.

HOTELIER: Ich weiß, ich bitte um Entschuldigung. Es war sicher ein Irrtum.

KONSUL: Und wenn schon. Warum fürchten Sie sich vor den Folgen eines Irrtums? Der Irrtum ist ein großer Lehrmeister, ein großer Entdecker obendrein. Jeder anständige Mensch sollte zu einem Irrtum bereit sein. Unfehlbar sind nur Märtyrer und Götter ... und wir sehen ja, wie weit es mit Ihnen gekommen ist.

HOTELIER *verdrossen*: Ach, lassen Sie mich in Ruhe.

KONSUL: Schade. Ich wollte Sie nur auf die Möglichkeiten der Unruhe aufmerksam machen. Immerhin, ich fürchte, unser Richter wird nicht glücklicher, je mehr er hört.

STUDENT: Es ist nicht die Sache eines Richters, glücklich zu sein.

KONSUL: Nicht?

STUDENT: Es wäre eine fatale Vorstellung, einen Richter glücklich zu sehen. Es gibt nichts in der Welt, das weniger Vergnügen bereitet als Richten.

*Pause.*

BANKMANN: Bisher sind wir noch nicht einen Schritt weitergekommen. Kein Anhaltspunkt, keine Gewißheit. Die Schuld verteilt sich auf alle.

STUDENT: Sie wird dadurch nicht geringer. Schuld läßt sich nicht in Prozenten ausdrücken.

BANKMANN: Aber wir müssen doch zumindest – ich möchte sagen: zu einem Vergleich kommen. Es muß doch etwas entschieden werden. Eine Bilanz!

KONSUL: Darum würde ich mich nicht sorgen. Es findet sich immer jemand, der die Bilanz zieht.

INGENIEUR *seufzend*: Wenn Sie nur aufhören würden mit Ihrem Gerede, ich glaube, es ginge uns allen besser.

KONSUL: Ich gebe zu, daß ich gern rede.

INGENIEUR: Wissen Sie, was Sie sind?

KONSUL: Ich bin Ihnen dankbar für jeden Hinweis.

INGENIEUR: Ein Fatzke, ein Wicht, ein Narr ...

KONSUL: Soviel auf einmal? Sie verwöhnen mich. Aber vielleicht geruhen Sie uns endlich anzuvertrauen, warum Sie so gewalttätig gegen den jungen Mann vorgingen – damals, in der Zelle. Ich glaube, mich erinnern zu können, daß niemand ihn so hart anfaßte wie Sie.

INGENIEUR: Bilden Sie sich nur nicht ein, daß ich Ihnen antworte.

STUDENT: Sie sind Ingenieur, nicht wahr?
INGENIEUR: Diplom-Ingenieur, ja.
STUDENT: Sie waren vor elf Jahren in einen Prozeß verwikkelt; stimmt das?
INGENIEUR: Ja, aber was hat dieser Prozeß hier zu tun?
STUDENT: Als damals die Talsperren gebaut werden sollten, kauften Sie ein Flugzeug und stellten einen Piloten an, der den Auftrag erhielt, Luftaufnahmen zu machen.
INGENIEUR: Das ist üblich.
STUDENT: Vierzehn Tage, nachdem Sie die Versicherungssumme erhöht hatten, stürzte das Flugzeug ab. Sie erhielten den vollen Betrag ausgezahlt.
INGENIEUR: Ich wurde freigesprochen.
STUDENT: Mangels Beweises, nicht wegen erwiesener Unschuld.
INGENIEUR: Warum wärmen Sie diese alten Geschichten auf. Wollen Sie mir auf diese Art die Fähigkeit zu einem Mord unterschieben? Es war ein ordentliches Gericht, das mich freisprach, berufsmäßige Richter.
STUDENT: Der Vorsitzende wurde später Oberster Senatsrichter.
INGENIEUR: Davon weiß ich nichts.
KONSUL: Selbstverständlich hatten Sie kein Interesse, die Zelle zu verlassen.
*Pause.*
STUDENT: Antworten Sie!
KONSUL: Alles, worüber Sie klagten, war, wenn ich mich nicht irre, Ihr Durst. Zugegebenermaßen war es heiß damals. Ein kühler Trunk wurde uns in Aussicht gestellt für den Fall, daß wir unsere Aufgabe zur Zufriedenheit des Gouverneurs gelöst hätten.
INGENIEUR: Nur ein Narr wie Sie kann annehmen, daß ich einen Menschen umbringen würde, um meinen Durst zu stillen.
KONSUL: Ich habe nichts dergleichen gesagt. Ich möchte mich nur vergewissern. Sie litten an Durst, mehr als jeder andere. Dann war der Junge tot, und wir durften das Kabinett der Prüfungen verlassen. Sie gingen, so rasch Sie konnten, zu dem schwimmenden Restaurant. Sie liefen über den Steg. Und noch im Laufen riefen Sie dem Kellner Ihren Wunsch zu. Dann haben Sie mindestens vier Stunden in Ihrem Restaurant zugebracht.

INGENIEUR: Sehr gut. Und nun soll ich Ihren Scharfsinn bewundern?

KONSUL: Keineswegs. Aber vielleicht haben Sie die Güte, uns zu sagen, wohin Sie gingen, nachdem Sie das Restaurant verlassen hatten. Wahrscheinlich nach Hause?

INGENIEUR: Wenn ich Ihnen einen Gefallen damit tue, ja. Ja, ich ging nach Hause.

KONSUL: Sind Sie ganz sicher?

INGENIEUR: So sicher man sein kann.

KONSUL: Dann muß ich mit Ihrer Erlaubnis feststellen: das schwimmende Restaurant, in das Sie gegangen sein wollen, gibt es seit fünf Jahren nicht mehr. Ich bin unglücklich genug, sagen zu müssen, daß ich finanziell an ihm beteiligt war und daher weiß, daß mein schwimmender Traum kenterte. Sie brachten also vier Stunden in einem Restaurant zu, das es nachweislich nicht gab.

INGENIEUR: Es wird dann ein anderes Lokal gewesen sein – spielt das solch eine Rolle?

KONSUL: Und wenn das Lokal, in das Sie gingen, gar kein Lokal war?

INGENIEUR *noch arglos*: Sie sollten sich bei der Polizei melden. Sie zeigen überraschende Eigenschaften.

KONSUL: Mein Kummer war immer, daß ich zu viele Eigenschaften hatte – und zu wenig Grundsätze. Solche Leute können sie bei der Polizei nicht brauchen. Außerdem gebe ich jeden meiner Irrtümer sofort zu – eine Gewohnheit, die man sich bei der Polizei nicht leisten darf. Dennoch nehme ich mir die Freiheit, Sie zu fragen, welcher Art das Lokal war, das Sie betraten?

INGENIEUR *mißtrauisch*: Wieso? Was beabsichtigen Sie? Es war eben ein Lokal ...

KONSUL *mit überlegener Ironie*: Vielleicht haben Sie es vergessen – nun, dann wird das Vergessen durch die Vorsicht nahegelegt. Das Lokal, in das Sie gingen, war das Büro der Sicherheitspolizei, neben dem Palais des Gouverneurs. Sie wurden von einem Offizier angesprochen. Sie folgten ihm. Und da wir gerade dabei sind, Ihrer Erinnerung aufzuhelfen, möchte ich ein übriges hinzufügen: einer der Leibwächter des Gouverneurs, die unser Attentäter bei der mißglückten Unternehmung tötete, war Ihr Bruder. Der Mann auf der Pritsche war also der Mörder Ihres Bruders.

*Überraschung, Unglauben, Bewegung bei den andern.*

LASTWAGENFAHRER: Stimmt das? Ist das wirklich wahr?

KONSUL: Sie können es sich bestätigen lassen.

LASTWAGENFAHRER: Dann haben wir ihn ja gefunden.

KONSUL: Wen meinen Sie, bitte?

LASTWAGENFAHRER: Den Schuldigen, nach dem wir suchen. Der damals in der Zelle den Attentäter umbrachte, um seinen Bruder zu rächen.

KONSUL: Leider ist das eine zu naheliegende Lösung, und darum ist sie falsch. Wer gerecht sein will, muß komplizierter denken.

LASTWAGENFAHRER: Für mich ist die Sache sonnenklar.

KONSUL: Trotzdem sehe ich noch keinen Grund, Herr Ingenieur, Ihnen zu Ihrer frischgewonnenen Unschuld zu gratulieren.

*Ingenieur zusammengebrochen, mit zitternder Stimme; er sieht keine Möglichkeit mehr, die andern von seiner Schuldlosigkeit zu überzeugen.*

INGENIEUR: Aber ihr müßt mir glauben ... Es ist so, wie ich sage ... Bitte ... Ich hatte einen Bruder, ja ... Ich hatte ihn bis zu dem Augenblick, als er sich damals entschloß, Geheimpolizist zu werden ... Dann vergaß ich, daß ich einen Bruder hatte ... Ich ließ seine Briefe unbeantwortet ... Ich verreiste, wenn er nach Hause kam ... Ich erkundigte mich nie nach ihm. Mitunter erfuhr ich Einzelheiten über seine Arbeit als Leibwächter ... Was hätte ich tun sollen? ... Ich zeigte ihm meine Verachtung, indem ich ihn vergaß ... Ihr müßt mir glauben!

LASTWAGENFAHRER: Wußten Sie, daß der Attentäter damals Ihren Bruder erschossen hatte?

INGENIEUR: Nein, nein, ich wußte es nicht ... Ich schwöre es ... Als ich die Zelle verließ, sprach mich draußen auf dem Platz ein Freund meines Bruders an ... Er führte mich ins Büro der Geheimpolizei. Dort lagen die Sachen meines Bruders, sein Eigentum ... Sie wollten es mir aushändigen. Ich verweigerte die Annahme ... Ihr müßt mir glauben, bitte ...

LASTWAGENFAHRER: Müssen ist gut – und wenn wir nicht können?

INGENIEUR: Wie soll ich es euch beweisen ... Ich wußte in der Zelle noch gar nicht, daß der Junge, der auf der Pritsche lag, meinen Bruder erschossen hatte ... Doch selbst, wenn ich es gewußt hätte – ich bin für meinen Bruder nicht verantwortlich ... Wie sollen wir verantwortlich sein können für das, was andere tun?

STUDENT: Wir sind es. Wer sich entscheidet, als Mitwisser von Verbrechen zu leben, der kann es nur unter der Bedingung, daß er sich verantwortlich fühlt.

INGENIEUR: Aber was hätte ich denn tun können gegen ihn ... Ich, als einzelner?

STUDENT: Das fragen sie alle. Sie glauben, nur handeln zu können in der Vielzahl. Sie brauchen neben sich und vor sich und hinter sich die Stimmen und die Körper der andern, damit sie in Bewegung geraten: Erleichterungen, Garantien, die große Zahl. Aber wer wirklich für den Menschen eintritt, der muß sich als einzelner entscheiden. Er muß protestieren oder sich opfern – im Unterschied zu dem Protest der Verbände –, nicht zugunsten von wenigen, sondern für die Verbesserung des Lebens aller.

KONSUL: Tadellos. Das könnte mich beinahe überzeugen. Leider fehlt mir die Kühnheit, im Namen aller zu sprechen. Wer sind denn diese »alle«? Wünschen sie mein Tun? Nehmen sie es überhaupt wahr?

STUDENT: Vielleicht werden sie nur die Verbesserungen wahrnehmen, die eines Tages eintreten.

KONSUL: Ich kann mir nicht helfen – wer vorgäbe, im Namen aller zu handeln, erscheint mir immer anmaßend oder arglos. Ich bin dafür, sich überzeugendere Argumente zu verschaffen.

*Der Ingenieur wendet sich, Beistand suchend, von einem zum andern.*

INGENIEUR: Ihr müßt mir glauben ... als mein Bruder Geheimpolizist wurde, begann ich ihn zu vergessen. Ich habe nicht ein einziges Mal mehr mit ihm gesprochen.

LASTWAGENFAHRER: Erzählen Sie uns doch keine Märchen!

STUDENT: Es sind keine Märchen. Wir können uns zufriedengeben. Ich kenne Ihren Bruder und die Rolle, die er spielte. Sie war kläglich genug.

*Ratlosigkeit bei denen, die bereits geglaubt hatten, den Schuldigen vor sich zu haben.*

LASTWAGENFAHRER: Jetzt versteh ich überhaupt kein Wort mehr.

KONSUL: Das ist Ihre Schuld.

*Bauer spontan, vorbereitet, dringend; er bietet wohlüberlegt sein Opfer an; er weiß, daß er der letzte ist, dem jeder zuhören muß. Er wendet sich an den Richter.*

BAUER: Jetzt bin ich dran, Herr. Ich bin der letzte. Ihr müßt auch den letzten hören. Ich habe so lange gewartet, bis die Reihe an mir war, ich werde euch sagen, was geschah. Um ihn auf der Pritsche zu schützen, hatten wir uns vorgenommen, über ihn zu wachen. Du, Herr, du und ich. Ich übernahm die Wache.

STUDENT: Du lagst neben mir. Ich hätte gemerkt, wenn du aufgestanden wärst.

BAUER: Du konntest es nicht merken, Herr. Es geschah in einem Augenblick, als du schliefst. Ich blickte in alle Gesichter, bevor ich aufstand. Sieh her, wie ich mich vom Boden erheben kann. *Er legt sich hin, steht geräuschlos wieder auf, sieht den Studenten mit traurigem Triumph an.* Hörst du etwas? So stand ich auf, langsam, ohne einen Laut. Ich ließ eure Gesichter nicht aus den Augen.

STUDENT: Wir können uns ersparen, das anzuhören. Du hast zuviel Phantasie.

BANKMANN: Laßt ihn doch ausreden!

HOTELIER *nähertretend*: Jetzt bin ich gespannt: wir suchen und quälen uns, und das, wonach wir suchen, wird uns aufgedrängt.

ARZT: Ja, er soll weitersprechen.

*Pause.*

BAUER *mit Genugtuung*: Ich stand auf, während ich Wache hatte, und trat an die Pritsche heran. Ich war barfuß. Ihr konntet mich nicht hören.

BANKMANN: Und weiter?

BAUER: Er schlief nicht. Er lag ruhig da und sah mich an. Er begriff sofort, was ich wollte ... In seinen Augen lag nicht einmal Angst, als ich meine Hände ausstreckte und so vor ihm stand. Doch dann, als mein Griff sich schloß, spürte ich sein Gewicht in den Händen ... Nur die letzte Kraft in seinem Körper bäumte sich auf. Ich setzte ihm ein Knie auf die Brust und hielt ihn nieder. Ich fühlte, wie die Kraft langsam verlief. Es war meine Wache ... Ich habe ihn getötet, um euch zu helfen ...

*Unruhe, Bewegung, alle drängen vor.*

STUDENT: Du sagtest früher, es geschah, während du auf

Wache schliefst. Er konnte nur deshalb getötet werden, weil deine Müdigkeit dich hinderte, aufzupassen.

Bauer *enttäuscht*: Ich übernehme alle Schuld. Was soll ich denn noch tun?

Bankmann: Das ist unglaublich.

Student: Ich bezweifle es immer noch.

Hotelier *eilig*: Warum bezweifeln! Er bekennt seine Schuld. Er nimmt alles auf sich. Er ist der einzige, der nichts gesagt hat zu seiner Rechtfertigung.

Konsul: Wer die Schuld auf sich nimmt, muß nicht der Täter sein.

Student: Es gibt Verbrechen, bei denen Unbeteiligte mehr unter der Tat leiden als der Täter.

Bauer: Ich war es. Ich allein. Ihr müßt mir glauben. Was soll ich denn tun, damit ihr mir glaubt?

Hotelier: Nichts. *Sich an die andern wendend.* Wir haben es alle gehört ... es ist eingetreten ... der Schuldige ist gefunden ... er hat sich gestellt und die Tat zugegeben.

*Pause.*

Arzt: Na also ... Warum zögern wir denn? Was ist denn noch nötig? Genügt es nicht, wenn der Schuldige sich meldet? Ist es so ungewöhnlich, daß jemand den Mut findet, sich als Schuldiger zu bekennen? Macht uns das Geständnis ratlos? Eigentlich sollte der Richter zufrieden sein – und wir auch ...

*Ein gewisses Zögern im Verhalten aller.*

Bauer: Ich tat es für euch alle.

Student: Für uns?

Bauer: Einer hätte es getan: wenn nicht ich, dann ein anderer. Ich bin der Schuldige.

Konsul: Wenn es mir nur leichter fiele, das zu glauben. Ich habe den Verdacht, daß die Unschuld allmählich auf die Seite derer geraten ist, die bereit sind, die Schuld auf sich zu nehmen.

*Lastwagenfahrer geht auf den Bauern zu, primitiv – empört.*

Lastwagenfahrer: Du also warst das. Sieh mal an, und ich hätte es dir gar nicht zugetraut. Deinetwegen also mußten wir uns alles gefallen lassen: die Verhaftung, die Verdächtigungen ... *Er steigert sich in Wut.* Weißt du überhaupt, was du getan hast? Ist dir das klar in deinem blöden Kopp? *Der Lastwagenfahrer packt den Bauern, reißt ihn zu sich heran, zieht ihn schnürend hoch.*

STUDENT *scharf*: Lassen Sie ihn los, sofort!

*Lastwagenfahrer gehorcht.*

LASTWAGENFAHRER: Was er getan hat ...

STUDENT: Wenn er es getan hat, ist es nicht zu ändern.

KONSUL: Was schlagen Sie vor? Es ist so weit gekommen, daß wir vom Schuldigen verlangen, er habe uns von seiner Schuld auch noch zu überzeugen.

STUDENT: Schweigen Sie. *Zögernd.* Wo einer solch eine Tat auf sich nimmt, sollte es keinen geben, der sich für vollkommen unschuldig hält. Sie alle, die damals dabei waren, als Sason getötet wurde, sind in diese Tat verwickelt.

KONSUL: Wenn ich mich recht erinnere, waren Sie selbst auch nicht allzu fern ...

STUDENT: Meine Erinnerung braucht keinen Nachhilfeunterricht. Ich weiß, was geschehen ist, und Sie dürfen sicher sein: ich habe nicht nur daran gedacht wie einer, der zufällig anwesend war, gezwungenermaßen. Bei den meisten ruft die Erinnerung nichts anderes hervor als Selbstmitleid. Sie entdecken in der Vergangenheit nur ihr eigenes Mißgeschick. Jede Bilanz des Gewissens ist nur eine Gelegenheit, um sich selbst zu bedauern. – Ich verachte diese selbstgefällige Trauer über eigene Mißgeschicke. Ich hasse diese Form bedächtigen Bedauerns. Darin liegt keine Bereitschaft, die wirklichen Leiden anzuerkennen, die Not der Opfer zu verstehen. Wir sollten es uns angewöhnen, in unserer Erinnerung zuerst die Leiden der andern zu suchen, die Schmerzensschreie der andern, die Todesangst der andern. Damit sollte unsere Erinnerung beginnen, und nicht mit mitleidigen Betrachtungen eigener Miseren. Betrachten – das ist eine Beschäftigung für Schmetterlingssammler. Von uns wird erwartet, daß wir uns an die Stelle setzen, an die Stelle dessen, der die Schmerzensschreie ausstieß, die Todesangst litt. So lange müssen wir diesen Versuch wiederholen, bis wir den Schmerz der Folter selbst zu spüren glauben, bis unsere Augen sich öffnen vor Entsetzen ... *Pause.* Wir alle waren dabei, als Sason getötet wurde, getötet von einem von uns. – Wer es auch getan hat: er ist anwesend in diesem Raum. Wir haben die Stimmen der Angeklagten gehört, jeder von uns hat sich geäußert. Nun sollte jeder die Stimme des Richters haben. Wir werden abstimmen, wie wir es damals taten in der Zelle. Da ich anwesend war, als es geschah, soll mein Spruch nicht mehr bedeuten als der Spruch eines jeden. Ich beschränke mich auf die Stimme des Beteiligten.

HOTELIER *mißtrauisch*: Abstimmen? Worüber denn? Soweit ich sehe, besteht keine Notwendigkeit. Wir haben das Geständnis des Schuldigen, und damit ist alles erwiesen.

KONSUL: Lieber Freund, ich würde es nie wagen, einer Sache so sicher zu sein. Ich würde mich sogar vor Gewehrläufen zum Zweifel bekennen. Der Zweifel ist das einzige, was unser Leben erträglich macht.

STUDENT: Unsere Abstimmung wird ein Urteil enthalten; ich erwarte, daß alle bereit sind. *Der Student wirft seinen Revolver auf den Tisch, blickt die Männer an und geht langsam auf sie zu.*

HOTELIER: Wozu das? Ich rühre das Ding nicht an.

STUDENT: Sie brauchen es nicht anzurühren. Niemand braucht es zu tun – außer einem: der, den die meisten von uns für schuldig halten. Wenn ich es sein sollte, ich – wenn es ein anderer ist, dieser. Vergessen Sie, daß ich Ihr Richter bin. Sind Sie alle bereit? *Zögernd.* Alle! Sie nicht, Konsul?

KONSUL: Wieviel Kandidaten – wenn ich mir diesen Ausdruck gestatten darf – kommen als Schuldige in Frage? Ich meine, wie weit darf man wählen?

STUDENT: Ich sagte es: jeder kommt in Frage ... Und nun bitte ich um Ihre Stimmen ... *Konsul schweigt. Pause.* Niemand. Dann Sie!

LASTWAGENFAHRER: Er hier, der Bauer. Er hat es zugegeben. Er ist schuldig.

STUDENT: Und Sie?

BANKMANN: Ich habe keinen Grund, an seinem Geständnis zu zweifeln.

STUDENT: Also schuldig?

BANKMANN: Ja – ja.

STUDENT: Ihr Spruch?

INGENIEUR: Er hat es uns erzählt, wie er es getan hat. Er muß es gewesen sein.

STUDENT: Sie?

HOTELIER: Es fällt mir nicht leicht. Wir haben sein Schuldbekenntnis gehört.

STUDENT: Doktor?

ARZT: Er hat die Schuld auf sich genommen.

STUDENT: Das heißt schuldig?

ARZT: Schuldig.

STUDENT: Wollten Sie noch etwas sagen?
ARZT: Ich? Nein. Ich habe alles gesagt.

*Der Student wendet sich langsam, unentschieden an den Bauern, alle sehen zu. Alle spüren die Not, den Widerstreit des Studenten. Niemand achtet auf den Revolver. Der Konsul nimmt ihn beiläufig vom Tisch, tritt abseits.*

STUDENT: Und du selbst?
BAUER: Ja, Herr?
STUDENT: Du hast die Schuld auf dich genommen. Wir haben es alle gehört. Aber es ist etwas anderes: die Schuld auf sich nehmen – oder schuldig sein. Jetzt muß ich dich noch einmal fragen: Wen von uns hältst du für schuldig?

*Ein Schuß fällt; alle drehen sich blitzschnell um, sehen den Konsul zusammenbrechen, stürzen auf ihn zu, umgeben ihn. Der Arzt bemüht sich um ihn.*

HOTELIER: Konsul, um Gottes willen – was haben Sie getan!
INGENIEUR: Nehmt ihm den Revolver weg, schnell!
ARZT: Es ist zu spät. Er hat sich in den Mund geschossen. *Der Arzt richtet sich auf.* Er ist tot.

*Erregtes, doch lautloses Verhalten. Der Student steht abseits.*

LASTWAGENFAHRER: Warum? War er es? Hat er es getan?
HOTELIER: Konsul, so hören Sie mich doch. Lieber Freund!
ARZT: Er ist tot. Geben Sie sich keine Mühe.

*Die Tür wird geöffnet, der Posten erscheint.*

POSTEN: Ich hörte einen Schuß.
STUDENT: Es ist gut, du kannst gehen. Wir sind fertig.

*Der Posten salutiert und tritt ab. Schließt die Tür.*

LASTWAGENFAHRER: Der Konsul war es? Das hätte ich nicht gedacht.

*Der Student beobachtet reglos und mit souveräner Kälte die Männer, von denen sich einige jetzt zu ihm umwenden.*

STUDENT: Die Abstimmung ist beendet. Ich nehme mir die Stimme des Richters zurück.
BAUER: Wie konnte es nur geschehen, Herr? Er nahm den Revolver und schoß. Warum, warum?
STUDENT: Er starb für seinen Zweifel. Er war von deiner Schuld nicht überzeugt. Er wollte durch seinen Tod etwas verhindern, was er nicht ertragen hätte.
BAUER: Ich verstehe es nicht, Herr.
STUDENT: Du wirst es eines Tages verstehen.
BANKMANN: Es ist bedauerlich, aber was geschieht denn nun?

STUDENT: Die Tat ist gebüßt. *Leise, resigniert.* Sie können gehen. Sie sind frei. *Pause.* Er, der dort liegt, hat Ihnen dazu verholfen, frei zu sein. Aber es gibt etwas, wozu er Ihnen nicht verhelfen kann: frei zu sein von Schuld. Gehen Sie, nur zu, gehen Sie: die Tat ist gebüßt, aber die Schuld wird unter uns bleiben. Warum zögern Sie? Die Welt steht Ihnen offen.

# Das Gesicht
Komödie

Figuren:

Bruno Deutz
Ewald
Harry, *Friseur*
Hanna Deutz, *Brunos Frau*
Offizier der Geheimpolizei
Polizist
1. Mann
2. Mann
3. Mann
4. Mann
Frau Faber
Professor Schwind
Hoher Offizier
Josef Kuhn
Verteidigungsminister
Der Präsident
Oppermann, *Sekretär des Präsidenten*
Präsidentenmutter
Trudi, *Harrys Frau*
Hans
Eugen
Heribert Deutz, *Brunos Vater*
Frederik, *Sohn des Präsidenten*

Uraufführung: 18. September 1964, Deutsches Schauspielhaus Hamburg

## Erstes Bild

*Ein Frisier-Salon von reinlicher Bescheidenheit. Den größten Teil des Hintergrunds bildet eine Spiegelwand; an den Seiten Schränkchen mit Seife, Rasierklingen, Flaschen etc. Vor der Spiegelfront drei Sitze für Kunden, links eine Stuhlreihe für Wartende, dahinter Ständer mit Zeitschriften, Zeitungen. Rechts, hinter leicht fallenden blauen Vorhängen, die Damen-Abteilung. In der Mitte, sanft über die Spiegelwand geneigt, hängt das unverhältnismäßig große Porträt des Präsidenten, der sich mit lächelndem Gesicht, in dem schwermütiges Mißtrauen und Geringschätzung liegen, dem Kunden in Erinnerung bringt. Das Porträt ist mit Eichenlaub geschmückt. An der Außentür ganz links ein umgekehrtes, außer Betrieb gesetztes Pappschild: »Dienstag ist der Sonntag der Friseure. Wir danken für Ihr Verständnis.« In der Ecke ein weißer Abfalleimer mit Pedaldruck. Behaglichkeit, Wärme, ermüdender Wohlgeruch gehen von dem Bild aus. Harry, ein sehr alter Friseur, fegt mit kleinlicher Sorgfalt den Boden, ohne indes dieser Beschäftigung seine ganze Aufmerksamkeit zu leihen. Von Zeit zu Zeit hebt er jäh den Kopf und blickt zur Tür hinaus auf die Straße, dann eindringlich auf seinen jüngeren Chef Bruno Deutz, der sich mit dem einzigen Kunden beschäftigt. Bruno Deutz, dessen Gesicht zunächst nur im Spiegel zu sehen ist, wirkt äußerlich wie das vollkommene Abbild des Präsidenten – weswegen es zunächst ungewiß erscheint, ob es sein oder das Porträt des Landesvaters ist, das sich über den Kunden neigt. Bruno macht den Eindruck eines bescheidenen, leidgeprüften, fast resignierten Mannes, der sich seinen Kunden keineswegs mit Beflissenheit, dafür mit einer Art biederer, aufrichtiger Höflichkeit widmet. Das riesige Porträt, die ungewöhnliche Ebenbildlichkeit haben anscheinend aufgehört, ihn zu irritieren; auf alle Fragen und Bemerkungen hat er stehende Antworten zur Hand. Allerdings bedeutet das nicht, daß es ihm gelungen wäre, sich einen Schutz aus Gleichgültigkeit zuzulegen: oft genug läßt ihn seine Ähnlichkeit mit dem Präsidenten leiden. Die Ähnlichkeit drückt sich auch in der Frisur aus. Bruno Deutz schneidet seinem Jugendfreund Ewald, den er lange nicht gesehen hat, die Haare. Ewald hat seinen Musterkoffer neben die Stuhlreihe gestellt. Beide Männer sind etwa 45 Jahre alt, gleichwohl erscheint Ewald jünger, frischer, elastischer; er ist der Reisende, der daran glaubt, daß Bügelfalte und tadelloser Haarschnitt verkaufsfördernd wirken. Es ist Mittwoch vormittags.*

HARRY *hat hinausgesehen, wendet sich um*: Er steht immer noch an der Mauer. Der beobachtet uns.

BRUNO *resigniert*: Wird sein Beruf sein, Harry. Kümmere dich nicht um ihn. *Kämmt im folgenden Ewald die Haare nach hinten, bürstet, rasiert den Nacken aus, legt letzte Hand an.*

EWALD *deutet nickend auf das Porträt*: Zu seinem Geburtstag gibt es also eine Amnestie.

BRUNO *bekümmert*: Die größte bisher, Ewald.

EWALD: Und Josef kommt da auch frei?

BRUNO: Mit zweihundert anderen. Es heißt, auch vierzig Priester sind unter den Entlassenen, ebenfalls einige Admirale und Lehrer. Zweihundert.

EWALD *aufgeräumt, geläufig*: Fast eine Inflation – an Güte. Der Präsident weiß eben, wie man Freude gerecht verteilt.

BRUNO: Wir haben Josef schon gestern erwartet. Nun rechnen wir, er kommt heute.

EWALD: Vielleicht wurde er ausersehen, die Geburtstagstorte zu probieren – im Namen der Amnestierten.

BRUNO: Sieben Jahre ... Wir haben vor, ihn vollzählig zu begrüßen. Hans und Eugen wissen schon Bescheid. Und daß du auch noch gekommen bist, Ewald, nach so langer Zeit: ich meine, das hat seine Bedeutung ... Er muß doch sehen, daß wir ihn nicht vergessen haben. Das sind wir ihm doch wohl schuldig – auch du, Ewald.

EWALD: Ich? Natürlich. Natürlich bin auch ich ihm dankbar.

BRUNO: Siehst du.

EWALD: Aber deswegen kann ich nicht warten, bis er kommt. Ich bin nur zufällig hier, Bruno. Meine Zeit reicht gerade für einen Haarschnitt. Weißt du, wie viele Kilometer ich gemacht habe im letzten Monat? Zweitausend.

BRUNO: Ich dachte nur, du bist es ihm schuldig ... weil er doch auch für dich ...

EWALD: Er hat geschwiegen, das ist richtig. Für sich konnte er nichts ändern: er hatte die Plakate überm Arm, den

Pinsel in der Hand, und der Leimtopf stand neben ihm. Ihm brauchten sie nichts zu beweisen ... Aber Josef hat geschwiegen.

BRUNO: Du hast ihm doch auch das verabredete Zeichen gegeben, damals, als die Streife kam.

EWALD: Selbstverständlich. Ich habe gerufen. Ich habe auch gewinkt.

BRUNO: Ich auch. Und auch Hans und Eugen haben ihm Zeichen gegeben.

EWALD: Kann sein, es waren zu viele Zeichen. Die verwirrten ihn, machten ihn unschlüssig. Bevor er sich entschieden hatte, war es zu spät.

*Pause.*

BRUNO *bittend*: Bleib doch, Ewald. Bleib, bis er kommt. Nach so langer Zeit, da kann man nicht nur einen Haarschnitt lang bleiben.

EWALD: Ich wünschte, ich könnte es möglich machen.

BRUNO: Mach es möglich. Wir würden uns freuen, auch Hanna.

EWALD *erstaunt*: Hanna? Die Kleine, die immer fror? Die gibt's also auch noch? Ich hoffe, inzwischen hat sie noch einige Wörter hinzugelernt. Früher beherrschte sie nur drei: ich, vielleicht und prima.

BRUNO *bescheiden*: Hanna ist meine Frau.

EWALD *überrascht*: Ihr? Ihr beide? Sie war doch mit Josef verlobt?

*Pause.*

HARRY *hat hinausgesehen*: Er geht und geht nicht von der Mauer weg.

BRUNO: Dafür wird er bezahlt, Harry. Laß ihn stehen.

*Harry fegt wieder.*

EWALD: Dann will ich nur hoffen, daß es nicht an Glück fehlt.

BRUNO *bescheiden*: Unser Glück, Ewald, das haben wir gehabt.

EWALD: Rührt sich nichts mehr bei euch? Heimlich? Unterm Schnee?

BRUNO *resigniert*: Jeder ist verheiratet heute. Jeder ist ein Ernährer.

EWALD: Das ist die bekannteste Verkleidung. Ich sag immer, die Familie ist unser Mausoleum zu Lebzeiten.

BRUNO *bekümmert*: Ach, Ewald. Vom Neinsagen kann man

nicht leben auf die Dauer, keine neun Jahre. Das wird auch Josef zugeben. Wenn du was unternimmst, denkst du doch an die Aussichten. *Deutet mit der Schere auf das Porträt.* Er hat uns keine Aussichten gelassen.

EWALD: Er kann sich sogar heute eine Amnestie leisten.

BRUNO: Siehst du ... Und warum?

EWALD: Warum?

BRUNO *resigniert*: Weil er sich nicht zu rechtfertigen braucht. Dieser Feldwebel ist uns allen überlegen, glaub mir.

*Hanna schlägt den blauen Vorhang zur Seite, tritt ein. Sie ist ein sehr schönes, rothaariges Mädchen, hochmütig und körperträge. Sie trägt einen leichten, durchgeknöpften Friseurinnenkittel. Sie hat eine herablassende Art, mit Bruno zu sprechen, so als könnte sie ihm – oder sich selbst – nicht verzeihen, daß sie miteinander verheiratet sind.*

HANNA: Ist Josef immer noch nicht da?

BRUNO *erbötig*: Noch nicht, Hanna. Sowie er in die Tür tritt, rufe ich dich.

HANNA: Das erwarte ich auch.

BRUNO *zögernd*: Hanna?

HANNA: Gibt's noch was?

BRUNO: Ein alter Freund. Er ist nach Jahren mal wieder in der Stadt: Ewald, du kennst ihn doch.

EWALD *dreht sich grinsend mit dem Sessel zu ihr herum*: Tag, Hanna.

HANNA *reserviert*: Guten Tag. *Zu Bruno.* Ruf mich, sobald Josef kommt. *Ab.*

*Pause. Ewald dreht sich langsam zum Spiegel zurück.*

EWALD: Sie zersprang vor Freude. Verstehst du das, Bruno?

BRUNO *bitter, langsam*: Sie verachtet diesen Laden. Sie verachtet auch mich. Ich weiß es.

EWALD: Das stößt einen ab auf die Dauer.

BRUNO *bitter*: Ich glaube, unsere Ehe ist für sie nur so eine Art Wartesaal. Da ist sie vor dem Wetter geschützt und kann auf das Einlaufen des Zuges warten.

EWALD: Und der Zug heißt Josef. Du glaubst nicht mehr, daß noch einmal etwas Neues entstehen könnte?

BRUNO: Ich sag dir, ich hab mich abgefunden. Wenn etwas auf mich zukommt, ziehe ich die Fühler ein und stell mich tot. Was sich nicht bewegt, macht keinen Appetit ... Du kommst erst allmählich dahinter, wie viele Möglichkeiten es gibt, zu leben. Und woran man sich gewöhnen kann ... Tot-stellen ist doch wohl besser als Tot-sein.

EWALD: Da fragt sich bloß, was man nachts macht, wenn man allein ist mit sich.

BRUNO: Mit Haarwasser anfeuchten?

EWALD: Einfach trocken lassen.

*Bruno schärft das Rasiermesser.*

BRUNO *mit bescheidener Genugtuung*: Nämlich, Ewald, je kleiner man uns macht, desto dauerhafter werden wir. Und bleiben sauber dabei. Am haltbarsten, denke ich, sind die Kiesel.

EWALD: Wart nur, bis Josef kommt. *Bruno rasiert ihm den Nacken aus.* Der wird vieles ändern. *Ewald vergleicht aufmerksam, verblüfft und mehr irritiert denn je das Porträt des Präsidenten mit Brunos Gesicht. Es fällt ihm schwer, die vollkommene Ebenbildlichkeit anzuerkennen. Bruno merkt es.*

BRUNO: Ausgerechnet ich – das willst du doch sagen?

EWALD: Kaum zu glauben, Bruno. Es ist kaum zu glauben.

BRUNO *seufzend*: Ach, Ewald. Mit seinem Gesicht muß man leben, das hat man immer bei sich. Das kann man nicht umtauschen. Ich sag mir nur: auf das Gesicht allein kommt es nicht an.

EWALD: Ich würde glatt meinen Hut ziehen vor dir und vom Bürgersteig treten. Und wenn du im Auto vorüberfährst – ich fürchte, Bruno, ich müßte klatschen. Kein Unterschied. Ich such schon die ganze Zeit nach einem Unterschied in euren Gesichtern.

BRUNO: Seine Zähne sind sauberer. Sieh mal genau hin. Der Präsident ist Nichtraucher.

EWALD: Also doch ein Unterschied, das habe ich auch erwartet von dir ... Aber sonst – dein Gesicht gehört einwandfrei dem Präsidenten.

BRUNO *bekümmert, doch geläufig; er hat es oft gesagt*: Was besagt schon ein Gesicht, mein Gott. – Wie oft triffst du einen Napoleon, und wenn du mit ihm ins Gespräch kommst, ist er Koch auf einem Frachtdampfer. Geh nur mal schräg über die Straße, da bedient dich Stalin in einem Kolonialwarengeschäft. Oder komm zu mir am Freitagabend, wenn ich einem Clark Gable die Haare wasche, der Tischler ist. Der Mensch kann doch nichts für sein Gesicht. Glaub mir, Ewald, am Gesicht, da läßt sich der Mensch nicht erkennen.

EWALD: Es gibt Polizisten mit Kindergesichtern.

BRUNO: Siehst du ... Und vor dir war hier ein Mann, dem ich die Fliege stutzte. Er sah aus wie vom Magistrat. Er war Schriftsteller.

EWALD: Aber mir scheint, deine Ähnlichkeit mit dem Präsidenten hat in letzter Zeit zugenommen.

BRUNO *unglücklich*: Was soll ich denn machen? *Blickt in den Spiegel.* Mir das Gesicht zerschneiden? Es entstellen, verwüsten? Unkenntlich machen? Mir von einem mitfühlenden Freund Salzsäure ins Gesicht schütten lassen? – Ich habe es ja versucht. Um mich von ihm zu unterscheiden, habe ich mir einen Bart stehenlassen. Ich habe meinen Scheitel verlegt, die Schläfen hoch ausrasiert ..., aber so ertrug ich mich noch weniger. Und das Schlimmste war, ich mußte ihn ansehen, hundertmal am Tag. Ich kam nicht mehr von seinem Bild los, Ewald, weil ich mich mit ihm vergleichen mußte. Aus Angst vor dieser Ähnlichkeit saß ich zuletzt nur noch vor dem Spiegel. Da ließ ich, wie man sagt, der Natur einfach freien Lauf ... Ich sage mir, auch ohne Gesicht bleibt der Mensch noch Mensch. Zumindest ändert er sich nicht. *Nimmt Ewald den Umhang ab, bürstet das Jackett.*

EWALD: Ich frag mich nur, wie du das aushältst? Überall begegnet dir sein Bild, auf jeder Briefmarke, als Büste und Denkmal. Sein Bild hängt in jedem Geschäft und muß geschmückt sein. Es ist s e i n Bild – aber könnte es nicht genausogut dein Bild sein?

BRUNO: Wie meinst du das?

EWALD: Nimm dieses Bild zum Beispiel. *Zeigt auf das Porträt.* Niemand könnte dir nachweisen, wessen Bild da hängt: deins oder das Bild des Präsidenten. Da ich weiß, wie du zu ihm stehst ...

BRUNO *mit bescheidener List*: Es ist m e i n Bild, Ewald, ganz unter uns. E s i s t d i e W a h r h e i t.

EWALD *lächelnd*: Deins?

BRUNO: Meins ... Das ist mein Protest gegen ihn, mein Widerstand. *Betroffen.* Wie hast du es gemerkt?

EWALD: Die Zähne sind stark koloriert. Der Präsident, als Nichtraucher, hätte das nicht nötig gehabt ... Das ist natürlich nur ein Unterschied für Kenner. Die Leute merken es nicht.

BRUNO: Was merken sie überhaupt? *Seufzend und vorwurfsvoll.* Du mußt dich wundern, manchmal. Ich steh unter ihnen, auf dem Bahnhof, im Botanischen Garten, und ich höre sie reden ... Sie äußern da Sätze, die gut und gern acht Jahre wert sind, und das vor seinem Bild, vor seinem Denkmal. Dabei steh ich doch neben ihnen mit meinem Gesicht, das genausogut ihm gehören könnte. Ein Blick, ein Vergleich müßte ihnen zur Vorsicht raten ... Sie aber reden und liefern sich aus.

EWALD: Eine innere Stimme sagt ihnen vielleicht, daß du bist wie sie. Sei doch froh, es wär doch peinlicher für dich, wenn sie in deiner Gegenwart verstummten.

BRUNO: Mitunter ärgert es mich nur.

EWALD: Weil sie dir vertrauen?

BRUNO: Weil sie die Gefahr nicht erkennen. Denn wer garantiert ihnen, daß ich nicht der Präsident bin?

*Harry hat den Boden gefegt, die Haare auf eine Schaufel gekehrt, ist zur Tür getreten und hat hinausgesehen.*

HARRY: Jetzt stehen schon zwei an der Mauer.

BRUNO: Die vermehren sich eben. – Oder sollte Josef dabei sein? *Bruno geht schnell zur Tür und blickt hinaus.* Nein, die Herren sind mir unbekannt. Deshalb geht es uns nichts an, was sie vorhaben. Laß sie dort stehen, Harry. *Zu Ewald, ihm auf die Schulter klopfend.* Du bleibst doch, Ewald? Bitte, bleib, bis Josef kommt.

EWALD *steht auf*: Du machst dir zuviel Sorgen.

BRUNO: Ich werde uns einen Grog machen.

EWALD: Was schulde ich dir?

BRUNO: Na, hör mal! Wann geschieht es schon mal, daß man einem alten Freund die Haare schneiden darf ... Also, du bleibst!

EWALD: Ich danke dir, Bruno. Aber ich weiß nicht, ob ich bleiben kann. Ich muß Besuche machen und dann das Werk anrufen.

BRUNO: Ewald, denk daran, was wir Josef schulden. Er war unser Chef.

EWALD: Sicher. Aber inzwischen hab ich den Chef gewechselt. *Pause. Reagiert auf Brunos redliche Resignation.* Na, ich werde mich beeilen, das versprech ich dir ... Ich glaube, ihr könnt mit mir rechnen.

BRUNO *erleichtert*: Siehst du, so kenne ich dich. Wenn man dich brauchte, warst du da.

EWALD *nimmt seinen Koffer auf*: Du brauchst nicht zufällig ein Diktiergerät?

BRUNO *verdutzt*: Diktiergerät?

EWALD: Kein vernünftiger Mensch kommt heute ohne Diktiergerät aus. Und das sag ich nicht, weil ich diese Geräte verkaufe.

BRUNO: Du kommst viel herum, das weiß ich.

EWALD *öffnet den Koffer*: Die Vorteile erkennt ein Kind, Bruno. Anschließen und einstellen: mehr wird nicht verlangt, und dein akustischer Diener ist bereit ... Du kannst deine Bestellungen auf Band sprechen. Deiner Frau kannst du abends gesprochene Nachrichten hinterlassen. Und Glückwünsche, Bruno, deinen Eltern kannst du zur Goldenen Hochzeit einen Glückwunsch mit eigener Stimme schicken ... Übrigens, du kannst auch Reden aufnehmen und sie zurücklegen. *Zeigt auf das Porträt.* Seine Reden zum Beispiel, die du nach Jahren wiederhören kannst.

BRUNO *verdutzt*: Wiederhören?

EWALD: Um zu vergleichen, Bruno, und aus dem Vergleich zu lernen.

*Pause.*

BRUNO *bekümmert*: Später, Ewald. *Ewald schließt den Koffer.* Das Geschäft wirft's noch nicht ab. *Sie geben einander die Hand. Bruno und Ewald zur Tür.* Beeil dich. *Ewald nickt freundschaftlich. Ab. Bruno und Harry an der Tür sehen ihm nach. Bruno gereizt, mißlaunig*: Sind die Bekken geschrubbt? Die Zeitschriften sortiert? *Geht zurück, schaut in den Eimer.* Warum ist der Eimer nicht leer?

*Harry geht in feierlich-vorwurfsvoller Haltung zum Eimer, trägt ihn hinaus. Bruno allein; ordnet sein Handwerkszeug auf dem Tisch, blickt auf das Porträt, schiebt das Eichenlaub liebevoll an den Rahmen. Tür. Zwei Geheimpolizisten treten ein, ein Offizier von einnehmendem Wesen, wohlgewachsen; er trägt einen Ring mit Familienwappen, verfügt über ein sogenanntes gewinnendes Lächeln, mit dem er unter Umständen auch ein Urteil vollstrecken würde. Es steht außer Zweifel, daß er eine »gute Kinderstube« gehabt hat. In seiner Begleitung ein bedürftig erscheinender Typ, dem man seinen Beruf auch in ziviler Verkleidung ansieht. Er empfindet sich gleichsam als unterbezahlt und spiegelt daher eine berufsmäßige Verdrossenheit. Bruno stutzt bei ihrem Eintritt, glaubt sie wiederzuerkennen, bietet mit bangem*

*Lächeln einen Frisiersessel an, nicht, ohne die Lederkissen umgedreht zu haben. Der Offizier winkt lächelnd ab, sieht sich flüchtig um, geht auf das Porträt des Präsidenten zu, dabei abwechselnd vom Porträt auf Bruno blickend, der in gequälter Ratlosigkeit dasteht. Der Offizier nickt Bruno anerkennend zu, gibt dann dem Polizisten ein Zeichen, der an der Tür stehengeblieben ist.*

POLIZIST *lustlos von einem Zettel ablesend*: Sie heißen Deutz, Bruno?

BRUNO: Ja.

POLIZIST: Friseur?

BRUNO: Ja, ja.

POLIZIST: Geboren am 4. Juli 1919?

BRUNO: Auf dem Schnelldampfer »Patria«. Mein Vater war Bordfriseur.

POLIZIST: Verheiratet?

BRUNO: Ja. Seit vier Jahren.

POLIZIST: Hier wohnhaft?

BRUNO: Im ersten Stock, gleich hier drüber ... Mein Meisterbrief hängt dort. *Deutet darauf.* Und die Lizenz ...

POLIZIST: Nicht vorbestraft?

BRUNO: Nein.

*Der Polizist steckt den Zettel ein. Pause. Der Offizier geht zur Tür, blickt auf das Schild: »Dienstag ist der Sonntag der Friseure.«*

OFFIZIER *verbindlich, liest den Text laut mit*: Wie hübsch! Und wie gut, daß heute Mittwoch ist! Wir, die für das Leben, für die Sicherheit unseres Präsidenten verantwortlich sind, haben Ihnen eine Auszeichnung zu überbringen. Es ist eine Ehre, wie sie ein Staat nur selten zu vergeben hat, eine so rare Dekoration, daß nur sehr wenige Bürger sich glücklich schätzen können, von ihr erreicht zu werden.

Ja, das ist es, was wir Ihnen mitzuteilen haben: Sie sollen aufs höchste ausgezeichnet werden. Es dürfte Ihnen nicht schwerfallen, mir darin zuzustimmen, daß das, was die menschliche Gesellschaft erhält, Dienst und Gegendienst sind, also gleichsam Geben und Nehmen. Sie, Herr Deutz, wurden ausgezeichnet, etwas zu geben, was Sie aus der braven Masse Ihrer Mitbürger augenblicklich – und auf die Dauer – heraushebt. Verzeihen Sie meine Ungeduld, wenn ich mir erlaube, Sie zu beglückwünschen.

Bruno *unsicher, er spürt eine Bedrohung*: Darf ich vielleicht meine Frau holen? Sie macht das Geschäftliche bei uns ...

Offizier: Ich zweifle nicht, daß es angenehm wäre, Ihre Frau kennenzulernen. Doch in diesem Fall müssen wir darauf bestehen, daß alles mit konsequentem Stillschweigen behandelt wird. Es darf keinen Mitwisser geben. Keinen, verstehen Sie?

Bruno: Ich verstehe.

Offizier: Sie werden eine Gelegenheit finden, dem Präsidenten Ihre Dienstbereitschaft auf eine so ungewöhnliche Weise zu zeigen, daß es für die ganze Aktion keinen Zeugen geben darf – außer uns, natürlich, und dem Präsidenten selbst. Falls Sie die Ehre, die auf Sie gefallen ist, annehmen, werden wir nicht versäumen, Ihr Verdienst zu honorieren; zumindest werden wir es im Gedächtnis behalten.

Bruno *bekümmert*: Welche Ehre? Was soll ich denn tun?

Offizier: Die große Parade abnehmen.

Bruno *erschrocken*: Ich? Wie denn, um Himmels willen? Als was?

Offizier: Als Präsident.

Bruno: Als Präsident?

Offizier: Sie werden auf der Tribüne stehen, Herr Deutz, vor dem Kabinett, der Generalität, dem Diplomatischen Corps ... Sie werden beifällig die Parade aller Waffengattungen abnehmen, die zu Ehren Ihres Geburtstags – das heißt natürlich: des Geburtstags des Präsidenten – stattfinden wird. Was für diese kurze Zeit an erforderlichem Verhalten nötig ist, werden Sie durch uns erfahren. Sie erhalten alle erdenklichen Instruktionen.

Bruno: Aber ich kann doch nicht ... vor allen Leuten ... vor der ganzen Welt ... als Präsident ... Ich habe Angst.

Offizier: Dazu besteht allerdings Anlaß.

Bruno: Und der Präsident? Warum nimmt er nicht selbst die Parade ab?

Offizier: Weil er ermordet werden soll.

Bruno: Bei der Parade?

Offizier: Bei der Parade. Wir haben absolut glaubwürdige Hinweise dafür erhalten, daß die Gegner des Präsidenten ein Attentat auf ihn verüben wollen – in einem Augenblick, da er seine Truppen grüßt.

Bruno: Bombe?

Offizier: Zielfernrohr.

BRUNO: Warum, mein Gott, kann die Parade dann nicht abgesagt werden?

OFFIZIER: Weil es keinen ausreichenden Grund dafür gibt.

BRUNO: Aber die Drohung mit dem Attentat ...

OFFIZIER: ... darf für einen Präsidenten niemals eine Entschuldigung sein, einem Ereignis fernzubleiben.

BRUNO *wehrt sich mit ängstlichem Protest*: Ich sehe ein, daß es eine große Ehre ist. Aber ich bin nicht der Präsident. Das können Sie doch von mir nicht verlangen. Schauen Sie mich an! Sehe ich vielleicht aus, als ob ich herrschen könnte? Trauen Sie mir zu, zu bestimmen, was erlaubt ist? Mache ich etwa den Eindruck, daß ein Volk zu mir aufschaut mit Respekt? ... Außerdem habe ich kariöse Zähne, braun von Nikotin.

OFFIZIER *lächelnd*: Unser Zahnarzt erwartet Sie bereits.

BRUNO *weinerliche Weigerung*: Verstehen Sie doch, meine Herren: ich bin untauglich, nicht verwendungsfähig als Präsident. Ich bin Friseur. Familienvater. Ich schwöre Ihnen, daß ich untauglich bin ... Um Präsident zu sein, dazu gehört mehr, da muß man auserwählt sein.

OFFIZIER: Herr Deutz, das bestreiten wir nicht.

BRUNO: Glauben Sie mir, ich bin untauglich ... Allein die Art, wie ich dastehe ...

OFFIZIER: Diese Art läßt sich ändern.

BRUNO: Und meine Stimme: so spricht doch kein Präsident.

OFFIZIER: Sie werden Ihre Stimme entdecken; sie hat Möglichkeiten der Entwicklung.

BRUNO: Aber wenn ich etwas sagen muß?

OFFIZIER: Sagen Sie nur, was Sie denken. Was immer Sie sagen, es wird den Angesprochenen unvergeßlich bleiben, schließlich handelt es sich um ein Präsidentenwort. Die Themen erhalten Sie natürlich von uns.

BRUNO *tief bekümmert, abwehrend*: Nein. Nein, das geht nicht. Diese Auszeichnung kann ich nicht annehmen. Was sie von mir erwarten, steht nur dem Präsidenten zu.

OFFIZIER: Erschossen zu werden? *Das Risiko mildernd.* Oder sagen wir, sich der Gefahr auszusetzen, die das Attentat mit sich bringt?

BRUNO: Warum soll ich es sein, der ungeschützt vorn auf der Tribüne steht?

OFFIZIER: Weil das Leben des Präsidenten zu kostbar ist.

Er, Herr Deutz, macht Geschichte, und wir haben dafür zu sorgen, daß Geschichte nicht aufhört ...

BRUNO: Ich verstehe ja.

OFFIZIER: Dann wird es Ihnen auch keine Mühe machen, zu verstehen, warum einige Leben erhalten bleiben müssen, hervorragende Leben, die dereinst auf dem gleichgültigen Meer der Geschichte wie Leuchtbojen schwimmen und den Weg des Menschen markieren.

*Harry kommt mit dem entleerten Eimer.*

HARRY: Sie sind von der Mauer weg, beide. *Erkennt die Situation.* Der Eimer ist leer, Chef.

BRUNO *zum Offizier*: Mein Geselle. *Zu Harry.* Mach Feierabend, Harry.

HARRY: Jetzt schon? Meine Alte erwartet mich noch gar nicht.

BRUNO: Ich brauch dich heute nicht mehr.

*Harry tauscht hastig Kittel gegen Jackett.*

HARRY *verstört*: Wiedersehen, Chef. *Ab.*

BRUNO *zum Offizier*: Und wenn ich getroffen werde? Oder noch schlimmer, ich meine, wenn sie mich erwischen, hat's doch auch den Präsidenten erwischt? Er müßte dann ebenfalls von rechtswegen tot sein.

OFFIZIER: Sie übersehen etwas, Herr Deutz: man kann von rechtswegen tot sein und in Wirklichkeit leben. Was zählt, und was schon immer gezählt hat, ist Leben. Und Sie dürfen gewiß sein, daß die Gegner des Präsidenten durch nichts so sehr verblüfft und erschüttert werden können, wie eben dadurch, daß der Präsident nach dem gelungenen Attentat, sagen wir: eine Rede im Fernsehen hält ... Genügt das zum Beispiel?

POLIZIST *auf seine Uhr blickend*: Es ist zwanzig nach zwölf.

OFFIZIER: Ich weiß. Wir sind auch gleich fertig.

BRUNO *Furcht und Grauen*: Meine Herren, wirklich, ich verdien das nicht. Auch wenn Sie dieser Ansicht sind, ich bin nur, was ich bin. Und weiß, was ich weiß. Ich bitte Sie darum zum letzten Mal: nehmen Sie einen Besseren für die große Aufgabe – einen, der es wert ist. Ich bedaure. So gern ich Ihnen helfen möchte – ich kann nicht. Es ist unmöglich.

OFFIZIER *ohne die geringste Verlegenheit*: Das wundert uns nicht. Niemand ist vorbereitet genug, von solch einer Auszeichnung getroffen zu werden. Gut. *Geht zu Bruno.* Da

Sie offenbar Schwierigkeiten sehen, die Ehre, die wir Ihnen zugedacht haben, anzunehmen, müssen wir anders vorgehen. *Bleibt vor Bruno stehen, ohne einen Widerspruch zuzulassen.* Sie werden sich von diesem Augenblick an zu unserer Verfügung halten. Sie verlassen nicht mehr das Haus. Ich werde Sie abholen und auf Ihre Aufgabe vorbereiten lassen. Falls Sie unsicher sind, ob Sie diesem Befehl nachkommen sollen, möchte ich Sie nur an die Erfahrungen erinnern, die Ihr Freund Josef Kuhn machen mußte – es sind keine beneidenswerten Erfahrungen. Ich hoffe, Sie sind sich klar darüber, wozu Sie uns verpflichtet sind.

BRUNO *verstört*: Josef? Wieso Josef?

OFFIZIER: Herr Deutz, Sie werden doch nicht annehmen, daß uns die Beziehungen verborgen sind, die zwischen Ihnen und Josef Kuhn bestanden haben. Bei der einen Aktion, an der Sie mehr oder weniger teilgenommen haben, war er Ihr Chef.

BRUNO: Wir – meine Frau und ich ...

OFFIZIER: Sie erwarten Josef Kuhn, der unter die große Amnestie gefallen ist, gewissermaßen in jeder Minute. Auch das ist uns bekannt.

*Schweigen. Bruno in rechtschaffener Hilflosigkeit.*

POLIZIST: Es ist fünf vor halb eins.

OFFIZIER: Wir sind fertig. Unser Mann hat die Auszeichnung angenommen. *Zu Bruno.* Wir haben darauf gehofft. Ich gratuliere Ihnen. *Wendet sich zum Gehen.*

BRUNO: Ich bitte – noch eine Frage ...

OFFIZIER: Ja?

BRUNO: Sicherheit ... gibt es gar keine Sicherheit auf der Tribüne?

OFFIZIER: Was Menschen tun können, wird getan werden, Herr Deutz. Sie haben uns nicht enttäuscht.

*Beide ab, Bruno niedergeschlagen allein; blickt zum Porträt auf, nimmt ein Rasiermesser, hebt es unentschieden, legt es wieder hin; nimmt eine Bürste, tritt einige Schritte zurück, schleudert die Bürste gegen das Porträt. Hanna tritt ein.*

BRUNO *mit verzweifelter Zärtlichkeit*: Hanna! Ich muß mit dir sprechen. So kann es doch nicht bleiben.

HANNA *achtlos*: Ich brauche Handtücher.

BRUNO *reicht ihr Handtücher aus einem Schrank*: Die Wäscherei läßt sich Zeit diesmal ... Hanna! Ich bitte dich. Wart einen Augenblick. Ich muß mit dir sprechen.

HANNA: Schon wieder?

BRUNO *unglücklich*: Ich wollte dir sagen – du, du siehst gut aus, Hanna.

HANNA: Bleib sachlich, Deutz.

BRUNO: Nenn mich nicht so, ich bitte dich sehr.

HANNA: Wieso? Hat sich der Name geändert?

BRUNO: Ich hab wohl einen Vornamen ... Hanna, du mußt mir helfen. Es kann etwas geschehen, wozu ich deine Hilfe brauche. Ich denke, ich habe Fieber, und da ist so ein Brennen auf dem Körper, als ob die Haut abgeschält wird, ganz langsam ...

HANNA: Nimm Schwefelpulver, im linken Schrank oben ... *Sie blickt ihn jäh interessiert an.*

BRUNO: Was siehst du mich so an?

HANNA: Du stammst von einer Eidechse ab, Deutz. Früher, in den Nächten, da fragte ich mich manchmal, von welchem Wesen du abstammen könntest ... Jetzt weiß ich es: der gespaltene Blick, diese Art zu lauschen, die du hast, diese Veränderungen unter dem Licht: das ist die Eidechse.

BRUNO *verzweifelt*: Ich flehe dich an, Hanna; es wird etwas geschehen, das vielleicht unser Leben verändert – dein Leben.

HANNA: Ich habe nichts dagegen.

BRUNO: Das Schlimme ist, ich kann nicht mal mit dir darüber sprechen. Sie zwingen mich, alles für mich zu behalten, nämlich es darf keine Zeugen geben.

*Hanna wendet sich zum blauen Vorhang.*

BRUNO: Bleib noch, bitte.

HANNA: Warum? Du willst mich sprechen und darfst nicht mit mir sprechen ... Möchtest du mir vielleicht sagen, wie du dir unter diesen Umständen eine Unterhaltung vorstellst?

BRUNO *traurig*: Hanna – ich weiß, du siehst auf alles hier herab: auf diesen Laden, auf mich ... und wenn ich dich nur anseh, manchmal, denk ich schon, ich habe dich belästigt. Das ist doch nicht menschlich. Einmal muß man doch reinen Tisch machen und leben wie Mann und Frau.

HANNA: Und wenn das Übel schon von Anfang an da war?

BRUNO: Das sagst du jedesmal ... Aber ich kann nur wiederholen, daß ich es nicht gewesen bin. Ich habe Josef nicht sitzenlassen damals in der Nacht. Das brauche ich mir nicht vorzuwerfen.

HANNA: Es genügt, wenn andre es tun. Wer wird sich schon gern etwas vorwerfen?

BRUNO *ernst*: Kann sein, Hanna, ich sage es heute zum letzten Mal. Ich habe ihn nicht im Stich gelassen. Das weiß ich genau, obwohl es doch sieben Jahre her sind ... Josef, mein Gott, er war mein Freund, er war – wenn auch nur einmal – mein Chef. Ich habe zu ihm aufgesehen ...

HANNA: Und weggesehen bei Gelegenheit ...

BRUNO: Das sagst du einfach und warst nicht dabei.

HANNA: Man muß nicht dabei sein, Deutz, um die Wahrheit zu kennen.

BRUNO: Aber du hast nicht gehört, wie ich ihn anrief, als die Streife kam. Du hast nicht gesehen, wie ich zu ihm lief, ihn anstieß und warnte ... Als ich dann weiterlief, hatte ich immer Schritte hinter mir und dachte ja, das sind die Schritte von Josef ...

HANNA: Und es waren deine eigenen Schritte, nicht wahr?

BRUNO: Aber die andern – wir waren doch zu viert bei Josef –, die andern könnten es dir bestätigen. Sie haben gesehen, daß ich Josef das Zeichen gab.

HANNA: Nicht alle, Deutz. Zumindest hat einer dein Zeichen nicht gesehen.

BRUNO: Wer?

HANNA: Das wirst du früh genug erfahren ... *Deutet auf das Porträt.* Es ist wohl an der Zeit, das Laub an deinem Bild auszuwechseln. *Will gehen.*

BRUNO *hebt die Bürste auf, seufzend*: Seit einem Jahr bist du so ...

HANNA: Seit einem Jahr weiß ich es.

BRUNO: Hanna, es kann sein, daß ich nicht hier bin, wenn Josef kommt ...

HANNA: Dieser Wunsch ist verständlich – Bruno bleibt immer nur Bruno – hat schon dein Vater gesagt.

BRUNO: Es ist vielleicht die letzte Möglichkeit: laß es doch sein wie früher. Es könnte – Hanna, es könnte sonst vielleicht zu spät sein für uns. Kann sein, die Frist ist sehr kurz. Die Stunden sind gezählt womöglich.

HANNA: Um so besser!

BRUNO *letzter Versuch, bescheiden*: Hanna, denk doch an damals.

*Hanna will etwas sagen, blickt ihn mit Trauer und Herablassung an, wendet sich um. Ab.*

*Bruno starrt auf den blauen Vorhang, hinter dem sie verschwunden ist. Er wirft die Bürste auf den Tisch, blickt in den Spiegel, hebt sein Gesicht, blickt auf das Porträt. Er zieht das trockene Eichenlaub unter dem Bild hervor und trägt es zum Eimer.*

*Vorhang*

## Zweites Bild

*Eine Tribüne, wie sie bei festlichen Paraden üblich ist. Etwa in der Mitte eine Hydra von Mikrophonen. Ein Spruchband: »Lang lebe unser Präsident«. Auf der Tribüne sitzend und in diskreter Unterhaltung Mitglieder des Kabinetts, der Generalität, des Diplomatischen Corps. Sie befinden sich dem Zuschauerraum unmittelbar gegenüber, woraus folgt, daß die Parade zwischen Tribüne und Zuschauern stattfinden müßte, desgleichen muß der Schuß auf den Präsidenten aus dem Zuschauerraum erwartet werden.*
*Unterhalb der Tribüne, hinter Absperrungen, Volk. Auf der rechten Seite u.a. Hanna und Josef, sowie Prof. Schwind. Auf der linken Seite u.a. Frau Faber und Ewald.*

EWALD *hat schon längere Zeit hier gestanden, ist des Wartens überdrüssig, will mit seinem Köfferchen, das er über dem Kopf trägt, nach hinten*: Platz, machen Sie doch Platz. Die Parade fällt aus heute.

1. MANN: Warum drängeln Sie sich dann erst so weit vor?

EWALD: Für meinen Koffer. Der konnte hinten nichts sehen. *Lachen.*

FRAU FABER: Jetzt muß es gleich beginnen.

1. MANN *aufgeräumt*: Ihrem Koffer wird es noch leid tun.

EWALD *fordernd*: Lassen Sie mich doch durch!

2. MANN: Sie benehmen sich wie ein Feldwebel. *Umsichtiges, riskantes Lachen.*

PROF. SCHWIND *sehr aufmerksam, freudig, erwartungsvoll, als ob er der Organisator und nicht der vermutliche Historiograph der Parade wäre*: Da war was. Es kündigt sich an. Jetzt wird alles Warten belohnt.

3. MANN: Dann wärmen Sie man schon die Hände an zum Klatschen.

JOSEF *zum 3. Mann*: Hören Sie! Ich werde unzufrieden, wenn man auf meinem Fuß steht.

3. MANN: Die Parade wird Sie entschädigen.

4. MANN *zum dritten*: Was wollen Sie eigentlich hier, wenn Sie solche Reden führen?

3. MANN *achselzuckend*: Die Richtung kontrollieren. *Lachen.*

PROF. SCHWIND *enthusiastisch*: So hat man früher auf die Sonne gewartet.

JOSEF: Und auf den Milchmann.

*Von links erscheint Bruno als Präsident; Zivil: kleines Gefolge, darunter der Offizier der Geheimpolizei. Bei Brunos Erscheinen erheben sich die Inhaber der Tribünenplätze. Bruno trägt ein mittelmäßiges Selbstbewußtsein zur Schau, nimmt den Respekt, der ihm bezeigt wird, mit bemühter Leutseligkeit zur Kenntnis. Er liest das Spruchband: »Lang lebe unser Präsident«, wendet sich, in unbeabsichtigtem Erschrecken, dem Offizier zu, der ihn durch eine versteckte Geste beschwichtigt und zugleich ermuntert. Gleichzeitig mit dieser Geste setzt ein wirrer Beifall ein, der aufbrandet und verebbt wie Gezeiten. Brunos Adjutant geleitet ihn zu den Mikrophonen, die Bruno mit unwillkürlichem Mißtrauen betrachtet, ebenso blickt er angestrengt in den Zuschauerraum, als suchte er eine Gewehrmündung zu entdecken. Von rechts erscheint ein hoher Offizier, marschiert im Paradeschritt auf Bruno zu, salutiert und meldet:*

HOHER OFFIZIER: Herr Präsident, Ihre Truppen sind zur Parade angetreten. Alle Waffengattungen entbieten Ihnen zum heutigen Tage ... *Ein ungewöhnliches Dröhnen von Motoren setzt ein. Es ist kein Wort zu verstehen, doch der Offizier spricht weiter, und Bruno lauscht nervös der Meldung. Der Lärm der Motoren setzt plötzlich aus* ... Gehorsam und wünschen Ihnen immerwährende Gesundheit.

BRUNO *nach einem mißtrauischen Blick auf die Mikrophone*: Danke. Ich danke den Soldaten des Heeres und der Luftwaffe, sowie den Männern der Marine und den Herren der Chemischen Kampftruppen ... Ich bin stolz auf euch ... Die Parade ist eröffnet.

*Bruno und sein Gefolge betreten die Tribüne. Der Offizier, der gemeldet hatte, bleibt unter der Tribüne vor den Mikrophonen stehen. Bruno wird flankiert vom Verteidigungsminister und dem Offizier des Geheimdienstes; schräg hinter ihm sein Adjutant und sein Referent. Man hört den näherkommenden Schritt einer großen, paradierenden Kolonne. In dem angenommenen Augenblick, da eine Fahne vorübergetragen wird, grüßen die Militärs, Bruno und die Zivilisten auf der Bühne entblößen ihr Haupt. Der Schritt der paradierenden Kolonne dauert, wird leiser, bleibt jedoch.*

VERTEIDIGUNGSMINISTER *mit Genugtuung*: Herr Präsident, Ihre Infanterie!

*Bruno blickt weniger auf die Truppen, als gewissermaßen über sie hinweg in den Zuschauerraum, wo er seinen Attentäter vermutet. Er ist auf natürliche Weise bemüht, seinen Körper zumindest zur Hälfte hinter dem Körper eines der Männer zu verbergen, die ihn flankieren, während der Offizier des Geheimdienstes trachtet, ihn frei und gut sichtbar stehen zu haben.*

BRUNO: Das freut mich.

VERTEIDIGUNGSMINISTER: Jeder Mann ist mit dem neuen Sturmgewehr ausgerüstet, Modell 61.

BRUNO: Das freut mich auch.

VERTEIDIGUNGSMINISTER: Feuergeschwindigkeit: siebenhundert Schuß in der Minute.

BRUNO: Siebenhundert?

VERTEIDIGUNGSMINISTER *der diese Bemerkung als Kritik auffaßt*: Wir hoffen, sie auf neunhundert erhöhen zu können.

BRUNO *bang*: Alle Gewehre mit Zielfernrohr?

VERTEIDIGUNGSMINISTER: Bisher, Herr Präsident, sind nur Ihre Scharfschützen mit Zielfernrohren ausgerüstet. Da bringen sie einstweilen den größten Ertrag.

BRUNO: Das ist verständlich. Ich möchte nur hoffen, die Scharfschützen wissen, was ihnen anvertraut ist mit einem Zielfernrohr.

VERTEIDIGUNGSMINISTER: Sie sind Einzelgänger, Einzelkämpfer.

BRUNO: Ich verstehe.

*Die Tribüne grüßt eine unsichtbare Fahne. Der Offizier der Geheimpolizei flüstert Bruno etwas ins Ohr, nickt ihm anerkennend und beschwichtigend zu. Stille.*

VERTEIDIGUNGSMINISTER *mit Genugtuung*: Die zwölfte Kampfgruppe. Jeder Mann hat eine Spezialausbildung: Überwintern ohne Ausrüstung, Feuermachen ohne Streichhölzer, Zubereitung von Baumrinde als Nahrung. Die zwölfte Kampfgruppe ist vorbereitet, nach einer allgemeinen Katastrophe weiterzukämpfen.

BRUNO *zerstreut*: Gegen wen?

VERTEIDIGUNGSMINISTER *verblüfft*: Gegen die Reste des Gegners.

BRUNO *bemüht*: Es freut mich, daß Sie auch daran gedacht

haben, Herr Minister. Ihre Vorsorge verdient Anerkennung ... Man hört die Männer gar nicht gehen?

VERTEIDIGUNGSMINISTER: Gummisohlen, Herr Präsident. Die Gruppe trägt als Schutzzeichen einen Panther am Ärmel.

*Marschschritt wird wieder deutlich; Bruno sucht instinktiv, doch diskret nach Deckung. Hinter der linken Absperrung macht sich eine Frau bemerkbar, die weniger auf die Parade achtet, als darauf aus zu sein scheint, Brunos Aufmerksamkeit zu erregen. Es ist eine verhärmte, schwarzgekleidete Frau mit verschattetem Gesicht. Der Offizier des Geheimdienstes flüstert Bruno etwas zu.*

BRUNO: Ich hoffe, die Soldaten sind mit der Verpflegung zufrieden.

VERTEIDIGUNGSMINISTER: Seitdem Sie angedeutet haben, in welcher Weise Ihr Herz am Wohlergehen der Soldaten hängt, wird alles getan, um die Männer zufrieden zu stimmen.

BRUNO: Tadellos. *Überraschend.* Nichts setzt dem Menschen so sehr zu wie kleine, alltägliche Unzufriedenheiten. An den bescheidenen, den unmerklichen Nöten geht der Mensch zugrunde – nicht an den großen Vorkommnissen des Schicksals.

VERTEIDIGUNGSMINISTER: Darf ich dieses Wort festhalten?

BRUNO *leutselige Geste*: Es steht Ihnen frei, bitteschön.

*Die Tribüne grüßt eine unsichtbare Fahne. Das Rasseln schwerer Panzer kommt näher. Bruno will sich instinktiv zurückziehen. Der Offizier des Geheimdienstes warnt ihn diskret. Einige Militär-Attachés heben Ferngläser. Das Rasseln wird stärker, die Tribüne scheint zu beben, die Körper scheinen zu zittern.*

BRUNO *verstört*: Alle Kanonen schwenken zu uns herüber.

VERTEIDIGUNGSMINISTER *mit Genugtuung*: Ihre Panzerwaffe grüßt Sie, Herr Präsident. Sie beugt, wenn ich so sagen darf, das Knie vor Ihnen.

BRUNO: Es – es kann doch wohl nichts geschehen, zufällig?

VERTEIDIGUNGSMINISTER *Bruno mißverstehend*: Nichts. Niemand ist so beherrscht von Friedenswünschen wie Ihre Panzerwaffe. Auf sie ist Verlaß. Mit dem Infrarot-Gerät und der neuen Zwölf-Zentimeter-Kanone ist sie in der Lage, selbst bei Dunkelheit für Gerechtigkeit zu sorgen.

BRUNO: Das beruhigt mich.

VERTEIDIGUNGSMINISTER: Ich darf mir erlauben, Ihre Aufmerksamkeit auf das Abzeichen am Turm zu lenken: ein äsender, friedfertiger Elefant.

BRUNO *erleichtert*: Na, der tut keinem was, solange man ihn nicht reizt.

VERTEIDIGUNGSMINISTER: Sie haben die beste Erklärung gegeben, Herr Präsident.

*Bruno tritt, von dem rasselnden Schauspiel unwillkürlich fasziniert, offen hin, wendet lächelnd seinen Kopf nach links, entdeckt plötzlich an der linken Absperrung seine Frau Hanna, die sich, Hand in Hand mit einem Mann, nach vorn schiebt. Hanna macht einen sehr glücklichen Eindruck. Der Mann, blond, von schöner Magerkeit, wirkt leicht betrunken, scheint die Parade mit müder Verachtung zu quittieren. Es ist Josef. Er scheint für Hanna weniger zu empfinden als Hanna für ihn. Brunos Lächeln gefriert. Lärm tief anfliegender Flugzeuge. Tribüne hebt das Gesicht, reagiert gleichmäßig, nur Bruno nicht, der auf das Paar starrt. Stille.*

VERTEIDIGUNGSMINISTER: Ihre Jagdbomber, Herr Präsident.

BRUNO *abwesend*: Das kann doch nicht wahr sein.

VERTEIDIGUNGSMINISTER: Ihre Spezialität: unter dem Radarschirm des Gegners zu fliegen.

BRUNO *abwesend*: Lacht nur, freut euch. Aber ich bin noch da ... Ich bin noch da, Josef.

VERTEIDIGUNGSMINISTER *betroffen*: Herr Präsident?

BRUNO: Tadellos ...

VERTEIDIGUNGSMINISTER: Es ist uns gelungen, den Aktionsradius zu verdoppeln.

BRUNO: Weiter so, nur weiter so, an uns soll sich niemand die Stiefel krumm treten. *Mit schwer unterdrückter Wut.* Lange genug waren wir geduldig und haben die weichen Stellen hingehalten. Wir waren nachgiebig und haben gelitten. Aber unsere Leiden haben uns abgehärtet.

VERTEIDIGUNGSMINISTER: Ihre Jagdbomber stehen mit vorgewärmten Motoren bereit.

BRUNO: Das will ich hoffen. *Überraschend.* Die Welt kennt zwei Sprachen: die des Verhandelns und die der Bereitschaft. In der ersten leidet man, in der zweiten macht man sich verständlich. Wir haben die zweite Sprache gewählt.

VERTEIDIGUNGSMINISTER *beflissen*: Darf ich auch dieses Wort festhalten?

BRUNO *schon wieder zerstreut*: Wie meinten Sie? Aber sicher, ich habe nichts dagegen.

*Die Tribüne grüßt eine unsichtbare Fahne. Bruno beugt sich nach links hinüber, beobachtet Hanna und Josef, muß erkennen, wie Hanna Josef auf den Hals küßt. Das Attentat fällt ihm ein; er erschrickt über seine Unvorsichtigkeit, zieht sich zurück. Der Offizier der Geheimpolizei flüstert Bruno etwas zu, zeigt auf seine Uhr, wie um anzudeuten, daß die risikoreiche Zeit nicht mehr allzu lange dauern wird. Im folgenden ist Brunos Aufmerksamkeit gespalten; jeder verstohlene Blick zu Hanna und Josef ist gleichbedeutend mit einer Injektion Wut. Marschierende Kolonne. Beifall des sogenannten Volks.*

BRUNO *rügend*: Es fällt mir schwer, diese Eintänzer als unsere Marine anzusehen.

VERTEIDIGUNGSMINISTER: Sie haben etwas auszusetzen?

BRUNO: Den Haarschnitt. *Pause.* Haarschnitt, Haltung, Hosensitz.

VERTEIDIGUNGSMINISTER: Ich werde ein Rundschreiben an die Bordfriseure veranlassen.

BRUNO: Notfalls kann man für die Bordfriseure Abendkurse einrichten.

VERTEIDIGUNGSMINISTER *verblüfft*: Natürlich, natürlich, so weit wagte ich gar nicht zu denken.

BRUNO *nach einem Blick auf Hanna und Josef*: Ich kann mir nicht helfen, das ist keine Parade, das ist ein englischer Walzer ... Und die Leute klatschen dazu.

VERTEIDIGUNGSMINISTER *ratlos*: Ich bitte die starken Schlingerbewegungen der Schiffe zu bedenken.

*Die verhärmte, schwarzgekleidete Frau hinter der linken Absperrung macht sich bemerkbar.*

BRUNO *nachgiebig und einsichtig*: Da haben Sie recht.

*Geräusch von Lastwagen nähert sich. Tribüne erwartungsvoll. Bruno wippt.*

BRUNO: Raketen?

VERTEIDIGUNGSMINISTER: Raketen! Die Raketen-Abteilung Ihrer Küsten-Artillerie, Herr Präsident ... Auf Lafetten ...

BRUNO: Bei denen endet jedes Gespräch ...

VERTEIDIGUNGSMINISTER: ... und jeder Widerspruch hört auf.

*Knall, der wie ein Schuß klingt. Geteilte Reaktion auf der*

*Tribüne. Bruno sinkt in Deckung. Ungewißheit. Der Offizier der Geheimpolizei hilft Bruno, sich aufzurichten.*

BRUNO *ungehalten unter sich blickend*: Man hätte Sand streuen sollen nach dem Regen. Das Holz ist glatt.

VERTEIDIGUNGSMINISTER *es ist ihm peinlich*: Ich werde den Fahrer zur Verantwortung ziehen. Bei der Parade darf kein Reifen platzen.

*Stille. Die Tribüne grüßt eine unsichtbare Fahne.*

BRUNO: Zivilisten?

VERTEIDIGUNGSMINISTER: Die Herren der Chemischen Kampftruppen. Einstweilen haben wir uns noch für keine Uniform entscheiden können.

BRUNO: Ihre Gedanken sind ihre Uniform – Gedanken, die auf den Gesichtern zu lesen sind.

VERTEIDIGUNGSMINISTER: Sieben Nobelpreisträger marschieren mit.

BRUNO: Die Zahl muß verdoppelt werden ... Haben die Chemiker wirklich Kummer?

VERTEIDIGUNGSMINISTER: Ihre Gesichter sprechen nur von der Einsamkeit des Forschens, vom großen Starrsinn, der schließlich ein Experiment belohnt.

BRUNO: Und wie steht es mit der Zuverlässigkeit?

VERTEIDIGUNGSMINISTER: Jeder hat einen Eid geleistet – auf Ihr Bild, Herr Präsident.

BRUNO: Photographie?

VERTEIDIGUNGSMINISTER: Büste.

BRUNO: Das beruhigt mich. *Blickt zu Hanna und Josef.* Denken Sie immer daran: Verlaß ist nur auf die Härte der Kiesel, und auch bei ihnen würde ich empfehlen, die Probe jeden Tag zu machen.

VERTEIDIGUNGSMINISTER: Für Ihre Armee, Herr Präsident, lege ich meine Hand ins Feuer. Und an diesem Tag beide Hände.

BRUNO *traurig*: Ach wissen Sie, der Fehler am Menschen ist, daß er sich verändert. Man kann soviel mit ihm anfangen, zuviel ...

VERTEIDIGUNGSMINISTER: Darf ich mir erlauben, Herr Präsident, zu fragen, ob nicht alles, was Bestand haben will, sich verändern muß?

BRUNO: Sicher. Aber einer muß diese Veränderungen ja bezahlen. *Bruno beugt sich weit und gedankenverloren vor, blickt zu Hanna und Josef, die den Eindruck eines Liebes-*

*paares machen. Bruno flüstert mit dem Offizier der Geheimpolizei. Der Offizier blickt auf seine Uhr, flüstert Bruno etwas zu. Bruno sucht Deckung mit verständlicher Ängstlichkeit.*

VERTEIDIGUNGSMINISTER: Ihre Bomber, Herr Präsident, werden in wenigen Augenblicken über uns hinwegziehen.

BRUNO *abwesend*: Die Bomber? Die hab ich schon regelrecht vermißt.

VERTEIDIGUNGSMINISTER: Ihr Anblick genügt durchaus, um ein Gefühl vollkommener Sicherheit hervorzurufen.

BRUNO: Ich sage, wer solche Bomber hat, darf sich entspannen.

*Eine Ordonnanz. Zettel an Brunos Adjutanten. Flüstern. Zettel an den Offizier des Geheimdienstes. Flüstern. Zettel an Bruno. Flüstern.*

VERTEIDIGUNGSMINISTER: Ihre Armee, Herr Präsident, hat hoffentlich nicht zu befürchten, daß dringende Staatsgeschäfte Sie abrufen?

BRUNO *erleichtert*: Ich befürchte es, Herr Minister.

VERTEIDIGUNGSMINISTER: Die Bomber – sie werden betrübt sein, wenn sie erfahren ...

BRUNO: Bestellen Sie herzliche Grüße ... Was ich gesehen habe, verdient höchste Anerkennung. Herr Minister, ich darf Sie zu Ihren Leistungen beglückwünschen.

*Der Offizier des Geheimdienstes führt Bruno von der Tribüne, Adjutant und Referent folgen. Beifall des sogenannten Volks für Bruno. Ehrenbezeugungen der Tribüne. Bruno bleibt vor Hanna und Josef stehen, die, offensichtlich widerwillig, in Beifall ausbrechen. Bruno: langer, schwermütiger Blick; immerhin scheint er den erzwungenen Beifall zu genießen, will etwas zu Hanna sagen, schwankt, unterläßt es. Will abgehen. Die verhärmte, schwarzgekleidete Frau durchbricht die Absperrung, wirft sich vor Bruno auf die Knie, nimmt seine Hände.*

FRAU: Herr Präsident – Gnade, ich bitte Sie um Gnade für meinen Mann.

BRUNO *betreten*: Was – was ist ihm denn passiert, um Himmels willen?

FRAU: Heute, an Ihrem Geburtstag, alles vereinigt sich zu Ihrem Ruhm, alles verkündet Ihren Namen, die Welt huldigt aus ganzem Herzen Ihrer Stärke ...

BRUNO: Ja? Und? Weiter!

FRAU: ... an diesem Tag, an dem alle hoffen, hoffen auch die Schwachen ...

BRUNO: Das ist mir nicht unbekannt.

FRAU: ... und blicken demütig zu Ihnen auf. Helfen Sie, Herr Präsident, bitte, haben Sie Mitleid.

*Zwei Polizisten stehen bereit, die Frau auf einen Wink zu entfernen.*

BRUNO *hilflos, versucht ihr seine Hände zu entziehen*: Gern, aber dazu müssen Sie mich loslassen, erst einmal.

FRAU: Bei Ihnen allein liegt es. Lassen Sie Mitleid in die Welt einfließen, Mitleid aus Ihrer Stärke. Das ist, worauf die Schwachen hoffen. Das wird die Welt verändern.

BRUNO: Ich glaube es ja, aber ...

FRAU: Oh, ich spüre es an Ihren Händen, ich sehe es in Ihrem Gesicht: Sie kennen das Unglück, Sie wissen, daß wir ihm nur durch Brüderlichkeit begegnen können ... Ich bitte Sie um Gnade für meinen Mann.

*Der Offizier flüstert Bruno etwas zu.*

BRUNO *aufgeklärt*: So, Sie sind also die Frau unseres alten Präsidenten ... Frau Faber, nicht wahr?

FRAU: Mein Mann ist krank. Schenken Sie mir die Freude, ihn zu Hause pflegen zu können. Ich bitte Sie um Ihr Mitleid.

BRUNO *zögernd*: Mitleid – ja – aber es ist nicht leicht ... Sie müssen verstehen, gute Frau, wenn ich sage, daß ich meine Bedenken habe gegenüber dem Mitleid ...

FRAU: Mein Mann wurde vierundsiebzig.

BRUNO: Frau Faber, ich verehre das Alter, aber ...

FRAU: Dann Großmut. Vielleicht, Herr Präsident, geht es mit Großmut ... Ein alter, kranker Mann, den die Erlebnisse gebeugt haben, dessen Sehschärfe nachgelassen hat.

BRUNO: Wie lange ist er denn schon fort?

FRAU: Neun Jahre.

BRUNO *in erwartungsvolle Gesichter blickend*: Dann – holen Sie ihn. Lassen Sie sich den alten Herrn herausgeben. Er fällt unter die große Amnestie. *Blickt auf Josef.* Es sind so viele heimgekehrt, warum sollte Ihr Mann nicht auch heimkehren.

*Beifall.*

FRAU: Ich wußte es. Ich las es in Ihrem Gesicht. Danke. Ich werde nicht aufhören, Ihnen zu danken, Herr Präsident. Der Himmel wird Sie beschützen.

BRUNO *verzagt*: Das wird sich herausstellen. *Zu seiner Begleitung*. Ins Palais, sagten Sie, ja?

OFFIZIER: Ins Palais, Herr Präsident. Man wartet bereits.

*Geräusch hochfliegender Bomber. Die Tribüne reckt die Hälse, dreht die Gesichter gleichmäßig mit, unaufmerksamer Beifall für Bruno. Bruno und Begleitung ab.*

*Vorhang*

## Drittes Bild

*Palais. Arbeitszimmer des Präsidenten. Rechts die »offizielle« Tür, links die »private« Tür. Hintergrund Terrasse und Park, offen. Ölbild des Präsidenten, Büste des Präsidenten; ein Regal mit Nachschlagewerken; zwei Tische mit Glasplatten, unter denen Proben seltenen und kostbaren Gesteins liegen. Ein schöner, verzierter Spiegel, der so hängt, daß der Präsident sich selbst sehen kann, sowie jeden, der durch die »offizielle« Tür eintritt. Man sieht die Rückansicht des Präsidenten. Er hat eine Lupe vor dem Auge und betrachtet mit fachmännischem Entzücken einen Stein, während sein Sekretär mit der Dokumentenmappe geduldig vor ihm wartet. Der Präsident ist einer genießerischen Selbstironie fähig.*

PRÄSIDENT: Aus dem Licht, Oppermann; gehen Sie aus dem Licht. *Der Sekretär tut es.* Der Chrysoberyll: mein Lieblingsstein aus dem Ural. Sehen Sie, wie er daliegt, grünlich auf schwarzem Glimmerschiefer. Ein schwarzes Totenbett für die Schönheit. Mein Glücksstein! Der schlimme Alexandrit ist mein Glücksstein.

SEKRETÄR: Und der rote Turmalin aus Österreich?

PRÄSIDENT: Ist es auch, aber nur gelegentlich. Auf den Chrysoberyll ist immer Verlaß. Seit ich ihn habe, kann ich tun und lassen, was ich will: das Glück bleibt hartnäckig bei mir. *Mit Selbstironie.* Es ist beinahe unanständig: kauf ich mir ein Los, ist es garantiert der Hauptgewinn; laß ich auf einer Auktion zu mäßigen Preisen das Bild eines unbekannten Malers ersteigern, stellt es sich als früher Breughel heraus; tausche ich in letzter Minute das Auto gegen das Flugzeug, kann ich am nächsten Tag aus der Zeitung erfahren, daß der Wagen des Präsidenten von einem Steinschlag zermalmt wurde ... Mitunter sehne ich mich nach ein wenig Unglück, nach einem menschlichen Mißgeschick. Ständig das Glück auf den Fersen zu haben, das setzt einem auch zu. Ich fürchte, Oppermann, wenn ich die acht ungarischen Opale auf die Felder streute, bei der nächsten Jagd würde ich acht Fasanen schießen und die Steine in ihren Mägen nach Hause bringen.

SEKRETÄR: Ich darf mir gestatten, an die glückbringende

Kraft des Steines auf der Brücke zu erinnern, bei dem abscheulichen Attentat.

PRÄSIDENT: Eben, auch da übernahm der Chrysoberyll meinen Schutz. Der Täter schoß aus kürzester Entfernung, neunzehn Kugeln. Wen trafen sie? Meine Frau. *Deutet auf die Dokumentenmappe.* Sie wollen mich doch wohl nicht jetzt zur Arbeit zwingen?

SEKRETÄR: Der Freundschaftsvertrag mit Libyen. Die Beförderungsurkunden zu Ihrem Geburtstag. Das – das zweite Gnadengesuch. *Pause. Der Präsident betrachtet den Alexandrit.* Das Gesetz zum Ankauf verwaisten Landes durch die Regierung. Und ...

PRÄSIDENT: Und? Nichts Attraktives?

SEKRETÄR: Draußen warten ihr Beichtvater und Bruno Deutz, der Friseur.

PRÄSIDENT: Na, endlich. Führen Sie ihn herein.

SEKRETÄR: Ihren Beichtvater?

PRÄSIDENT: Den Friseur! *Der Sekretär zögert.* Was haben Sie, Oppermann?

SEKRETÄR: Verzeihung, Herr Präsident, vorhin, an der Tür, als ich Herrn Deutz zum ersten Mal sah, da geschah es – da unterlief es mir: ich wünschte ihm einen guten Tag!

PRÄSIDENT: Sie entschuldigen sich zu häufig, mein lieber Oppermann, und zu früh.

SEKRETÄR: Ich sagte aber zu ihm: Guten Tag, Herr Präsident!

PRÄSIDENT: Ausgezeichnet! Vielleicht verstehen Sie jetzt, warum ich seinetwegen meinen Beichtvater warten lasse. Führen Sie ihn herein ... mein Ebenbild, meinen Ersatzmann, meine physiognomische Kopie ...

SEKRETÄR: Es ist in der Tat erstaunlich, Herr Präsident, was sich dieser Mann herausnimmt. Er hat die Stirn, Ihnen vollkommen zu gleichen: man könnte fast an ein Versehen der Natur denken.

PRÄSIDENT: In der Natur gibt es kein Versehen, Oppermann ... Warum, glauben Sie, schuf sie zu jedem kostbaren Stein eine täuschende Kopie? Der Freund des Rubins kann mit rotem Spinell hereingelegt werden, der Liebhaber des Smaragd mit Hiddenit, und der Besitzer eines Zirkons erfreut sich vielleicht nur an einem Stück Vesuvian oder Kaneelstein.

SEKRETÄR: Ich bin freimütig genug, mir den Hinweis zu

erlauben, daß dieser Mensch Friseur ist, und noch dazu der Sohn eines Friseurs.

PRÄSIDENT: Und ich war einmal Feldwebel, und noch dazu der Sohn eines Feldwebels.

SEKRETÄR: Ich wollte damit nur sagen, daß ich für Ihren Plan fürchte, den Sie, Herr Präsident, mit diesem Friseur haben.

PRÄSIDENT: Solange Ihre Furcht Sie inspiriert, können Sie sich von mir aus fürchten. Ich erwarte nur, Oppermann, daß Sie und die andern ihr Bestes geben. Es muß Ihnen gelingen. Deutz muß eine Gelegenheit bekommen, seine geheimsten Fähigkeiten zu entfalten. *Ironisch.* Geben Sie Raum für seine unterdrückten Begabungen. Lassen Sie ihn seine Träume an der Welt probieren. – Ich werde mich für eine Weile empfehlen. Und strikte Geheimhaltung, Oppermann! Es geschieht, wenn ich zum zweiten Mal zur Terrasse gehe. So – und jetzt Bruno Deutz, rasch.

*Sekretär zur »offiziellen« Tür, fordert nickend Bruno auf, einzutreten. Bruno trägt dieselbe Kleidung wie bei der Parade. Beim Anblick des Präsidenten bleibt er betroffen an der Tür stehen. Der Präsident schiebt Lupe und Steine zur Seite, erhebt sich am Schreibtisch. Er scheint ebenfalls betroffen. Schweigen.*

PRÄSIDENT: Nur herein, wir kennen uns – wenn auch nur aus dem Spiegel.

BRUNO *unterwürfig*: Guten Tag, Herr Präsident.

PRÄSIDENT: Es fehlt nicht viel und ich habe den Eindruck, daß ich selbst dort stehe, mich selbst begrüße. Komme ich Ihnen nicht auch bekannt vor...? Natürlich, der Spiegel hat unsere Bekanntschaft vermittelt, eine intime Bekanntschaft: wir kennen uns vom Rasieren, vom Gurgeln, wahrscheinlich auch vom Grimassenschneiden. Ich vermute, wir kennen sogar unsere belegten Zungen und das Zwinkern, mit dem wir uns Mut zusprechen. Schauen Sie sich auch manchmal von der Seite an im Spiegel?

BRUNO *bescheiden*: Herr Präsident, ich bin Friseur; da arbeitet man vor dem Spiegel.

PRÄSIDENT: Das heißt, Sie strengen sich an. Ich glaube, vor dem Spiegel tun wir das alle... Nehmen Sie Platz, Herr Deutz. *Bruno tut es.* Sie haben Ruhe verdient. Ich hoffe, die Parade war nicht zu anstrengend?

BRUNO: Ich bin Handwerker, Herr Präsident, nicht geschaffen für so etwas.

PRÄSIDENT: Der Eindruck, den Sie allgemein hinterließen, beweist das Gegenteil. Ich bin zufrieden mit Ihnen. Was ich auf dem Bildschirm sah, hat mich überzeugt ... Rauchen Sie? *Angebot.*

BRUNO: Nein, danke.

PRÄSIDENT: Aber Sie haben geraucht?

BRUNO: Ich will mir's abgewöhnen, ich benutze einfach die Gelegenheit. Wirklich, besten Dank ... Aber zum Geburtstag möchte ich Ihnen gratulieren. Herzlichen Glückwunsch, Herr Präsident, und ein langes Leben.

PRÄSIDENT: Danke. Ich hoffe, Sie werden in dieser oder jener Form dazu beitragen.

BRUNO: Sie dürfen nicht zuviel von mir verlangen, bitte. Ich bin Handwerker, ich lebe doch nur mein bescheidenes Leben ... Es wundert mich überhaupt, wie Sie mit mir zufrieden sein können.

PRÄSIDENT: Wenn ich mit Ihnen zufrieden bin, so bedeutet das keineswegs, daß ich nichts an Ihnen auszusetzen hätte. Wissen Sie, was Sie getan haben? Sie haben Faber begnadigt, René Faber, den alten Präsidenten, meinen Vorgänger. Sie haben meinem Todfeind in aller Öffentlichkeit die Freiheit geschenkt! Und ich mußte es mit ansehen.

BRUNO: Um Gottes willen! Das habe ich nicht gewollt. Ich hab ihn doch nur begnadigt, weil die Frau so von seiner Hinfälligkeit gesprochen hat.

PRÄSIDENT: Die Hinfälligen – das sind die Schlimmsten. Niemand erwartet mehr etwas von ihnen, und auf einmal verfügen sie über eine Armee oder schieben pfeifend einen Kinderwagen an Ihnen vorüber.

BRUNO: Wenn ich das gewußt hätte ... Und es gibt nichts mehr zu retten?

PRÄSIDENT: Nun – er wird seine Anhänger sammeln, ich werde ihm Hausarrest erteilen, er wird über die Grenze fliehen wollen, bei der Flucht wird er versehentlich erschossen ... Es geht also noch einmal gut ab.

*Pause.*

BRUNO: Herr Präsident, ich dachte mir wirklich nichts dabei. Ich war vielleicht zu ergriffen.

PRÄSIDENT: In dieser Stimmung neigt man leicht zu Begnadigungen. Ich weiß ... Doch davon abgesehen, Herr

Deutz, Sie stellen mich vor ein Problem. Sie leben. Sie haben die Parade überlebt.

BRUNO: Ich denke, die kamen nicht zum Schuß, wo so viele auf den Beinen waren. Jedenfalls freue ich mich, daß alles so ausgegangen ist und daß ich lebend vor Ihnen sitzen darf.

PRÄSIDENT: Offen und rundheraus gesagt – in jedem anderen Zustand wären Sie brauchbarer gewesen, wirkungsvoller und vielseitiger verwendbar, wie ein Topas, aus dem sich, in vorsichtiger Hitze, allerlei machen läßt.

BRUNO *erschrocken*: Sie sind doch nicht ärgerlich über den Ausgang?

PRÄSIDENT: Nicht ärgerlich, nur enttäuscht. *Schwelgerisch.* In einem anderen Zustand hätten Sie mir einen Dienst erwiesen, zu dem Sie als Lebender gar nicht in der Lage sind. Einen triumphalen Effekt, eine unerhörte Überraschung, eine phantastische Dramaturgie – das alles hätten Sie mir geliefert, wenn man genötigt gewesen wäre, Sie von der Tribüne zu tragen.

BRUNO: Tot?

PRÄSIDENT: Ja, oder so ähnlich. Ihre Einbildungskraft müßte ausreichen, Herr Deutz, um sich die Gesichter, die Reaktionen meiner Gegner vorzustellen, wenn ich nach einem gelungenen Attentat in der Öffentlichkeit erschienen wäre ... Ich übertreibe nicht, wenn ich sage: als Toter wären Sie ein Geschenk für mich gewesen. Verzeihen Sie deshalb, wenn ich den Lebenden nicht allzu stürmisch willkommen heiße. Sie verstehen?

BRUNO *bang*: Ich verstehe, ja.

PRÄSIDENT: Die Umstände waren diesmal dagegen. Sie brauchten mir den Dienst nicht zu leisten, den ich so sehr von Ihnen erhoffte. Sie leben.

BRUNO: Ich sagte bereits zu dem Herrn, der mich abholen kam: ich bin ungeeignet, an mir ist nichts dran.

PRÄSIDENT: Sie irren sich.

BRUNO: Dann bin ich noch nicht entlassen?

PRÄSIDENT: Im Gegenteil. Sie sind engagiert. Sie sind unter Vertrag genommen für eine Aufgabe, die ebenso mühelos wie ehrenvoll ist. Alles, was Sie zu tun haben, ist sich zu zeigen, vorhanden und sichtbar zu sein.

BRUNO *bestürzt*: Als Zielscheibe?

PRÄSIDENT: Sagen wir einfach: als Mitarbeiter. Sie erklären sich bereit, mir Ihr Gesicht zur Verfügung zu stellen.

BRUNO: Herr Präsident, ich bin Handwerker, wie ich schon sagte. Ich habe ein offenes Ladengeschäft.

PRÄSIDENT: Das gehört zu gleichen Teilen Ihrer Frau, und ich bin unterrichtet, daß Ihre Frau aus mehreren Gründen zu bewundern ist.

BRUNO: Das können Sie mir doch nicht antun, wirklich. Ich bin ungeeignet. Ich meine, wer uns vergleicht, sieht auf den ersten Blick den Unterschied. Sie, Herr Präsident, und ich: ich bin ein Fremder für Sie ...

PRÄSIDENT: Um so besser! Wer umsichtig lebt, wird seine Geheimnisse niemals Freunden preisgeben oder gar den Verwandten. Fremdheit, das ist die beste Empfehlung. Ich habe mein Herz mit Vorliebe Forschungsreisenden ausgeschüttet, von denen ich sicher war, daß sie in der Wüste Schamo oder im Quellgebiet des Amazonas verschollen bleiben würden ... Sie, Herr Deutz, sind mir genügend fremd; gleichzeitig haben Sie mir das gewisse kleine Zeichen gegeben, daß ich mich auf Sie verlassen kann ...

BRUNO: Ein Zeichen? Welch ein Zeichen?

PRÄSIDENT: ... daß Sie der sind, für den ich Sie halte. Soll ich Ihnen die Wahrheit über Bruno Deutz mitteilen? Ich habe Ihren Lebenslauf in der Tasche.

BRUNO *gequält*: Ich wollte immer nur das sein, was mein Vater war.

PRÄSIDENT: Sehen Sie, ich auch. Mein Vater war Feldwebel, und nach einer Jugend im Schatten der Kasernenmauern wurde ich es auch. Der ganze Unterschied zwischen uns bestand darin: er stimmte in die Unzufriedenheit der Soldaten ein – ich machte mir diese Unzufriedenheit zunutze. Niemand, Herr Deutz, ist seiner selbst sicher – solange er keine Gelegenheit hatte, seine Möglichkeiten zu erproben.

*Pause.*

BRUNO: Darf ich fragen, nur so, was mit mir geschehen wird?

PRÄSIDENT: Je nun – niemand von uns lebt ewig, wenn ich so sagen darf.

*Auftritt der Präsidentenmutter durch die »private« Tür. Sie ist eine schwere, gepflegte Frau, die ihren enormen Schmuck so sorgsam trägt, als ob sie ihn geliehen hätte. Sie besteht überwiegend aus Oberkörper, hat den Verteidigungsinstinkt der ewigen Mutter und ist in diesem Augenblick außer sich. Ihre ganze Art hat einen gewissen Glanz des Gewöhnlichen.*

*Sie marschiert mit heftigen kleinen Schritten auf Bruno zu; beide Männer erheben sich.*

PRÄSIDENTENMUTTER *zu Bruno*: Das geht nicht so weiter, Alexander. Du mußt einschreiten. Du mußt etwas unternehmen, schließlich bist du sein Vater.

PRÄSIDENT: Hier, Mama, hier bin ich.

PRÄSIDENTENMUTTER *atemlos, irritiert*: Mach mich nicht irre. Ich habe Schädelbrummen genug vom Zigarrenrauch deines Admirals.

PRÄSIDENT: Mama, das ist Herr Deutz, Bruno Deutz.

BRUNO *verbeugt sich*: Guten Tag, gnädige Frau.

PRÄSIDENTENMUTTER: Seit wann dürfen die Leute so aussehen wie du?

PRÄSIDENT: Herr Deutz ist mein Mitarbeiter. Er besitzt mein Vertrauen.

PRÄSIDENTENMUTTER: Aber er hat dein Gesicht.

PRÄSIDENT: Jedem gehört das Gesicht, auf das er Wert legt.

PRÄSIDENTENMUTTER: Das ist ja widerlich.

PRÄSIDENT: Was?

PRÄSIDENTENMUTTER: Du hast zu allem eine Meinung. *Befremdete Blicke auf Bruno.* Aber laß dir ja nicht einfallen, mich zum Narren zu halten.

PRÄSIDENT: Du siehst überanstrengt aus, Mama.

PRÄSIDENTENMUTTER: Ist das ein Wunder, wenn dein Admiral immer zwischendurch zur Zigarre greift?

PRÄSIDENT: Ich kann ihm doch nicht das Rauchen verbieten.

PRÄSIDENTENMUTTER: Aber ich habe es getan. Zuletzt habe ich dem Herrn erklärt: noch eine Zigarre und wir sind getrennte Leute. Dieser Rauch setzt sich ja in allen Kleidern fest.

PRÄSIDENT: Du solltest dich erholen, Mama.

PRÄSIDENTENMUTTER: Ich bin ja dabei – aber man läßt mich nicht ... Weißt du, was Frederik sich geleistet hat? Der Amazonenstein ist weg, außerdem der schlesische Chryso – du weißt schon.

PRÄSIDENT: Chrysopras, Mama. Aber das sind doch nur Halbedelsteine.

PRÄSIDENTENMUTTER: Außerdem fehlt der größte Teil von meinem Schmuck. *Außer sich.* Glaube nicht, daß dein Sohn es bestreitet. »Ich brauche das Zeug«, sagt er. »Gerechtigkeit hat ihren Preis« ... Frederik, einundzwanzig Jahre. Du hast ihn in die Welt gesetzt.

BRUNO *verlegen*: Soll ich vielleicht Ihren Sekretär suchen, Herr Präsident?

PRÄSIDENT: Bleiben Sie. Sie haben mein Vertrauen.

PRÄSIDENTENMUTTER: Du mußt einschreiten, Alexander. Und weißt du, warum? Er hat versprochen, mir die doppelte Menge Schmuck zurückzugeben. »Wenn's soweit ist«, sagte er. Du weißt hoffentlich, was dein Fleisch und Blut damit meint, »Wenn's soweit ist« ... Mein Gott, mir zerspringt der Kopf.

PRÄSIDENT: Mama, in jedem von uns steckt ein Anarchist und ein Polizist.

PRÄSIDENTENMUTTER: Erklärungen verwirren mich nur, das weißt du.

PRÄSIDENT: Damit wollte ich lediglich sagen: in der Jugend leiden wir mit den Rechtlosen; als reife Menschen schreiben wir unaufgefordert Parksünder auf und liefern die Zettel im nächsten Revier ab. Frederik ist jung, er ist noch nicht fertig. Das ist nur sein Überschwang.

PRÄSIDENTENMUTTER: Der Überschwengliche hat immerhin eine Leibwache, die er aus eigener Tasche bezahlt.

PRÄSIDENT: Es gibt schlechtere Möglichkeiten, um sein Taschengeld auszugeben ... Du wirst doch nicht im Ernst annehmen, daß Frederik, mein eigener Sohn, gegen mich arbeitet, daß er die Hand nach mir ausstreckt? Schließlich verdankt er mir sein Leben.

PRÄSIDENTENMUTTER: Weißt du, was ein Gewehr mit Zielfernrohr ist?

PRÄSIDENT: Man hat mir gesagt, man kann damit schießen – genau und über größere Entfernungen.

PRÄSIDENTENMUTTER: Siehst du, mein Junge. Und Frederik hat den Erlös aus meinem Schmuck dazu benutzt, um solche Dinger zu kaufen, kistenweise.

PRÄSIDENT: Du weißt, wie gern er mit Freunden auf die Jagd geht. Den Schmuck werde ich dir ersetzen.

PRÄSIDENTENMUTTER: Herrgott, mir kommt es nicht auf die lausigen Saphire an. Ich bin sogar erleichtert, daß sie weg sind; jetzt hört endlich die Angst auf, sie bei jeder Bewegung zu verlieren ... Um dich, Alexander, mache ich mir Sorgen. Deinetwegen bin ich außer mir! Oder glaubst du, eine Mutter kann ruhig zusehen, wie der Enkel gegen ihren Sohn aufbegehrt? Ich sage dir, tu etwas, ehe es zu spät ist. Ich verlange, Alexander, daß du mir erhalten bleibst.

PRÄSIDENT: Sei unbesorgt, Mama.

PRÄSIDENTENMUTTER: Du mußt einschreiten, oder wie das heißt. *Schnuppert.* Es ist zum Verrücktwerden: ich rieche nur noch Zigarrenrauch. Die Kajüten sind verflucht eng, da lagert sich der Qualm ab.

PRÄSIDENT: Leg dich hin, Mama.

PRÄSIDENTENMUTTER: Jetzt? Er kann doch jeden Augenblick kommen.

PRÄSIDENT: Wer?

PRÄSIDENTENMUTTER: Admiral von Büsum. Er wollte »längsseits kommen zum Tee«. Danach will er »in die Takelage klimmen«, wie er sagt ... Stell dir vor, in seiner Jugend sollte er Medizin studieren.

PRÄSIDENT: Wer sollte das nicht, Mama.

PRÄSIDENTENMUTTER: Du nicht. *Zu Bruno.* Und Sie wahrscheinlich auch nicht. Haben Sie überhaupt einen Beruf?

BRUNO *bescheiden*: Ich bin Friseur ... meister.

PRÄSIDENTENMUTTER: Das ist ja unglaublich: das gleiche Gesicht, die gleiche Kleidung, und auch die Stimme kommt hin. Sagen Sie bloß noch, daß Ihre Galle Ihnen Schwierigkeiten macht ...

BRUNO: Der Arzt hat einige Steine festgestellt.

PRÄSIDENTENMUTTER: Alexander, sieh zu, wie du damit fertig wirst.

*Präsidentenmutter ab. Beide Herren setzen sich.*

PRÄSIDENT *betrachtet den Alexandrit*: Mutterliebe – Sie wissen, wie anstrengend die sein kann. Sobald sie eine Sorge wittern, blühen sie auf. Ich denke, Herr Deutz, Sie haben da ähnliche Erfahrungen.

BRUNO: Meine Mutter war Bordfriseuse, Herr Präsident. Auf dem Schnelldampfer »Patria«, wo mein Vater – der auf See verschollen ist – in dem gleichen Beruf tätig war.

PRÄSIDENT: Das schließt nichts aus.

BRUNO: Sie verstand es, meine Geburt zu verheimlichen – ich meine, bis zum letzten Augenblick. Als ich da war, deponierte sie mich auf der Kommandobrücke und verließ uns im nächsten Hafen. Ihr Grab liegt in Chicago, wo so viele beerdigt sind.

PRÄSIDENT: Demnach brachte sie sich selbst um die Möglichkeit, auf ihren Sohn stolz zu sein.

BRUNO *erhebt sich*: Herr Präsident, ich bitte Sie, entlassen Sie mich. Machen Sie mich nicht zu etwas, was ich nicht bin. Nämlich ich habe ein Gefühl, ich kann für nichts garantieren. Ich bin alles nur halb.

PRÄSIDENT *erhebt sich ebenfalls*: Herr Deutz, damit haben Sie nur gesagt, daß Sie zum besten Teil des Volkes gehören. Alles nur halb: so ist es in der Tat. Schauen Sie sich um, wer Sie umgibt: halbe Ehrenmänner, halbe Jungfrauen, halbe Freunde und halbe Väter. Sogar die Freude an meinen Steinen reduziert sich auf die Hälfte, wenn ich an die Dubletten denke. Alles ist nur halb: das ist die Wahrheit. Aber über diese Wahrheit sollten wir glücklich sein. Wir sollten sie als Aufforderung ansehen, das Halbe zu vollenden. *Geht zur Terrassenfront.* Herr Deutz, wir wollen doch dafür sorgen, daß eines Tages das Ganze zum Vorschein kommt.

BRUNO: Ich habe Angst, um mal offen zu sein. Ich fürchte mich einfach.

PRÄSIDENT: Das ist üblich – schließlich weiß man nie, wer in uns drinsteckt.

BRUNO: Ich fürchte mich ... auch vor Ihnen.

PRÄSIDENT: Mein Lieber, Sie fürchten mich nicht nur, Sie verabscheuen mich. Sie hassen mich aus Herzensgrund. Früher hätten Sie und Ihre Freunde mich eine Geißel genannt, heute nennen Sie mich mit sachlicher Verachtung den Feldwebel. Immerhin halten Sie mir einen gewissen Scharfsinn zugute, womit Sie wiederum den Typ des Feldwebels bereichern ... Sie sehen, ich weiß Bescheid. Ich gebe mich keiner Täuschung hin über meinen Mitarbeiter Bruno Deutz. Haß, Furcht und Verachtung, das sind die Gefühle, die Sie für mich hegen ...

BRUNO: Herr Präsident ...

PRÄSIDENT: ... trotzdem schenke ich Ihnen mein ganzes Vertrauen, denn dies allein sind die Gefühle, die ich schätze. Auf sie ist Verlaß. Und nun werde ich Ihnen etwas zeigen. *Geht wieder zur Terrassenfront.* Ich werde Ihnen etwas eröffnen, was Sie nie für möglich gehalten haben: auch für unsere Gesichter gibt es Jahreszeiten, eine Zeit der Prägung, eine andere des Blätterfalls – ich werde Ihnen beweisen, daß das Gesicht des Menschen ...

*Schuß. Der Präsident bricht zusammen. Bruno nimmt Deckung. Der Offizier der Geheimpolizei und der Polizist stürzen durch die »offizielle« Tür herein, beide bewaffnet.*

BRUNO *kommt hinter dem Schreibtisch hervor und zeigt zur Terrasse*: Von dorther!

OFFIZIER *Wink an den Polizisten, der auf die Terrasse hinausläuft*: Zurück, Herr Präsident. Ich muß Sie bitten, sich in den Schutz der Mauer zu begeben.

BRUNO: Ich bin nicht ...

OFFIZIER *führt Bruno in den »toten Winkel«*: Erst einmal in Sicherheit. *Geht auf die Terrasse.*

BRUNO: So hören Sie doch: der Präsident ...

SEKRETÄR *hereinstürzend*: Gott sei Dank! Ich hörte den Schuß. Es war nicht anzunehmen, daß der Schütze Glück haben könnte. *Hebt etwas vom Boden auf, reicht es mit undurchsichtiger Miene Bruno.* Der Stein, Herr Präsident. Seine glückbringende Kraft hat sich bestätigt ... *Entdeckt den Präsidenten.* Mein Gott, das an Ihrem Geburtstag ... Muß die Familie des Friseurs benachrichtigt werden?

BRUNO: Die Familie? Nein. Nein, nein, das übernehme ich schon, das mach ich selbst.

SEKRETÄR *beugt sich über den Toten*: Ich vermute Herzschuß.

*Präsidentenmutter durch die »private« Tür.*

PRÄSIDENTENMUTTER: Alexander, mein Junge, ich dachte schon, dir ist etwas passiert. Oder bist du getroffen?

BRUNO *schüttelt den Kopf*: Ich nicht, aber ...

PRÄSIDENTENMUTTER: Dein Besucher? Siehst du, ich wußte doch, daß mit dem etwas nicht stimmt. Hoffentlich wird ihm das eine Lehre sein. *Sie umarmt Bruno erleichtert.* Du mußt achtgeben auf dich, versprich mir das. Du darfst nicht so vertrauensselig sein. Auf dich haben es viele abgesehen.

BRUNO: Ich muß hier etwas aufklären.

PRÄSIDENTENMUTTER: Der Admiral hat auch den Schuß gehört. *Schaut Bruno sorgfältig an, küßt ihn.* Nicht mal eine kleine Fleischwunde ... wie dein Vater. *Bruno will sich von ihr losmachen.* Was hast du? Möchtest du dich lieber hinlegen?

BRUNO: Ich muß hier einen Irrtum bekanntgeben!

SEKRETÄR *zeigt auf ein Papier*: Sein Lebenslauf, er hatte ihn in der Tasche. Bruno Deutz.

PRÄSIDENTENMUTTER: Ich weiß, was du liebst, mein Junge, was dir Freude macht. Ich werde dir Krokantplätzchen backen; das habe ich schon lange nicht mehr gemacht.

SEKRETÄR: Sollen wir ihn fortschaffen, Herr Präsident?

BRUNO: Ich möchte ...

PRÄSIDENTENMUTTER: Was glauben Sie denn? Soll er hier vielleicht liegen bleiben zur Verschönerung der Aussicht? Sie sehen doch, wie nahe es dem Präsidenten gegangen ist. Fort, fort mit ihm.

SEKRETÄR: Darf ich fragen, wohin?

PRÄSIDENTENMUTTER: Ist das vielleicht die Sorge des Präsidenten?

*Der Offizier und der Polizist treten von der Terrasse herein.*

OFFIZIER: Wir haben die Patronenhülse gefunden. Der Schuß wurde von der Mauer gefeuert.

PRÄSIDENTENMUTTER *blickt auf den Toten, wird aber vom Sekretär fürsorglich daran gehindert, zu nah heranzutreten*: Merkwürdig, Alexander, er sieht jetzt ganz anders aus, bescheidener, stiller und auch heiterer. Er gleicht dir gar nicht mehr. Ob das sein wahres Gesicht ist?

BRUNO: Zu meinem Bedauern muß ich jetzt eine Erklärung abgeben.

PRÄSIDENTENMUTTER: Bitte, Alexander – du weißt, wie ich Erklärungen fürchte. Warte noch damit. Ich kann den Admiral ohnehin nicht länger allein lassen; der verpestet mir sonst die neue Couchdecke mit seiner Zigarre.

SEKRETÄR *zum Offizier*: Der Körper hat ohne Aufsehen fortgebracht zu werden.

PRÄSIDENTENMUTTER *zum Offizier*: Und ich erwarte von Ihnen, daß es hier nicht mehr zum Schießen kommt. Sie sehen ja, wozu das führen kann.

OFFIZIER: Wir werden eine Sonderwache einrichten. Ich habe bereits kleinen Alarm gegeben.

PRÄSIDENTENMUTTER: Kleinen? Hoffentlich genügt das. Ich vertraue Ihnen das Leben meines einzigen Sohnes an. Denken Sie daran.

OFFIZIER: Wir werden den Präsidenten nicht mehr aus den Augen lassen.

PRÄSIDENTENMUTTER *zu Bruno*: Hast du Gallenschmerzen, mein Junge?

*Bruno schüttelt verstört den Kopf.*

PRÄSIDENTENMUTTER: Ich werde mal mit dem Admiral sprechen. Er hat sich immer ein bißchen mit der Medizin beschäftigt. Vielleicht weiß er ein Rezept, das dein Leibarzt noch nicht kennt.

*Präsidentenmutter ab. Der Offizier und der Polizist tragen den Präsidenten hinaus. Pause.*

SEKRETÄR *undurchsichtig*: Offen gestanden, Herr Präsident, auch ich wäre verwundert. Auch ich könnte nicht die Hartnäckigkeit begreifen, mit der das Glück Ihnen beisteht. Ich möchte nicht sagen, daß sich das Glück dadurch entwertet, im Gegenteil, doch es könnte immerhin jemand auf den Gedanken kommen: unaufhörliches Glück ist kein Glück mehr ... Wenn Sie mir noch gestatten zu sagen: ich an Ihrer Stelle würde es jetzt nicht darauf anlegen, ein Mißgeschick herauszufordern. Ich würde mich den Anweisungen des Sicherheitsoffiziers unterwerfen. Um unseretwillen müssen Sie sich den verschärften Bestimmungen fügen ... denn die Hauptsache ist, wir haben einen lebenden Präsidenten. Soll ich die Schachtel mit den ungarischen Weltaugen holen? Dieser Stein hat Sie immer abgelenkt.

BRUNO: Nein – nichts, jetzt nichts.

SEKRETÄR: Wünschen Sie die Wochenschauen von damals zu sehen?

BRUNO: Eine Zigarette, bitte.

SEKRETÄR *tut erstaunt*: Herr Präsident, seit wann ...

BRUNO: Und Feuer.

SEKRETÄR: Ich bin nicht vorbereitet darauf. Ich kann Ihnen nur von meinen eigenen anbieten. Hier. *Angebot. Bruno nimmt Zigaretten und Streichhölzer, zündet die Zigarette jedoch nicht an.* Ich darf Sie daran erinnern, daß Ihr Beichtvater immer noch wartet.

BRUNO: So?

SEKRETÄR: Er befindet sich im Gebet für Ihre Sicherheit, seit zwanzig Minuten bereits. Ich werde ihm sagen, daß das Unheil abgewendet ist und daß Sie ihn morgen empfangen werden ... Desgleichen werde ich Prof. Schwind vom Historischen Institut wegschicken. Er wollte Ihnen das vierte Kapitel Ihrer Biographie vorlesen.

*Sekretär verneigt sich, ab. Bruno allein.*

BRUNO: Da haben wir's ...

*Er stürzt zur Terrasse, erkennt zwei Wachtposten, zieht sich zurück. Er stürzt zur »offiziellen« Tür, blickt durchs Schlüsselloch, scheint eine ähnliche Entdeckung zu machen, zieht sich zurück. Er geht behutsam zur »privaten« Tür, lauscht, schüttelt vielsagend den Kopf und zieht sich zurück. Er be-*

*greift seine ungewöhnliche Gefangenschaft. Er reißt das Streichholz an, blickt in den Spiegel, löscht das Streichholz, ohne die Zigarette angezündet zu haben. Er weicht vor dem Spiegel zurück, legt für einen Augenblick seine Hand auf die Büste des Präsidenten. Er setzt sich an den Schreibtisch, macht dabei einen dürftigen, verlorenen Eindruck. Ein Sonnenstrahl fällt auf das große Ölbild des Präsidenten. Bruno bemerkt es, richtet sich langsam auf, wächst in die Höhe, gewinnt dabei ein normales Maß.*

*Vorhang*

## Viertes Bild

*Brunos Friseurladen. Die Möbel sind umgestellt: zur Vorbereitung der Wiedersehensfeier hat man eine sogenannte gemütliche Ecke eingerichtet. Das Porträt ist mit frischem Laub geschmückt; auf dem Tisch stehen Schnapsgläser. Hanna und Harry treffen letzte Vorbereitungen, räumen Bürsten, Scheren, Rasiermesser, Zeitschriften fort, schließen Schubladen etc. Hanna trägt ihr »schamloses« Kleid, wie Bruno sagen würde. Auf einem Stuhl, klein, arglos und taubstumm, sitzt Trudi, Harrys Frau, in Mantel und sonderbarem Hut, mit baumelnder Handtasche. Ihre Gestik ist lebhaft, ihr Gemüt von eigentümlicher Milde und Freundlichkeit. Mit einem gewissen ziellosen Lächeln beobachtet sie die letzten Vorbereitungen.*

HARRY: Ich kann mir nicht helfen – ich mach mir Sorgen um den Chef.

HANNA: Du bist nicht der einzige, Harry.

HARRY: Mir scheint, er sah verändert aus in den letzten Tagen. Das ist immer schon bedenklich. Und nun auch noch keine Erklärung für seine Abwesenheit. Mir gibt das zu denken. Ich an Ihrer Stelle, Chefin, ich wäre beunruhigt. Wo man im Ungewissen ist, da hört der Spaß auf ... da kann es gehen wie mit diesem Blauhorn, der uns mit Schönheitscreme belieferte: eines Tages blieb der auch ohne Erklärung weg, und die Folge war, daß sie ihn von der Buche schneiden mußten, die unter Naturschutz steht. Seitdem kann ich mich an keinem Baum erfreuen – weil ich immer denken muß, wozu er sich mißbrauchen läßt. Verstehen Sie?

HANNA: Sicher, Harry. Aber der Chef wird wiederkommen, weil er es sich selbst schuldig ist. Er wird uns die Erklärung hinterher geben. Das liegt in seiner Natur.

*Trudi gestikuliert anhaltend und freundlich.*

HANNA: Deine Frau ... Was will sie?

HARRY: Sie sagt, die Jugend ist schön.

HANNA: Hat sie das gerade entdeckt?

HARRY: Sie sagt, in Ihrem Alter, Chefin, da ist die Welt noch ein Rapsfeld. Da möchte man gern auf dem Rücken liegen und sehen, wie der Mond hochgeht.

HANNA: Ach, Harry.

HARRY: Sie sagt, als junges Mädchen hat sie oft in einem Rapsfeld gelegen. Aber sie weiß nicht, ob es noch Rapsfelder gibt in der Nähe.

*Trudi nickt heftig und freundlich.*

HANNA: Es darf nichts rumliegen, Harry, hörst du, keine Bürsten, Scheren, Rasiermesser. Was die Atmosphäre stört, verschwindet in den Schubladen. Auch die Zeitschriften müssen weg, und diese unmögliche Reklame am Schränkchen, du weißt schon ... dieses blaue Plakat.

HARRY: Ich muß sagen, mich als Mann stört das nicht. Und den Chef als Mann hat es auch nicht gestört.

HANNA: Aber mich als Frau stört es. Ab heute dulde ich es nicht mehr.

*Trudi gestikuliert freundlich.*

HANNA: Was will sie schon wieder?

HARRY *schickt sich an, das blaue Plakat zu entfernen*: Sie sagt, ihr neuer Orthopäde erinnert sie sehr an den Chef, und der Chef erinnert sie immer an den Präsidenten. Und wenn sie, so im Vorübergehen, dem Bild des Präsidenten zulächelt, dann sind der Chef und der Orthopäde mitgemeint.

HANNA: Das nenne ich Sparsamkeit.

HARRY: Sie fragt, ob der Chef vielleicht mit der Eisenbahn abgereist ist.

HANNA: Warum?

HARRY: Unsere Söhne sind bei der Eisenbahn, alle sechs.

*Trudi nickt und lacht mit zielloser Freundlichkeit.*

HANNA: Sag ihr, daß der Chef abberufen wurde. Vorübergehend. Er wird unverändert zurückkehren.

HARRY: Notfalls müssen wir ihn suchen. Und da möcht ich vorschlagen, in der Leihbücherei zu beginnen.

HANNA: Wieso?

HARRY: Wußten Sie das denn nicht? Vor knapp einem Jahr hat das angefangen. Er ging zu dem Haus, wo dransteht, daß es dort Bücher zu verleihen gibt. Da las er, möchte ich meinen. Ich begleitete ihn manchmal nach Ladenschluß und sah mit eigenen Augen, wie er dort hineinging ... *Unwillig.* Was ist, Trudi?

*Trudi gestikuliert mitfühlend. Harry gestikuliert schroff zurück.*

HANNA: Ihr bekommt doch wohl nicht Streit miteinander?

HARRY: Sie behauptet etwas und kann es nicht beweisen. Sie sagt, was sich liebt, das muß sich verlassen von Zeit zu Zeit. Sie sollen sich keine Sorgen machen, Chefin. Auf die Dauer, sagt sie, können wir nur bei denen bleiben, die wir nicht lieben. Sie, Trudi, ist schon fünfmal fortgegangen, und den Koffer hat sie zehnmal gepackt. *Hanna und Harry blicken nach oben.* Was war das?

HANNA: Josef. Wahrscheinlich ist er aufgewacht. Wir müssen uns beeilen.

HARRY: Das Plakat ist ab. Jetzt sieht alles ein bißchen häuslich aus, Chefin, wie Sie es gewünscht haben für diesen Abend.

HANNA: Danke, Harry.

*Trudi erhebt sich auf ein Zeichen von Harry, gestikuliert freundlich.*

HARRY: Wir wünschen einen guten Abend.

HANNA: Bis morgen, Harry.

HARRY: Komm, Trudi.

*Harry und Trudi ab. Hanna blickt nach oben, als ob sie wieder ein Geräusch gehört hätte, blickt dann auf das Porträt, geht langsam darauf zu. Tür. Ewald.*

EWALD: Wo ist Josef? Komm ich zu spät?

HANNA: Du bist pünktlich.

EWALD: Dafür habe ich nichts gegessen. Wo ist Bruno? Was ist mit Hans und Eugen?

HANNA: Setz dich und wart ab.

EWALD: Wie sich das anhört: »Setz dich und wart ab.« Hier wird doch wohl keine Gerichtsverhandlung stattfinden? Das hätte mir gerade noch gefehlt: nichts im Magen, und dann ein Urteil fällen. Hoffentlich darf man bei euch rauchen? *Zündet sich eine Zigarette an.* So, also Josef ist da. Wie sieht er aus? Haben die Jahre ihn verändert? *Er setzt sich.*

HANNA: Er hat geschlafen. Und jetzt wäscht und rasiert er sich.

EWALD: Dann wird's ernst. Sobald etwas auf dem Spiel stand, legte Josef Wert auf seine Erscheinung. Das weiß ich noch ... Pfeift er auch immer noch durch die Zähne, wie früher?

HANNA: Er hat die Zähne verloren, durch die er gepfiffen hat.

EWALD: Aber seine Fingernägel – ich möchte wetten, sie sind gepflegt wie einst.

HANNA: Sie wachsen gerade nach.

EWALD: Du hast ihn dir aber genau angesehen ... Und wie ist er angezogen? Was sagt er? Was erzählt er über die sieben Jahre?

HANNA: Er ließ sich eine neue Haut wachsen.

EWALD *blickt sie verwundert an*: Ich muß sagen, du überraschst mich, Hanna. Ich kenne dich nicht wieder. Ich erinnere mich noch an eine Zeit, da bekam man nur drei Wörter von dir zu hören: Ich – vielleicht – und prima. Und jetzt ...

HANNA: Jetzt bin ich verheiratet ...

EWALD: Das sind viele.

HANNA: ... mit Bruno. Und dabei habe ich etwas gelernt.

EWALD: Bruno ist ein verläßlicher Mann. Ein bescheidener Mann. Darf man sich was zum Trinken nehmen? *Er gießt sich ein und trinkt.* Und dazu ein freundlicher Friseurladen gleich unter der Wohnung – kein Anmarsch – keine verderbliche Ware – und allem Anschein nach gewinnbringend. Herrgott, was erwartet man denn von einem Mann?

HANNA: Ich weiß, was du von mir erwartest.

EWALD: Was?

HANNA: Dankbarkeit, nicht wahr? Beim Bettenmachen schmunzeln, beim Klingeln der Ladenkasse träumen und beim Anblick seiner Photographie innig lächeln: das erwartest du. Und das erwartet auch er ... Ach, hör auf damit. Leb du mal mit einem, der sich für verkannt hält: da wirst du Entdeckungen machen.

EWALD: Aber wenn man ihm zusieht bei der Arbeit – wie er so das Messer sorgfältig gebraucht und die Schere – wenn man ihn reden hört in seiner bescheidenen Art – wie er seine Ansichten verständlich macht: das alles deutet auf einen Mann, zu dem man beglückwünscht werden sollte. So stell ich mir einen vollkommenen Mann vor.

HANNA: Mit einem vollkommenen Mann kann man nicht leben. Man kann ihn ausstellen, weiter nichts. Gib mir auch etwas zu trinken. *Er tut es.* Weißt du, warum ich Bruno geheiratet habe? Weil Josef es wollte. Ich war mit Josef verlobt. Wir waren glücklich zusammen. Er sollte einmal das Hotel übernehmen.

EWALD: Den »Weißen Reiter«, sechzig Betten. Ich weiß

noch, wie Josef uns sagte: »Hanna und ich haben uns verlobt.«

HANNA: Wir wollten heiraten, und dann kam die Nacht in der Linden-Allee. Ich hatte noch zu ihm gesagt: »Zieh die Jacke an und nicht den Mantel, dann bist du beweglicher.« *Sie trinkt.* Zehn Jahre: das ist keine Kleinigkeit, auch für eine Frau keine Kleinigkeit. Mit einer Amnestie wagt man doch nicht zu rechnen. Aber ich wollte warten. Ich wollte aushalten. Ich verhängte so eine Art Ausnahmezustand über mich. *Sie lauscht nach oben, schiebt Ewald das Glas zu, der es füllt.*

EWALD: Und bei Bruno hobst du ihn wieder auf, den Ausnahmezustand?

HANNA: Er hatte keine Damen-Abteilung. In der ersten Zeit war er mein Chef. Er bezahlte mich nach Tarif, wenn du es wissen willst.

EWALD: Korrekt war er immer.

HANNA: Laß mich mit den Korrekten in Ruh', die bemängeln auf einem Liebesbrief das fehlende Porto ... Ich arbeitete für Bruno und nahm mir vor, zu warten. – Josef hatte eine Einzelzelle, ich durfte ihn nicht besuchen. Drei Jahre schrieb er mir, alle sechs Monate eine Karte. Dann, auf einmal, riet er mir, Bruno zu heiraten. Er legte es mir nahe. Er durfte nicht viele Worte machen auf der Karte; mit den wenigen beschwor er mich, unsere Verlobung als beendet anzusehen.

EWALD: Er wollte es dir nicht zumuten, zehn Jahre zu warten.

HANNA: Ich weiß nicht. Ich weiß einfach nicht, was mit ihm vor sich ging nach drei Jahren im Gefängnis. Aber etwas ist passiert. Er muß ein Erlebnis gehabt haben, das hat ihn verändert. Das las ich aus der Karte heraus. Ich glaube sogar, seine Schrift hatte sich geändert. *Sie trinkt.* Weißt du, wie das war? Früher, als kleines Mädchen, da nahm ich manchmal meine Kodderpuppe an die Hand und hielt sie fest und merkte gar nicht, daß ich die Puppe verlor und nur die Hand festhielt. Ich gehorchte seiner Karte. Ich tat, was er mir riet, weil ich dachte: was er für dich will, kann nicht schlecht sein. Dieser Gedanke kommt von ihm.

EWALD: Hanna, ich kann nicht glauben, daß Bruno es nicht wert ist. Wir sind Freunde, Bruno hat Josef nicht im Stich gelassen, damals in der Nacht. Er ist nicht schuld, daß sie

Josef geschnappt haben. So etwas steckt in Bruno nicht drin ... Ich war dabei.

HANNA: Ich war nicht dabei, aber ich weiß es. Ich weiß, daß Bruno ihn nicht gewarnt hat.

EWALD: Von wem?

HANNA: Von Josef.

EWALD: Hat er das gesagt?

HANNA: Noch nicht. Aber – er wird es sagen. Ich bin überzeugt davon. Heute abend wird er abrechnen. Er hat es sich aufgehoben.

EWALD: Ich bezweifle es ...

HANNA: ... weil du Bruno nicht kennst. *Mit ironischer Zurückweisung.* Ein verläßlicher, ein bescheidener, ein korrekter Mann: das meinst du. Ein Mann mit Ansichten. Einer, der seine Grenzen kennt, gutherzig und ausgewogen. Einer der vielen, guten Familienväter, die angenehme Gedanken haben. Aber laß dich mal mit ihnen ein, dann wirst du was erleben. Sieh mal in ihre Augen: diese guten, bescheidenen Männer, die immer sorgen, daß Brot im Schrank ist, sie haben alle ihren Traum. Sie haben ihre unheilvollen Pläne mit der Welt. Sie liegen immer auf der Lauer. *Trinkt.* Bei andern, die noch bessere Zähne haben, da sind sie demütig, da nicken sie bescheiden – uns strafen sie mit anmaßendem Schweigen. Gib ihnen nur mal eine Gelegenheit, laut zu träumen, und du siehst die Stadt brennen. Sie haben alle den Eidechsenblick.

EWALD: Du tust den Eidechsen unrecht ... Und Bruno sowieso ... Wo steckt er überhaupt?

HANNA *mit traurigem Triumph*: Wo er sicher ist. Wo niemand ihn sieht, nehme ich an.

EWALD: Sag mal, stimmt das?

*Tür. Hans und Eugen, zwei Ernährer. Beide rauchen Zigarren, joviale Herren, rote Gesichter, Weinkenner, strahlende Zufriedenheit. Sie tragen Stock und Hut.*

HANS: Da sind wir.

EUGEN: Da sind wir.

HANS: Fast unverändert, Hanna.

EUGEN: Zum Gruß, Hanna.

HANS: Zum Gruß, ja.

HANNA: Setzt euch zu uns.

HANS: Ist das nicht Ewald?

EUGEN: Das ist doch Ewald!

EWALD: Wie habt ihr das so schnell herausbekommen? Guten Abend, ihr beiden. Setzt euch zu uns. Der Schnaps ist warm. Die Verhandlung kann beginnen.

*Begrüßung. Hans und Eugen setzen sich, blicken sich um mit Interesse und Rührung. Ewald schenkt ihnen ein.*

HANS: So saßen wir schon einmal.

EUGEN: Und waren jünger. Elastischer.

HANS: Waren frei und ungebunden.

EUGEN: Und die Tür war verschlossen.

HANS: Wagten noch manches, was, Ewald? Fanden das Leben unerträglich.

EUGEN: Litten ganz schön. Waren ganz verzweifelt mitunter.

HANS: Hatten nichts, nur uns selbst.

EUGEN: Und waren glücklich, was, Hanna?

HANNA: Ich habe das Gefühl, ich muß etwas trinken.

EWALD: Heiland, ist dieser Schnaps warm. Der schmeckt wie Wasser aus einem Schwimmbecken.

HANS: Dann auf die Familie, ganz allgemein gesprochen. *Hebt sein Glas.*

EUGEN: Auf das, was uns teuer ist.

HANNA: Ich sage, auf das, was hinter euch liegt: auf eure Zukunft. *Sie trinken. Hanna horcht nach oben.* Es wird nicht mehr lange dauern. Seine Schritte ... Er macht sich fertig.

HANS: Wie fühlt sich Josef?

EUGEN: Wie hat er es überstanden?

HANS: Es heißt, der Präsident hat wieder ein Experiment ausprobiert.

EUGEN: Erfolgreich.

HANS: Wollte die Fluchtversuche der Gefangenen eindämmen. Sperrte einfach die Wächter ein.

EUGEN: Und ließ sie von den Gefangenen bewachen. Fluchtversuche haben abgenommen. Drastisch.

HANS: Niemand ist sicher vor seinen Ideen.

EUGEN: Jeder muß darauf gefaßt sein. Überall.

HANNA: Josef hat nichts damit zu tun. Er war Gefangener bis zum Schluß, in einer Zelle für sich allein. Aus ihm haben sie einen »persönlichen Feind des Präsidenten« gemacht.

HANS: Saß mit einem Matrosen zusammen. Der konnte singen.

EUGEN: Und modellierte Körper aus Brot. Und aß sie gemeinsam mit Josef.

HANS: Ein amnestierter Lehrer hat es erzählt.

EUGEN: Und ein Priester hat es bestätigt. Er sah sie manchmal Hand in Hand.

EWALD *leicht betrunken*: Hier fehlt jetzt nur noch ein Gerät.

HANS: Was meinst du?

EWALD: Ich hätte mein Vorführgerät mitbringen sollen. Ihr könnt in drei Minuten mehr quatschen, als ein Mensch in vierzehn Tagen verstehen kann.

*Tür. Bruno stürzt herein. Er macht einen gehetzten Eindruck. Es scheint ihm gelungen, seine Wächter abzuschütteln. Er trägt den feierlichen Parade-Anzug. Alle starren ihn betroffen an, erheben sich wie ertappt, zögernd. Bruno blickt auf die Straße hinaus. Fern: Sirene eines Polizeiautos. Bruno geht auf die Tischecke zu.*

BRUNO *mißtrauisch, bitter*: Ist das Urteil gefällt? Habt ihr den Schuldigen gefunden? Ihr seht aus, als ob ihr euch alle schön einig seid. Das Geschäft ist gemacht, und nun begießt ihr es ... Warum starrt ihr mich so an, eh ...? Warum? Habt ihr nicht mehr mit mir gerechnet? Will keiner mir etwas zu trinken anbieten von eurem Verschwörerschnaps? Na, was ist?

EWALD *schneller Blick zur Tür, hinter der zwei Schatten erscheinen*: Dies ist keine Verschwörung! Da dürfen Sie sicher sein. Es ist eine ganz gewöhnliche Zusammenkunft von alten Freunden. Wir sitzen hier harmlos zusammen und reißen, möchte ich mal sagen, keiner Fliege ein Bein aus.

BRUNO: Bist du schon betrunken, Ewald?

HANS *bang*: Hier werden nur Erinnerungen ausgetauscht.

EUGEN: Davon wird keiner bedroht.

BRUNO *setzt sich, und alle starren ihn an. Er gießt sich ein Glas ein*: Was starrt ihr mich so an? Seht ihr mich zum ersten Mal? *Hans und Eugen drücken ihre Zigarren aus.* Ist der Abend schon beendet? Raucht doch weiter eure Zigarren, mich stört das nicht.

*Ewald und Hanna tauschen einen Blick. Bruno will trinken.*

EWALD: Herr Präsident, der Schnaps ist nicht gekühlt; der schmeckt wie Wasser aus einem toten Arm.

BRUNO: Präsident? Hast du zu mir Präsident gesagt, Ewald?

EWALD: Nur mit Berechtigung. Es steht Ihnen doch wohl zu, will ich meinen.

BRUNO *freundschaftlich resigniert*: Laß doch die alten Witze. *Er trinkt.* In meiner Lage ist einem nicht nach Scherz zumute. Kommt, setzt euch wieder. *Sie bleiben stehen und starren ihn an.* Hans, Eugen, setzt euch doch.

HANS: Wir waren ohnehin im Aufbruch.

EUGEN: Der Abschied stand gerade bevor.

BRUNO: Hanna, willst du nicht etwas sagen? Ein klärendes Wort?

HANNA *zögernd*: Wir waren gemütlich zusammen, das ist alles. Und jetzt wollen wir auseinander.

BRUNO: Sag du ihnen, daß sie sich setzen sollen, einen Augenblick ...

HANNA: Wenn Sie es wünschen, Herr Präsident ...

BRUNO: Warum nennst du mich so? Du weißt doch, was man mir antut, wenn man mich für diesen Feldwebel hält. *Deutet auf das Porträt.* Was habt ihr? Was unterhaltet ihr euch mit euren Augen? Warum verstellt ihr euch? *Wie der Präsident.* Ich gestatte nicht, daß man sich in meiner Gegenwart verstellt. Ich darf erwarten, daß ihr mir so begegnet, wie ihr seid. *Wie Bruno.* Bitte, Hanna, komm du zu mir. Hört doch auf mit diesem Versteckspiel: Ihr seht doch, wer ich bin. Laßt uns zusammen sein wie einst. Wir haben etwas zu feiern und vielleicht nur wenig Zeit.

EWALD: Mit Verlaub, Herr Präsident, hier verstellt sich niemand.

HANS: Wir sind, wie wir sind ...

EUGEN: Und werden es bleiben.

HANNA: Wir können noch unterscheiden – auch wenn wir ein wenig getrunken haben. Wir spüren durchaus, wer unter uns ist. Von uns wagt keiner zu zweifeln, Herr Präsident.

EUGEN: Und keiner könnte sich's leisten.

BRUNO *verwirrt*: Seid ihr verrückt geworden? Habt ihr euch verschworen gegen mich? Das hat noch gefehlt! Ich soll euch wohl Schritt für Schritt beweisen, wer ich bin? Vielleicht soll Hanna mich untersuchen vom Fuß bis zu den Zähnen ... Es fehlt nicht viel, und ich beginne mich zu fürchten. Da muß man sich doch wohl fürchten, wenn man bei jedem Fortgang riskiert, nicht mehr wiedererkannt zu werden. Wie soll man sich da als Mensch verhalten? Da kann man sich ja gleich umbringen.

EWALD: Herr Präsident, Sie wissen, daß wir im Laden eines

Mannes stehen, der Ihnen gleicht. Dieser Mann war ein Freund von uns. Er hat uns enttäuscht. Er ist ohne Erklärung verschwunden, hat seine Frau verlassen und uns.

BRUNO: Hört mich an. Soll ich euch wirklich beweisen, wer ich bin? Wollt ihr mich dazu zwingen? *Er erhebt sich, er hat einen Verdacht.* Ah, ich merke, was hier geschieht. Ich verstehe! Ich seh es hinter euren Stirnen. Eure Gedanken liegen frei, ganz frei ... Ich bin hier unerwünscht, nicht wahr? Ich störe wohl euer Gericht? Der Abwesende ist der Schuldige: einfacher geht's nicht. Ich tue euch den größten Gefallen, indem ich abtrete ... dir, dir und dir, und dir, Hanna, ganz besonders. Sag nichts, ich weiß genug! *Wie der Präsident.* Aber ihr irrt euch. Jeder kann nur das bleiben, was er ist. Und wenn wir uns ändern, dann nur, um nicht verändert zu werden. *Wie Bruno.* Ich sehe, wofür ihr mich haltet. Ich verstehe, warum ihr dieses Spiel verabredet habt; nämlich ihr wollt mich verleugnen. Aber solch einen Abschied lasse ich mir nicht geben. Noch weiß ich, wer ich bin. Noch kann ich andere davon überzeugen ... Und wenn ihr es nicht glaubt, dann können wir ja eine Probe machen ... Präsident! Ihr sagt Präsident zu mir! Und steht da, schlau und abwartend, wie ihr vor ihm dastehen möchtet. *Sieht sich hastig um.* Ewald, dann öffne mal die mittlere Schublade. Der Präsident wird doch wohl nicht wissen können, was da drin ist. Ich aber weiß es: das lange Etui mit den Rasiermessern und der Lederriemen zum Abziehen. Los! Los, Ewald, überzeug dich! Und im Schränkchen da: Schwefelpulver, Sonnenöl, Rasierseife – hab ich recht? Schau doch nach! Und die Kasse: man muß erst mit dem Knie gegen den Tisch stoßen, damit sie funktioniert. Glaubt ihr, daß ein Präsident das weiß? Und das Kleid, Hanna, das du trägst – haben wir es nicht für die Schiffsreise gekauft, auf der wir nur gegessen und geschlafen haben? Und hast du mir da nicht etwas versprochen?

*Ratlosigkeit bei den andern. Hanna geht gespannt auf Bruno zu. Tür. Der Offizier der Geheimpolizei und der Polizist treten ein, beide ein wenig außer Atem.*

OFFIZIER *grüßt*: Herr Präsident, ich bitte um Verzeihung, doch mit Rücksicht auf Ihre Sicherheit ... wir müssen darauf bestehen, zu wissen, wo Sie sich aufhalten.

BRUNO: Laßt mich doch in Frieden!

OFFIZIER: Wir genügen nur den Bestimmungen, die wir von Ihnen erhalten haben.

BRUNO: Herrgott, von mir hat niemand Bestimmungen erhalten! Ich bin doch ... *Blickt in die Gesichter, erkennt Mißtrauen und Furcht. Resigniert* ... also, was verlangen Sie von mir?

OFFIZIER: Wir bitten unsere Gegenwart in Kauf nehmen zu wollen.

BRUNO *zu Ewald*: Soweit, soweit habt ihr mich gebracht, seht ihr. Ihr habt es zugelassen, alle, weil ihr mich nicht erkennen wolltet. *Wie der Präsident.* Ihr macht etwas aus mir, was ich nicht bin.

EWALD: Herr Präsident, die hier Anwesenden, um mal einen Fachausdruck zu gebrauchen, halten ihren Finger nirgendwo dazwischen. So Einfluß zu nehmen, wie Sie es sagen, das kommt uns nicht zu. In unserer Position hat man sich zu beherrschen, auch wenn es unbequem ist.

BRUNO: So ist es. Ihr verliert nie die Beherrschung, und das macht mir angst. Man bittet euch – und ihr bleibt beherrscht. Man beleidigt euch, verkauft euch, zieht euch die Haut ab – und ihr bleibt beherrscht. Wie wollt ihr, daß bessere Zeiten kommen, wenn ihr nicht mal die Beherrschung verlieren könnt ...? *Faßt sich an den Kopf.* Entschuldigt.

HANS: Wie spät ist es, Eugen?

EUGEN: Sehr spät, Hans.

BRUNO *glaubt die Lage zu erkennen, seine Wut steigert sich*: Sehr spät? Ihr wollt mich also los sein? Na gut. Ihr wollt mir ein schönes Grab bereiten in eurem Vergessen, meinetwegen. Tut nur so, als ob ihr mich nicht kennt, ihr sprechenden Vögel. *Er imitiert sie.* Brauchen einen Haarschnitt – brauchen eine Rasur: das sagtet ihr immer zur Begrüßung. Jetzt wird ein anderer das Messer ansetzen ... Und du, Ewald? Immer auf der Verkaufswalze, nicht? Zweitausend Kilometer im Monat, ja? Und was merkst du, was erkennst du? Nichts? Auf beiden Augen blind. Und wenn du zehntausend Kilometer machst – dir wirst du nicht entkommen ... Freunde, alte, unzertrennliche Freunde, man muß sich fürchten vor euch. Ihr wollt einen so haben, wie ihr ihn braucht ... Und dir, Hanna, brauche ich nichts zu sagen. Was ich gesehen hab, hab ich gesehn. Das Kleid – dies Kleid, in dem du jedem Zutritt gestattest, du wolltest es einmal nur für mich tragen ... Weißt du noch, wie ich dir beim ersten Mal half, es anzuziehen? Das Schiff schlingerte, zweimal ging das Licht aus. Ah, was soll ich dir über dich erzählen; du glaubst es ja doch nicht. Heute hat dir wohl ein anderer geholfen, es anzuziehn? Ein feiner Junge, vielleicht, der in seiner Jugend Samthosen trug und an Appetitlosigkeit litt? Da, auf deinem Rükken: seine Hände haben einen Abdruck hinterlassen. Zitterten seine Hände? Hast du sie vielleicht gar nicht gespürt? *Schaut sich um.* Wo ist er? Warum kommt er nicht?

EWALD: Wen meinen Sie, Herr Präsident?

BRUNO: Euern Chef – den »persönlichen Feind des Präsidenten« – Josef! Wo steckt er?

OFFIZIER: Wir benötigen nur einen Augenblick, um ihn zu finden.

HANNA: Er ist oben in der Wohnung. Er hat sich gewaschen und rasiert.

BRUNO *außer sich*: Gewaschen und rasiert? In dieser Wohnung? Ist das wahr?

HANNA: Sein Vater hat sich losgesagt von ihm, deshalb wollte er nicht nach Hause ... Er war sehr erschöpft.

BRUNO: Das glaub ich gern ... Erschöpft, und dann gewaschen und rasiert.

*Tür. Sekretär Oppermann, undurchsichtig und devot.*

SEKRETÄR: Verzeihen Sie, Herr Präsident, wenn ich hier störe.

BRUNO: Sie? Was haben Sie hier zu suchen?

SEKRETÄR: Der Fall René Faber erfordert Ihre Anwesenheit im Palais; desgleichen hat Ihre Frau Mutter die Absicht ... *Flüstert Bruno respektvoll etwas ins Ohr.* Unter diesen Umständen schien es mir ratsam, selbst die Initiative zu ergreifen.

BRUNO *zu Hanna*: Erschöpft, was? Gewaschen und rasiert. Und viel Wasser getrunken, und den Mund ausgespült ... Das genügt, mehr ist nicht nötig. *Zum Sekretär und zum Offizier.* Meine Herren, an die Arbeit!

*Bruno, Sekretär, beide Polizisten ab. Pause.*

HANS: So spielt er mit uns.

EUGEN: So verschafft er sich Kurzweil.

HANS: Schlüpft in Wohnungen und Gedanken. Legt Schlingen, legt Fallgruben an.

EUGEN: Nistet sich in Träume ein.

EWALD: Seine Zähne – ich habe immer nur auf seine Zähne gesehn.

HANS: Die waren gut.

EUGEN: Die ließen sich zeigen.

EWALD: Hast du seine Zähne gesehen, Hanna? Und er rauchte nicht!

HANNA *irritiert*: Ich weiß nicht, ich bin nicht überzeugt. Manchmal, wenn ich ihn ansah, lief es mir den Rücken hinunter. Ich habe solch ein Zittern in den Beinen ... Meine Finger ... ich kann sie nicht ausstrecken ... Wann kommt denn nur Josef?

EWALD: Von solch einem Bart hab ich noch nie gehört; der wächst wohl schon auf der andern Seite nach, während Josef noch die eine rasiert. Kann sein, er schafft es nie.

HANS: Es bleibt unglaublich, auch wenn wir ihn kennen.

HANNA *nachdenklich*: Das Schiff schlingerte wirklich. Und das Licht ging wirklich zweimal aus ... Das weiß doch nur Bruno. Mein Gott, was ist mit ihm?

EWALD: Ein Schiff schlingert fast immer, hab ich mir sagen lassen. Und irgendwann fällt auch das Licht aus ... Meine Herrschaften, ich muß etwas essen oder trinken. Sonst fall ich aus dem Anzug und bin für jede Feier ungeeignet. *Geht zum Tisch, bedient sich.*

HANNA *setzt sich*: Sagt mir, was ist das nur: das tut überall weh, aber nicht genug. Solch ein Gefühl ... als ob ich ausgerutscht bin, in kaltem Schlamm, auf einer kalten, glitschigen Masse. Was hier vorgeht, in diesem Laden, das macht mir angst.

EWALD: Und deshalb habe ich meine Reise unterbrochen.

*Von rechts, hinter dem blauen Vorhang der Damenabteilung, Josef. Sorgfältig gekleidet, überlegenes Lächeln, sanfte Schwermut.*

JOSEF *monoton*: Ihr seid älter geworden, und dicker.

HANS: Josef!

EUGEN: Wirklich, Josef!

JOSEF: Ich konnte kein Hemd finden, Hanna; ich habe mir eins von Bruno genommen

EWALD: Los, nehmt eure Gläser.

JOSEF: Laßt sie stehen. Wartet noch. Einstweilen gibt es keinen Grund.

HANS: Endlich, Josef, du bist zurück.

EUGEN: Du bist wieder unter uns.

Ewald: Da können wir es uns gemütlich machen nach diesem Besuch ... Weißt du, wer hier war und wer nach dir fragte?

Josef: Wo ist Bruno?

Ewald: Nach dem fragen wir heute nicht mehr. Bruno hat sich aufgelöst.

Josef: Wir warten, bis er kommt. Ich bin es ihm schuldig.

Ewald: Bruno?

Hans: Wir verstehen ihn nicht.

Eugen: Hat uns enttäuscht. Hat uns im Stich gelassen.

Josef: Mit euch habe ich abzurechnen. Vor Bruno muß ich mich rechtfertigen.

Hanna: Josef!

Josef: Ja, es ist wahr. Er hat mich gewarnt und hat später die Streife abgelenkt, als einziger.

Hanna: Weißt du, was du sagst?

Josef: Ich hatte Zeit genug, es mir zu überlegen. *Zu Hans und Eugen.* Setzt euch an den Tisch. Setzt euch, schnell. *Sie tun es.* Also doch, ihr erkennt mich noch an. Mein Wort bedeutet euch noch etwas. Fast könnte man annehmen, es hat sich nichts geändert. So, und nun warten wir auf Bruno. Ich habe mir gedacht, daß er bestimmen soll, was mit euch geschieht.

*Vorhang*

## Fünftes Bild

*Palais. Arbeitszimmer des Präsidenten, unverändert. Bruno und Prof. Schwind, der aus dem letzten Kapitel der offiziellen Biographie des Präsidenten vorliest. Der Professor ist ein begeisterter und ebenso elastischer Wissenschaftler. Während er liest, geht Bruno fast andächtig durch den Raum, betrachtet nachdenklich die Büste des Präsidenten, das Ölgemälde und seine Erscheinung im Spiegel, so als suchte er in seinem Abbild nach einer Bestätigung für den vorgelesenen Text. Prof. Schwind, besorgt, eine auch minimale Reaktion des Präsidenten könnte ihm entgehen, dreht sich während des Lesens auf seinem Stuhl, so daß er immer in Richtung zu Bruno spricht. Mitunter heftige Vogelstimmen aus dem Park.*

PROF. SCHWIND *liest*: ... und so versammelten sie sich im Morgengrauen unter seiner Führung: sie, die lange gelitten hatten unter der anmaßenden Willkür der Offiziere; sie, die gewohnt waren, schlechten Lohn, Gewaltmärsche in Nacht und Schnee und dürftiges Essen hinzunehmen – all die guten, pflichtbewußten Soldaten, die er im Schmelzofen seines Willens überzeugt hatte, traten an, um mit ihren wunderbaren Waffen eine neue Morgenröte zu verkünden. Noch ahnte niemand im Ballsaal des Offizierskasinos, daß sich draußen, im feinen Nieselregen, die Geburt einer neuen Welt vollzog. Man tanzte, man trank, man amüsierte sich. Die Günstlinge des Insekts René Faber, der wie ein Borkenkäfer den Stamm der Nation befallen hatte und aushöhlte, vernahmen nicht die flüsternden Stimmen der neuen Zeit.

BRUNO: Borkenkäfer? Wollen Sie den alten Präsidenten wirklich Borkenkäfer nennen, Professor?

PROF. SCHWIND: Sie selbst haben ihn einmal voller Abscheu so genannt. Wir teilen Ihren Abscheu, Herr Präsident. Wenn Sie allerdings jetzt in Ihrer Biographie eine andere Bezeichnung vorziehen?

BRUNO: Ich meine, wir sollten alle Tiere aus dem Spiel lassen, wenn wir von Menschen reden.

PROF. SCHWIND: Schon gestrichen, Herr Präsident. Mit Ihrem Einverständnis werde ich René Faber das »Rasiermesser der Nation« nennen.

BRUNO: Ein Rasiermesser ist ein ehrenwertes Handwerkszeug.

PROF. SCHWIND: Und was halten Sie von »träumendem Tyrannen«?

BRUNO: Das klingt besser.

PROF. SCHWIND: Schon eingefügt ... Demnach heißt es also: Die Günstlinge des träumenden Tyrannen, René Faber, der aus der Nation eine private Firma gemacht hatte, vernahmen nicht die flüsternden Stimmen der neuen Zeit. Und Alexander Pallasch, damals der zweitjüngste Feldwebel der Armee, deutete auf die erleuchteten Fenster und sagte: »Mich verlangt nach etwas Gerechtem. Holen wir es uns!« Darauf drangen er und die Soldaten in das Offizierskasino ein, und was sich ihnen entgegenstellte, wurde vom Stampfschritt der Geschichte zerdrückt. Hin und her wogte der Kampf. Das Blut der Gerechten machte das große Ziel glaubwürdig. Als die Sonne sich endlich über den rauchenden Schutthügeln einer überwundenen Zeit erhob, sprach der Präsident in die Mikrophone der eroberten Radio-Station: »Freut euch, auch wir freuen uns« ... Schluß des Kapitels.

BRUNO: Hab ich das wirklich gesagt?

PROF. SCHWIND: Zugegeben, Herr Präsident, es hat klassischen Anklang. Doch bei der Niederschrift dieses Kapitels wurde ich gewahr, in welcher Weise Ihr Leben und Kampf klassischen Vorbildern gleichen. Wenn ich daher diese Form gewählt habe, dann nur, damit auch Ihr Lebensbericht einmal Allgemeingut wird.

BRUNO: Der Kampf im Kasino muß ausführlicher beschrieben werden.

PROF. SCHWIND: Die Zahl der Toten und Verwundeten ist in einer Fußnote angegeben.

BRUNO: Lesen Sie Fußnoten?

PROF. SCHWIND: Nicht ohne Leidenschaft, Herr Präsident.

BRUNO: Dann zügeln Sie die mal ein bißchen, ja? ... Ich danke für heute.

*Prof. Schwind ergeben ab. Bruno öffnet den Schreibtisch, zieht Schubladen auf, in denen unansehnliche Gesteinsbrokken liegen. Er betrachtet sie gegen das Licht, zuckt die Achseln, wirft das Gestein in den Papierkorb. Er öffnet gewalt-*

*sam die mittlere Schublade, findet einen Stoß Papiere, nickt befriedigt, will sich an die Lektüre machen. Klopfen. Bruno schließt die Schublade. Sekretär Oppermann durch die »offizielle« Tür mit Dokumentenmappe.*

SEKRETÄR: Es würde uns zufrieden stimmen, Herr Präsident, wenn wir erfahren könnten, daß Ihr Schlaf friedlich, Ihre Träume angenehm waren.

BRUNO *leicht ungehalten*: Ich schlafe und träume ganz nach Wunsch.

SEKRETÄR: Für mein allzu pünktliches Erscheinen bitte ich um Entschuldigung. Doch der Fall René Faber macht es notwendig. *Warnend.* Herr Präsident, was niemand voraussehen konnte, ist eingetreten: kaum amnestiert, traf er sich mit den ebenfalls amnestierten Admiralen und suchte alte Anhänger auf. Die Begegnung fand in einem Jagdhaus statt.

BRUNO: Und das überrascht Sie wohl, was?

SEKRETÄR: Sie wissen es bereits?

BRUNO: Wenn ich es nicht vorausgesehen hätte, wäre er nicht begnadigt worden ... Nun werden wir ihm Hausarrest erteilen, er wird über die Grenze fliehen wollen, bei der Flucht wird er versehentlich erschossen. Sie sehen, es geht alles nach Plan ...

SEKRETÄR: Dann wissen Sie wohl auch, daß es das Jagdhaus Ihres Sohnes Frederik war?

BRUNO: Er kann froh sein, daß er nicht weiß, was ich mit ihm vorhabe.

SEKRETÄR: Sie müssen mir gestatten, Herr Präsident, daß ich Ihre Umsicht bewundere.

BRUNO: Tun Sie es nicht zu früh. *Bitter.* Ich werde euch noch Gelegenheit dazu geben, allen. Es ist mir geradezu ein Bedürfnis, euch mit mir bekannt zu machen ... *Weist auf die Dokumentenmappe.* Weiter. Womit wollen Sie mich noch überraschen?

SEKRETÄR *blätternd*: Über Nacht wurden die Mauern der Waisenhäuser mit Plakaten beklebt, auf denen nichts als das Rangabzeichen eines Feldwebels und ein Fragezeichen zu sehen war.

BRUNO: Waisenhäuser auflösen!

SEKRETÄR *notierend*: ... auflösen. Die Friseurinnung wendet sich in einer letzten Eingabe hilfesuchend an Sie, Herr Präsident. Unter Hinweis auf die allgemeine Teuerung bittet man um die Erlaubnis, die Preise um 12 Prozent erhöhen zu dürfen.

BRUNO *höhnisch*: Sieh einer an, die Herren der Innung ... Ab morgen wird der Haarschnitt billiger, um zwanzig – oder sagen wir: um zehn Prozent. Eingabe abgelehnt.

SEKRETÄR *notiert*: Zehn Prozent billiger ... Die Vereinigten Gewerkschaften ...

BRUNO: ... können warten. Haben Sie noch die Liste der Amnestierten? *Sekretär reicht sie ihm.* Großmut, Oppermann, an meinem Geburtstag wollte ich auch meinen Gegnern Großmut angedeihen lassen. Es war, wie immer, ein Fehler. Heute scheint es für alles nur gedankenlose Verbraucher zu geben – auch für Großmut ... Hier ist der Name: Josef Kuhn. Seine Amnestie war ein Irrtum von mir. Lassen Sie ihn korrigieren, oder dergleichen. Schließlich wollen wir unsere Güte nicht zum Fenster hinauswerfen.

SEKRETÄR *notiert*: Josef Kuhn inhaftieren ...

BRUNO: Bei dieser Gelegenheit ... der Mann hat drei Freunde, unzuverlässige Zeitgenossen ... ihre Vergangenheit ist so unsauber, daß sie eine Belastung für die Gegenwart darstellen. Ihre Namen – sie fallen mir nicht ein – sie sind zu unbedeutend – Sie werden sie aber finden.

SEKRETÄR: Gewiß, Herr Präsident. Was soll mit ihnen geschehen?

BRUNO: Hab ich die freie Auswahl, sozusagen?

SEKRETÄR: Was Sie aussprechen, geschieht.

BRUNO: Dann – dann möchte ich noch ein bißchen darüber nachdenken.

SEKRETÄR *notiert*: Herr Präsident, in den Vereinigten Gewerkschaften nimmt man Anstoß daran, daß Ihre außerordentlichen Vollmachten um sechs weitere Jahre verlängert werden sollen. Ebenso ist man dort von der Dringlichkeit der Notstandsgesetze nicht überzeugt.

BRUNO: Nicht überzeugt? Seit wann muß man vom Wunsch des Präsidenten überzeugt werden, um ihn zu erfüllen? Meine Wünsche werden respektiert, weiter nichts.

SEKRETÄR: Es handelt sich dabei um zwei Fragen.

BRUNO: Ich habe etwas gegen Herren, die Fragen stellen. Nämlich Fragen können einem die Lust am Leben verderben ... Ich wünsche es, und damit ist alles gesagt ... Fertig? Oder kann der Polizeibericht etwas Unterhaltsames bieten?

SEKRETÄR: Die Hauptstadt, Herr Präsident, hat ihren ungeheuerlichsten Fall von Denkmalsschändung erlebt. Ein Betrunkener – es fällt mir schwer, dies zu wiederholen –, ein Betrunkener hauste mehrere Stunden im Volkspark. Ohne Sinn für Verehrung, ohne Achtung vor der Kunst, schlug er dort Ihrem Standbild den Kopf ab. Allem Anschein nach handelt es sich um einen Akt von berechneter Wut, obwohl der Mann angibt, sehr schlecht sehen zu können und außerdem betrunken gewesen zu sein. Es war das Denkmal, das Sie als Freund der Binnenschiffer zeigt. Er stürzte es und stellte sich selbst auf den Sockel.

BRUNO: Und? Steht er vielleicht noch immer da?

SEKRETÄR: Er knöpfte seine Hose auf und ...

BRUNO: Was?

SEKRETÄR: Dem Polizeibericht zufolge muß der Mann in der Lage gewesen sein, sich eine ganze Weile menschlich zu gebärden, fünf Minuten etwa. Auf Ihr Standbild, übrigens, Herr Präsident ... Selbstverständlich sind unsere Künstler schon dabei, den Schaden zu beheben.

BRUNO: Welch ein Motiv gibt der Mann an?

SEKRETÄR: Freude, Wiedersehensfreude ... Er behauptet, mit einem Ausflugsdampfer im Chinesischen Meer verschollen gewesen zu sein für zwei Jahre. Dort war er Bordfriseur.

BRUNO *erbittert*: Soweit treiben sie es: verleugnen, vergessen, und jetzt auch noch besprenkeln. Ein Bordfriseur schändet mein Standbild. Und da soll man gut sein und keine Fliegen im Gehirn haben. Da soll man sich sein Feingefühl bewahren und auch noch väterliche Liebe womöglich. Ich sage Ihnen, Oppermann, das Enttäuschende am Regieren ist, daß man ein Volk dazu braucht. Wenn wir unter uns wären, möchte ich meinen, ging alles leichter. Man könnte ruhig leben, ohne auf das Weiße im Auge des Volkes zu achten ... Ich verlange die Höchststrafe.

SEKRETÄR *notiert*: Höchststrafe für Heribert Deutz.

BRUNO *erschrocken*: Für wen?

SEKRETÄR: Der Bordfriseur heißt Heribert Deutz.

BRUNO: Unter diesen Umständen – ich meine, in Anbetracht dieses groben Vergehens scheue ich mich nicht, mir diesen Mann selbst noch einmal anzusehen. Auch ein Scheusal kann uns etwas lehren. Sorgen Sie dafür, daß er hierher gebracht wird.

Sekretär: Ich fürchte, er wird Sie nicht erkennen, Herr Präsident. Durch unreinen Alkohol hat er seine Sehschärfe eingebüßt.

Bruno: Es genügt doch wohl, daß ich ihn erkenne.

Sekretär *entdeckt das Gestein im Papierkorb*: Ihre Rohstein-Sammlung: mein Gott, was hat das zu bedeuten? *Legt das Gestein auf den Tisch.*

Bruno: Ich hab das Zeug da reingekippt. Um sicherzugehen, daß es im Schreibtisch nicht verkommt. Ich meine, das muß mal zum Schleifen gebracht werden.

Sekretär: Der Bergkristall – blutroter Karneol – Falkenauge – Türkis ...

Bruno: Es ist jetzt nicht die Zeit zu bewundern. *Sekretär sieht ihn betroffen an.* In diesem Augenblick bedeutet mir der Türkis genau das, was er ist: nämlich wasserhaltiges Tonerdephosphat mit Kupfergehalt. Und der Bergkristall ist mir soviel wert wie Kieselsäure, verstehen Sie! Wenn Sie sich, wie ich, mit dem Wesen der Steine beschäftigt haben, werden Sie wissen, daß Ihre Bedeutung in der Härte liegt. Was ritzbar ist, interessiert mich nicht ... Gehn Sie! Und verschaffen Sie mir diesen Heribert Deutz.

Sekretär *zeigt auf die Dokumentenmappe*: Darf ich mir gestatten ...

Bruno *schreit*: Nein! Sie werden sich nichts mehr gestatten.

*Sekretär ab. Bruno, noch erstaunt über den Effekt seiner Lautstärke, öffnet hastig die mittlere Schublade, holt die Papiere heraus, liest, erfährt eine Neuigkeit, will sich versichern, springt auf. Geht von seiner Büste mit abgemessenen Schritten zur Wand, betastet die Wand, drückt, eine Geheimtür öffnet sich. Wirft einen Blick ins Dunkle, schließt die Geheimtür wieder, geht zum Tisch zurück, will die Lektüre fortsetzen. Klopfen. Bruno läßt die Papiere verschwinden. Durch die »private Tür« Präsidentenmutter.*

Präsidentenmutter *deutet auf eine leere Schale*: Du hast alle Krokant-Plätzchen gegessen. Das ist brav, mein Junge.

Bruno *unliebenswürdig*: Wo ich dir eine Freude machen kann, da tu ich es eben.

Präsidentenmutter: So warst du schon als Kind. Immer, wenn die Kameraden deines Vaters dich zum Bierholen schickten, und du bekamst Geld dafür, dann kauftest du mir Schokolade und aßest sie auf dem Heimweg auf.

BRUNO: Erzähl mir nicht, was ich war. Erzähl mir lieber, was du willst.

PRÄSIDENTENMUTTER: Das ist ja widerlich! Du sprichst in einem Ton zu mir, als ob du zu arbeiten hättest.

BRUNO: Ich habe zu arbeiten, und zwar konzentriert. Ich habe Jahre nachzuholen.

PRÄSIDENTENMUTTER: Dabei habe ich dir nur etwas zu sagen, was dich erfreut.

BRUNO: Dann erfreu mich mal, aber rasch.

PRÄSIDENTENMUTTER: Also erstens: Olga hat dir verziehen.

BRUNO: Olga? Wofür denn?

PRÄSIDENTENMUTTER: Sie konnte sich nicht erklären, warum du zwei Nächte nicht gekommen bist. Sie lag die ganze Nacht wach und horchte auf den Wasserfall unterm Fenster. Sie war drauf und dran, sich nicht mehr um dich zu kümmern. Aber sie hat dir verziehen!

BRUNO: Und ich wußte es nicht einmal. Solch eine Nachricht gibt einem natürlich Auftrieb für den ganzen Tag.

PRÄSIDENTENMUTTER: Siehst du ... Aber was dich noch glücklicher machen wird: Frederik ist endlich zu einer offenen Aussprache mit dir bereit. Dein Fleisch und Blut ging darauf ein, ohne seine Leibwache hierherzukommen. Er will sich nicht länger verbergen. Er ist bereit zu Verhandlungen. Und das habe ich erreicht, durch Güte und Vernunft.

BRUNO: Das freut mich wirklich. Auf diese Weise bekomme ich also doch noch mal meinen Sohn zu sehen ... Wenn ich mich nicht irre, Mama, besitzt du schon das Schulterband mit Stern. Ich hätte es dir sonst verliehen.

PRÄSIDENTENMUTTER: Du kommst mir heute so unausgeglichen vor, Alexander. In diesem Zustand halte ich es wirklich für besser, dich deiner Arbeit zu überlassen. Falls du mich brauchst: wir lassen einen Zerstörer zu Wasser, der Admiral und ich ... *Freudlos.* Ahoi!

BRUNO: Auf Wiedersehn.

*Präsidentenmutter ab. Bruno holt wieder hastig die Papiere aus der mittleren Schublade, überfliegt sie mit planvollem Eifer, blickt auf, empfängt eine Eingebung. Geht durch das Zimmer vor den Spiegel, empfängt dort noch eine Eingebung. Zieht den Kopf ein, duckt sich, ballt die Faust, dreht sich plötzlich um.*

BRUNO *drohend*: Bitte. Wenn ihr mir die Partie anbietet –

ihr könnt sie haben. Ich kann sein, wie ihr mich braucht. Bitte! Ich bin bereit. Wenn die Verhältnisse so sind, daß ich mich ändern muß – bitte, dann ändere ich mich. Bruno muß nicht Bruno bleiben. Wenn ihr mich nicht liebt, dann sollt ihr mich fürchten. Ihr könnt alles von mir haben, bitte sehr. Ich werde euch beibringen, mit mir zu rechnen. *Geht zum Schreibtisch, drückt auf den Knopf. Sekretär.*

SEKRETÄR: Herr Präsident?

BRUNO *entschieden*: Hören Sie zu. Notieren Sie. *Bei dem folgenden Diktat geht Bruno auf und ab, blickt seine Büste an, seine Erscheinung im Spiegel.* Der Justizminister wird ein Gesetz vorbereiten. Damit erhalte ich das Recht, Laiengerichte einzuberufen. Jeder Bürger kann in jedem Augenblick zum Richter berufen werden.

SEKRETÄR: Bis zu welchem Strafmaß?

BRUNO *schreit*: Unterbrechen Sie mich nicht. *Diktierend.* Jeder Laienrichter kann das äußerste Strafmaß verhängen. Zweitens: Der Justizminister wird ein Gesetz vorbereiten. Damit erhalte ich das Recht, jeden Bürger in jedem Augenblick zum Polizisten zu bestellen – gleich, ob unschuldig oder vorbestraft. Frauen nicht ausgenommen. Drittens: Der Justizminister wird ein Gesetz vorbereiten, damit erhalte ich das Recht ...

SEKRETÄR *bestürzt*: Herr Präsident, es ist kaum anzunehmen, daß das Volk diese Gesetze begrüßt.

BRUNO: Um so besser. Sobald es etwas begrüßt, haben wir einen Fehler gemacht, oder eine Dummheit. Denken Sie nicht an das Volk. Das findet schon seine Sympathien, will ich meinen. Das kann es sich leisten, beliebt zu sein. Sie werden sich wundern, was diese Gesetze erreichen, was passiert, wenn jeder verhaften und richten kann.

SEKRETÄR: Meine Hand zittert.

BRUNO: Notieren Sie trotzdem! Ab heute übernehme ich das Ministerium für Sicherheit. Ab heute übernehme ich das Ministerium für Verteidigung und das für Wahrheit. Der erste Prozeß mit Laienrichtern wird die drei Minister – Sicherheit, Verteidigung und Wahrheit – als Angeklagte sehen. Und Sie, Oppermann, Sie sind beim zweiten dabei! *Außer sich, frohlockend.* Jetzt wird reiner Tisch gemacht! Jetzt werden wir eine neue Ordnung einführen. Wir werden den halbausgeführten Entwurf dieses Planeten vollenden! *Sehr erregt.* Wir werden unseren

Traum auf die Welt projizieren. Müßiggang und Härte werden uns dabei zustatten kommen. Da wird manch einer im Wurzelwerk bleiben, und es wird viel Gras zertreten werden ... Wir bleiben unschuldig dabei. Wer etwas tut, um der Welt gewachsen zu sein, muß unschuldig bleiben.

*Aufruhr, barscher Wortwechsel im Vorzimmer.*

BRUNO *angewidert*: Wer unterbricht mich? Was soll das bedeuten?

SEKRETÄR *zuckt die Achseln, geht zur Tür, blickt hinaus*: Es ist der Denkmalsschänder, Herr Präsident, Heribert Deutz. Sie wollten ihn sehen.

BRUNO: Jetzt? Ausgerechnet jetzt? – Also: ich bin bereit.

*Sekretär winkt Heribert Deutz herein. Heribert Deutz ist ein kleiner, magerer Alter mit dem Gesicht einer vergnügten Ratte. Schlechtsitzende, ungebügelte Kleider. Er kann wirklich sehr schlecht sehen. Ein Rest von Betrunkenheit. Er geht zur Mitte des Raums, unsicher. Bruno blickt ihn gespannt und kühl an. Sekretär ab.*

BRUNO: Wollen Sie nicht grüßen?

HERIBERT *ungläubig*: Bruno? *Glücklich.* Bruno, mein Junge. Was machst du hier?

BRUNO: Hier gibt es keinen Bruno.

*Der Alte ergreift Brunos Hände, betastet sie, betastet mit schnellem, glücklichem Eifer seinen Körper und sein Gesicht.*

HERIBERT: Jesses, wie bin ich zufrieden. Wie bin ich froh, daß ich dich so berühren kann. Du weißt, daß ich alles berühren muß.

BRUNO: Ich fordere Sie auf, sich zu erinnern, vor wem Sie stehen. *Verschafft sich Distanz.*

HERIBERT: Bruno, mein Junge – du hast dich gar nicht mal so verändert ... Nein, wirklich. Ich bin nur froh, daß ich was gesoffen hab: so kann ich dir zumindest klar gegenübertreten ... In diesen Jahren – jeden Abend, den der da oben werden ließ – dachte ich: ihn noch einmal berühren, dann kann kommen was will ... Hast du kein Geschäft mehr? Was macht Hanna? Bin ich Großvater inzwischen? *Geht auf ihn zu.*

BRUNO *energisch*: Seien Sie still.

HERIBERT *lachend*: Das ist gut, das. Du kannst einen wirklich irre machen, wenn du so'n Gesicht aufsetzt. Zum Glück aber guckt bei dir immer noch Bruno raus ... Die vierhundert Pfund kannst du nun nicht kriegen, ich hab sie gespart für dich, Junge, damit du dein Geschäft ausbauen kannst, aber sie haben mich gefilzt, als ich von Bord ging, alles fft – die schönen Devisen. Und jetzt sitz ich im Schlamassel, weil ich aus Wut dem Feldwebel die Marmor-Rübe abgeschlagen hab. Im Suff.

BRUNO *nachdenklich*: So also sehen Sie aus! So sieht das Subjekt aus, das das Standbild des Präsidenten zerstört. Mein Standbild.

HERIBERT: Du bist doll, Bruno. Du bist schon 'n Film, möcht ich mal sagen. Das muß ich meinem Kumpel erzählen ... Hast du vielleicht 'ne Zigarre für mich?

BRUNO *außer sich*: Sind Sie verrückt geworden? Sie stehen vor dem Präsidenten! Sie sind lediglich hier, weil ich Sie betrachten will.

HERIBERT *lacht unsicher, ratlos*: Hm, dann nimm deinen Alten mal unter die Lupe ... Ich habe keine Schwierigkeiten, dich zu erkennen. Für mich, das weißt du, bleibt Bruno immer nur Bruno.

BRUNO: Schweigen Sie! Die Höchststrafe ... Auf Ihr Verbrechen steht die Höchststrafe ... Beglückwünschen Sie sich, daß ich weitherzig bin heute. Nach dem Gesetz müßte ich Sie vernichten. Aber ich werde Sie noch mal am Leben erhalten, weil Sie kein Gegner sind für mich ... Sie werden abgeschoben. Auf ein Schiff. Ohne Papiere. *Drückt den Knopf.*

HERIBERT *erschrocken*: Dann kann ich nirgendwo an Land ... *Verzweifelt.* Bruno, ich sage kein Wort mehr, wirklich. Wenn du willst, bist du mir unbekannt ab jetzt ... Aber laß mich an Land bleiben.

*Tür. Sekretär.*

SEKRETÄR: Herr Präsident?

BRUNO *eine Handbewegung, Heribert fortzuschaffen*: Die erforderlichen Maßnahmen überlasse ich Ihnen.

HERIBERT: Herr Präsident – Bruno ... Auf ein Wort, ich bin doch nur eine Haut mit nichts drin ...

*Bruno wiederholt die ungeduldige, abwehrende Geste.*

BRUNO: Tut mir leid wegen der Zigarre.

*Sekretär und Heribert ab. Bruno geht durch den Raum, lächelt dem Ölbild zu, betrachtet wohlgefällig seine Büste, blickt in den Spiegel und empfängt eine Eingebung. Er geht zum Schreibtisch, nimmt eine Pistole aus dem mittleren*

*Schubfach, überzeugt sich, daß sie geladen ist, lädt durch, und legt die Pistole zurück. Richtet sich auf.*

BRUNO: So, ich bin bereit. *Mit Genugtuung.* Ich werde euch – euch selbst überlassen. Jawohl. Ich werde euch von meiner Macht abgeben – gerade so viel, wie ihr braucht, um eure Träume wahrzumachen. Ich werde eure geheimste Begabung fördern: die Tyrannenbegabung. Sagt nicht, daß das nicht stimmt. Mit den Berufen beginnt es: Väter, Lehrer, Facharbeiter. Tyrannenberufe. Und wer gegen mich ist ... *Klopfen an der »privaten« Tür.* Ja, was ist?

*Tür. Präsidentenmutter steckt den Kopf herein.*

PRÄSIDENTENMUTTER: Frederik ist hier, Alexander. Darf er reinkommen?

BRUNO *unwillig*: Ich lasse bitten.

PRÄSIDENTENMUTTER: Sei lieb zu ihm. Er scheint leichtes Fieber zu haben.

BRUNO: Ich habe erhöhten Blutdruck. Das gleicht sich aus.

*Präsidentenmutter läßt Frederik eintreten und schließt die Tür von außen. Frederik ist ein hochgewachsener, entschlossener Junge. Seine Bürde besteht in seinen Überzeugungen. Seiner Härte entspricht seine Verletzlichkeit. Er könnte einen beachtlichen Gegner abgeben. Einen Augenblick stehen sich die Männer schweigend gegenüber.*

FREDERIK: Du wolltest mich sprechen, Papa?

BRUNO: Ich dich? Du wolltest mich sprechen, denke ich. *Frederik will gehen.* Bleib. Bleib schön hier.

FREDERIK: Ich erinnere dich an die Garantie für diesen Besuch.

BRUNO: Was hast du mir anzubieten?

FREDERIK *nicht fanatisch*: Meine Feindschaft.

BRUNO: Und was hast du mitgebracht?

FREDERIK: Meine Verachtung.

BRUNO: Hm. Somit wird ein Besuch sehr ertragreich. *Bruno nimmt zwei Rohsteine, die auf dem Tisch liegen, schlägt sie langsam klickend zusammen.*

FREDERIK: Hast du etwas anderes von mir erwartet?

BRUNO: Du bist in ein neues Lebensalter eingetreten. Da teilt man sich manchmal, und die Teile treiben davon in zwei Richtungen.

FREDERIK: Jeder ist das, was er sein möchte.

BRUNO: Und was möchtest du sein? Nun? Die Hand an meinem Hals? Das Geschoß, das mir zugedacht ist? Oder einfach der Stein, der dem andern ebenbürtig ist an Härte und ihn ritzen kann? So ... *Er demonstriert es, wirft die Steine auf den Tisch.* Nun?

FREDERIK: Wenn du mich so fragst: der andere ... der, der niemals aufgeben wird.

BRUNO: Was? Zu hoffen?

FREDERIK: Zu handeln ... gegen dich.

BRUNO: Dann – warum überzeugst du mich nicht? Warum versuchst du nicht, mich zu ändern?

FREDERIK: Hast du vergessen?

BRUNO: Was?

FREDERIK: Unser letztes Gespräch vor zwei Jahren – in der Nacht nach dem Attentat auf der Brücke. *Pause. Blick.* Du hattest das Attentat selbst bestellt. Du brauchtest es, um gegen die Studenten vorgehen zu können. Ich wußte es. Ich wußte es gleich. In dieser Nacht erkannte ich dich – sah ich, daß du die Leiden der anderen brauchst, um leben zu können. Ohne deine Verbrechen bist du nichts. Zwölf meiner Freunde hast du erschießen lassen, weil sie angeblich an dem Attentat beteiligt waren, das du ersonnen hast. Ich habe lange gebraucht, um zu merken, wer du bist. Doch als ich es merkte ...

BRUNO: Was da, mein Junge?

FREDERIK: ... da wußte ich, was ich von mir selbst verlangen mußte.

BRUNO: Nämlich?

FREDERIK: Gegen dich sein, weil du – unser Leben verdorben hast. Du hast das Verbrechen zum Gesetz gemacht, und damit hast du unser Leben verdorben.

BRUNO: Willst du dich nicht setzen?

FREDERIK: Danke. *Bleibt stehen.*

BRUNO: Und um das Leben wieder reizvoll zu machen, willst du mich beseitigen, ja? Du meinst, nach dem Leichenschmaus werden die Menschen im ganzen Land den Kopf heben und sagen: welch ein schöner Tag!

FREDERIK: Damals in der Nacht sagte ich dir: mach du deinen Pakt mit der Polizei – wir schließen einen Pakt mit der Wahrheit.

BRUNO: Du übersiehst, daß meine Polizei in der Lage ist, deine Wahrheit zu überwachen.

FREDERIK: Wenn ich es nicht sein kann, wird es ein anderer tun: du wirst bezahlen. Ich fürchte mich nicht, zu wiederholen: wir denken nur an die Gelegenheit, dich zu beseitigen ... Dich, Papa, dessen Verbrechen wir auswendig wissen.

BRUNO: Das ist ein klares Wort, möchte ich meinen.

FREDERIK: Bitte, sag mir, warum du mich sprechen wolltest. Großmama brachte mir deine Aufforderung und deine Garantie.

BRUNO: Ich bin über alles unterrichtet. Über dich, deine Ziele, deine Freunde. Frederik, mein Junge, ich wollte dir einen Vorschlag zur Güte machen: gib auf. Laß das Handtuch werfen aus deiner Ecke. Sei vernünftig und sorge beizeiten dafür, daß ich nicht allein den Kampfplatz verlasse. Gegen mich sein, das lohnt sich doch nur, wenn man mir gewachsen ist.

FREDERIK: Du irrst dich. Auch wenn wir hundertmal schwächer sind als du: wir werden gegen dich sein!

BRUNO: Dann – bedaure ich dich.

FREDERIK: Du bedauerst mich nicht. Du haßt mich. Du haßt mich, weil ich mich nicht verstrickt habe in deine Untaten. Jeden – jeden mußt du hassen, der unschuldig geblieben ist. Ich weiß es längst: du leidest daran, daß es Unschuldige gibt. Das ist die Wunde in deinem Gedächtnis. Du möchtest, daß sich alle an deinen Verbrechen beteiligen. Schlecht willst du sie sehen, spitzfindig und gemein. Jeder ein Aktionär deiner Herrschaft: das ist dein Traum. Jeder mit Einlagen an deinem Werk beteiligt ... Wie leicht könntest du dann dir selbst vergeben.

BRUNO: Hm. Aus diesen nachteiligen Ansichten entnehme ich, daß du dir Gedanken gemacht hast über deinen Vater. Harte Gedanken, möchte ich meinen. Damit entfällt mein Vorschlag zur Güte. Ich sehe, wir kennen uns zu gut, als daß wir uns ertragen könnten.

*Frederik will zur »privaten« Tür.*

BRUNO *warnend*: Bleib. Bleib schön hier, ja?

FREDERIK: Ich erinnere dich an die Garantie.

BRUNO *lacht*: Wer kann schon vollkommene Garantien geben? *Richtet die Pistole auf Frederik.* Soweit es geht, halte ich mich natürlich daran. Es wird dir nichts passieren, keine Sorge. Nur ein bißchen sterben wirst du, mein Junge.

FREDERIK *verächtlich*: Jetzt zeigst du dich.

BRUNO: Wer bei mir anklopft, zu dem sag ich »Herein«. –

Komm. Komm hier herüber. *Bruno dirigiert Frederik zur Geheimtür.* Weißt du, es beunruhigt mich nicht, daß du mich haßt. Aber daß du mir ähnlich bist – das beunruhigt mich … *Lacht.* Du willst für einen besseren Planeten sorgen, und am Anfang steht ein Mord.

FREDERIK: Am Anfang steht das Ende deiner Regierung. Was willst du? Was hast du mit mir vor?

BRUNO: Die planmäßige Maschine nach Kairo wird morgen abstürzen. Du wirst an Bord sein. An deinem Begräbnis wird niemand etwas auszusetzen haben. *Mit sich zufrieden.* Leider ist das nur eine Verlegenheitslösung.

FREDERIK *betroffen*: Ich? Ich soll an Bord sein?

BRUNO: Natürlich nicht du persönlich. Bei der Bergung der Unglücklichen wird man einen entsprechenden Herrn entdecken. Er wird sehr verstümmelt aussehen, mein Junge. Ich werde ihn identifizieren. Meine Trauer wird einwandfrei sein.

FREDERIK: Und ich?

BRUNO: Du wirst die Freundlichkeit haben, offiziell tot zu sein. Dort, in dieser Privat-Zelle, kannst du dich einrichten. Es wird dir an nichts mangeln, mein Junge. Nämlich ich weiß noch nicht, wozu ich dich eines Tages brauchen werde.

FREDERIK *verächtlich*: Siehst du – so gibst du dich zu erkennen. Du kannst immer nur dich selbst wiederholen. Doch auch das ist nicht genug. Leute wie du: ihr müßt euch gegenseitig übertreffen. Überbieten müßt ihr euch an Grausamkeit. Wann wird man euch erkennen?

BRUNO *öffnet die Geheimtür*: Damit darfst du dich trösten … mich erkannt zu haben. Los geh schon! Geh voran!

*Bruno öffnet die Geheimtür. Sie verschwinden nacheinander. Klopfen an der »offiziellen« Tür. Sekretär. Erblickt die offene Geheimtür. Lächeln voll ironischer Genugtuung, geht zum Schreibtisch. Bruno kommt zurück.*

BRUNO *wie ertappt*: Ich mußte dort mal nach dem Rechten sehen. *Ungehalten.* Was wollen Sie schon wieder von mir?

SEKRETÄR: Herr Präsident, Ihr Beichtvater. Soll ich ihn fortschicken?

BRUNO: Im Gegenteil: Ich habe ihm allerhand Unterhaltsames mitzuteilen. Heute möchte ich mal abladen. *Bruno schließt die Papiere ein, nimmt den Schlüssel an sich.* Räumen Sie den Tisch auf, Oppermann. Ich mag nichts hinterlassen. Ich habe gelesen, daß ein leerer Tisch anregend wirkt ... So. Jetzt tu ich was für meinen Stoffwechsel.

*Sekretär öffnet beflissen die Tür. Bruno ab. Der Sekretär räumt den Tisch auf. Durch die »private« Tür tritt leise der wirkliche Präsident, sieht dem Sekretär melancholisch zu.*

SEKRETÄR *sich umwendend*: Herr Präsident ...

PRÄSIDENT: Es ist doch nichts zu befürchten?

SEKRETÄR: Der Friseur hat gerade seinen Beichtvater aufgesucht – wenn ich so sagen darf.

PRÄSIDENT: Und wie macht er sich? Ich meine, wie entfaltet sich seine Begabung?

SEKRETÄR: Alles, Herr Präsident, weist darauf hin, daß er sich gut eingearbeitet hat als Landesvater. Ich nehme sogar an, daß er, zumindest teilweise, das Problem gelöst hat, dem gegenüber Sie sich – nach Ihren eigenen Worten – für widerstandslos halten: der junge Herr Frederik ... Der Friseur hat es fertigbekommen, ihn ohne Berührung auszuschalten. – Ich bin betroffen und beunruhigt, in welchem Maße Ihre Idee einschlägt und Ihre Voraussage sich erfüllt.

PRÄSIDENT: Ach, Oppermann, wer gehorchen muß, wird immer darauf aus sein, sich auch selbst Gehorsam zu verschaffen.

SEKRETÄR: Trotzdem gestatte ich mir, Ihre Einfühlung zu bewundern.

PRÄSIDENT: Ob ich es wagen kann?

SEKRETÄR: Was, Herr Präsident?

PRÄSIDENT: Einen Besuch in seinem Laden zu machen. Ich habe das Gefühl, ich bin es meinem wichtigsten Mitarbeiter schuldig ... Achten Sie auf die Rohsteine. Dieser Mensch hat sich zwar Kenntnisse angeeignet – aber Sie sehen: auch Kenntnisse schützen nicht vor Barbarentum. *Der Präsident nimmt einen Stein, hält ihn mit kennerischem Entzücken ins Licht.*

SEKRETÄR: Und wenn er merkt, daß er in einer Falle ist?

PRÄSIDENT: Erwarten Sie nichts Ungewöhnliches. Jeder lebt in einer Falle, Oppermann. Schließlich kommt es doch darauf an, wer die Beute einsammelt.

SEKRETÄR: Ich werde mir erlauben, daraus eine Lehre zu ziehen.
PRÄSIDENT: Tun Sie es. Hoffentlich die richtige.

*Vorhang*

## Sechstes Bild

*Friseurladen wie im ersten Bild. Hanna sitzt hochaufgerichtet vor dem Spiegel, betrachtet in regloser Selbsterforschung ihr Gesicht. Sie möchte sozusagen wissen, was es ist, das sie verändert hat. Hinter ihr kniet Ewald neben seinem Vorführgerät und spult die letzte Rolle auf. An der Außentür hängt das Schild »Dienstag ist der Sonntag der Friseure« etc. Harry fegt deprimiert den Fußboden, wobei er offensichtlich bemüht ist, weder Hanna in ihren Gedanken, noch Ewald in seiner Tätigkeit zu stören.*

EWALD *zu Harry*: Feg doch nicht immer so um mich rum. Du siehst doch, daß ich Abschied nehme.

HARRY: Ich bin gleich fertig.

EWALD: Ich auch. Nur noch die letzte Rolle, dann kann ich den Kasten abliefern ... Zwei Jahre bin ich nun mit dem Gerät gereist. Wir haben in vielen sehr unterschiedlichen Hotels übernachtet. So mancher hat Freude empfunden, wenn ich ihn seine Stimme zum ersten Mal aus ihm hören ließ. Und nun ...

HARRY *niederblickend*: Ich kann mir nicht helfen: so gefährlich sieht das Ding nicht aus, daß jeder es abliefern muß. Da kenn ich Sachen, die Schlimmeres anrichten als ein Diktiergerät.

EWALD: Deinetwegen würde der Präsident so was auch nicht aus dem Verkehr ziehen lassen.

*Harry läßt das Band achtlos und beleidigt fallen, fegt es vor sich her, kehrt das Gefegte auf eine Schaufel, kippt es in den Eimer, trägt den Eimer hinaus. Ewald tritt hinter Hanna.*

EWALD: Ich bin soweit, Hanna. Ich liefere das Gerät ab, und dann melde ich mich beim Gericht. Kannst du dir mich in Robe vorstellen? Einen Prozeß gegen Unteroffiziere und persönliche Feinde des Präsidenten ... Ich bin als Laienrichter berufen. Ich lach mich tot: Ewald als Richter. *Pause.* Eh, warum sagst du nichts?

HANNA: Du hast dich in jeder Lage bewundert. Es wird der Augenblick kommen, wo du dich auch als Richter bewunderst.

EWALD: Sagst du mir das zum Abschied?

*Hanna zuckt die Achseln, scheint zu frösteln.*

EWALD: Frierst du wieder? Komisch, so warst du mir immer in Erinnerung: die Kleine, die ständig fror. *Legt seine Hände auf ihre Schultern.* Hanna!

HANNA *tonlos*: Weißt du, daß Josef als »persönlicher Feind« des Präsidenten gilt?

EWALD *erschrocken*: Josef? Um Gottes willen: du glaubst doch nicht, daß sie mir das zumuten ... über einen Freund zu Gericht zu sitzen ... ihn verhören, zum Geständnis auffordern, verdammen vielleicht ...

HANNA: Als sie Josef holten, da ... er war erleichtert, ja. Ich beobachtete ihn, als sie ihm sagten, seine Amnestie sei ein Irrtum gewesen. Ich sah in seine Augen. Er war zufrieden. Er war erleichtert, daß er zurückkehren konnte.

EWALD: Und warum? Warum meinst du?

HANNA: Hier gibt es nichts mehr für ihn zu tun. Keine Möglichkeit, fortzusetzen, wo er aufgehört hatte.

EWALD: Soll ich dir sagen, warum er erleichtert war? Jetzt hat er das Gefühl, ein Märtyrer zu sein. Und es ist leichter, ein Märtyrer zu sein, als ein verhinderter Gegner des Präsidenten ... Josef ... Ich möchte fast behaupten: er braucht die Gefangenschaft, um sich zu erinnern, was er war. Du hast ihn geliebt?

HANNA: Ja, ich glaube.

EWALD: Das soll einen schwächen, hab ich gehört.

HANNA: Weil man sich selbst mitliebt.

EWALD: Und wenn man aufhört damit?

HANNA: Frag mich nicht ... Ich – ich muß immer wissen, mit wem ich es zu tun habe. Bei Bruno ...

*Pause.*

EWALD: ... wußtest du es?

HANNA: Ja. Ich war meiner Sache sicher. Was ist nur mit ihm? Wo steckt er? Verstehst du das?

EWALD: Du fragst nach ihm. Du erwartest ihn.

HANNA: Ich habe ihm Unrecht getan, ich weiß es. Dazu braucht es ja nicht viel.

EWALD: Aber – wer hat dir gesagt, daß er Josef im Stich gelassen hat damals?

HANNA: Ich. Ich habe es mir gesagt. Ich sah ihn an eines Morgens und war überzeugt, daß er es gewesen sein mußte. Dieser Gedanke hatte sich so eingeschlichen bei mir. Ich wollte Bruno so sehen, wie ich ihn brauchte. Ich wollte mich frei machen von ihm. Einen Vorhang. Ich wollte einen Vorhang zwischen uns ziehn ... Zuletzt war ich ganz sicher, daß er es war, dem Josef alles zu verdanken hatte. Und ich dachte: Josef wird es bestätigen ... Ich kann mich nicht ausstehen.

EWALD: Das ist üblich. Sei jetzt aber wieder nett zu dir.

HANNA: Wenn du ihn siehst, Ewald ...

EWALD: Ja?

HANNA: Ich meine, wenn du ihn zufällig triffst – nein, sag ihm nichts. Hörst du, sag ihm nichts. Er hat seine Gründe, fortzubleiben, denk ich mir. Ich warte einfach auf ihn.

EWALD: Alle sind nur gegen Bruno, weil keiner ihn wirklich kennt. Ich sag immer, um zu lieben, da muß man sich Mühe geben. Wenn zu mir jemand sagt: Ewald, ich liebe Sie, dann antworte ich: meine Dame, damit haben Sie noch nichts bewiesen. Solch eine Feststellung reicht doch nicht aus, um unter einem Dach zu leben. Die läßt noch nicht erkennen, ob man gemeinsam den Alltag vertilgen kann. Doch ich nehme an, das ist entscheidend ... So, ich muß weg ... das Gerät abliefern und dann ... glaubst du wirklich, daß sie es von mir verlangen werden? Ich weigere mich. *Nimmt den Kasten auf.* Ich spiele einfach krank oder minderbemittelt. Jedenfalls weigere ich mich.

HANNA: Auch dazu gehört Mut.

EWALD: Vergeßt mich hier nicht so bald.

HANNA: Du wirst selbst dafür sorgen, daß es nicht geschieht.

EWALD: Ich meine, hebt mir etwas Schnaps auf und gute Seife.

HANNA: Das wird geschehen.

EWALD: Ich komme wieder. Ich hab ein zähes Leben. *Geste des Abschieds.* Hanna ...

HANNA: Auf später.

*Ewald ab. Hanna wendet sich um, blickt auf Brunos Porträt, tritt an den Tisch und ordnet liebevoll die Friseur-Bestecke. Harry mit dem leeren Eimer.*

HARRY *außer sich*: Es wird immer schlimmer, Chefin. Es wird widerlich vor Gott und den Menschen, um es mal so auszudrücken. Wenn die so weitermachen, da kann man nur in den Wald gehen und sich ohne Aufsehen erhängen. *Setzt den Eimer ab.*

HANNA: Was ist schlimm? Was ist so widerlich?

HARRY: Den Kupka, der die Post ausgetragen hat, vierzehn

Jahre – sie haben ihn mit Gewalt zum Polizisten gemacht. Kein Sträuben half ihm.

HANNA: Da hat er doch nur die Uniform gewechselt.

HARRY: Einen Schweinehund haben sie aus ihm gemacht. Einen scharfen Köter, der zuerst seine Kumpels in der Post hat hochgehen lassen. Und jetzt soll er sich die Familie seiner Frau vorgenommen haben ... Als Briefträger, da war er noch Mensch. Chefin, ich kann nicht anders: ich muß meinen freien Nachmittag nehmen heute. Nach all dem, was dieser Tag gebracht hat, ist das die einzige Möglichkeit. Haben Sie was dagegen?

HANNA: Von mir aus kannst du gehen. Das Geschäft ist im Augenblick sowieso nicht arbeitsfähig.

HARRY *wechselt Kittel gegen Jackett*: Wenn ich was zu entscheiden hätte hier, ich würde schließen, bis der Chef wieder da ist. Auch ein Ladengeschäft braucht seinen Kopf, meine ich.

HANNA: Ich werde mir's überlegen, Harry.

HARRY: Wiedersehn, Chefin.

HANNA: Wiedersehn!

*Harry ab. Hanna öffnet das Schränkchen, ordnet den Inhalt. Sie ordnet die Zeitschriften mit genußreichem und zugleich zerstreutem Eifer. Sie schlägt den blauen Vorhang zur Damenabteilung zurück. Tür. Präsident.*

HANNA *sich umwendend*: Bruno!

*Präsident schweigt lächelnd; bleibt an der Tür stehen.*

HANNA: Bruno, mein Gott, wo kommst du her? Ist dir was passiert?

PRÄSIDENT: Vor allem: guten Tag.

*Hanna geht zögernd auf den Präsidenten zu, bleibt stehn, bedeckt das Gesicht mit den Händen.*

PRÄSIDENT: Ich – ich störe doch hier wohl nicht das Gleichgewicht? Ich meine, ich kann wieder gehn, wenn ich ungelegen komme.

HANNA: Entschuldige. *Ein leichtes, tränenloses Schluchzen. Sie setzt sich auf einen Friseursessel.*

PRÄSIDENT *sich mit ironischer Neugierde umblickend*: Was ist denn geschehen? Wo sitzen denn die Schmerzen? Hab ich etwas angerichtet? *Er geht zu ihr, bleibt hinter ihr stehen.*

HANNA: Endlich, endlich bist du da.

PRÄSIDENT: Ich werde erwartet? Um so besser.

HANNA: Sprich doch nicht so, bitte ... Sieh mich an. Berühre mich. Berühre mich, damit ich weiß, daß du da bist. *Sie nimmt seine Hände, führt sie an ihr Gesicht.* Du brauchst mir nichts zu erklären, ich will keine Gründe wissen.

PRÄSIDENT *lächelnd*: Mir haben Gründe immer etwas bedeutet. Ohne Gründe könnte ich mein Leben gar nicht verstehen.

HANNA *steht auf, steht ihm gegenüber, umarmt ihn plötzlich*: Du gehst nicht fort. Du wirst jetzt hierbleiben. Versprich es mir.

PRÄSIDENT *mit genießerischer Wehrlosigkeit*: Mit Vergnügen. Ich – weißt du, ich komme mir nur etwas überrumpelt vor – angenehm überrumpelt natürlich.

HANNA: Du? Warum denn? Ich versteh ... *Tritt zurück, beobachtet ihn skeptisch.* Etwas ist mit dir geschehen. Ich sehe es an deinem Gesicht ...

PRÄSIDENT: So?

HANNA: Bruno, mir ist alles recht. Wenn du nur bleibst. Wenn wir reinen Tisch machen und alles so ist wie früher ...

PRÄSIDENT *es macht ihm Vergnügen, auf das Spiel einzugehen:* Früher? Wann war das?

HANNA *geht langsam zum blauen Vorhang*: Willst du alles wissen?

PRÄSIDENT: Was denn sonst?

HANNA: Ich hab mich beobachtet und befragt, Bruno. Ich wollte mich selbst sehen, weißt du ...

PRÄSIDENT: Und? Welche Aussicht bot sich da?

HANNA: Ich habe dir unrecht getan, oft ... Ich habe dich verletzt, viele Male. Du hast meine Hilfe gebraucht und bekamst nur meine Abneigung ... Ja, es ist wahr: ich fühlte mich belästigt von deinem Blick. Und wenn du mich anrührtest, zuckte ich zusammen vor Widerwillen. Ich tat alles, um mich von dir zu entfernen. Du weißt, daß ich mit Josef gelebt habe, ein halbes Jahr ... damals, als er euer Chef war. Ich war da siebzehn, und alles, was ich begriff, war, daß ich ihn lieben mußte, um mich ertragen zu können ... Hörst du mir zu? ... Das hielt ich für meine einzige Aufgabe auf der Welt: ihn zu lieben. Dann ging er ihnen in die Falle. Zehn Jahre, und ich dachte, das Leben kann nicht weitergehn ohne ihn. Ich suchte nach einem Ende; denn die Zeit mit ihm mußte doch einen Sinn gehabt haben. Dabei, Bruno, liebte ich nur mich. Ich sah ihn nicht mit meinen Augen. Ich sah ihn mit den Augen des Mädchens, das ich einmal war. Liebst du mich noch?

PRÄSIDENT: Mir bleibt nichts anderes übrig.

HANNA: Wollen wir es noch einmal versuchen?

PRÄSIDENT: Ich bin für mehrmals.

HANNA: Ich bin fertig mit allem, was gewesen ist. Glaub mir, Bruno, mir wurden die Augen geöffnet. Ich sehe jetzt klar. Ich habe begriffen, worauf es ankommt in dieser Zeit.

PRÄSIDENT: Worauf denn?

HANNA: Wie du immer sagtest: je kleiner man uns macht, desto dauerhafter werden wir – wie die Kiesel. Wir werden das Geschäft vergrößern, auch die Damenabteilung, still, ohne Aufhebens. Wenn du einverstanden bist: ich könnte noch zwei Lehrlinge einstellen. Laß es uns versuchen – ihm zum Trotz. Zu zweit, da könnten wir etwas Uneinnehmbares abgeben ... gerade jetzt, wo seine Hand jedem am Hals liegt. Gegen seinen Willen könnten wir für ein bißchen Glück sorgen ...

PRÄSIDENT: Wen meinst du eigentlich?

HANNA: Der diese neuen Gesetze erlassen hat, mit denen einer zum Wolf des andern wird – den Feldwebel, der sich Präsident nennen läßt. Jeder ist doch gezwungen, gegen ihn zu leben. *Plötzlich.* Wo hast du dies Zeug her, Bruno? Den Anzug kenn ich doch nicht?

PRÄSIDENT: Den Anzug? Ein Freund hat ihn mir geliehen, oder sogar geschenkt.

HANNA *legt dem Präsidenten die Hände auf die Schulter*: Laß es uns versuchen, Bruno, ja? Du wirst sehen: ich hab mich geändert. Ich hab verstanden, worauf es ankommt.

*Tür. Der Offizier der Geheimpolizei.*

PRÄSIDENT: Ja? Was wünschen Sie? Sie sehen doch, dieser Laden ist außer Betrieb.

OFFIZIER *vergewissert sich durch schnellen Blick*: Deswegen bin ich nicht hier.

PRÄSIDENT: Berufsmäßige Sorgen brauchen Sie sich nicht zu machen.

OFFIZIER *zu Hanna*: Ich muß Sie darauf hinweisen, daß bei Ihnen die Zeit durcheinandergeraten ist. Ihr Tag stimmt nicht. *Zeigt auf das Schild.* Heute ist nicht Dienstag, sondern Donnerstag.

HANNA *zum Präsidenten*: Das hab ich ganz vergessen. *Zum*

*Offizier.* Davon wird doch wohl die Welt nicht einstürzen?

OFFIZIER: Die Folgen kleiner Irrtümer kann man nie im voraus bestimmen.

*Hanna geht zur Tür, entfernt das Schild. Präsident und Offizier verständigen sich heimlich durch Gesten. Die Absicht des Präsidenten ist, zu gehen, ohne Argwohn zu erregen.*

HANNA *zum Offizier*: Zufrieden? Oder haben Sie noch etwas auszusetzen?

OFFIZIER *zum Präsidenten*: Ich muß Sie zu einer Aussprache bitten – auch wenn es mir schwerfällt.

PRÄSIDENT *gelassen*: Gleich?

OFFIZIER: Gleich.

HANNA: Mein Gott, was wollt ihr von ihm? Was hat das zu bedeuten? Könnt ihr ihn nicht zufriedenlassen? Gerade ist er zurückgekehrt zu seiner Familie.

OFFIZIER: Da ich selbst Familienvater bin, weiß ich das durchaus zu schätzen.

HANNA *aggressiv*: Aber man sieht es euch nicht an. Nichts sieht man euch an, außer ...

OFFIZIER: ... außer was?

HANNA *leise*: Wenn ihr erst da seid, dann ist es zu spät, dann habt ihr schon etwas beschlossen mit uns.

PRÄSIDENT: Mach dir keine Sorgen.

HANNA: Was hat er denn nur getan, daß ihr ihn holen wollt? Er ist nur für mich da. Ich kann bezeugen, daß er sich auf nichts einläßt, was gegen irgendwen gerichtet ist. *Zum Präsidenten.* Sie können dir nichts nachweisen, Bruno, nichts. *Zum Offizier.* Es ist ein Irrtum. Ein Irrtum. Sagen Sie mir doch, warum Sie ihn abholen, warum?

OFFIZIER *ironisch*: Ich an Ihrer Stelle würde mich nicht damit belasten. Wissen beunruhigt nur. Wenn Sie genug wissen, dann sind Sie schon in einer Zwangslage: dann müssen Sie wählen. *Zum Präsidenten.* Sind Sie fertig?

PRÄSIDENT: Zwei Minuten. Ich möchte ...

OFFIZIER: Ich verstehe. Ich erwarte Sie draußen. *Zu Hanna.* Seien sie unbesorgt. Wir bleiben immer korrekt. *Ab.*

PRÄSIDENT: Warum siehst du mich so an?

HANNA: Das kommt davon, wie du mich ansiehst.

PRÄSIDENT: Wie meinst du das?

HANNA: Du hast keine Angst. Du bist nicht einmal beunruhigt. Dir scheint es gar nichts auszumachen, daß sie dich zu einer Aussprache abholen ... Aussprache! O Gott, weiß du denn nicht, was das bedeutet? *Sie umarmt den Präsidenten.*

PRÄSIDENT: Was denn? Du phantasierst!

HANNA: Und daß sie dort stehen und unser Geschäft beobachten? Daß sie hierherfinden? Daß sie dich abholen! Ist das alles Phantasie? ... Oh, Bruno, sie bewachen uns. Sie lassen uns nicht aus den Augen. Sie wissen, was Josef getan hat und was du getan hast. Sie kennen jeden, der hier ein- und ausgeht. Manchmal denke ich sogar, daß sie wissen ...

PRÄSIDENT: Was?

HANNA: ... daß es dein Bild ist, das dort hängt, und nicht das Bild des Feldwebels.

PRÄSIDENT *betrachtet amüsiert das Porträt*: Bei dieser vollkommenen Ähnlichkeit, denke ich, braucht niemand auf Originalität zu bestehen, nicht einmal dieser Feldwebel. Und solange das Wissen unter Eingeweihten bleibt, braucht es uns nicht zu stören.

HANNA: Du bist – ganz verändert. Was ist nur mit dir?

PRÄSIDENT: Vielleicht kommt es davon, wie du mich ansiehst. *Nimmt ihre Hand, sieht den Ring.* Dein Heliotrop ist rot gefleckt, vermutlich aus Australien.

HANNA: Was hast du nur?

PRÄSIDENT: Wirst du mich erwarten?

HANNA: Natürlich werde ich auf dich warten, jeden Augenblick. Ich werde schließen, bis du kommst. Komm bald, Bruno ... Es hat sich etwas geändert im Schlafzimmer. Willst du es noch sehen?

PRÄSIDENT: Heute abend. *Nickt nach draußen.* Ich will ihn nicht reizen. Sei ganz ruhig. Ich weiß genau, wie ich mich zu geben habe.

HANNA: Ich habe Angst, Bruno.

PRÄSIDENT: Denk an heute abend: dann wirst du mir alles zeigen. *Küßt sie. Winkt. Ab.*

*Vorhang*

## Siebentes Bild

*Palais. Arbeitszimmer des Präsidenten. Bruno sitzt mit dem Rücken zum Zuschauerraum am Schreibtisch, unterschreibt. Sekretär trocknet Unterschriften, nimmt sich der Dokumente an. Mitunter heftige Vogelstimmen aus dem Park. Ein bewaffneter Posten schlendert über die Terrasse. Bruno läßt ein maßloses Selbstbewußtsein erkennen. Er ist auf dem Höhepunkt seiner Macht.*

BRUNO: Und Sie sagen, Faber starb wie vorgesehen?

SEKRETÄR: Minutiös, Herr Präsident. In der Stille des Grenzwaldes ... Wir ließen ihn warnen und zur Flucht ermuntern. Wir nannten ihm den sichersten Fluchtweg. An der verabredeten Stelle traf ihn die Kugel eines nervösen Postens.

BRUNO *schiebt die Dokumente von sich*: Da sehen Sie, Oppermann, zu welchem Ende es führt, wenn man sich gegen mich stemmt. Was man mir antut, das geb ich zurück. Andere mögen Gegner brauchen, um daran zu wachsen, ich nicht. Mir genügt es, auf mich selber zu hören.

SEKRETÄR: Ich weiß nicht, Herr Präsident, ob es ein Grund zur Freude ist, wenn man keine Gegner hat.

BRUNO: Aber ein Grund zum Ausruhen, das ist es. Das ist es, Oppermann. Und wer die Grenzen neu festsetzen will, der muß viel ausruhen, um dabei auf sich selber hören zu können.

SEKRETÄR: Darf ich mir zu fragen erlauben, welche Grenzen Sie meinen?

BRUNO: Die Grenze zwischen dem Möglichen und Unmöglichen. Sie muß geändert werden. Und ich habe den Willen dazu. Und die Macht. Und die Ausdauer ... Meine Laiengerichte arbeiten bereits dafür. Und das neue Polizeigesetz hat gut eingeschlagen ... Das gibt einen unerwarteten Geschmack an der Welt, wenn einer des anderen Polizist und Richter sein kann. Jetzt ist schon weniger unmöglich. *Den Blick auf sein Porträt gerichtet, sozusagen visionär.* Aber ich will mehr! Ich will alles! Ich fordere, daß nichts mehr unmöglich ist! Und auf dem Wege dahin werden wir nun die Wirtschaft ändern.

SEKRETÄR: Die Wirtschaft ist sehr empfindlich, Herr Präsident.

BRUNO: Sie kann es bleiben, solange sie sich fügt. Und sie wird sich fügen ... Der Wirtschaftsminister wird ein Gesetz vorbereiten, nach dem jedermann das Recht hat, sich bei Besitzenden nach der Herkunft des Besitzes zu erkundigen.

SEKRETÄR *betroffen*: Das ist unglaublich.

BRUNO: Eben.

SEKRETÄR: Das öffnet dem Neid Tür und Tor.

BRUNO: Eben. Darum wollen wir uns mit dieser erstaunlichen Macht verbünden, möcht ich mal sagen. – Wer nicht in der Lage ist, die Herkunft des Besitzes gegenüber jedermann zu belegen, kann enteignet werden. Übrigens: zu Gunsten des Staates und des Fragestellers.

SEKRETÄR: Das wird eine große Prüfung für das Land.

BRUNO: Ich habe Ihnen noch nicht das Wort erteilt. *Maßlos triumphierend.* Schuldige, Oppermann, wer regiert, braucht Schuldige! Denn das sind die besten Verbündeten, will ich meinen. Ich werde mir die Schuldigen verschaffen, die ich brauche. Ich brauche viele, aber ich weiß, daß es mir nicht daran fehlen wird. Es kommt nämlich nur darauf an, sie zu überführen. Und ich werde sie überführen. Alle. Alle, sage ich Ihnen ... Wir werden die Gesichter gewaltsam abnehmen, die kleinen Morgen- und Abendgesichter. Wir werden besondere Spiegel aufstellen, in denen sich keiner ohne Risiko zulächeln kann. Wir werden die Flekken zum Vorschein bringen, die unter der Haut liegen. Wir werden unermüdlich forschen auf dem Grund der Herzen ... Ah, das wird ein Spiel. Und wenn es zu Ende ist – wissen Sie, was zurückbleibt, wenn das Spiel zu Ende ist? Die Gleichheit, Oppermann, wir werden keinen Unterschied mehr feststellen zwischen uns. Jeder wird überführt sein. *Plötzlich mit unbeherrschtem Haß.* Und auch Sie! Sie vor allem, Oppermann!

SEKRETÄR: Ich? Sie mißbilligen meine Arbeit, Herr Präsident?

BRUNO: Da ist etwas an Ihnen, das erinnert mich an einen gewöhnlichen Haifisch. Ich hab Sie ausgiebig beobachtet. Ihre Zahnreihen und ihre Heimtücke, die sind mir bestens bekannt.

SEKRETÄR *entrüstet*: Herr Präsident, ich diene Ihnen in Ergebenheit.

BRUNO: Und das finden Sie anständig? *Vergnügt.* Sie verachten mich, Oppermann. Sie hassen mich in Wirlichkeit.

SEKRETÄR: Herr Präsident!

BRUNO: Aber das ist der Grund, warum ich Sie weiter arbeiten lasse für mich. Auf Ihre Gefühle kann ich mich wenigstens verlassen ... Ja, auch Sie werden überführt werden eines Tages. Ich werde Ihnen zeigen, wer Sie in Wahrheit sind. *Triumphierend.* Allen werde ich es zeigen. Ich werde meine Hand an die Unschuld der Welt legen, und sie wird schmelzen – wie ein Denkmal aus Schnee. *Scharf.* Gehen Sie!

SEKRETÄR *sammelt die Dokumente ein*: Darf ich mir gestatten, Sie zu erinnern, daß die Stabschefs seit einer halben Stunde warten.

BRUNO: Das gehört zu ihrem Dienst.

SEKRETÄR: Außerdem ... Madame Olga.

BRUNO: Olga? Die kann doch nur zufrieden sein nach dem letzten Abend. Hat sie angedeutet, warum sie hier ist?

SEKRETÄR: Wenn mich nicht alles täuscht, hat sie vor, mit Ihnen über die Besitzverhältnisse der alten Wassermühle zu sprechen.

BRUNO: Ich verstehe. Ich bin vollkommen im Bilde. *Pause.* Na, da Sie Jurist sind, bereiten Sie mal eine juristisch unangreifbare Schenkung vor. Die Dame hat ein Anrecht auf die Mühle. Und auf den Wasserfall.

SEKRETÄR: Ich werde den Fall selbst in die Hand nehmen.

BRUNO: So hatte ich's auch gemeint.

*Sekretär ab. Der Posten geht auf der Terrasse vorbei. Bruno öffnet den Schreibtisch, sucht zerstreut in der Schublade unter Papieren. Er schließt die Schublade. Nimmt von einem Obstkorb einen Apfel; versucht den Apfel auf einem kostbaren, nie benutzten Brieföffner zu balancieren. Es mißlingt. Er sticht den Brieföffner in den Apfel und hält ihn hoch. »Private« Tür. Der Präsident. Genießerische Ironie. Gekleidet wie Bruno. Er bleibt an der Tür stehen.*

PRÄSIDENT *nach einer angedeuteten Verbeugung*: Der Landesvater steht Ihnen. Mein Kompliment, Herr Deutz.

BRUNO *entgeistert*: Sie? Wo kommen Sie her? Wer sind Sie? Wer hat Sie reingelassen?

PRÄSIDENT: Ich sehe, daß Ihre Überraschung aufrichtig ist.

BRUNO *drückt eine Klingel, schaltet einen Sprechapparat ein*: Oppermann! Wache!

PRÄSIDENT: Bemühen Sie sich nicht. Ich habe veranlaßt, daß wir ungestört sind für ein Weilchen.

BRUNO: Wer hat Ihnen erlaubt, hier einzudringen?

PRÄSIDENT: Wer? Ich natürlich. Meine Möglichkeiten reichen so weit.

BRUNO: Aber Sie sind doch ... Sie sind doch ...

PRÄSIDENT: Tot? Wollten Sie das sagen?

BRUNO: Das Attentat, hier in diesem Zimmer ... Ich saß doch vor Ihnen, ich war dabei, als Sie getroffen wurden. Ich meine, ich habe Sie als toten Mann gesehn, hier auf dem Boden. Da war kein Leben mehr in Ihnen ... Und auf einmal ...

PRÄSIDENT *nähertretend*: ... bin ich wieder da. Ich verstehe, Herr Deutz, daß es Ihnen keine übertriebene Freude macht, mich am Leben zu sehen. Ich verstehe auch Ihr Zögern, mich willkommen zu heißen. Schließlich wird jeder erkennen, daß Ihnen dieser Schreibtisch steht. *Achselzuckend.* Aber nun – ich habe eben wieder Appetit bekommen. Nun kann ich es mir wieder leisten, zu leben.

BRUNO: Demnach wurden Sie gar nicht tödlich getroffen?

PRÄSIDENT *nachsichtig*: Herr Deutz, haben Sie diese Frage im Ernst gestellt? Sie wissen doch: die Biologie versteht keinen Spaß. Darum muß man sie überlisten ... Ich hielt es einfach für ratsam, eine Weile tot zu sein. Aus Vorsicht. Und tot, damit meine ich: abwesend, unauffindbar, ungefährdet.

BRUNO: Kommen Sie nicht näher!

PRÄSIDENT: Ich wollte mich nur setzen.

BRUNO: Bleiben Sie dort stehen, sage ich. *Pause.* So, dann war also alles nur zum Schein: das Attentat, Ihr Tod und so weiter. Alles nur zum Schein, was?

PRÄSIDENT: Damit machen wir das Leben erträglicher, denke ich. Und länger.

BRUNO: Sie nehmen Urlaub vom Leben, wenn es Ihnen Spaß macht, und nehmen Urlaub vom Tod, wenn es Ihnen Spaß macht.

PRÄSIDENT: Man muß sich verändern, Herr Deutz. Die Welt legt es uns nahe. Darf ich mich jetzt setzen?

BRUNO: Und wozu? Wozu das alles?

PRÄSIDENT: Setzen?

BRUNO: Ich meine, was Sie uns zugemutet haben mit Ihrem Schein-Attentat?

PRÄSIDENT: Vielleicht wird es Sie überraschen ...

BRUNO: Bei Ihnen bin ich auf alles gefaßt.

PRÄSIDENT: Liebe. Eine Art wehrloser Liebe zu meinem Sohn Frederik.

BRUNO: Man kann nicht sagen, daß er diese Liebe ungestüm erwidert.

PRÄSIDENT: Oh, ich weiß. Ich weiß alles. Vom ersten Augenblick an war mir bekannt, daß er mein Gegner war. Mein bester, gefährlichster Gegner. Er hatte nur ein Ziel: mich zu beseitigen. Darauf liefen all seine Pläne hinaus, und ich – ich konnte ihnen nicht viel entgegensetzen.

BRUNO: Dann darf ich Sie mal an das bestellte Attentat auf Ihre Frau erinnern. Da haben Sie doch wohl bewiesen, wozu Sie sich aufraffen können ... Neunzehn Kugeln.

PRÄSIDENT: Frederik ist mein Fleisch und Blut, wenn ich so sagen darf. Ich sah mich außerstande, etwas gegen ihn zu unternehmen ... obwohl ich wußte, daß er nur ein Ziel kannte: mich zu töten. Wie oft habe ich versucht, ihm entgegenzuwirken. Es ging nicht. Mir fiel nichts ein. Oder sagen wir: seine Einfälle waren besser. Zum Schluß spürte ich immer deutlicher, daß ich ihm nicht gewachsen war. Ich rechnete täglich mit seinem Erfolg, nachdem er eine Verbindung mit dem alten Fuchs René Faber aufgenommen hatte. Man hat ein Gefühl dafür, wenn das Glück schon zu lange gedauert hat. Man hat einen Gaumen für bevorstehende Veränderungen. *Geht auf den Sessel zu.* Als sich meine Hoffnungen langsam davonmachten, schickte mir der Himmel ...

BRUNO: ... mich.

PRÄSIDENT: Bruno Deutz.

BRUNO: Den Sie als Zielscheibe mieteten.

PRÄSIDENT: Als Mitarbeiter. Als Ebenbild. Sie werden mir doch wohl beipflichten, daß der Posten eines Landesvaters nicht unbesetzt bleiben kann ... *Steht hinterm Sessel.* Herr Deutz, ich möchte Ihnen gratulieren. Sie haben meine Erwartungen übertroffen. Ich bin glücklich, Ihnen sagen zu können, daß Sie der sind, für den ich Sie gehalten habe. Sie haben von Ihren Möglichkeiten den erhofften Gebrauch gemacht. Ich fühle mich Ihnen nahe. Fast verwandt. *Setzt sich.*

BRUNO: Stehen Sie auf, schnell. Ich wiederhole sonst nie.

PRÄSIDENT: Auch darin gleichen wir uns.

*Pause. Sie messen sich mit Blicken.*

BRUNO: Was meinen Sie damit?

PRÄSIDENT: Sie haben den Nutzen der Macht erkannt. Ihr Engagement ist ...

BRUNO *höhnisch*: ... beendet, was? Der Herr tritt aus dem Schatten und entläßt mich. *Lacht.* Ich durfte mein Gesicht hinhalten. Ich war gut genug, Figur auf dem Kampfplatz zu machen. Auch um Ihre Probleme zu lösen, war ich gerade recht. Gut, ich verstehe. Der Auftrag ist beendet. Ich darf also verschwinden.

PRÄSIDENT: Es ist nicht ausgeschlossen, daß ich Ihre Dienste noch einmal gebrauche.

BRUNO: Und Sie meinen, ich werde warten wie ein Stück präpariertes Leder, bis es über den Leisten gespannt wird.

PRÄSIDENT: Ich kann mir vorstellen, daß Sie es tun werden. Die Mittel sind vorhanden.

BRUNO *lacht*: Besten Dank! Aber nehmen wir einmal an, Sie irren sich, was dann? Ich hätte, zum Beispiel, keine Lust? Da käme wohl Ihr Vorhaben ins Rutschen? *Lacht.* Und wenn ich Ihnen anvertraue, daß ich mir in Ihrer Abwesenheit auch Mittel verschafft habe? Wirksame Mittel.

PRÄSIDENT *gelassen*: Herr Deutz, über Mittel sollten wir sprechen, wenn wir sie ausprobiert haben.

BRUNO: Dann muß ich wohl deutlicher werden.

PRÄSIDENT: Ich habe nichts dagegen.

BRUNO: Ich gebe Ihnen drei Minuten, um Ihre Lage zu begreifen, und einen halben Tag, um dieses Land zu verlassen. Danach laß ich Sie zu meinem »persönlichen Feind« erklären und übergebe Sie einem meiner Laiengerichte.

PRÄSIDENT: Damit geben Sie mir zu verstehen, daß Sie Ihr Engagement nicht für beendet ansehen.

BRUNO *auffahrend*: Ich verbiete Ihnen, so mit mir zu sprechen. Sie befinden sich vor dem Präsidenten! Sie können nicht so schnell denken, wie ich dafür sorgen kann, daß aus Ihnen ein Nichts wird. Es hat sich etwas geändert in Ihrer Abwesenheit, möchte ich meinen. Ihre Herrschaft hat aufgehört. Ihre Ordnung ist vergangen. Es wäre nicht zu Ihrem Schaden, wenn Sie sich mit der neuen Lage bekannt machten.

PRÄSIDENT *gelassen*: Verstehe ich Sie richtig, Herr Deutz, daß Sie sich für den neuen Präsidenten halten?

BRUNO: Ich bin es. Und ich kann es Ihnen sofort beweisen, wenn Sie wollen.

PRÄSIDENT: Es besteht ein Unterschied – wofür man sich selbst hält, und wofür einen die andern halten.

BRUNO: Hören Sie auf. Es ist mir kein Bedürfnis, Ihre Ansichten kennenzulernen. Damit wir uns verstehen: es gibt Sie nicht mehr. Niemand, ich sage: niemand hier wird Sie anerkennen. Weder Ihre Mitarbeiter noch Ihre Familie, noch ...

PRÄSIDENT: ... noch?

BRUNO: Nicht einmal Olga.

PRÄSIDENT: Demnach haben Sie sich nicht gescheut, mich überall nach Kräften zu ersetzen.

BRUNO: Sie haben noch zwanzig Sekunden Zeit. *Er blickt auf die Uhr.*

PRÄSIDENT: Sie beschämen mich, Herr Deutz. Ich habe meinen persönlichen Feinden nie mehr als einen Herzschlag zugestanden. Zwanzig Sekunden: die reichen manchmal aus, um einem zufälligen Leben einen Sinn zu geben.

BRUNO: Oder um einen Fehler zu machen, den nichts wegwischt ... Ich muß sagen, für einen, den es nicht mehr gibt, schwingen Sie ein ziemlich riskantes Wort. Man muß sich geradezu fragen, für wen Sie sich halten.

PRÄSIDENT: Herr Deutz, das dürfte Ihnen nicht unbekannt sein.

BRUNO *höhnisch*: Dann werde ich Ihnen zeigen, was Sie sind. Vorführen werde ich Ihnen, wieviel Sie bedeuten: eine Wachtel in meiner Hand. Und ich kann zudrücken nach Belieben. Sie haben sich danach gedrängt, bitte. Wer so in mich hineinruft, will ich meinen, der bekommt seine Antwort. Sie können anfangen, Mitleid mit sich zu haben.

PRÄSIDENT: Sie sind mein bester Mitarbeiter, Herr Deutz.

BRUNO *nach einem höhnischen Blick*: Posten! Posten!

*Der Posten von der Terrasse tritt ein, nimmt sein Gewehr ab, wendet sich, salutierend, dann erwartungsvoll dem Präsidenten zu.*

BRUNO: Hier stehe ich. Sie hören auf meine Befehle! Nehmen Sie diesen Mann fest. Sofort! Führen Sie ihn ab. *Der Posten bleibt ruhig stehen.* Wird's bald! *Der Posten bleibt stehen.* Sie weigern sich? Wissen Sie, was darauf steht?

PRÄSIDENT *lächelnd zu Bruno*: Vielleicht müssen Sie es anders versuchen, sanfter, kollegialer.

BRUNO *außer sich zum Posten*: Ich befehle Ihnen – diesen Mann, er ist hier eingedrungen – er bedroht mich – ich erwarte äußerste Strafe ... Nehmen Sie ihn fest!

*Der Posten bleibt ruhig stehen.*

PRÄSIDENT *zu Bruno*: Es ist merkwürdig mit diesen Soldaten. Sie lernen und leiden mit dem Körper, nicht mit dem Kopf. Vielleicht wenden Sie sich mal an seinen Körper.

BRUNO *schreiend zum Präsidenten*: Schweigen Sie! Ich werde Sie früh genug in die Tasche stecken. *Stellt Sprechapparat an. In den Apparat.* Kommen Sie sofort. *Zum Präsidenten.* Für Sie hab ich mir schon was Besonderes überlegt.

*Tür. Offizier der Geheimpolizei und sein niederer Begleiter treten ein.*

BRUNO: Nehmen Sie diesen Mann fest! *Zeigt auf den Präsidenten.* Und den Posten dazu. Er wird sich wegen Ungehorsams zu verantworten haben. *Der Offizier und sein Begleiter grüßen den Präsidenten.* Hier! Hier bin ich! Mir schulden Sie den Gruß! *Schreiend.* Ich habe Ihnen einen Befehl gegeben! Zu mir haben Sie aufzuschauen! Ich verlange Respekt!

PRÄSIDENT *zu Bruno*: Furcht, Herr Deutz, Sie müssen mehr Furcht verbreiten, um den gewünschten Respekt zu erhalten. *Lächelnd.* Und Sie müssen Ihre Forderungen wiederholen. Manchmal bringen Wiederholungen den Erfolg.

BRUNO *zum Offizier*: Zum letzten Mal! Nehmen Sie diesen Mann fest, oder Sie werden mich kennenlernen.

OFFIZIER *zum Präsidenten*: Sie haben Befehle, Herr Präsident?

PRÄSIDENT: Vorerst scheint nur mein Mitarbeiter welche zu haben.

BRUNO *außer sich*: Ich bin Ihr Präsident! Ich! Ich allein. Ich allein gebe die Befehle hier. Und wenn Sie sie nicht befolgen ... *Ruft in den Sprechapparat.* Oppermann! Herein! Schnell! ... Noch halte ich die Macht in Händen. Das ist eine Tatsache, will ich meinen.

PRÄSIDENT: Hoffentlich widerspricht Ihnen niemand.

*Tür. Sekretär. Er verbeugt sich vor dem Präsidenten, blickt ihn erwartungsvoll an.*

BRUNO: Oppermann! Hier stehe ich! Sie waren doch eben noch bei mir. Auf Sie kann ich mich doch verlassen. *Bit-*

*tend, fassungslos.* Oppermann – dieser Mann ... *Zeigt auf den Präsidenten* ... ich bitte mir aus, daß er fortgebracht wird ... Ein Störenfried, der unsere Sicherheit bedroht. Sorgen Sie dafür, daß er die ganze Härte des Gesetzes zu spüren bekommt.

SEKRETÄR *zum Präsidenten*: Sie haben mich rufen lassen, Herr Präsident?

PRÄSIDENT: Ich? Mein Mitarbeiter hat Sie gerufen. Dort steht er.

BRUNO: Oppermann, zum letzten Mal: erinnern Sie sich, daß Ihnen nichts geschah, obwohl ich Ihnen mißtraut habe. Ich gebe Ihnen eine große Chance. Versäumen Sie sie nicht. Ich werde Sie zu dem machen, wovon Sie geträumt haben ... Dieser Mann – ein Feind des Landes ... Sorgen Sie jetzt dafür, daß er ... *Bemerkt den nachsichtigen und hochmütigen Blick des Sekretärs. Hält inne. Senkt sein Gesicht.*

PRÄSIDENT *zu Bruno*: Sehen Sie? Wenn's darauf ankommt, verleugnen sie uns.

*Alle blicken interessiert Bruno an, der resigniert die Hände hebt, seine Lage zu begreifen beginnt. »Private« Tür. Präsidentenmutter.*

PRÄSIDENTENMUTTER *mit einem Tablett zum Präsidenten*: Alexander, mein Junge, du warst schon wieder nicht brav. Ich kann leider keine Rücksicht nehmen. Du hast die Tabletten vergessen. Bitte. Erstens machen sie die ganze Abwehr im Körper mobil, und zweitens sind sie blutbildend. Also nimm die Tabletten, beide. *Sie gibt ihm das Tablett. Zu den Umstehenden.* Entschuldigen Sie, meine Herren: Mutterpflichten. *Zu Bruno.* Wer ist nun das schon wieder?

BRUNO *letzter Versuch, leise – resigniert*: Guten Tag, Mama.

PRÄSIDENTENMUTTER: Wie bitte?

BRUNO: Ich meine, vor dem Schlafengehen nehme ich gern eine Tablette.

*Pause.*

PRÄSIDENTENMUTTER: Sagten Sie noch etwas?

*Bruno schüttelt den Kopf.*

PRÄSIDENTENMUTTER: Gemütlich ist es jedenfalls nicht.

PRÄSIDENT: Was?

PRÄSIDENTENMUTTER: Wenn Männer plötzlich aufhören zu reden, sobald man zu ihnen tritt. *Nimmt das Tablett.* Bitte, Alexander, tu nächstens, was der Arzt dir sagt ... Entschuldigen Sie, meine Herren. *Präsidentenmutter ab.*

PRÄSIDENT *erhebt sich*: In gewissem Sinne, Herr Deutz, ist das ungerecht: vom Schwachen verlangt niemand, daß er seine Schwäche beweist. Wer aber Macht hat, kommt nicht umhin, Beweise dafür liefern zu müssen ... *Lächelnd.* Wollen Sie es vielleicht noch einmal probieren? Nur zu! Nicht? Sie geben auf? Herr Deutz, Sie bleiben trotzdem, was Sie sind.

*Auffordernde Geste des Präsidenten zu den andern, sich zu entfernen. Posten, Sekretär, Offizier und sein Begleiter salutieren bzw. mit Verbeugung ab. Bruno verläßt steif, verstohlen, langsam den Platz hinter dem Schreibtisch, gibt gleichsam effektiv und symbolisch den Sitz der Macht wieder preis.*

BRUNO *kleinlaut*: Was – was haben Sie mit mir vor?

PRÄSIDENT: Wissen Sie es nicht? Ich habe Sie als Mitarbeiter engagiert. Das Engagement bleibt bestehen.

BRUNO: Nach allem, was geschehen ist?

PRÄSIDENT: Es ist nicht mehr geschehen, als ich vorausgesehen habe. Sie haben sich selbst zum Vorschein gebracht, Herr Deutz. Sie haben bewiesen, wie sehr wir uns gleichen.

BRUNO: Wir gleichen uns nicht. Sie sind Sie, und ich bin ich, will ich mal sagen.

PRÄSIDENT: Es freut mich, daß Sie zu guter Letzt einen Unterschied festgestellt haben. *Geht zur Terrasse. Macht Zeichen in den Park hinaus. Kehrt lächelnd zurück.* Eine Vorsichtsmaßnahme. Ich brauchte sie aber nicht anzuwenden. *Bruno versteht nicht.*

PRÄSIDENT: Man weiß nie, was man bei seiner Rückkehr vorfindet.

BRUNO *aufhorchend*: Was meinen Sie?

PRÄSIDENT *achselzuckend*: Bei Ihren Fähigkeiten – da hätte es auch passieren können, daß mein Stuhl wirklich besetzt gewesen wäre. Ich wollte nur sichergehen, für alle Fälle ... Doch wie ich sehe, Herr Deutz, sind Sie vernünftig. Und damit sind Sie uns erhalten geblieben, Sie, aber auch die andern.

BRUNO: Die andern?

PRÄSIDENT: Mein Sekretär, die Wachen: die andern ... Sie haben dafür gesorgt, daß ich mir für keinen von ihnen Ersatz beschaffen muß.

BRUNO *erstaunt, wenn auch mehr erschrocken*: Sie hätten uns alle ...? Auch Ihre engsten Mitarbeiter?

PRÄSIDENT *zuckt die Achseln*: Mit Bedauern natürlich. Nur mit dem größten Bedauern.

BRUNO: Also haben Sie keinem vertraut.

PRÄSIDENT: Auch ein Mann wie ich muß sich mit zweiunddreißig Zähnen erhalten.

BRUNO *demütig*: Bitte, Herr Präsident, wenn Sie mich entlassen, ich schwöre Ihnen ...

PRÄSIDENT: Mit Ihren Fähigkeiten schwört man nicht.

BRUNO: Ich verspreche aber ...

PRÄSIDENT: Man verspricht auch nichts.

BRUNO *zerknirscht*: Ich weiß nicht, etwas ist über mich gekommen.

PRÄSIDENT *mit gespielter Überraschung*: Damit haben Sie mich nicht enttäuscht. Im Gegenteil! Ich erkenne es an. Ich bewundere es. Das erst hat Sie in die Lage versetzt, die ausgezeichnete Arbeit zu leisten, die ich von Ihnen erhoffte. Und in Anerkennung dieser Arbeit möchte ich Ihnen nun – ganz persönlich – das große Schulterband mit Stern verleihen. *Zieht die Auszeichnung aus der Tasche, nähert sich Bruno.*

BRUNO *gequält*: Das hab ich wirklich nicht verdient! Für solch eine Auszeichnung, da muß man geschaffen sein. Solch ein Schulterband muß einem geglaubt werden.

PRÄSIDENT *Bruno dekorierend*: Keine Sorge, Herr Deutz. Ich verleihe Ihnen diese Auszeichnung für Ihre riskante und selbstlose Mitarbeit; für den schonungslosen Einsatz, mit dem Sie das Bestehende zu wahren halfen. Sie gilt dem Mann, der aus sich herauswuchs; der ein Beispiel gab für die begehrende Kraft des Menschenherzens. *Händedruck.* So, damit hätten wir dieser Pflicht genügt.

BRUNO *mißtrauisch*: Herr Präsident, ich kann es nicht für wahr halten.

PRÄSIDENT: Was?

BRUNO: Daß Sie mich auszeichnen mit eigener Hand.

PRÄSIDENT: Das ist üblich. Überschätzen Sie es nicht. *Sie blicken einander an.* Lesen Sie in meinen Augen?

BRUNO: Es ist mir nicht gleich, was Sie mit mir vorhaben.

PRÄSIDENT: Aufgaben – auf Sie warten große Aufgaben, Herr Deutz.

BRUNO: Sie hassen mich nicht?

PRÄSIDENT: Ich brauche Sie.

BRUNO: Als Zielscheibe? Als Kugelfang bei nächster Gelegenheit?

PRÄSIDENT: Als Mitarbeiter auf Lebenszeit.

BRUNO: Auf Lebenszeit?

PRÄSIDENT: Auf – Ihre Lebenszeit. Dabei sollten Sie wissen, daß Sie mir in jedem Zustand einen Dienst erweisen.

BRUNO *verzweifelt*: Dann ... Sie werden mich nicht entlassen?

PRÄSIDENT: Ich bin entschlossen, mich nicht mehr von Ihnen zu trennen. Für Ihren Aufenthalt ist vorgesorgt. Es wird Ihnen an nichts mangeln. *Drückt die Taste des Sprechapparates.* Bitte, kommen Sie. *Zu Bruno.* Morgen beginnt bereits der Dienst. Wir fahren durch die Geburtsstadt von René Faber. Er hat dort noch heimliche Anhänger. Für alle Fälle werden Sie im ersten Auto sitzen, Herr Deutz, mit der sichtbaren Selbstlosigkeit, die wir bei Ihnen gewohnt sind ... Die Lage ändert sich fortwährend, und es warten, wie gesagt, beinahe täglich große Aufgaben auf Sie ... Für die Welt allerdings wird es Sie nicht mehr geben, weil niemand Sie vermissen wird.

BRUNO: Bitte, Herr Präsident, ich hab ein Geschäft.

PRÄSIDENT: Das ist mir nicht unbekannt.

BRUNO: Ich habe auch Freunde.

PRÄSIDENT: Sie vermissen Sie nicht. Dafür haben Sie selbst gesorgt.

*Tür. Offizier und Begleiter.*

BRUNO *verzweifelt*: Aber Hanna, meine Frau: sie vermißt mich. Sie erwartet mich!

PRÄSIDENT: Ich muß Sie enttäuschen. Wie die Umstände einmal liegen, erwartet Hanna m i c h. Und ich bin nicht abgeneigt, hinzugehen – nach allem, was sie mir in Aussicht gestellt hat. *Zum Offizier.* Ich erwarte, daß es Herrn Deutz an nichts fehlt. Seinen Bitten wird entsprochen, seine Wünsche werden erfüllt – vorausgesetzt natürlich, daß sie zumutbar sind. Sie haften für seine Sicherheit. *Zieht ein kleines, kostbares Buch aus der Tasche. Zu Bruno.* Darf ich mir erlauben, Ihnen dieses Buch mit einer eigenhändigen Widmung zu überreichen. Es ist eine kleine Edelstein-Kunde. Der Verfasser bin ich. *Drückt dem wie gelähmt dastehenden Bruno das Büchlein in die Hand.* Ich hoffe, es wird Ihnen Freude bereiten an müßigen Tagen. *Mit gespielter Teilnahme.* Sie blicken besorgt? Sie blicken nachdenklich? Sie sind doch nicht unglücklich? Ihr ganzes Unglück ist, daß Sie uns von Ihren Fähigkeiten überzeugt haben ... Auf lange Zusammenarbeit. *Nickt dem Offizier zu. Offizier und Begleiter führen Bruno achtsam hinaus. Der Präsident setzt sich, löst kopfschüttelnd den Apfel vom Brieföffner, wirft ihn in den Papierkorb. Pause. Drückt die Taste des Sprechapparates.* Oppermann! *Pause. Tür. Sekretär.* Oppermann! Es gibt einen Orthopäden, der mir von Tag zu Tag ähnlicher werden soll. Machen Sie ihn ausfindig. Ich möchte ihn mir ansehen ...

*Vorhang*

Die Augenbinde
Schauspiel

Personen:

Professor Mosse, *Anthropologe, Institutsdirektor, etwa sechzig Jahre alt*
Carla, *seine Tochter, Anfang dreißig*
Erik Maria Radbruch, *Carlas Mann, Mosses Stellvertreter, etwa vierzig*
Alf Keller, *Carlas Jugendfreund, gleichaltrig mit Carla*
Hoffmann, *Angestellter des Instituts, nun Teilnehmer an der Expedition, Anfang fünfzig*
Mircea, *etwa zwanzig Jahre alt, Sohn des Bürgermeisters*
Der Bürgermeister
Gaspar
Der Operateur
Seine Assistentin
Vier Männer aus dem Dorf

Uraufführung: 28. Februar 1970, Düsseldorfer Schauspielhaus

## Erster Akt

*Dekoration: Veranda eines großen, verkommenen Holzhauses. Auf der geräumigen Veranda Korbstühle, zwei Tische, ein altmodisches Grammophon. Links eine Hängematte. Die Doppeltür, die ins Haus führt, steht offen. Die Erde ist rötlich, sie wirkt wie verbrannt, keine Büsche, keine Bäume. Hartes Licht. Jeder Eindruck von Exotismus ist zu vermeiden. In der Hängematte liegt Mircea. Sitzend an einem Tisch Professor Mosse und Erik Maria Radbruch; stehend am Geländer, lauschend, Carla. Beim Versuch, das Grammophon in Gang zu setzen, Alf Keller.*

CARLA *bilanzierend*: Wir hätten uns wehren müssen.

RADBRUCH: Wehren? Wie denn?

CARLA: Ich habe das Gefühl, wir hätten uns wehren müssen.

MOSSE: Auf der Brücke? Außerdem ... Sie waren blind ... Alle, die auf einmal da waren, die uns da in die Enge trieben, waren blind ... Das hast du doch gesehen.

RADBRUCH: Aber du kannst doch nicht Gewalt anwenden gegenüber einem Blinden.

CARLA: Sie haben Gewalt angewendet ... Sie ja.

MOSSE *beschwichtigend*: Weil ihnen nichts anderes übrigblieb ... Aber wir, mein Kind, mit all unserer schauderhaften Überlegenheit ... Wäre es dir gelungen, diese Überlegenheit auszuspielen?

RADBRUCH: Hätten wir sie – einen nach dem andern – in den Fluß stoßen sollen?

CARLA: Sie waren bewaffnet ... Jeder von ihnen hatte zumindest ein Messer.

MOSSE: Wir waren besser bewaffnet ... Und wir haben ihnen unsere Waffen ausgeliefert, wie sie es verlangten ... Ich halte das immer noch für richtig ... Man kann doch nicht – also ich bringe es nicht fertig, gegen einen Blinden zu kämpfen.

CARLA: Sieben Tage haben wir diesen Ort beobachtet ... Ich sage nur, wir hätten uns wehren müssen ... Ich habe das Gefühl, dies ist das Ende unserer glorreichen Expedition. *Sie dreht sich um, macht eine resignierte Geste, geht langsam zu Alf hinüber.*

RADBRUCH: Unsinn! *Zurücknehmend.* Entschuldige bitte, Carla ... Ich meine, du siehst einfach zu schwarz ... Ich muß gestehen, dieser Zwangsaufenthalt macht mich – ja, er macht mich erwartungsvoll ... Du wirst sehen, wie rasch sich alles aufklärt.

CARLA: Glückliche Heimreise.

RADBRUCH: Wie bitte?

CARLA: Ich sagte, glückliche Heimreise.

MOSSE *vermittelnd*: Bitte, Kinder ...

RADBRUCH *steht auf, geht zur offenen Tür*: Was kann denn Besonderes geschehen? ... Wir haben einen Ort entdeckt, in dem alle Einwohner blind sind ... *Schnell.* Vermutlich eine Abart der Ägyptischen Augenkrankheit ... *Wieder normal.* Wir haben den Ort ein wenig erkundet ... Und wir haben uns, nicht wahr, ein wenig mit dem Verhalten der Bewohner befaßt ... Das ist alles ... Und jetzt hält man uns hier ein wenig fest – bis sich alles aufgeklärt hat. Papa hat recht: es gibt Augenblicke, in denen man darauf verzichten muß, seine natürliche Überlegenheit auszuspielen.

CARLA: Und warum? Warum?

RADBRUCH *achselzuckend*: Aus Fairneß ... Würde ... Was du willst.

CARLA: Ich begreife das nicht. *Zu Alf.* Begreifst du das, Alf?

ALF: Was?

CARLA: ... daß man seine natürliche Überlegenheit nicht ausspielen darf – in gewissen Augenblicken.

ALF: Hat das dein Mann festgestellt? ... Also, wenn er das festgestellt hat ...

RADBRUCH: Erinnere dich doch, Carla ... Sieh doch hinaus ... Die Männer, die uns auf der Brücke stellten: blinde Männer ... Der Ring der Wächter: blinde Männer ... Keiner ist dir auf natürliche Weise gewachsen ... Was also kann uns schon geschehen?

CARLA: Ich weiß nicht ... mir ist einfach nicht wohl.

ALF *lauscht gebückt*: Der Kasten geht und geht nicht.

CARLA: Man hört nichts.

ALF: Die Übertragung auf den Lautsprecher – es liegt nur daran.

RADBRUCH *ruft in die offene Tür hinein*: Hoffmann! *Pause.* Hoffmann?

HOFFMANN *erscheint, tritt jedoch nicht auf die Veranda*: Herr Doktor?

RADBRUCH: Schon was gefunden?

HOFFMANN: Nichts.

RADBRUCH: Auch nichts zu trinken?

HOFFMANN: Nichts zu trinken, nichts zu essen ...

RADBRUCH: Suchen Sie weiter.

HOFFMANN: Wir hätten genug ... Unsere Vorräte würden schon ausreichen ... Aber sie haben uns alles genommen ... bis auf die Aufzeichnungen, die haben sie uns gelassen ... Ausgerechnet. *Er verschwindet.*

RADBRUCH *an den Tisch zurückkehrend*: Müssen wir besorgt sein darüber?

MOSSE: Worüber? Daß sie uns nur die Aufzeichnungen ließen? *Überlegend.* Etwas verbirgt sich dahinter ... Das spür ich ... Aber was?

RADBRUCH: Es scheint ihnen nicht daran gelegen zu sein, zu erfahren, was wir über sie wissen.

MOSSE: Wem ist schon daran gelegen ... Sie müssen ihrer selbst sehr sicher sein ... Außerdem, sie können die Aufzeichnungen nicht lesen.

ALF *kapitulierend*: Es geht nicht ... Ich geb's auf ... Die Übertragung funktioniert einfach nicht.

CARLA: Die Platten?

ALF: Keine Titel ... unbeschriftet. *Er geht zum Tisch.*

CARLA: Keine Namen?

ALF: Ohne Namen, wie alles hier.

RADBRUCH: Ich denke, der Ort heißt Mallidor.

ALF: Der Ort heißt nicht Mallidor.

RADBRUCH: Einer nannte ihn so.

ALF: Andere nannten ihn anders.

RADBRUCH: Also auch das ist nicht sicher.

ALF *mit geheuchelter Hochschätzung*: Nein, Herr Doktor ... Auch das ist nicht sicher.

RADBRUCH *gequält*: Bitte – muß das sein?

ALF *erstaunt*: Muß was sein?

RADBRUCH: Diese – ich meine diese Art der Anrede ... Wir kennen uns nun schon so lange ... Haben soviel geteilt ... Wäre es da nicht an der Zeit, wenn wir ...

ALF: ... den Respekt voreinander aufgäben?

RADBRUCH: Gewissermaßen gehören Sie ja zur Familie.

ALF: Gewissermaßen ... *Bitter, erheitert.* Aber eben nur gewissermaßen.

RADBRUCH: Und Carla kennen Sie sogar länger als ich.

Alf: Das hat mir wenig geholfen.

Mosse *seufzend; er beschäftigt sich mit seinem Schmerz*: Könnt ihr denn nicht aufhören ... Mein Gott, könnt ihr denn nicht aufhören ... Wer weiß, wie sehr wir noch aufeinander angewiesen sein werden ... auf dieser Expedition.

Alf *mit gespielter Autorität*: Die Expedition ist beendet ... Und für alle, die zweifeln ... hiermit erkläre ich das Ende der Expedition.

Radbruch: Das glauben Sie doch selbst nicht.

Alf *mit sardonischem Vergnügen*: Unsere Aufgabe ist erfüllt ... Wir haben im Auftrag des anthropologischen Instituts achthundert Schädelmessungen vorgenommen ... Es ist uns gelungen, diese Messungen bei einem Stamm durchzuführen, der – sage und schreibe – die ganze Geschichte der Zivilisation übersprungen hat ... Gestern noch Feuerstein, heute Schniewinds repräsentatives Gasfeuerzeug ... Und das alles ohne seelischen Schaden.

Mosse: Hören Sie doch auf, Alf.

Carla: Setz dich hin ... Du bekommst auch meine letzte Zigarette.

*Alle stehen auf oder wenden sich um, blicken erwartungsvoll auf den Platz, auf dem drei Männer erschienen sind, der Bürgermeister mit zwei Begleitern. Einer der Begleiter trägt eine lederne Binde um die Augen. Die Männer bewegen sich verhalten, doch sicher, keineswegs mit der würdevollen Achtsamkeit, mit der sich Blinde oft bewegen. Sie tragen leichte Drillichanzüge, Sandalen. Der zweite Begleiter des Bürgermeisters hat sechs lederne Augenbinden in der Hand. Die drei Männer steigen auf die Veranda hinauf. Stummes Befragen und Messen, das durch die Haltung der Körper ausgedrückt wird.*

Bürgermeister *in einem Ton erbarmungsloser Höflichkeit*: Professor Mosse?

Mosse: Ja?

Bürgermeister: Es lag nicht in unserer Absicht, Sie und Ihre Freunde so lange im ungewissen zu lassen. Wir bedauern es.

Mosse: Würden Sie uns vielleicht erklären ...

Bürgermeister: Wir mußten uns beraten ... Und ich – als Bürgermeister – darf Ihnen sagen, daß der Spruch nicht einstimmig erfolgt ist.

Mosse: Spruch? Welcher Spruch?

BÜRGERMEISTER: Wir haben hier unsere Gesetze ... Sie gelten für jeden, der zu uns kommt ... der Einblick in unser Leben genommen hat.

MOSSE *verwirrt*: Einblick?

BÜRGERMEISTER: Sie und Ihre Freunde haben sich sieben Tage hier aufgehalten ... Sieben Tage haben Sie uns beobachtet, erkundet, erforscht ... Sie haben Einblick genommen in unser Leben.

MOSSE *unsicher*: Ich gebe zu ... Unsere Expedition war sozusagen schon auf der Heimreise, als wir diesen Ort entdeckten ... Wir wissen nicht einmal, wie er heißt.

BÜRGERMEISTER: Der Spruch geht davon aus, daß Sie nach allen Beobachtungen und Forschungen ein Risiko für uns darstellen.

MOSSE: Ein Risiko? Inwiefern?

BÜRGERMEISTER: Wir unterscheiden uns ... Und deshalb bin ich beauftragt, Ihnen eine Einladung zu überbringen ... *Pause.* Sie werden hierbleiben ... in diesem Haus ... Man wird Ihnen das Nötigste bringen – soweit wir es selbst entbehren können ... Ich möchte ... *Zögert* ... Allerdings möchte ich mich im voraus für die Mängel entschuldigen, die hier und da auftreten können.

MOSSE: Und wie lange ... ich meine, für wie lange gilt diese Einladung?

BÜRGERMEISTER: Bis es keine Unterschiede mehr gibt ... Zwischen Ihnen und uns ... Bis wir uns gleichen ... Sie selbst haben es in der Hand, die Dauer des Aufenthalts in diesem Haus zu bestimmen ... Solange die Unterschiede bestehen, bleiben Sie hier.

MOSSE: Und danach?

BÜRGERMEISTER: Können Sie zu uns kommen ... mit uns leben – frei in unserer Gemeinschaft ... Wenn die Welt für Sie das geworden ist, was sie für uns ist ... wenn uns nichts mehr trennt, können Sie dies Haus verlassen und mit uns leben. Sie können sich entscheiden ... bis dahin muß ich Sie einladen, in diesem Haus zu bleiben ... *Fast bedauernd.* Unsere Gesetze gelten für jeden, der zu uns kommt. *Pause. Zu einem Begleiter.* Gaspar, gib ihnen die Augenbinden.

*Gaspar tritt vor, hält ihnen die ledernen Augenbinden hin; da niemand sie ihm abnimmt, legt er sie behutsam auf den Tisch und tritt zurück.*

MOSSE *fassungslos*: Was bedeutet das?

BÜRGERMEISTER *ruhig*: Augenbinden.

MOSSE: Aber wozu? ... Wozu?

BÜRGERMEISTER: Um die Unterschiede aufzuheben.

MOSSE: Augenbinden?

BÜRGERMEISTER: Es ist altes, weiches Leder ... Es ist leichtes Leder ... Man gewöhnt sich sehr schnell daran ... *Sachlich, es klingt nicht zynisch.* Sie werden überrascht sein, wie bald die Kraft des Sehnervs nachläßt.

MOSSE *sehr betroffen*: Wenn ich – wenn ich Sie recht verstehe ...

BÜRGERMEISTER: Sie haben mich bereits verstanden – hoffe ich. Ihre Expedition wird die Heimreise hier unterbrechen ... Für immer ... Keiner von Ihnen wird nach Hause zurückkehren. *Pause.* Es liegt jetzt nur noch bei Ihnen, Ihre zukünftige Lebensweise zu bestimmen ... Entweder eingeengt auf den Bereich dieses Hauses ... bewacht und sich selbst überlassen ... Oder – falls es Ihnen gelingt, die Unterschiede auszugleichen, mitten unter uns ... gehalten und gestützt von einer Gemeinschaft, die das Schweigen so gut kennt wie das Lachen und das Bedauern. *Pause. Ruft leise.* Mircea! *Ruft etwas lauter.* Mircea!

*Mircea steigt aus der Hängematte, ein schöner, athletischer junger Mann mit nacktem Oberkörper. Er bewegt sich scheu lächelnd durch die Gruppe, tritt vor den Bürgermeister, verbeugt sich.*

BÜRGERMEISTER: Es ist soweit.

MIRCEA: Ja.

BÜRGERMEISTER: Willst du sie selbst anlegen?

MIRCEA: Nein.

BÜRGERMEISTER: Gaspar. Leg ihm die Binde um.

*Gaspar tritt an den Tisch, tastet nach den Binden; er nimmt eine Binde, bewegt sich auf Mircea zu, der den Oberkörper unwillkürlich, in stummem Protest, zurücklegt, aber stehenbleibt. Er läßt sich von Gaspar die Binde umlegen. Gaspar geht an seinen Platz.*

BÜRGERMEISTER *zu allen*: Wenn Sie mich zu sprechen wünschen ... Wenn Sie etwas zu berichten haben: Sie können mich zu jeder Zeit erreichen.

*Mit beiden Begleitern ab. Alle auf der Veranda blicken ihnen nach. Mircea hebt instinktiv die Hände, als wollte er die Binde wieder lösen, besinnt sich, läßt die Hände wieder sinken.*

CARLA *zu Mircea*: Soll ich Ihnen helfen? – Soll ich die Binde losmachen?

*Pause.*

MIRCEA: Nein ... Nein.

CARLA: Aber – Sie können sie doch nicht umbehalten.

*Pause.*

MIRCEA: Mit der Zeit wird es leichter. *Wendet sich in Richtung zur Hängematte. Carla führt ihn.*

RADBRUCH *aus seiner Verblüffung erwachend*: Ein Mißverständnis ... Das kann doch nur ein Mißverständnis sein.

ALF *zynisch*: Ein Traum, Herr Doktor ... Aus der Gattung gewöhnlicher Angstträume.

RADBRUCH: Niemand kann solch eine Forderung stellen.

ALF: Eben.

RADBRUCH: Was meinst du, Papa?

MOSSE *fassungslos*: Es ist absurd ... Was man hier von uns verlangt, ist einfach absurd ... Das ist doch keine Wahl! Ich weigere mich, überhaupt daran zu denken ... Das ist Wahnsinn!

ALF: ... der am Ende gewinnen wird.

RADBRUCH *scharf*: Was wollen Sie damit sagen?

ALF: Nichts Neues ... Nichts Denkwürdiges ... Ein Wahnsinn, der am Ende gewinnen wird. *Zeigt zur Hängematte.* Es hat doch alles schon begonnen.

MOSSE *preßt seine Hand auf die Herzgegend, als ob ihn ein plötzlicher Schmerz getroffen hätte*: Jetzt fängt es wieder an. *Er setzt sich.*

RADBRUCH *tritt fordernd an die Hängematte, in der Mircea aufrecht sitzt*: Nehmen Sie die Binde ab ... Bitte ... Carla, nimm ihm die Binde ab.

CARLA: Er will sie umbehalten.

RADBRUCH *zu Mircea*: Stimmt das? ... Ist es wahr, daß Sie die Binde umbehalten wollen?

MIRCEA *gefaßt*: Mit der Zeit wird es leichter.

RADBRUCH: Das kann doch nicht Ihr Ernst sein ... Sie können doch nicht freiwillig diese Binde tragen, bis ...

MIRCEA: Ich habe sie schon einmal getragen.

RADBRUCH: Schon einmal?

MIRCEA: Damals war es mein linkes Auge ... Die Brücke stürzte ein, ich trieb gegen die Felsen ... Auf einmal konnte ich auf dem linken Auge sehen ... Dann gaben sie mir die Binde, und die Binde – half mir.

ALF *mit grimmiger Ironie*: Sie half ihm, Herr Doktor ... Haben Sie das gehört? Die Binde verursachte keine Schmerzen, sondern half ihm: die Sehkraft ließ glücklich nach.

MIRCEA *ruhig*: Das erste Mal banden sie mich an das Eisengeländer, unten beim Wasserfall ... Ich trug die Binde und hörte das Wasser stürzen ... Ich war allein die ganze Zeit.

RADBRUCH: Sie wurden festgebunden? Am Wasserfall?

ALF: Aus Gründen der Abwechslung.

MIRCEA: Diesmal war es mein rechtes Auge ... Ich war nicht vorbereitet ... Wir haben gerungen – es gibt sehr gute Ringer bei uns. Wir rutschten ab ... Er hielt mich und drückte mein Gesicht in die Disteln ... Dabei ist es geschehen.

RADBRUCH *wendet sich an Mosse, der reglos seinem Schmerz zu lauschen scheint*: Was sagst du? Was sagst du dazu, Papa?

*Mosse zuckt hilflos die Achseln.*

RADBRUCH *wendet sich mit Entschiedenheit an Mircea*: Wir müssen uns jetzt Klarheit verschaffen. *In der Tonart eines Verhörs.* Ich habe gehört, Sie heißen Mircea.

MIRCEA: Ja.

RADBRUCH: Sie sind hier geboren, in Mallidor.

MIRCEA: Mallidor?

RADBRUCH: Heißt der Ort nicht Mallidor?

MIRCEA: Nein.

*Pause.*

RADBRUCH: Sie haben immer hier gelebt?

MIRCEA: Ich habe – fast immer – hier gelebt.

RADBRUCH: Bei Ihrer Familie?

MIRCEA: Mein Vater ist Bürgermeister. *Pause.* Warum fragen Sie mich?

RADBRUCH: Weil Sie uns vielleicht helfen können.

MIRCEA *verwundert*: Helfen? Wobei – helfen?

RADBRUCH: Uns wird das gleiche zugemutet ... Wir sitzen im gleichen Boot ... Sie sind hier, weil an Ihnen das gleiche verübt werden soll wie an uns.

MIRCEA: Ich will zurück. Zu den andern ... Ich muß zurück.

RADBRUCH: Blind.

MIRCEA: Wie bitte?

RADBRUCH: Ich sagte: blind.
*Pause.*
MIRCEA: Alle sind es.
RADBRUCH: Das ist entsetzlich.
MIRCEA: Wir können glücklich sein ...
RADBRUCH: ... mit der Krankheit ... *Schnell.* Ist es eine Art der Ägyptischen Augenkrankheit?
MIRCEA *will nicht darüber sprechen*: Ich weiß es nicht.
RADBRUCH *insistierend*: Aber das können Sie doch sagen: die Krankheit wird ausschließlich durch Ansteckung hervorgerufen ...
MIRCEA: Fragen Sie mich nicht.
RADBRUCH: Sie brauchen ja nur zu bestätigen ... Ich bitte Sie ja nur, unsere Beobachtungen zu bestätigen ... Wir haben festgestellt, daß die Krankheit hier im Säuglingsalter auftritt, durch Infektion ... Wir haben die vereiterten und geschwollenen Augen der Säuglinge gesehen ... Die hochentzündeten Augen ... Einwandfrei blennorrhöische Formen ...
MIRCEA: Was erwarten Sie von mir?
RADBRUCH: Daß Sie uns helfen ... Sie können uns helfen, einiges hier besser zu verstehen. *Pause.* Zeigen Sie uns doch einmal – Ihre Augen.
MIRCEA *erschrocken*: Meine Augen? ... Gaspar hat mir die Binde umgelegt. *Hebt die Hände ans Gesicht, als wollte er verhindern, daß man die Binde gewaltsam löst.*
RADBRUCH: Einen Augenblick nur ... Es braucht nur ein Augenblick zu sein.
MIRCEA *schüttelt den Kopf*: Nein ... Nein.
RADBRUCH: Sie können sich nicht weigern ... Sie dürfen es nicht ... Sie wissen besser als ich, daß die Krankheit hier nicht nur jeden trifft ... sie ist auch der Geist, der alles durchtränkt ... Das Verhalten, die Gesetze, alles ... Um helfen zu können, muß man erst verstehen lernen ... Zeigen Sie uns Ihre Augen – ich will mich nur vergewissern ... *Pause.* Auf der Bindehaut – sind das Granulationen?
MIRCEA *bestimmt*: Ich kann Ihnen nicht helfen. Ich kann die Binde nicht abnehmen. *Leise.* Es kann auch ein Unglück sein.
RADBRUCH: Was? Was kann ein Unglück sein?
MIRCEA *achselzuckend*: Alles verstehen zu wollen.

*Radbruch will etwas sagen, verzichtet, geht langsam zum Hauseingang.*

ALF *rufend*: Falls Sie sich hinlegen wollen ... Sie haben etwas vergessen.

*Radbruch wendet sich um, Alf deutet auf die Augenbinden. Radbruch blickt ihn befremdet und empört an.*

RADBRUCH *zu Mosse*: Was sollen wir denn nun machen?

ALF: Auf keinen Fall die Erwartung aufgeben ... Hm? Ich hoffe doch, Herr Doktor, Sie sind immer noch erwartungsvoll.

RADBRUCH *gereizt*: Hören Sie doch auf.

ALF: ... dann täten Sie gut daran, sich diese Dinger anzusehen ... die Augenbinden. *Geht an den Tisch, sucht zwei Binden aus, hält sie Radbruch empfehlend hin.* Wer zuerst kommt, hat die Wahl ... Was meinen Sie? Welche steht Ihnen besser? Diese hier? *Hebt eine Binde hoch.* Offenbar allerfeinstes Ziegenleder ... Verhindert jeden Druckschmerz ... Sie verlieren schon nach kurzer Zeit das Gefühl, eine Binde zu tragen ... Oder ziehen Sie diese vor?

RADBRUCH: Menschenskind, spielen Sie sich doch nicht auf.

ALF: Und für dich, Carla, eine Binde aus Krokodilleder.

RADBRUCH: Sie kennen wohl keine Grenze?

ALF *mit gespielter Verwunderung*: Grenze? Überhaupt keine ...

RADBRUCH: Jedenfalls sind Sie der einzige, dem unsere Lage Vergnügen zu machen scheint.

ALF: In jeder Lage gibt es einen, der sein Vergnügen findet.

HOFFMANN *bringt eine Flasche und ein Glas. Zu Radbruch*: Alles, Herr Doktor ... Das ist alles, was ich finden konnte.

RADBRUCH: Nichts zu essen?

HOFFMANN: Scheint Alkohol zu sein ... Gin ... War gut versteckt hinter einem Balken ... Außerdem ein Beutel mit Tee.

RADBRUCH: Ist der Tee brauchbar?

HOFFMANN: Weiß nicht, scheint aber so.

CARLA: Ich – jetzt könnte ich einen Schluck trinken.

*Alf nimmt Hoffmann die Flasche ab, füllt das Glas.*

RADBRUCH: Du wirst nicht trinken, nicht jetzt.

ALF: Carla hat Durst. *Hält ihr das Glas hin.*

RADBRUCH: Es entspricht nicht ihrer Gewohnheit, Alkohol zu trinken.

ALF: Tun Sie nur, was Ihrer Gewohnheit entspricht?
RADBRUCH *bestimmt*: Du wirst nicht trinken, Carla.
CARLA *mustert Radbruch, verzichtet*: Danke, Alf.
ALF *trinkt*: Zu warm ... viel zu warm ...
HOFFMANN *zu Radbruch*: Ich werde Tee machen, Herr Doktor.
RADBRUCH: Haben wir Wasser?
HOFFMANN *erstaunt*: Wasser? Am Fluß unten ... Ich hole Wasser vom Fluß.
RADBRUCH *zögernd*: Das wird kaum möglich sein, Hoffmann. *Pause.* Wir – niemand von uns darf das Haus verlassen.
ALF: Es sei denn, mit diesem ledernen Schmuckstück über den Augen. *Hebt eine Binde hoch.*
RADBRUCH: Man verlangt von uns, diese Binden zu tragen – so lange, bis es keine Unterschiede mehr gibt.
HOFFMANN: Unterschiede? Was für Unterschiede?
RADBRUCH: Sie wissen doch, daß alle Leute im Ort blind sind ... Der Bürgermeister war hier ... Man erwartet von uns, daß wir diese Binden tragen ...
HOFFMANN: ... damit auch wir ...?
RADBRUCH: So lauten hier die Gesetze. Angeblich haben wir uns zuviel Einblick verschafft.
HOFFMANN *wirft die Binde auf den Tisch. Mit redlichem Protest*: Das glauben Sie doch selbst nicht ... Die solln's nur mal versuchen ... Außerdem, mit diesen Leuten werden wir allemal fertig ... die können uns doch nicht das Wasser reichen. *Auf Erprobung aus.* Wir können's ja mal versuchen ... jetzt gleich ...
RADBRUCH: Geben Sie acht, Hoffmann.
HOFFMANN: Die können uns doch nicht hindern, Wasser zu holen.
RADBRUCH: Geben Sie acht.
HOFFMANN: Was kann denn schon passieren? Ich bin schneller ...
RADBRUCH: Ja, Sie sind schneller und stärker und diesen Leuten überlegen ... sehr überlegen ... alles richtig ... Nur, gehen Sie nicht zu weit.
ALF: Wer seine verbliebenen Möglichkeiten herausfinden will, der muß manchmal zu weit gehen.
HOFFMANN: Jedenfalls, ich werde Tee machen. *Er geht ins Haus.*

CARLA *leise*: Laß ihn nicht gehn, bitte – laßt ihn nicht gehn.
RADBRUCH *beschwichtigend*: Er kommt gleich zurück.
CARLA: Er darf nicht gehn.
RADBRUCH: Du kennst doch Hoffmann ... Der nimmt es mit allen auf.
ALF: Meister im Freistil ... wenn auch in seiner Jugend.
RADBRUCH: Mach dir keine Sorgen.
*Hoffmann erscheint mit einem Kessel, geht rasch die Treppe hinab, zögert plötzlich, lauscht, wendet sich um, erhält von Radbruch ein beruhigendes Zeichen und geht langsam über den Platz vor der Veranda.*
MOSSE *mühsam*: Carla? Carla?
CARLA: Ja, Papa.
MOSSE *mit seinem Schmerz beschäftigt*: Ich muß mich doch hinlegen ... Hilf mir mal.
RADBRUCH: Ich kann dir helfen.
MOSSE: Carla macht es schon ... *Carla hilft ihm, aufzustehen.* Und ich dachte schon ... ich dachte, es sei besser geworden.
RADBRUCH: Wieder der Rücken?
MOSSE: Hier – jetzt sitzt es hier. *Legt eine flache Hand auf die Herzgegend, geht mit Carlas Hilfe auf die Tür zu.* Sagt Hoffmann, er soll mir einen Tee bringen, später.
RADBRUCH *beflissen*: Sobald er zurück ist, Papa.
*Mosse und Carla ab.*
ALF *schenkt sich ein Glas ein*: Haben Sie was dagegen? ... Es entspricht meiner Gewohnheit.
RADBRUCH *mit bitterem Protest*: Das ist doch phantastisch ... Das widerspricht doch aller Logik.
ALF: Nicht aller ... Ihrer Logik vielleicht.
RADBRUCH: Das ist doch eine Zumutung ...
ALF: ... und noch dazu am unpassenden Ort.
RADBRUCH *überhört die aggressive Ironie*: Also ich bin dafür, daß wir etwas beschließen ... Wenn Hoffmann zurück ist, setzen wir uns alle zusammen und beschließen etwas.
ALF: Am besten gleich unsere Heimreise. *Er trinkt.*
RADBRUCH *ärgerlich und distanziert*: Was wollen Sie denn tun? Warten? ... Oder wollen Sie sich vielleicht darauf einlassen, zu tun, was man uns zumutet? Ich bin dafür, daß wir uns zusammensetzen und etwas beschließen ... Etwas unternehmen, meine ich.

ALF *nickend*: Das ist ein Wort.
RADBRUCH: Wie bitte?
ALF: Ich sagte, das ist ein Wort ... Wir beschließen etwas, und die Welt zieht ihre Krallen ein ... Die Lage ist wieder einmal gerettet – durch Tatkraft.
RADBRUCH *feindselig, kalt*: Ich frage mich, wen Sie mit Ihrer Weisheit beglücken wollen.
ALF: Ich?
RADBRUCH: Wenn Sie das Bedürfnis haben sollten, so zu tun, als ob Sie das alles nichts angeht ...
ALF: Ich? Ich hab das Bedürfnis?
RADBRUCH: ... dann können Sie wohl auf meine Gegenwart verzichten.
ALF: Sie irren sich ... Mich geht das alles sehr viel an ... Zuviel vielleicht ... Und darum versuche ich es zu verbergen.
RADBRUCH *kopfschüttelnd*: So lange ... Wir haben soviel zusammen unternommen ... Wir kennen uns so lange ...
ALF: ... und trotzdem werde ich Ihnen immer unbekannter ... wollten Sie das sagen?
RADBRUCH: Ich komm nicht dahinter.
ALF: Das liegt an meinen Geheimnissen ... Sie wissen doch: jeder ist soviel wert wie seine Geheimnisse ... Nimmt man sie ihm – pfft – dann geht die Luft raus ...
RADBRUCH: Was wollen Sie damit sagen?
ALF: Gehn Sie nicht leichtfertig mit Ihren Geheimnissen um.
*Pause.*
RADBRUCH: Wissen Sie, was Sie in meinen Augen sind?
ALF: Darf ich Ihnen abnehmen, es zu sagen?
RADBRUCH: Ein zu kurz gekommener Zyniker, der nur ... der nur auf Selbstgenuß aus ist.
ALF *mit gespielter Erleichterung*: Das geht ja noch ... Ich hatte gröberes Kaliber erwartet ... Niete oder Versager ... Etwas in dieser Richtung ...
RADBRUCH: Und jetzt erlauben Sie wohl ... *Will gehen.*
ALF: Der Professor hat Sie gerufen ... *Lauscht.* Da, jetzt wieder ... Er ruft Sie unaufhörlich ... Seit den Ruinen ... Seit den Tagen in der Ruinenstadt höre ich ihn immer Ihren Namen rufen ... Aber vielleicht ist das nur eine Sinnestäuschung. *Schenkt sich ein Glas ein.*
RADBRUCH: Das müssen Sie wohl näher erklären.

Alf: Noch deutlicher? *Trinkt.* So deutlich – bis zum Schluß nichts mehr übrigbleibt ... wollen Sie es so haben, hm?

Radbruch: Sie haben etwas behauptet ...

Alf: Ich habe nichts behauptet ... ich habe nur etwas gehört ... Die Stimme des Professors, die Ihren Namen ruft ... Es sind Hilferufe ... *Lauscht.* Da, hören Sie nicht? Aus dieser Richtung – nicht dorther!

Radbruch *hat längst begriffen, achselzuckend*: Sie müssen auf einer besonderen Wellenlänge hören ...

Alf: Vielleicht. Das ist sogar gut möglich ...

Radbruch *plötzlich glaubt er zu verstehen, klar und bestimmt*: Wenn ich mich nicht irre ... Sie denken an das Unglück in der Ruinenstadt ... Na und? ... Wie Sie wissen, nahm alles einen guten Ausgang ...

Alf: ... einen guten Ausgang, ja ... Die Geschichte hat einen schlechten Anfang und einen guten Ausgang.

Radbruch: Wir haben oft genug darüber gesprochen.

Alf: Solche Geschichten gefallen mir nicht ... mit einem schlechten Anfang und einem guten Ausgang.

Radbruch: Zum Schluß entdeckten wir den Opferbrunnen und konnten dem Professor helfen ... Ich wüßte nicht, was uns mehr zufriedenstellen könnte als diese Tatsache.

Alf: Zum Schluß ja ... zu guter Letzt entdeckten wir ihn. *Er sieht Radbruch mit überraschender Härte an, seine Stimme erhält eine unvermutete Schärfe.* Wir haben oft genug darüber gesprochen ... Nur über etwas nicht.

Radbruch: Und was sollte das sein?

Alf: Daß Sie dabei waren, als die Opferbank brach! ... Daß Sie dabei waren, als der Professor abstürzte ... Daß Sie sich über den Brunnen beugten und hinabhorchten ...

*Pause.*

Radbruch *entgeistert*: Das glauben Sie doch selbst nicht.

Alf: Und dann vergewisserten Sie sich.

Radbruch: Vergewisserten?

Alf: Sie konnten keinen von uns entdecken ... Wie schnell Sie den Brunnen verließen ... Er lag dort unten, eingeklemmt von der steinernen Opferbank, und Sie verließen den Brunnen.

Radbruch: Ich war nicht dabei, als die Opferbank brach ... Fragen Sie doch den Professor.

Alf: Sie waren nicht dabei ... Sie waren aber in der Nähe ... Und Sie haben es beobachtet.

RADBRUCH: Wer sagt Ihnen das?
ALF: Ich! *Pause.* Denn ich habe Sie gesehn, Herr Doktor.
RADBRUCH: Dann wundert mich nur eins ...
ALF: Daß ich es erst jetzt sage?
RADBRUCH: Nein ... daß Sie bei der Suchaktion wortlos mitmachten – ich weiß nicht mehr, wie lange wir suchten ...
ALF: Unter Ihrer Leitung ... auf der Ostseite des Ruinenfeldes.
RADBRUCH: Jedenfalls machten Sie mit ... Obwohl Sie doch wußten, wo der Professor war – wo wir ihn hätten finden können. Sie ließen uns herumtappen und suchen ...
ALF: Neugierde ... Ich wollte herausbekommen, wie weit Sie entschlossen waren ...
RADBRUCH: Entschlossen wozu?
ALF: Den alten Mann aufzugeben, zurückzulassen, zu – ja, ihn zu opfern ... Sie ließen uns auf der Ostseite suchen ... Der Opferbrunnen aber war im Westen.
RADBRUCH *ohne seine Überlegenheit einzubüßen*: Vermutlich werden Sie mir dann auch sagen können, welche Gründe ich dafür hatte ... Man läßt einen Mann doch nicht grundlos im Stich.
ALF: Abgesehen davon, daß Sie familiär verbunden sind, ist dieser Mann auch Ihr Chef ... Er ist Direktor, hm? Und Sie sind sein Vertreter.
RADBRUCH: Sie machen sich lächerlich.
*Pause.*
ALF: Wissen Sie, worunter der alte Mann am meisten litt? Was es ihm so schwer machte, in seinem Institut zu arbeiten? ... Es wurden Berichte über ihn geschrieben ... Über seine Fehlleistungen ... Irgend jemand im Institut, der eingeweiht war, der alles sehr genau übersah, schrieb Berichte an die Behörde ... Anonym natürlich ... Hat der Professor nie mit Ihnen darüber gesprochen? *Pause.* Das ist merkwürdig ... Sie sind doch der erste, den er hätte einweihen müssen ... Jedenfalls – stellen Sie sich vor – es gelang ihm, den Absender der Berichte herauszubekommen ...
RADBRUCH: Warum erzählen Sie mir das?
ALF: Nur die letzte Sicherheit fehlte noch ... Eine letzte Bestätigung ...
RADBRUCH: Den Rest können Sie sich sparen.

ALF: Ist er vielleicht auch Ihnen bekannt ... der Absender dieser Berichte?

RADBRUCH: Sie werden doch nicht erwarten, daß ich mich auf diesem Niveau mit Ihnen unterhalte ... Noch dazu in solch einem Augenblick.

ALF *lächelnd*: Offenbarungen erfährt man nie im passenden Augenblick ... Ich meine besondere Wahrheiten ... Ich bekomme sie meistens in der Bahn serviert ... Und wenn die Beichte ihren höchsten Punkt erreicht hat, dann ... ja, dann müssen die Betreffenden aussteigen.

*Pause.*

RADBRUCH *warnend*: Ist Ihnen eigentlich klar, welche Beschuldigung Sie da erhoben haben?

ALF *rasch*: Da Sie so freundlich waren, mir zu sagen, wofür Sie mich halten, wollte ich Ihnen freistellen, ein Wort für Ihr Verhalten zu finden.

RADBRUCH: Sie werden das beweisen müssen ... Auch vor den andern werden Sie das beweisen müssen.

ALF *mit einladender Geste*: Ich überlasse es Ihnen, den Zeitpunkt zu bestimmen.

*Radbruch geht ins Haus. Alf blickt ihm nach, mustert den Platz vor dem Haus, wendet sich, unentschieden, zum Grammophon, versucht noch einmal, es in Gang zu setzen. Überraschenderweise gelingt es. Er legt eine Platte auf. Etwas verkratzt: der Schlager ›Salomé‹. Alf lächelt, kehrt zum Tisch zurück, schenkt sich ein Glas ein. Carla erscheint in der Tür, blickt Alf bestürzt an.*

ALF: Du hörst richtig ... unser Lied ... unser Lieblingslied von damals ...

MIRCEA *richtet sich in der Hängematte auf*: Das Grammophon?

ALF: Das Grammophon, ja ... Wissen Sie, woher das stammt? – Und die Platten?

MIRCEA: Nein.

ALF: Wirklich nicht?

MIRCEA: Eine Expedition ... Soviel ich weiß, hat eine Expedition es mitgebracht ... auch die Platten ... es ist lange her.

ALF *hellhörig*: Ach. *Zu Carla.* Hast du das gehört, Carla? *Zu Mircea.* Und was geschah mit der Expedition? Hm? Was ist mit ihr passiert?

MIRCEA: Ich weiß nicht.

ALF: Ist sie weitergezogen? Hat sie sich aufgelöst?
*Pause.*
MIRCEA: Sie lebt – unter uns.
*Carla geht zum Grammophon und stellt es ab.*
ALF: Das wird dich interessieren, Carla. *Wendet sich überrascht um.* Carla? Warum stellst du die Musik ab?
*Alf geht zu ihr, offensichtlich in der Absicht, die Platte zu spielen.*
CARLA: Bitte, Alf ... Bitte spiel nicht.
ALF: Hast du gehört, was er sagte? Eine Expedition hat das Ding mitgebracht. Und die Mitglieder dieser Expedition leben jetzt hier.
CARLA: Keine Musik jetzt ... bitte.
*Mircea legt sich wieder hin.*
ALF *verzichtet unter dem Eindruck des Erfahrenen*: Sie leben hier, Carla ... Weißt du, was das bedeutet?
CARLA: Was ist geschehen?
ALF: Wo?
CARLA: Zwischen euch ... Es ist etwas geschehen.
ALF *verharmlosend*: Wir – wir hatten eine Aussprache, dein Mann und ich – eine Männer-Unterhaltung ... Du weißt doch, Männer haben von Zeit zu Zeit den anmaßenden und widernatürlichen Wunsch, klare Verhältnisse zu schaffen ... sogenannte klare Verhältnisse ... *Achselzukkend.* Na ja, und das haben wir eben getan.
CARLA: Sag mir, was geschehen ist.
ALF: Jetzt ein Glas? Der Schulmeister sieht nicht zu.
CARLA *kopfschüttelnd*: Danke, ich möchte nicht.
*Pause.*
ALF: Traurig ... klare Verhältnisse sind meistens eine traurige Angelegenheit ... Immerhin, sie bestehen jetzt.
CARLA *besorgt*: Vergiß nicht, Alf, daß er mein Mann ist.
ALF *trinkt*: ... der gut zu dir ist und dich zum Lachen bringt.
CARLA *gequält*: Hör auf, bitte ... Ich habe längst gemerkt, daß sich etwas verändert hat zwischen euch. Seit wir auf diesem Ruinenfeld waren ... ich habe dich beobachtet ... glaubst du, ich habe nichts gespürt? Dein Mißtrauen ... deine Geringschätzung, die du so gut tarnen kannst. *Pause, leise.* Vielleicht sogar – Haß.
ALF *munter*: Und das kannst du nicht verstehen ...
CARLA: Es ist mir nicht gleichgültig ... Ich weiß nicht, was passiert ist, aber ...

ALF: ... du möchtest mich warnen: wolltest du das sagen?

CARLA: Nein ... nein, ich wollte dich nicht warnen. Warum? Ich wollte dir sagen, daß ich zu ihm stehe, wenn es – zwischen euch – also wenn etwas geschieht zwischen euch.

ALF: Das hab ich auch von dir erwartet ... Schließlich ist er dein Mann ... Und ich? *Pause.* Was bin ich eigentlich, Carla? Vielleicht der Junge aus dem Nachbarhaus?

CARLA: Fang nicht wieder an, bitte.

ALF: Ich fang nicht wieder an ... Ich will nur unsere Beziehungen herausfinden ... *Denkt über das Gesagte nach.* Das ist aber auch schon wieder zuviel.

CARLA: Ich möchte dich bitten, Alf: laß es nicht darauf ankommen ... nicht jetzt ... *Plötzlich.* Still!

ALF: Was ist?

CARLA: Da bewegt sich etwas.

ALF: Wo?

CARLA: Dicht am Boden.

ALF: Dicht am Boden? Was bewegt sich dicht am Boden?

CARLA: Dort drüben ... *Beide lauschen.* Hörst du nichts?

*Gaspar und der Mann mit der Augenbinde erscheinen. Beide führen Hoffmann, dessen Kleidung schmutzig ist und zerrissen, dessen Gesicht Spuren eines Kampfes aufweist. Gaspar trägt den leeren Kessel. Hoffmann hält die gespreizten Finger einer Hand auf seine Augen gepreßt. Er taumelt, will stehenbleiben, wird vorwärtsgestoßen zur Veranda.*

CARLA *stürzt zur Tür, in das Haus hineinrufend*: Papa! Schnell ... kommt schnell.

ALF *geht ihnen entgegen, hilft Hoffmann*: Kommen Sie, Hoffmann, legen Sie einen Arm um meine Schulter. *Alf hilft ihm die Treppe hinauf, beide Männer bleiben vor dem Tisch stehen.*

HOFFMANN *unter starken Schmerzen*: Ich kann nichts mehr sehen ... Ich – kann nichts mehr sehen.

ALF: Nur ruhig ... Erst einmal setzen Sie sich hin. *Er bringt Hoffmann zu einem Sessel, drückt ihn sanft nieder. Hoffmann knickt nach vorn ein, preßt beide Handflächen vor die Augen. Carla kniet schräg vor ihm neben dem Sessel.*

CARLA: Was haben sie gemacht ... Sagen Sie: was haben sie mit Ihnen gemacht?

*Radbruch und Mosse kommen nacheinander aus dem Haus. Alf tritt zurück.*

RADBRUCH: Was ist hier vorgefallen? *Blickt schnell auf die beiden Männer, dann auf Hoffmann.* Hoffmann! Um Gottes willen ...

CARLA: Seine Augen ... er kann nicht mehr sehen.

RADBRUCH: Ist das wahr? *Er richtet Hoffmann auf, löst seine Hände, blickt kurz in sein Gesicht. Hoffmann knickt wieder nach vorn ein.*

MOSSE *tritt zu Hoffmann*: Einen Augenblick ... *Wiederholt mit Hoffmann, was bereits Radbruch getan hat; verschafft sich Gewißheit, tritt einen Schritt zur Seite. Pause.* Was ist geschehen?

HOFFMANN *unter Schmerzen*: Am Fluß – am Fluß unten ...

MOSSE: Wurden Sie überfallen?

HOFFMANN: Als ich Wasser schöpfte.

MOSSE *zu Carla*: Unser Verbandszeug ...

*Carla geht ins Haus.*

HOFFMANN: Auf einmal waren sie da ... diese Hunde ... als ich auf der Erde lag ... *Rufend.* Wo sind sie?

MOSSE: Ruhig, Hoffmann.

HOFFMANN: Ich mach sie fertig ... nacheinander.

MOSSE: Waren es viele?

HOFFMANN: Sie knieten auf mir ... sie lagen auf mir ... *Plötzlich angstvoll.* Bin ich blind? Sagen Sie mir: bin ich blind?

MOSSE: Sie sind verletzt worden.

HOFFMANN: Sie haben etwas mit meinen Augen gemacht ... Ich war bewußtlos ... Bin ich blind? Sagen Sie mir: bin ich blind?!

MOSSE: Meine Tochter holt das Verbandszeug.

HOFFMANN *springt auf, ruft*: Wo sind sie? ... Kommt her ... kommt einzeln her.

MOSSE *drückt ihn in den Sessel*: Beruhigen Sie sich doch. *Bäumt sich leicht auf – preßt eine Hand an seine Hüfte.*

HOFFMANN: Das brennt ... ich halt es nicht mehr aus.

RADBRUCH *ungeduldig*: Wo bleibt Carla denn? *Will ins Haus gehen, Carla erscheint.*

CARLA: Wo ist das Verbandszeug? Ich kann nichts finden.

RADBRUCH: Dann werde ich mal suchen.

ALF: Die Mühe können Sie sich sparen ... Es ist fort – wie alles andere auch ... *Pause.* Man hat es uns ebenfalls abgenommen.

HOFFMANN *außer sich*: Ich kann nichts sehen ... Ich erkenn nichts mehr ...

RADBRUCH: Jetzt muß etwas geschehen.

MOSSE: Hinlegen, Hoffmann ... vielleicht sollten Sie sich erst einmal hinlegen.

*Der Bürgermeister erscheint, geht die Verandatreppe hinauf.*

BÜRGERMEISTER: Professor Mosse?

MOSSE *mühsam*: Sie werden das zu verantworten haben ... Ich protestiere.

BÜRGERMEISTER: Ich bedaure ... Ich bedaure, was geschehen ist ... Sie haben die Abmachung verletzt.

MOSSE: Dieser Mann wollte Wasser holen ...

BÜRGERMEISTER: Sie wußten, daß niemand den Bereich dieses Hauses verlassen darf.

RADBRUCH *tritt vor*: Ich fordere die sofortige Rückgabe unseres Eigentums ...

BÜRGERMEISTER: Sie haben etwas übersehen.

RADBRUCH *achselzuckend*: ... ich fordere unsere sofortige Freilassung ... *Auf Hoffmann deutend.* Ich fordere die Bestrafung der Schuldigen.

BÜRGERMEISTER: Sie haben übersehen, daß ein Spruch gefällt worden ist ... Diesen Spruch müssen wir anerkennen ... Sie und wir.

RADBRUCH: Wir weigern uns ... Sie haben kein Recht, uns hier festzuhalten ... Wir weigern uns, Ihre Gesetze anzuerkennen.

BÜRGERMEISTER *ruhig*: Das steht Ihnen frei ... Wir haben diese Möglichkeit erwähnt.

RADBRUCH *erregt*: Mit welchem Recht ... ich frage Sie ... mit welchem Recht versuchen Sie, Ihre Gesetze auch auf uns anzuwenden?

BÜRGERMEISTER: Mit dem Recht des Herausgeforderten ... Sie haben uns herausgefordert, als Sie uns beobachteten, erforschten ... als Sie sich Einblick in unser Leben verschafften. – Und jetzt: wir haben nur den Wunsch, Ihre Lage zu erleichtern.

RADBRUCH *außer sich*: Und dazu sollen wir auf Ihre Zumutungen eingehen? Sie glauben doch nicht im Ernst, daß dies Erleichterungen sind ...

BÜRGERMEISTER: Es sind Erleichterungen ...

RADBRUCH: ... für Sie, ja ... Wenn es Ihnen gelingt, andere wehrlos zu machen, dann können Sie sich beruhigt zurücklehnen.

BÜRGERMEISTER: Wir sprechen von Ihnen ... Und ich fürchte, daß Sie sich etwas eingestehen müssen.

RADBRUCH: Unsere Unterlegenheit?

BÜRGERMEISTER: Ihre Möglichkeiten ... Ihre noch verbliebenen Möglichkeiten ... Seien wir offen: nichts irritiert uns so sehr, als wenn wir beliebig handeln können ... Nichts stürzt uns in größere Ratlosigkeit, als wenn wir beliebig Entscheidungen treffen können ...

RADBRUCH *bitter*: Und vermutlich ist nichts gefährlicher – oder undankbarer –, als von seinen persönlichen Freiheiten Gebrauch zu machen ... Wollten Sie das nicht auch sagen?

BÜRGERMEISTER *unberührt*: Was uns angemessen ist: eine beschränkte Souveränität ... Darin muß sich jeder einrichten ...

RADBRUCH: Jeder?

BÜRGERMEISTER: ... und wer dazu bereit ist, wird automatisch die Erleichterungen verspüren ... Auch Sie ... Eines Tages werden Sie merken, welche Erleichterung es ist, nicht willkürlich handeln zu können.

RADBRUCH: Sie irren sich. *Zeigt auf die Augenbinden, merkt, daß diese Geste umsonst war.* Wir werden uns zur Wehr setzen ... alle ... bei uns kommen Sie nicht durch mit diesem Ansinnen.

HOFFMANN *der reglos zugehört hat, springt auf*: Ist er das? ... Haltet ihn fest ... überlaßt ihn mir!

MOSSE *hält Hoffmann zurück*: Ruhig, Hoffmann ... setzen Sie sich hin.

BÜRGERMEISTER: Wir haben den Tod eines Mannes zu beklagen ... bei der Auseinandersetzung ... *Stockt.* Er ertrank in den Stromschnellen ... Auch wir können die Bestrafung des Schuldigen fordern ...

RADBRUCH: Es dürfte Ihnen doch bekannt sein, daß es in Notwehr geschah.

HOFFMANN: Haltet ihn fest ... Ich werd mich mal mit ihm unterhalten.

BÜRGERMEISTER: Professor Mosse?

MOSSE *aufschreckend*: Ja. Ja, ich bin noch da.

BÜRGERMEISTER: Sie tragen die Verantwortung ... Sorgen Sie dafür, daß unsere Abmachungen nicht verletzt werden ... Sie haben die Folgen erlebt. *Will gehen.*

MOSSE: Einen Augenblick.

BÜRGERMEISTER: Ja.

MOSSE *legt Hoffmann eine Hand auf die Schulter*: Unser

Mann hier ... wir brauchen Verbandszeug, unser Verbandszeug.

*Pause.*

BÜRGERMEISTER *langsam*: Er darf sich frei bewegen ... Er kann in den Ort kommen. Er wird dort behandelt werden ...

MOSSE: Er kann nicht allein gehen.

BÜRGERMEISTER: Einer unserer Leute wird ihn führen ... Er kann zu uns kommen.

MOSSE: Haben Sie gehört, Hoffmann?

HOFFMANN: Die sollen mich nicht anfassen ... keiner, keiner wird mich berühren ...

MOSSE *erkennt, daß jede Bitte erfolglos bleiben wird*: Das war alles.

BÜRGERMEISTER: Ich möchte Sie noch einmal daran erinnern, daß alles bei Ihnen liegt.

*Bürgermeister ab. Bevor er bei den wartenden beiden Männern ist, springt Alf die Verandatreppe hinab. Er nimmt Gaspar den Kessel aus der Hand.*

ALF: Der gehört zum Haus, wenn ich nicht irre ...

MOSSE: Kommen Sie, Hoffmann.

RADBRUCH *außer sich*: Was tun wir ... wir müssen doch etwas tun!

MOSSE: Sie werden sich hinlegen. *Er zieht Hoffmann hoch.*

RADBRUCH: Ich helf dir, Papa. *Er stützt Hoffmann.*

MOSSE: Es geht schon ... Nimm solch ein Ding mit. *Mosse deutet auf die Binden.*

RADBRUCH *bestürzt*: Eine Augenbinde?

MOSSE: Als provisorischen Verband.

*Radbruch und Mosse führen Hoffmann ins Haus. Alf schenkt sich ein Glas ein, hält es stumm einladend Carla hin, die den Kopf schüttelt, was Alf erwartet zu haben scheint.*

CARLA: Und weiter?

ALF: Wieso weiter?

CARLA: Was jetzt noch?

ALF *achselzuckend*: Weiter geht's nicht ... wir haben das traurigste aller Stadien erreicht, das Stadium der Unvermeidlichkeit ... Warten ... Wir können nur noch warten, bis das Unvermeidliche passiert ... *Trinkt* ... Da achtet man immer darauf, Spielraum zu haben ... Da bemüht man sich, alles so einzurichten, daß es drei Möglichkeiten gibt ... Da springt man, aller Bequemlichkeit zum Trotz, vom erfolgversprechenden Schienenstrang ... Und auf einmal ... Was stellt sich heraus? ... Du bist in deinem Tunnel, du kannst nicht umdrehen ... in deinem abschüssigen Tunnel, der dich dahin führt, wohin zu nicht willst. *Sieht sie traurig lächelnd an.* Ja, Carla ...

CARLA: Aber Hoffmann ... hast du seine Augen gesehen?

ALF: Hast du gehört, was der Bürgermeister sagte? Er darf sich frei bewegen, er kann zu uns kommen ...

CARLA: Wir können ihn doch nicht ohne Hilfe lassen ... Wir können doch nicht einfach nur warten ...

ALF *zynisch*: Das ist richtig ... wir können uns die Wartezeit verkürzen ... durch Pfänderspiele ... durch Musik ...

CARLA *gequält*: Bitte, Alf ...

ALF *mit ironischem Pathos*: Der Mensch ist, was er tut – vorausgesetzt, daß ihm etwas zu tun bleibt ... *Ernst.* Ich sag dir, Carla, hier wird nur das Übliche geschehen ...

CARLA: Das Übliche? Was ist das? ... Das Übliche?

ALF: Wir müssen auch sie verstehen.

CARLA: Wen?

ALF: Sie – denen wir diesen Zwangsaufenthalt hier verdanken ... Sie können es sich nicht leisten, uns einfach gehen zu lassen ... Wir, ja – in gewisser Weise stellen wir eine Bedrohung für sie dar ... Du erlaubst? *Trinkt sein Glas leer.*

CARLA *ungläubig*: Das glaubst du doch selbst nicht ... Bedrohung ... wir?

ALF: Es gibt einen Unterschied zwischen ihnen und uns ... Vergiß das nicht ... Solange – wie sagte der Bürgermeister – solange die Unterschiede bestehen, bleiben wir hier ... Das hat er gesagt. Und er sagte auch: Hoffmann, der darf sich nun frei bewegen ...

CARLA: Nein, Alf ... Das können sie nicht von uns erwarten ... das nicht.

ALF: Sie tun sogar noch mehr. Sie glauben, ein Recht zu haben ... *Denkt über das Gesagte nach.* Und davor schaudert mich am meisten: vor dem guten Gewissen, mit dem sie unsere Unterwerfung erwarten.

CARLA: Wir können fliehen.

ALF: Dann geht es uns wie Hoffmann.

CARLA: Aber wir können uns doch weigern.

ALF: Daran haben sie auch gedacht ... Hat man uns nicht

vorsorglich um Entschuldigung gebeten ... für die Mängel, die hier und da auftreten können?

CARLA: Und was wird geschehen?

ALF: Was mit der anderen Expedition auch geschehen ist ... Das Übliche ... Man wird – die Unterschiede beseitigen ... Man wird uns – heimholen ... *Mit bitterer Ironie.* Wir werden eingehen in ihre Gemeinschaft.

CARLA *erschrocken*: Wie du darüber sprichst ... Wie du darüber sprechen kannst ... Als ob alles schon geschehen ist.

ALF: Das Unvermeidliche ist immer schon geschehen.

CARLA *außer sich*: Alf! Das kann doch nicht dein Ernst sein ... Du kannst doch nicht einverstanden sein ... Herrgott noch mal! Denk, was wir verlieren ...

ALF *bedauernd*: Dein Vater hatte noch etwas zu rauchen ... Er hat's mir angeboten. Entschuldige. *Ab.*

MIRCEA *erhebt sich lauschend in der Hängematte*: Sind Sie noch da? Hallo? Warum sagen Sie nichts?

CARLA *nachdenklich*: Ja, ich bin noch da. *Wendet sich ihm langsam zu.*

MIRCEA: Was ist geschehen?

CARLA: Das haben Sie doch gehört.

MIRCEA: Ein Unglück?

CARLA: Sie haben doch alles gehört ... Fragen Sie mich nicht.

*Pause.*

MIRCEA *zögernd*: Darf ich – einmal – Ihr Gesicht berühren?

CARLA *befremdet*: Wie bitte?

MIRCEA: Ihr Gesicht – ich möchte es einmal berühren.

*Pause.*

CARLA: Wozu? Sie – Sie haben es doch gesehn, und außerdem ...

MIRCEA: Ich habe es vergessen.

CARLA: Ich weiß nicht, warum Sie mein Gesicht berühren wollen.

MIRCEA: Ich möchte es in Erinnerung behalten ... Bitte ... Nur einen Augenblick.

CARLA *in verlegener Abwehr*: Wozu? Ich meine, wozu wollen Sie mich in Erinnerung behalten?

MIRCEA: Bitte – ich bitte Sie sehr darum.

CARLA *sieht auf ihn, auf seine ausgestreckten Hände, blickt zur Tür, wendet sich Mircea zu, achselzuckend*: Also wenn

Ihnen soviel daran liegt ... *Sie schließt die Augen, er betastet ebenso flüchtig wie vorsichtig ihr Gesicht, sie tritt zurück.* Das dürfte reichen, oder?

MIRCEA: Jetzt weiß ich es.

CARLA: Was?

MIRCEA: Sie ähneln meiner Schwester ... Jetzt habe ich's erkannt ... Meiner Schwester Doina ...

CARLA *will ihn ablenken*: Warum hat man Sie zu uns gebracht?

MIRCEA *überhört die Frage*: ... auch sie hat es erleben müssen ... auch meine Schwester ... Bei einem Gewitter ist es passiert, wir wurden im Wald überrascht ...

CARLA: Was hat sie erleben müssen?

MIRCEA: Es ist drei Jahre her ... Sie wurde sehend, auf beiden Augen ... plötzlich ... wir hielten es geheim ... nur zwei meiner Freunde und ich haben es gewußt ... Wir überredeten sie, nichts zu melden.

CARLA *mit langsamem Entsetzen*: Und dann? Was ist ihr passiert?

MIRCEA: Sie hielt es nicht aus ... Sie mußte uns erzählen ... Wir gingen hinaus, und wenn wir uns allein glaubten, mußte sie uns erzählen ... alles, alles, was zu sehen war ... Sie hielt es nicht aus ... Sie zitterte, wir mußten sie festhalten zuletzt ... *Pause.* Staub ... sie sah nur Staub und Trümmer und Schatten ... Verstehn Sie das? ... Schatten, die schnell näher kamen ... Wir zwangen sie, die Augen zu öffnen und zu erzählen ... Und dann hielt sie es nicht mehr aus.

CARLA *entsetzt*: Das ist unmenschlich.

MIRCEA *leicht erstaunt*: Warum? Sie ertrug es nicht mehr ... Sie wollte so sein wie früher ... Und sie meldete, was geschehen war ... *Pause.* Es war – menschlich ... Ich jedenfalls kann sie verstehen ... Ist nicht alles menschlich, was wir begehren?

CARLA *heftig*: Hören Sie auf! *Leiser.* Bitte, hören Sie auf ...

MIRCEA: Befürchten Sie etwas? *Keine Antwort.* Woran denken Sie? *Keine Antwort.* Gehn Sie nicht fort!

CARLA *blickt zur Tür*: Wir hätten uns wehren müssen. Wir hätten uns wehren müssen ...

*Vorhang*

*Dekoration wie im ersten Akt. Mircea gleitet aus der Hängematte, geht zum Grammophon, ertastet es, spielt ›Salomé‹. Er tritt zurück, lauscht. Alf erscheint; er ist überrascht, Mircea zu finden.*

ALF *irritiert*: Sie? Haben Sie das Ding angestellt?
MIRCEA: Wie heißt das Lied?
ALF: Sie erlauben doch ... *Stellt das Grammophon ab.* Da drinnen fehlt jetzt die Stimmung.
MIRCEA: Sie sagten, es ist Ihr Lieblingslied.
ALF *abgelenkt*: Mein Lieblingslied, ja ... *Zeigt auf die Flasche.* Haben Sie die leergemacht?
MIRCEA: Was meinen Sie?
ALF *begreift*: Entschuldigung ... Die Flasche ... Ich wollte wissen, ob Sie die Flasche leergemacht haben ... Da man uns wieder nichts zu essen geschickt hat, wollte ich meinen Magen mit einem Schluck besänftigen ... Aber ein anderer hat wohl auch diese Idee gehabt. *Hebt die Flasche hoch, gießt sich die letzten Tropfen ein, trinkt.* Haben Sie keinen Hunger?
MIRCEA: Nein.
ALF: Auch keinen Durst?
MIRCEA: Nein.
ALF: Das nenn ich reine Unabhängigkeit ... Und rauchen?
MIRCEA: Ich rauche nicht ... *Pause.* Wie – wie kommt man zu einem Lieblingslied?
ALF *hebt Zigarettenstummel auf, dreht sich mit einem Blatt aus einen Notizbuch eine Zigarette*: Zu einem Lieblingslied?
MIRCEA: Ja.
ALF: Also ich habe zwei Lieblingslieder ... Das erste heißt ›Valencia‹. *Singt leise den verballhornten Text.* Valencia, deine Augen, meine Augen, Hühneraugen, Kukirol ... Sobald ich dies Lied höre, werde ich fünf Jahre alt ... genau fünf ... Mein Vater feiert mit Freunden und Nachbarn seinen Geburtstag ... Und ich – was glauben Sie, was ich tue? Ich sitze mit meiner liebsten Spielfreundin im Schlafzimmer meiner Eltern ... Und zu den Klängen von ›Valencia‹ spielen wir Operation.

MIRCEA: Operation?

ALF: Wir operieren mit Messer und Schere die geblümten Sessel – falls Ihnen das Spiel etwas sagt ... Und mein zweites Lieblingslied – eben: ›Salomé‹ ...

MIRCEA: Und was bedeutet es Ihnen?

ALF: Tja, was bedeutet es mir? ... Heimkehr, vor allem – das Fest einer Heimkehr ... Ich hatte vier Semester an der Sorbonne studiert ... Biologie ... So lange brauchte ich, um herauszufinden, daß auch kein Biologe in mir steckte. Vorher hatte ich's mit Jura versucht und mit Psychologie ... Also, ich kam nach Hause mit dem Plan, auf Archäologie umzusatteln ... Ich hatte auch gerade meine Leidenschaft für Ruinen entdeckt ... Dieser Wechsel mußte natürlich gefeiert werden ... der Fakultätswechsel ... Na ja ... Und da sah ich sie wieder, meine liebste Spielfreundin ... Sie war natürlich nicht mehr fünf ... sie war hübsch mitgewachsen ... Wir tanzten zusammen ... Aber erst bei diesem Lied ... bei ›Salomé‹ passierte es. *Blickt in die leere Flasche.*

MIRCEA: Passierte was?

ALF *überlegte*: Wir erkannten uns, will ich mal sagen ... *Er ist mit dieser Formulierung einverstanden.* Ja, wir erkannten uns ... Und ich wußte auf einmal – ich hatte das Gefühl, du bist seit langem verabredet ... Du hast deinen Schienenstrang gefunden ... Dein Geleise, auf dem alles zielgerecht und erschüttungsfrei dahingleiten könnte ... bis zur Endstation. *Bilanziert mit Selbstironie.* Leider, ich kann machen, was ich will: bei mir springt immer ein Wagen aus den Schienen ... Ein Jahr später war sie verheiratet.

MIRCEA: Und daran müssen Sie bei dem Lied denken?

ALF: Ja – das heißt: nicht an meine sogenannten Verkehrsunfälle, sondern an diesen Augenblick, als wir uns erkannten – sie und ich ... es war ein Augenblick – wie soll ich sagen ...?

MIRCEA: Der Freude?

ALF *gleichgültig*: Der Freude, ja ... *Sieht plötzlich Mircea aus zusammengekniffenen Augen an.* Und Ihr Lieblingslied? Woran müssen Sie bei Ihrem Lieblingslied denken?

MIRCEA: Ich? Ich habe kein Lieblingslied.

ALF: An eine Lockente vielleicht?

MIRCEA *ratlos*: Lockente?

ALF: Bei der Jagd – bei der Entenjagd verwendet man einen Lockvogel... aus Holz... Er nimmt den Tieren die Angst, wissen Sie ... Die Lockente verführt ihre lebendigen Artgenossen, niederzugehn ... sich um sie zu scharen... mit der gleichen Strömung zu treiben... vor die Mündungen. *Er blickt Mircea mit Bedauern und Geringschätzung an.* Jetzt werden Sie sagen: Das versteh ich nicht.

MIRCEA: Ich verstehe Sie wirklich nicht.

ALF: Da haben wir's ... *Geheucheltes Mitleid.* Armer Junge... Begreift nichts... Versteht nicht, was man ihm zugedacht hat... Tut nur alles, was man von ihm erwartet... Wissen Sie wirklich nicht, was Sie abgeben?

MIRCEA: Keiner von uns kann die Binde zurückweisen.

ALF: Sie liegen da in ihrem Körbchen als mahnendes Beispiel... als tröstliches, ermunterndes Beispiel. Seht mich an: mit der Zeit wird's leichter... Sagten Sie das nicht selbst? ... Sie brauchen uns nicht zu sehen ... Wir aber, wir müssen Sie sehen ... *Hart.* Warum haben Sie das gemacht? Warum haben Sie sich die Binde umlegen lassen? Hm?

MIRCEA: Bei uns – alle erwarten es bei uns.

ALF: Und Sie? Hat der zweite Blick auf die Welt Sie nicht neugierig gemacht? Oder hielten Sie den Anblick nicht aus?

MIRCEA *ruhig*: Ich kann erst wieder zurück, wenn ich so bin wie sie.

ALF *tritt hinter ihn, sieht die Verknotung der Binde an*: Das möchte ich doch einmal sehn ...

MIRCEA: Was tun Sie?

ALF: Ich möchte einmal das Auge sehn ... Das Auge, das sich geöffnet hat, und schon ...

MIRCEA: Nicht... Machen Sie es nicht.

ALF: ... und schon nach einem Augenblick auf die Welt verzichten konnte.

MIRCEA: Sie dürfen die Binde nicht lösen ... Es ist strafbar.

*Carla erscheint, geht zum Tisch, nimmt den Wasserkessel.*

ALF: Keine Angst, Kleiner ... Gehn Sie nur in Ihr Körbchen. *Zu Carla.* Das ist doch nicht dein Ernst?

CARLA: Was?

ALF: Hast du vergessen, was Hoffmann passiert ist?

CARLA: Mit mir werden sie es nicht machen.

ALF: Darf man fragen, worauf sich deine Sicherheit stützt?

CARLA: Papa muß etwas trinken ... ich werde Wasser holen.

MIRCEA: Bitte ... Bitte, gehn Sie nicht.

ALF: Geh nicht, Carla.

CARLA: Ich bin eine Frau.

ALF: Das ist nicht zu bezweifeln ... Aber in diesem Fall kannst du keine mildernden Umstände erwarten ... Sei vernünftig.

MIRCEA: Sie dürfen dies Haus nicht verlassen.

ALF *wie zu einem Kind*: Gib Alf den Kessel ... Sei vernünftig.

CARLA: Papa kann nicht so liegen bleiben ... mit diesen Schmerzen.

*Pause.*

ALF *blickt plötzlich Mircea an, zeigt auf ihn:* Er, warum kann er nicht Wasser holen ... Unser Lockvogel! *Direkt zu Mircea.* Sie werden Wasser holen, das ist die Idee ... Sie haben nichts zu befürchten ...

MIRCEA: Ich?

ALF: ... und wenn Ihnen das gleiche passiert wie Hoffmann – Ihnen kann das doch nur erwünscht sein ... Das verkürzt doch nur die Wartezeit – Oder? ... Eine Gelegenheit, das vorwitzige Auge – fast hätte ich gesagt: abstrafen zu lassen ... Nun?

MIRCEA: Niemand hat die Erlaubnis, dies Haus zu verlassen ... Es sei denn ...

ALF: Mitunter muß man mehr tun, als erlaubt ist. *Drückt Mircea den Kessel in die Hand.* Sie finden doch zum Fluß? ... Ein Kessel Wasser, und wir könnten Tee kochen ... Wir, sind wir nicht aufeinander angewiesen?

MIRCEA *läßt den Kessel fallen, ausdruckslos*: Wir sind nicht aufeinander angewiesen ... Sie wissen nicht, was Sie tun sollen ... Ich habe mich entschieden ... *Er geht zur Hängematte, legt sich hinein.*

ALF *hebt den Kessel auf*: Also er will nicht mitspielen ... Er hat sich entschieden ... Hast du gehört, Carla? *Ironisch.* Entscheide dich, und alles wird erträglicher ...

CARLA *besorgt*: Es kann nicht so weitergehn ...

ALF *nachdenklich*: Wir gehn ihn nichts an ... Er da und wir – wir sitzen nicht im gleichen Boot ... Er hat recht, Carla, wir sind nicht aufeinander angewiesen.

CARLA: Gib mir den Kessel.

ALF: Nein.
CARLA: Gib mir den Kessel ... Oder ...
ALF: Oder?
CARLA *am Ende ihrer Hoffnungen, läßt sich in einen Korbstuhl fallen*: Tu etwas, Alf ... Bitte, sag was wir tun sollen ... Ich bin zu allem bereit.
ALF *nähert sich dem Korbstuhl. Leise, zweideutig, als ob er etwas erproben möchte*: Komm mit.
CARLA *überrascht*: Was?
ALF: Komm mit ... Wir verschwinden hier ... zu zweit kann man es versuchen.
CARLA: Und die andern?
ALF: Zu zweit haben wir eine Chance.
CARLA: Willst du sie im Stich lassen?
ALF: Wir holen Hilfe ... Wir versuchen, Hilfe zu finden.
CARLA: Wir können sie nicht allein lassen ...
ALF: Wir müssen sie allein lassen ... Wenn wir hier etwas ändern wollen, müssen wir sie allein lassen ... Vorübergehend ...
CARLA: Wie lange ist das: vorübergehend?
ALF: Schlimmstenfalls ... sie werden deinen Vater in den Ort holen ... Ihn und Hoffmann ... Und dein Mann ...
CARLA: Sprich nicht weiter.
ALF: ... dein Mann, der alles durch Beschlüsse rettet, wird etwas für sich selbst beschließen ... etwas Zufriedenstellendes ...
CARLA: Hör doch auf.
ALF: Also? Versuchen wir's?
CARLA: Das kann doch nicht dein Ernst sein. *Steht auf, mustert ihn betroffen.*
ALF: Du traust es mir nicht zu, hm? Schade ... und ich möchte es dir beweisen, einmal ... Einmal möchte ich dir zeigen, daß dein Zweifel unrecht hatte ...
CARLA: Wir hatten unsere Chance ... Weißt du's nicht mehr?
ALF: Was meinst du?
CARLA: Wir wollten schon einmal fliehen.
ALF: Wir?
CARLA: Damals hatte ich dich darum gebeten.
ALF: Als sie deinen Vater verhaften wollten?
CARLA: Als sie meinen harmlosen Vater verhaften wollten ... Ja ... Du erinnerst dich sogar daran.

ALF: Ich hab es nicht ernst genommen ... Ich wußte, daß es nur ein Mißverständnis war.

CARLA: Nein ... du wolltest ein Examen machen ... das erste Examen deines Lebens ... du hattest dich gut vorbereitet ... Und da kam ich und bat dich, mit uns zu fliehen ... uns zu helfen bei der Flucht.

ALF: Aber – ich hab doch wohl bewiesen, wieviel mir das Examen wert war.

CARLA: Später, ja ... später hast du darauf verzichtet ... großzügig, wie du dir gegenüber bist ...

ALF: Du weißt, daß alles gut ausgegangen ist für deinen Vater.

CARLA: Erik – er hat nicht einen Augenblick gezögert.

ALF: Wenn ich mich recht erinnere, hat eure Flucht gar nicht stattgefunden.

CARLA: Sie brauchte nicht stattzufinden ... Gott sei Dank ... aber ich, Alf ... ich war aufgewacht ... Ich hatte etwas gelernt.

ALF: Um so besser ... Dann können wir jetzt eine Stichprobe machen ... Überprüfen, was du gelernt hast ... Von Zeit zu Zeit, denke ich, muß man sein Wissen überprüfen ... Ich sag dir, wir würden durchkommen, Carla. Ich weiß es.

CARLA: Ist das das einzige, was du noch vorschlagen kannst?

ALF: Mit ihm würdest du es doch versuchen, oder ... Wenn er dir diesen Vorschlag macht ... heute nacht ... leise ... du würdest ja sagen ... Mit ihm würdest du verschwinden ...

CARLA: Laß ihn aus dem Spiel.

ALF *beharrlich*: Wenn er es für richtig hielte, die andern allein zu lassen: mit ihm würdest du nicht zögern ... Hab ich recht? ... *Carla schweigt.* Siehst du ... und soll ich dir sagen, warum du mit ihm gehen würdest? ... Weil du weißt, daß er die Spielregeln einhält. Die Spielregeln, die zum Ziel führen ... Dein Mann hat begriffen, worauf es ankommt ... Traurig, Carla, es ist traurig: auch ich habe die Spielregeln begriffen, aber ich muß sie umstoßen ... immer umstoßen ... ich habe einen geistigen Webfehler, und der besteht darin, daß ich niemals B sagen kann ... Das A gelingt, aber das B folgt nicht ... Traurig.

CARLA *mit ironischer Erbitterung*: Und nun erwartest du mein Mitleid?

ALF *bekümmerte Geste*: Mitunter ist man auch darauf angewiesen ... *Pause*. Also?

CARLA: Nein, Alf.

ALF: Und mit ihm? Mit ihm würdest du doch gehen? ... Wenn er dich fragte ...

CARLA: Er würde mich nicht fragen. Er würde das nie erwarten von mir.

ALF: ... daß du ihn begleitest?

CARLA: ... daß ich meinen Vater im Stich lasse ... Papa und euch ...

ALF: Und das weißt du?

CARLA *sehr sicher*: Ja, das weiß ich ... Natürlich, auch er stellt seine Forderungen, aber das, Alf – niemals ...

ALF *kühl, vergewissernd*: Weil es zu leicht ist? Zu selbstsüchtig? Oder warum?

CARLA: Weil er weiß, was er sich schuldig ist ... Sich und den andern.

ALF *höhnisch*: Ach, wirklich?

CARLA: Ja.

ALF *mit geheuchelter Bewunderung*: Jetzt weiß ich endlich, warum ich ihn mitunter bewundert habe. Eben: weil er weiß, was er sich und andern schuldig ist ... vermutlich weiß er das zu jeder Tageszeit ... Und an jedem Ort.

CARLA: Hör auf ... *Warnend*. Bitte, hör auf. Du verstehst das nicht ... Du hast ja keine Ahnung ... Alles, was du kannst: von Gelegenheiten leben ... Laß dir gesagt sein: nie, niemals würdest du so etwas von Erik zu hören bekommen.

ALF *trocken*: Der tut es.

*Pause*.

CARLA: Was?

ALF: Ich sagte: der tut es ... Erik tut es einfach ... *Ironisch*. Er lebt zwar nicht ausdrücklich von Gelegenheiten wie ich ... Aber, was eine gute Gelegenheit ist, das weiß er.

CARLA *starr vor Befremden*: Was willst du damit sagen?

ALF: Ich wollte keinen im Stich lassen. Ich habe dir nur vorgeschlagen, Hilfe zu holen.

CARLA *insistierend*: Was tut Erik?

ALF *achselzuckend*: Frag ihn selbst ... Er weiß ja, was er jedem schuldig ist: dir und Hoffmann, vielleicht sogar mir ... In jedem Fall deinem Vater ...

CARLA: Sag, was tut Erik?

ALF *ernst*: Gut, Carla ... vielleicht mußt du es wissen ... *Gegen inneren Widerstand.* Als die Opferbank brach – damals, in der Ruinenstadt ... als die Opferbank brach und den Professor in den Brunnen riß, ließ Erik uns auf der Ostseite suchen ... der Opferbrunnen war im Westen ... Erik wußte, daß dein Vater eingeklemmt lag auf dem Grund des Brunnens. Er wollte ihn dort liegen lassen.

*Pause.*

CARLA *entschieden*: Nein, Alf, nein, das ist nicht wahr.

ALF: Er war dabei, als dein Vater abstürzte ... Er beugte sich über den Rand des Brunnens ...

CARLA: Das ist nicht wahr!

ALF: ... Und horchte hinab ... Er horchte hinab und vergewisserte sich.

CARLA: Das hat er nicht getan ...

ALF: Ich habe ihn gesehen, Carla.

CARLA: Er hatte keinen Grund ... Welchen Grund soll er denn gehabt haben!

ALF: Frag ihn ... Frag deinen Vater.

CARLA: Jetzt begreife ich, warum du das erzählst.

ALF *mit gespielter Bekümmerung*: Du hast recht, Carla: ich bin unentschlossen ... Ich bin vielleicht sogar ein Liebhaber der Unentschiedenheit ... Aber soviel weiß ich: wann es gerechtfertigt ist, jemanden im Stich zu lassen ... Vorübergehend.

CARLA: Mir ist übel. Mir wird ganz übel.

ALF: Setz dich hin.

CARLA: Gib mir den Kessel.

ALF: Setz dich hin.

*Carla versucht, ihm den Kessel zu entwinden. Der Kessel fällt zu Boden.*

*Professor Mosse. Er lehnt sich gegen den Türrahmen. Er erscheint sehr hilfsbedürftig.*

CARLA *auf ihn zulaufend*: Papa, warum bleibst du nicht liegen?

MOSSE: Es geht nicht mehr ... Ich halt es nicht aus. Ich muß mit ihm reden, mit dem Bürgermeister.

CARLA: Ich bring dich zurück.

MOSSE *nickt zum Tisch hinüber*: Ich will dort mit ihm sprechen. *Carla führt Mosse zum Tisch. Alf will ins Haus. Zu Alf*: Wir sollten alle anwesend sein, wenn er kommt.

ALF: Ich bring nur den Kessel in Sicherheit. *Ab.*

Carla *hilft Mosse in einen Korbstuhl*: Langsam.

Mosse: Es geht schon ... In der Bewegung ist es am schlimmsten ... Wenn ich erst sitze – *stöhnt leise* – dann sitze ich.

Carla: Soll ich deine Füße hochlegen?

Mosse: So geht es ... Danke, mein Kind ... So, und nun geh zu ihm und sag ihm, daß ich seinen Vater sprechen muß ... den Bürgermeister. *Deutet zur Hängematte.* Er soll ihn holen.

Carla: Er? Er wird ihn nicht holen, Papa ... Er darf das Haus nicht verlassen.

Mosse: Geh zu ihm.

Carla *unentschieden vor der Hängematte*: Hören Sie mich?

Mircea *richtet sich auf*: Ist etwas geschehen?

Carla: Mein Vater muß mit dem Bürgermeister sprechen ... jetzt. Er bittet Sie, den Bürgermeister zu holen.

Mircea: Es tut mir leid.

Carla: Können Sie nicht?

Mircea: Ich darf das Haus nicht verlassen ... Sie wissen, daß ich hier nicht fort darf.

Carla: Aber wir müssen ihn sprechen ...

Mircea: Es gibt eine Möglichkeit ... Sie kennen sie ...

Carla: Nein, das ist ausgeschlossen ...

Mircea: Wenn einer die Binde nimmt, einer von Ihnen ... mit der Binde darf er in den Ort ... mit der Binde wird ihm nichts geschehen.

*Pause.*

Carla: Und Sie? Sie tragen die Binde doch schon.

Mircea: Ich gehöre nicht zu euch.

Carla: Bitte, helfen Sie uns ... Bitte.

*Mircea bedauernde Geste. Pause.*

Mosse *hinüberrufend*: Was ist? Gibt es Schwierigkeiten?

Carla *zu Mosse zurückgehend*: Er kann nicht ... Angeblich darf er das Haus nicht verlassen ... Einer von uns muß es tun ... Einer von uns muß den Bürgermeister holen ... mit einer Binde über den Augen ...

Mosse *erregt*: Die Bedingung ist unannehmbar ... Niemals, mein Kind, wird einer von uns diese Binde nehmen, freiwillig ... Wir wollen ihn anders erreichen.

Carla *skeptisch*: Anders?

Mosse: Wir werden gemeinsam dies Haus verlassen ... gemeinsam werden wir durch den Ort gehen ... zu ihm ... Wir werden ihm klarmachen, daß er alles von uns erwarten kann, nur nicht das ... daß wir auf seine Bedingung eingehen.

CARLA: Dann wird mit uns geschehen, was mit Hoffmann geschehen ist.

MOSSE: Sie werden es nicht wagen.

CARLA: Weil wir mehrere sind? *Mit unheilvoller Ruhe.* Papa ... Vor uns ... lange vor uns – es sind bereits zwei Expeditionen hierhergekommen ... ihre Mitglieder – ich nehme an: die meisten ihrer Mitglieder – leben jetzt hier ... im Ort, verstehst du ... sie unterscheiden sich nicht mehr von den andern.

MOSSE: Dann werden wir dafür sorgen, daß ein Unterschied bestehen bleibt. Ein entscheidender Unterschied. *Er preßt seine Hand auf die Herzgegend, richtet sich starr auf, als ob er einem plötzlichen Schmerz lauschte.*

CARLA: Ruhig, Papa ... Sei ganz ruhig. *Sie stützt ihn. Pause.* War Erik bei dir?

MOSSE: Nein.

CARLA: Vielleicht kümmert er sich um Hoffmann.

MOSSE: Es geht schon wieder besser ... Es ist immer nur ein Augenblick – wo du glaubst, alles schnüre sich zusammen ... Wie in einer ledernen Schlinge kommst du dir vor.

CARLA: Wo ist Erik?

MOSSE: Wo? Dort drin, nehme ich an ... *Jäher Verdacht.* Oder ist er fort?

CARLA: Fort?

MOSSE *da er bemerkt, wie sie erschrickt*: Vielleicht zum Fluß, Wasser holen?

CARLA: Willst du es nicht ihm überlassen, mit dem Bürgermeister zu sprechen?

MOSSE *beschwichtigend*: Sicher, mein Kind.

CARLA *wartet auf ein Zeichen des Mißtrauens*: Er tut doch alles in deinem Sinne?

MOSSE: Natürlich, Carla.

CARLA: Du brauchst ihm kaum etwas zu sagen.

MOSSE: Er kennt meine Einstellung ... Auf ihn kann ich mich verlassen.

CARLA: In jeder Hinsicht?

MOSSE *zu eilfertige Beteuerung*: Gewiß, mein Kind ... In jeder Hinsicht.

*Pause.*

CARLA: Und wenn ich gehe?

MOSSE: Das ist ausgeschlossen.

CARLA: Warum nicht? ... Ich weiß, worauf es ankommt ... Ich werde mit dem Bürgermeister sprechen ... *Radbruch kommt sehr erregt aus dem Haus, er trägt eine Augenbinde in der Hand, seine Jacke überm Arm; beim Anblick von Mosse und Carla täuscht er Gelassenheit vor.* Alf? Habt ihr ...

RADBRUCH: Es ließ sich nicht vermeiden ... Leider kann man sich hier – ja nicht aus dem Weg gehn ...

CARLA: Habt ihr ...

RADBRUCH: ... ganz recht: wir haben uns wieder mal bestätigt, daß wir anderer Meinung sind. Ich kann mir nicht helfen ... Ihm scheint ... nach allen Anzeichen ... ihm scheint unsere Lage am meisten zuzusetzen ... Zwangsvorstellungen ... er hat wirklich Zwangsvorstellungen. *Er zieht seine Jacke an. In der Jackentasche Notizbücher. Radbruch ist sichtlich bemüht, den Besitz der Notizbücher zu verbergen.*

MOSSE *auf die Augenbinde deutend*: Nanu?

RADBRUCH: Es muß etwas geschehn, Papa ... Wir können es uns nicht erlauben, nur zu warten ...

MOSSE *undurchsichtig belustigt*: Du willst doch nicht die Binde umlegen?

RADBRUCH: Ich möchte euch einen Vorschlag machen ... Ich werde mit dem Bürgermeister sprechen ... und ich werde ihn zwingen, uns gehen zu lassen.

MOSSE *undurchsichtig, zwischen ironischem Zweifel und Zustimmung, auch im folgenden*: Zwingen?

RADBRUCH: Ich werde ihn zwingen. *Zeigt zur Hängematte.*

MOSSE: Du meinst, wir sollten uns seiner bedienen: als Geschenk, als Geisel? ...

RADBRUCH: Es ist eine Möglichkeit.

MOSSE: Und du glaubst, daß es sie beeindrucken wird ... daß es Leute beeindrucken wird, die imstande sind, solche Forderungen zu stellen ... oder solch einen Spruch zu fällen?

CARLA: Das glaubst du ja selbst nicht, Erik.

RADBRUCH *zu Mosse*: Unsere Lage verlangt eben ... den Gebrauch ... angemessener Mittel ... *Zu Carla.* Wenn du dich ein wenig anstrengst, wirst du auch darauf kommen.

MOSSE: Und du empfindest dieses Mittel als angemessen?

RADBRUCH: Da es so weit gekommen ist, dürfen wir es nicht unversucht lassen ... Denk daran, was man von uns erwartet ...

*Pause.*

MOSSE: Dann sage ich dir hiermit folgendes: wir werden dieses Mittel nicht versuchen. Und außerdem ... Ich möchte dich bitten, hierzubleiben ... bei uns.

CARLA *unsicher*: Papa?

MOSSE: Wir werden hier mit dem Bürgermeister sprechen. Gemeinsam.

RADBRUCH: Entschuldige ... Wie darf ich das auffassen?

MOSSE: Wörtlich.

RADBRUCH *die Augenbinde faltend*: Heißt das ... du wünschst nicht, daß ich etwas für uns alle übernehme ...

MOSSE: Ich hab dich gebeten, hierzubleiben.

RADBRUCH: Möchtest du mir nicht den Grund nennen?

MOSSE: Genügt dir meine Bitte nicht?

CARLA: Warum, Papa? ... Warum soll Erik nicht mit ihm sprechen?

MOSSE *gereizt*: Bin ich denn so schwer zu verstehen? Ich wünsche es nicht ... Ich will nur, daß ... dein Mann hierbleibt.

RADBRUCH *verwundert, behutsamer Widerstand*: Ist das ein Verbot?

*Mosse: Geste, die Radbruch freistellt, es so aufzufassen.*

CARLA: Was hast du, Papa? ... Sag doch.

RADBRUCH: Und wenn ich gehe?

MOSSE: Du wirst es nicht tun ... du nicht.

RADBRUCH *herausfordernd*: Und auf welch ein Recht willst du dich berufen? – Ich meine: wenn du mich hier zurückhalten willst ... mit welchem Recht?

*Pause.*

MOSSE *langsam*: Mit dem Recht der Erinnerung ... meiner Erinnerung ... Ich wollte – ich hatte mir vorgenommen, mich nicht mehr zu erinnern ... Es ist unmöglich.

CARLA *zu Erik*: Bleib hier, Erik ... ich bitte dich, geh jetzt nicht.

RADBRUCH *längst entschieden*: Einer muß was tun.

MOSSE: Wenn du die Binde umlegst ...

RADBRUCH: ... eine Formalität, das weißt du.

MOSSE: Ich sagte, wenn du die Binde umlegst und gehst ...

RADBRUCH: Was dann?

MOSSE: Nicht nur Alf – auch ich habe meine Vorstellungen ... Zwangsvorstellungen ...

RADBRUCH *kühl*: Willst du mich dafür verantwortlich machen?

MOSSE *mit Schmerz*: Das Gefühl hört nicht auf ... das Gefühl, daß ich in dem Brunnen liege ... und auf mir die Opferbank ... Hier ... ich spüre sie hier ... Es hört nicht auf ... und ich liege und sehe nach oben ... und vor dem klaren – vor dem Ausschnitt des Himmels ... erscheint auf einmal ein Gesicht ... ein Gesicht, das angestrengt lauscht ... Es hört nicht auf ... Ich frag mich schon, ob man ein Gefangener seiner Erlebnisse werden kann ...

RADBRUCH: Und was bedeutet das? Du mußt schon klarer werden.

CARLA: Papa! Papa, weißt du, was du sagst? *Kniet vor seinem Stuhl, nimmt seinen Arm.* Das ist doch nicht wahr ... Mein Gott, das ist nicht wahr.

MOSSE: Ich schildere nur meine Zwangsvorstellung ... Ich bin noch nicht fertig.

ALF *führt Hoffmann heraus*: Jetzt die Schwelle, Hoffmann. *Pause. Alf führt Hoffmann, der eine Augenbinde trägt, zu den andern.* Er will in den Ort ... Er sagt, er will sich behandeln lassen.

*Stille.*

MOSSE: Behandeln?

ALF *achselzuckend*: Er besteht darauf.

HOFFMANN: Eine Spülung vielleicht ... Ich halt es nicht mehr aus ... Das brennt wie Kalk.

MOSSE: Hoffmann, wir hätten Ihnen gern geholfen ...

HOFFMANN: Ich komme zurück ... Wenn das Brennen aufhört ... Ich bin gleich wieder hier.

MOSSE: Sie müssen achtgeben.

HOFFMANN: Das versprech ich ... Diesmal leg ich mich mit keinem an ...

RADBRUCH: Kommen Sie. Ich werde Sie in den Ort bringen ... Und zurück ...

ALF *sarkastisch*: Sie sollten dies lederne Schmuckstück überm Arm tragen.

RADBRUCH: Sind sie bereit, Hoffmann?

HOFFMANN: Von mir aus kann's losgehn.

CARLA *geht zu Radbruch, leise*: Was wirst du tun?

RADBRUCH: Was einer von uns tun muß.

CARLA: Willst du nicht warten, Erik ... einen Augenblick?

RADBRUCH: Je länger wir warten, desto mehr verlieren wir ... Kommen Sie, Hoffmann. *Radbruch legt sich die Augenbinde um. Stille. Alle beobachten ihn.*

ALF *sarkastisch*: Wenn Sie erlauben, Herr Doktor ... Das einzige, was mir von meiner Jugend geblieben ist: die Kenntnis von Seemannsknoten ... beim Segeln hab ich sie erworben.

RADBRUCH: Danke, ohne Ihre Hilfe geht es besser.

ALF: Ein Webeleinstek garantiert für festen Sitz.

RADBRUCH: Heben Sie Ihre Kenntnisse gut auf ... Sie werden sie brauchen ... *Radbruch hat die Binde angelegt, nimmt Hoffmann am Arm, beide wollen zur Verandatreppe.*

*Mosse flüstert Alf etwas zu.*

CARLA *plötzlich, mit einem Schrei*: Nein, Erik ... Laß uns nicht allein ... Bitte, laß uns jetzt nicht allein.

RADBRUCH: Ich habe gesagt, daß ich zurückkomme.

CARLA *wieder leise, eindringlich*: Es könnte sich etwas ändern, bis du zurückkommst.

RADBRUCH: Darauf muß man gefaßt sein ... Für uns ... für uns alle hoffe ich es. *Radbruch mit Hoffmann zur Treppe. Alf mit schnellen Schritten hinterher, greift in Radbruchs Jackentasche, zieht die Notizbücher heraus.* Was wollen Sie?

ALF: Unsere Anteile ... Nur unsere Anteile ... Die Messungen, die wir vorgenommen haben, sind doch eine Gemeinschaftsarbeit ... unsere schönen Schädelmessungen, die endlich Licht in die Welt bringen ...

RADBRUCH: Gehen wir, Hoffmann. *Sie gehen die Treppe hinab, ohne sich umzuwenden, über den Platz, verfolgt von den Blicken der Zurückgebliebenen, die erstarrt und fassungslos dastehen.*

ALF *wirft die Notizbücher auf den Tisch, zählt die Augenbinden*: Drei – es sind tatsächlich nur noch drei ... Ich fürchte, wer nicht beizeiten wählt, muß nehmen, was übrigbleibt ... *Er probiert Augenbinden an.*

CARLA *unbewegt zu Mosse*: Du hast den Rest nicht gesagt ... Wer so anfängt wie du, der muß den Rest sagen ... Alles ...

MOSSE: ... den Rest werde ich mir aufheben ...

CARLA: ... für seine Rückkehr. *Pause. Überzeugt.* Du wirst

sehn, er wird zurückkommen ... *Verzweifelt.* Ja, er wird kommen ... Und euch beweisen, daß es nicht stimmt ... *Anklägerisch.* Du selbst hast gesagt, daß du dich auf ihn verläßt ... Daß du ihm alles überlassen möchtest ... *Überzeugt.* Ich kenne Erik besser ... Ihr werdet eure Überraschung erleben. *Zu Alf.* Und du! Du vor allem – eine Überraschung.

ALF: Um so besser.

CARLA: Zumindest unternimmt er etwas.

ALF: Wo nichts zu unternehmen ist.

CARLA: Und versucht etwas zu erreichen.

ALF: Wo nichts zu erreichen ist.

CARLA: Das ist eben der Unterschied zwischen euch.

ALF *mit vorgegebener Bekümmerung*: Ich gebe zu, daß ich anders bin ... Ich habe einen angeborenen Respekt vor dem Unvermeidlichen.

MOSSE: Hört auf ... *Streicht sich über die Augen.* Unvermeidlich: noch ist es nicht soweit ... noch können wir etwas tun.

ALF: Eben. Man ist gütig genug, uns wählen zu lassen ... Entweder – *zeigt zum Ort* – dort unten: frei und mit der Binde über den Augen ... oder sehend und hier ...

MOSSE *steht mühsam auf*: Holt mich ... holt mich, wenn der Bürgermeister kommt.

CARLA: Ich helfe dir, Papa. *Sie hilft ihm.*

ALF: Der Bürgermeister kommt nur, wenn es sich lohnt für ihn.

MOSSE *zu Alf*: Etwas habe ich gelernt ... jetzt ... auf dieser Expedition ...

ALF: Über Schädelformen?

MOSSE *geringschätzig*: Über Parasiten ... Es kann geschehen, was will: immer stellen sich Parasiten ein. *Er geht mit Carla ab.*

*Alf sucht nach Kippen auf dem Boden, findet eine, zündet sie an, macht zwei Züge, verbrennt sich fast die Finger, drückt die Kippe aus. Geht ans Geländer, lauscht. Mircea gleitet aus der Hängematte, kommt leise näher, bleibt hinter einem Korbstuhl stehen. Alf wendet sich um, erschrickt.*

ALF: Fast hätte ich mich erschrocken, Sie Leisetreter.

MIRCEA: Ihre Freunde, sind sie fort?

ALF: Das nächste Mal kündigen Sie sich an, wenn's geht ... ich hab nämlich etwas gegen das Leisetreten.

MIRCEA: In den Ort? Sind sie in den Ort gegangen?

ALF *zynisch*: Zu Ihren Lieben, ja ... Ins Tal der reinen Zufriedenheit.

MIRCEA: Sie sind zufrieden bei uns.

ALF *grimmig*: Sicher, mein Junge.

MIRCEA: Sie kennen die Heiterkeit ...

ALF: ... sicher ... und die Musik und den Tanz und die Freude an frischen Brötchen ...

MIRCEA: Sie können sich überzeugen ...

ALF: Machen Sie sich nicht lächerlich.

MIRCEA: Auch wenn Sie es nicht glauben – jeder lebt mit einem Spiegel ... mit einem inneren Spiegel ... Darin sieht er, was nötig ist ... Was er braucht von der Welt.

ALF: Glaub ich, mein Junge ... Was mich nur stört: einer bestimmt, was in dem Spiegel zu sehen ist. *Leise.* Hieß er nicht Bing?

MIRCEA: Was meinen Sie?

ALF: Der Kaiser ... der fernöstliche Kaiser ... im Zweifelsfall hieß er Bing, ja ... Der kam auf die glorreiche Idee, seinem Volk Tabletten zu verordnen: Zufriedenheits-Tabletten ... eine zum Frühstück, eine zum Abendbrot ... Sie verstehn: Tabletten, die zufrieden machen, heiter, gelassen ... Und der Herr Bing hatte ein sehr zufriedenes Volk, ja ... Bis einer mit einem empfindlichen Magen, der an Erbrechen litt ... bei diesem Mann wirkte die Pille nicht ... er kam nicht in den Genuß offizieller Zufriedenheit, verstehn Sie? ... Die Folge: er war unzufrieden ... Und auf einmal erkannte er, wie viele Gründe es gab zur Unzufriedenheit ... er erkannte sie und fand Geschmack an weiterem Erkennen ... Und mit seiner Unzufriedenheit hätte er tatsächlich ganze Provinzen infiziert, wenn nicht dieser Herr Bing ... Gottlob wurde der Mann entdeckt ... übrigens vom Kaiser persönlich, der es sich natürlich leisten konnte, selbst auf die Pille zu verzichten.

*Pause.*

MIRCEA: Ich begreife Sie nicht.

ALF: Man erlöste ihn von seinem Magenleiden ... ich meine den Mann, der unaufhörlich kotzen mußte ... man erlöste ihn auch von seiner Unzufriedenheit.

MIRCEA: Ich weiß nicht, was Sie damit sagen wollen.

ALF: Nicht?

MIRCEA: Nein.

ALF: Es gibt immer welche, die andere erlösen müssen ... von ihrer Unzufriedenheit, von ihrem Zweifel. Richtig verwendbar, verstehen Sie, brauchbar sind wir erst nach unserer Erlösung. *Pause.* So wie Sie, mein Junge.

MIRCEA: Ich?

ALF: Merken Sie es nicht? Sie sind mitten in Ihrer Erlösung, mein Junge ... auf dem Weg ins Tal der reinen Zufriedenheit ... und das alles freiwillig. *Alf tritt näher an Mircea heran.*

MIRCEA: Wir haben unsere Gesetze.

ALF *auf die Verknotung der Augenbinde blickend*: Wie lange dauerte es eigentlich?

MIRCEA: Dauerte was?

ALF: Ihr Auge ... Wie lange ertrugen Sie es, Ihr widerspenstiges Auge offen zu halten?

MIRCEA: Ich kann Ihnen nicht antworten.

ALF: Zehn Minuten? Fünf? Oder nur Sekunden? ... Das würde mich interessieren ... Haben Sie die Sonne gesehen? ... Hm? Oder eine funkelnde Regenwand? Was erblickten Sie? *Mircea schweigt.* Na, welch ein Angebot machte Ihnen die Welt?

MIRCEA: Ich sah Staub. Eine Staubwand.

ALF: Das war alles, was die Welt Ihnen zu bieten hatte? Oder wagten Sie nicht mehr zu erkennen? Hm? Hatten Sie vielleicht Angst?

MIRCEA: Wovor?

ALF: Mehr zu sehen ... Ihren Wasserfall ... den Fluß ... Ihren Vater ... die andern ... Hatten Sie Angst, Mitwisser zu werden? *Er ist davon überzeugt.* Das wird es gewesen sein: Sie sollten kein Mitwisser sein ... Sie hatten Schiß, mein Junge ... Sie wußten, daß Ihnen ein zu langer Blick Unannehmlichkeiten macht ... vielleicht sogar eine Entscheidung abverlangt.

MIRCEA *will zur Hängematte, Alf hält ihn fest*: Lassen Sie mich gehn.

ALF: Und jetzt – wir sind allein – lassen Sie mich Ihr Auge sehen ...

MIRCEA: Niemand darf die Binde entfernen.

ALF *abgründig lächelnd, entschlossen*: ... das Auge, in dem die Welt erschien ... und das es nicht mehr wagte, offen zu bleiben.

MIRCEA: Es ist strafbar ... Wer die Binde vor der Zeit entfernt, muß mit dem Äußersten rechnen ... Wer den Prozeß unterbricht ...

ALF *versperrt Mircea den Weg*: Nehmen Sie die Binde ab, Hasenherz.

MIRCEA: Niemals.

ALF: Einen Augenblick nur ... Ich werde Ihnen etwas zeigen ... was Sie noch nie gesehen haben. *Er zieht einen Taschenspiegel heraus.*

MIRCEA: Es geht nicht.

ALF: Wissen Sie überhaupt, warum Sie die Binde tragen? ... Ich habe einen Spiegel ... der zeigt Ihnen alles, mein Junge ... Machen Sie schon ... Es wird Ihnen bessergehen – hinterher ... Sie werden vielleicht nicht glücklicher sein ... Aber Vorwürfe – Sie brauchen sich dann weniger Vorwürfe zu machen.

MIRCEA: Sie haben kein Recht.

ALF: ... Ihnen das Auge zu öffnen? Sieh mal an, Hasenherz ... ich habe angeblich kein Recht, hinter diese Binde zu gucken ... Und ihr? Woher nehmt ihr euch das Recht, mir diese Binde gewaltsam umzulegen?

MIRCEA: Wenn Sie nicht sofort loslassen ...

ALF: Was dann? *Geringschätzig.* Hm? Was dann?

MIRCEA: Ich warne Sie.

ALF *erbittert*: Ich hab die Warnung verstanden. *Alf reißt Mircea die Augenbinde herunter. Mircea bedeckt blitzschnell mit den Händen seine Augen, so als wollte er sie vor dem schmerzhaft einschießenden Licht schützen. Alf weicht einige Schritte zurück, lauscht mit der Binde in der Hand. Stille. Alf geht langsam auf Mircea zu.* Und jetzt, öffne die Augen ... zeig mir dein Auge, hörst du ... Sieh mich an ... *Hält ihm den Taschenspiegel entgegen.* Riskier es ... riskier es doch!

MIRCEA *stürzt in Richtung zur Hängematte, laut rufend*: Gaspar! Hilfe, Gaspar ...

ALF *ihn verfolgend*: Sieh mich an!

MIRCEA: Gaspar! Hilfe!

ALF: Sei still ... was tu ich dir denn ... *Er versucht Mirceas Gesicht gewaltsam aufzuheben, um es betrachten zu können. Mircea widersetzt sich.*

MIRCEA: Gaspar!

CARLA *von der Tür*: Um Gottes willen ... Alf ... laß ihn los.

ALF: Hilf mir, Carla ... komm her und hilf mir.

CARLA: Was machst du mit ihm? *Schnell zu den Männern.*

ALF: Seine Binde. *Er gibt Carla Mirceas Augenbinde.*

CARLA *erschrocken*: Du? Hast du sie abgerissen?

ALF: Sieh dir sein Auge an!

CARLA: Warum tust du das?

*Alf hält Mircea mühsam fest.*

MIRCEA: Gaspar! *Gaspar und zwei Männer erscheinen, sie trennen Alf von Mircea, sie halten beide fest.* Er hat es getan, Gaspar ... Er ... Ihr müßt meinen Vater holen.

*Carla beobachtet Gaspars Bewegungen, heftige, zielsichere Bewegungen, die so wenig an die eines Blinden erinnern. Überraschung. Kühle Neugierde überwiegt ihre Anteilnahme. Sie hat zum erstenmal einen Verdacht.*

GASPAR *zu einem der Männer*: Hol den Bürgermeister.

ALF *zu Carla*: Diesmal kommt er ... Du wirst sehn: diesmal kommt er.

GASPAR: Schweigen Sie.

CARLA: Du hättest das nicht tun sollen, Alf.

GASPAR *zu Carla*: Die Binde. *Carla reicht ihm die Binde. Gaspar legt sie Mircea um. Dabei zu Alf.* Machen Sie sich auf etwas gefaßt.

ALF: Ich bin immer auf etwas gefaßt.

CARLA: Mußtest du ... mußtest du das wirklich tun?

ALF: Ich fühl mich besser ... Nun, Carla ... du glaubst es nicht, aber ich fühl mich besser.

*Vorhang*

## Dritter Akt

*Dekoration wie im ersten und zweiten Akt. Auf der Veranda steht ein länglicher Tisch; von der Tischplatte hängen Lederriemen herunter: ein kunstloser Operationstisch. Unter dem Tisch ein schäbiger Koffer, der das Operationsbesteck enthält. Professor Mosse, müde und nicht ganz gegenwärtig, sitzt in einem Korbstuhl; stehend hinter ihm, die Hände auf seinen Schultern, Carla. Eine Gruppe für sich bilden Alf und die beiden Männer, die Gaspar begleitet haben; Alf ist gefesselt. Eine andere Gruppe: der Bürgermeister, Gaspar, Mircea und ein sehr zarter Mann mit leerem Gesicht und mechanischen Bewegungen: der Operateur. Seine Stimme ist tonlos, von herausfordernder Sachlichkeit. Die Assistentin des Operateurs.*

BÜRGERMEISTER *zu Mosse*: Sie haben das Urteil gehört.

MOSSE: Wie bitte?

BÜRGERMEISTER: Nach unseren Gesetzen kann es nur ein Urteil geben.

MOSSE *resigniert*: Das sagten Sie, ja.

BÜRGERMEISTER *ohne Erregung*: Einer Ihrer Männer hat sich des schwersten Vergehens schuldig gemacht ... Unterbrechung ... Er hat den Prozeß der »Heimkehr« unterbrochen – bei einem anderen ...

MOSSE: »Heimkehr« nennen Sie das.

BÜRGERMEISTER: Den Prozeß, der die Heimkehr zu den andern möglich macht.

MOSSE: Welche Strafe hat er zu erwarten?

BÜRGERMEISTER: Blendung.

MOSSE: Blendung?

CARLA *heftig*: Das dürfen Sie nicht ... Mein Gott, Sie haben kein Recht dazu.

BÜRGERMEISTER: Wir lassen mildernde Umstände gelten.

CARLA: Das ist unmenschlich.

BÜRGERMEISTER: Mildernde Umstände? ... Das Gesetz sieht vor, daß bei diesem Vergehen die Hornhaut geätzt wird ... Mit ungelöschtem Kalk ... Diese Art der Blendung geht nicht ohne Schmerzen ab und beansprucht ihre Zeit ... Wir bestehen nicht darauf.

MOSSE: Was dann?

BÜRGERMEISTER: Wir legen das Gesetz günstiger aus: Durchtrennung des Sehnervs.

CARLA *erschrocken*: Nein! *Leise.* Nein ... Nicht das.

BÜRGERMEISTER: Es ist ein Zugeständnis.

CARLA *tritt an Alf heran, umarmt ihn, die beiden Männer trennen die Umarmung*: Alf ... Das ist nicht wahr ... das kann niemand verlangen. *Zu Mosse.* Papa ... du mußt es verhindern.

MOSSE *aufschreckend*: Was sagst du?

CARLA: Was sie mit Alf vorhaben. Hast du es gehört?

*Radbruch erscheint vor der Veranda. Er trägt die Augenbinde. Carla entdeckt ihn zuerst.*

MOSSE: Ja, mein Kind.

CARLA: Erik! Hier! Schnell! *Sie läuft ihm entgegen. Sie hilft ihm die Treppe herauf.* Jetzt kannst du sie abnehmen. *Sie will ihm die Augenbinde abnehmen. Er hindert sie daran.* Da! Sieh dir an, was geschehen soll – mit Alf ... Blenden ... er soll geblendet werden ... *Sie will das Band der Binde aufknoten.*

RADBRUCH: Warte, Carla.

CARLA: Willst du sie nicht abbinden?

RADBRUCH: Ich will dich nur holen ... Ich bin nur hergekommen, um dich zu holen.

CARLA: Holen? Wohin?

*Pause.*

BÜRGERMEISTER *zu Carla*: Ihr Mann hat sich entschieden ... Wir dürfen ihn willkommen heißen bei uns.

*Pause.*

CARLA *irritiert*: Du hast dich – entschieden?

BÜRGERMEISTER *zu Alf*: Das ist die letzte Möglichkeit ... Er wäre unser äußerstes Zugeständnis: Wenn Sie jetzt die Binde nehmen – wir könnten auf diese Prozedur – *zeigt auf den Tisch* – verzichten ... Ihr Freund – *blickt auf Radbruch* – hat es Ihnen gezeigt ... Vernunft ... In Ihrer Lage haben Sie nur noch einen Ratgeber: Vernunft.

CARLA *zu Radbruch*: Was heißt das, du hast dich entschieden?

*Pause.*

BÜRGERMEISTER *zu Alf*: Worauf warten Sie?

RADBRUCH: Bist du bereit, Carla? ... Wir gehn zusammen in den Ort. Man wird uns führen.

CARLA: Du willst uns verlassen?

RADBRUCH: Vorbereiten ... Wir werden die Ankunft der anderen vorbereiten. Bald ... eines Tages werden sie nachkommen.

CARLA *bestürzt*: Erik ... Was ist passiert ...? Wie redest du?

RADBRUCH: Wir haben keine Wahl.

CARLA *sehr erregt*: Du willst uns hier sitzenlassen? Du willst – freiwillig – tun, was sie von uns verlangen? Du, mein Mann, willst uns sogar überzeugen und abholen? Bist du schon in ihrem Dienst? Was haben sie mit dir gemacht? ... Sag, was?

RADBRUCH: Zu manchen Einsichten kommt man widerwillig ... Und plötzlich ...

CARLA: Einsichten? Das nennst du Einsichten? *Wendet sich an Mosse, verzweifelt.* Papa! Hörst du das? ... Begreifst du das?

ALF *trocken*: Dein Mann kennt die Spielregeln ... die sicheren ...

CARLA: Gibt's denn gar keinen Verlaß mehr ...

ALF: ... und weiß, wann er B sagen muß.

RADBRUCH: Kommst du, Carla?

CARLA *den Tränen nahe*: Geh ... geh, wenn es besser ist für dich ... Mein Gott, so verschwinde doch schon ... *In verzweifeltem Zorn.* Und hier ... hast du auch noch meine Binde ... *Nimmt eine Augenbinde vom Tisch, wirft sie Radbruch gegen die Brust.* Falls du mit einer nicht auskommst ... *Pause.* Warum stehst du noch hier?

RADBRUCH: Was mir möglich ist ... Ich werde für euch vorbereiten, was möglich ist. *Ab.*

CARLA: Geh endlich. *Sie hockt neben dem Sessel von Mosse.*

BÜRGERMEISTER *zu Alf*: Ich habe Ihnen ein Angebot gemacht.

ALF: Das muß ich überhört haben.

BÜRGERMEISTER: Dem Gesetz wäre Genüge getan, wenn Sie sich entschließen ... Wenn Sie nach dem Beispiel Ihres Freundes jetzt die Binde nehmen.

ALF: Ein großzügiges Angebot.

BÜRGERMEISTER: Manches bleibt Ihnen erspart. Manches wird Ihnen erleichtert.

ALF: Und was soll das sein?

Bürgermeister: Das Alltägliche.

Alf: Ich bin nicht scharf darauf ... Vielen Dank für die Erleichterungen.

Bürgermeister: Sie wissen, was es bedeutet – die Zurückweisung unseres Angebots.

Alf: Sie werden es nicht wagen – Sie haben kein Recht!

Bürgermeister: Unsere Gesetze geben uns das Recht. *Zum Operateur.* Fangt an!

Mosse: Komm, Carla, bring mich ins Haus.

Bürgermeister: Ich muß Sie bitten, zu bleiben.

Mosse: Es ist unerhört ... Was hier geschieht, ist ein Verbrechen!

Bürgermeister: Fangt an!

*Die Männer schleppen Alf zum Tisch. Sein Widerstand ist nutzlos. Die Männer binden Alf mit den Lederriemen am Tisch fest.*

Mosse: Ich protestiere!

Bürgermeister: Gegen unsere Gesetze?

Mosse: Sie erlauben ein Verbrechen.

Bürgermeister: Sie sind ein Ausdruck der Gerechtigkeit.

*Der Operateur öffnet den Koffer, entnimmt dem Koffer das Operationsbesteck, Klemmen etc. Seine Assistentin hilft ihm. Carla und Mosse halten einander bei den Händen. Alf bäumt sich auf. Der Operateur ist bereit.*

Operateur *zu Alf*: Sie sollen wissen, was geschieht ... *Pause. Lauscht in Richtung zum Bürgermeister.* Also: Die Bindehaut wird eröffnet. Ein Muskel wird angeschlingt. Es wird ein Zugang zum Sehnerv freigelegt ... Der Sehnerv ist als fester Stab zu denken. Die Klemme wird aufgesetzt. Die Klemme wird bewegt. Der Sehnerv wird durchtrennt.

Mosse *mühsam*: Halt! Einen Augenblick ... *Zum Bürgermeister.* Ich bin bereit, die Binde zu nehmen, wenn diese Operation unterbleibt ... Wenn Sie ihn losbinden ... Wenn Sie nicht auf Ihrem Urteil bestehen, bin ich bereit dazu.

*Pause.*

Bürgermeister *zu Alf*: Haben Sie gehört? Professor Mosse hat sich angeboten, etwas für Sie zu tun. *Pause.* Bedeutet es Ihnen nichts? *Alf schweigt.* Wollen Sie nicht antworten? *Alf schweigt.*

Operateur: Bei der Durchtrennung des Sehnervs tritt der

übliche Schmerz auf. Er ist kurz und wenig charakteristisch. Bcmerkenswert ist der Lichtball, bevor Dunkelheit eintritt.

*Pause.*

BÜRGERMEISTER: Wir warten darauf, daß du es tust.

*Der Operateur arbeitet. Es ist für den Zuschauer nicht entscheidbar, was ihm bei der Operation Sicherheit verleiht: die Routine, die er sich bei derlei Eingriffen offenbar erworben hat, oder seine – kaum glaubliche – Sehfähigkeit.*

MOSSE: Alf! Hören Sie mich, Alf?

BÜRGERMEISTER: Es ist zu spät.

MOSSE: Sie dürfen das nicht zulassen.

BÜRGERMEISTER: Es wird ihm nützen ... Ein zumutbarer Schmerz ... Danach wird es ihm nützen.

MOSSE: Er wird nie sein wie Sie.

BÜRGERMEISTER: Er wird nicht außen stehen.

MOSSE: Ich werde dafür sorgen, daß die Welt davon erfährt.

BÜRGERMEISTER: Sie werden ihr nichts Neues mitteilen.

MOSSE: Die Verantwortung ... Sie tragen die Verantwortung dafür.

BÜRGERMEISTER: Professor Mosse, Sie sind nicht die erste Expedition, die hier auftauchte ... die uns beobachtete und erforschte ... Und Sie sind auch nicht einmal die schwierigste Expedition ... Sie sind Wissenschaftler ... Sie beschränken sich doch nicht auf Ausflüge ins Universum ... Sie sind – bei all ihren Tätigkeiten – auf die Kenntnis der großen Gesetzmäßigkeiten aus ... Gesetzmäßigkeit: eben, wer sie aufgefunden hat – hier oder da –, kann Voraussagen machen. *Pause.* Alle Expeditionen, die hier erschienen, haben sich eines Tages aufgelöst ... ihre Mitglieder sind zu uns gekommen ... Mehr oder weniger freiwillig zu uns gekommen ... Der Leiter der ersten Expedition hielt es am längsten aus. Ein halbes Jahr lebte er hier, von seinen Kameraden verlassen ... Dann erschien er und bat um die Binde ... *Pause.* Er starb als glücklicher Mann: es war mein Vater ... *Alf stöhnt auf. Bürgermeister in Richtung zu Alf.* Er ist uns näher gekommen ... unserer Gemeinschaft: ein großes Stück näher.

CARLA *starr vor Entsetzen*: Ich frag mich – mein Gott, ich frag mich, woher Sie den Mut nehmen zu solchem Zynismus.

BÜRGERMEISTER: Für ihn ist die Welt das geworden, was sie für uns ist. *Alf stöhnt auf.* Bringt ihn ins Haus.

OPERATEUR: Nur noch die Binde. *Er legt Alf eine Augenbinde um.* So.

*Alf wird losgebunden. Die Männer führen ihn ins Haus. Carla will ihnen folgen.*

BÜRGERMEISTER: Lassen Sie ihn allein ... Sie können ihm nicht helfen.

MOSSE: Bleib hier, mein Kind.

CARLA: Warum können wir nichts tun ... warum zwingen sie uns, Zeugen zu sein?

MOSSE: Wir werden berichten, was hier geschehen ist.

BÜRGERMEISTER: Professor Mosse – ich wollte sagen: Wer die Gesetzmäßigkeit kennt, kann Voraussagen treffen ... Sie wissen, was Sie eines Tages werden tun müssen ... unweigerlich tun ... Warum zögern Sie?

CARLA: Haben Sie immer noch nicht genug? Sie – Sie lassen das geschehen ... Und von uns verlangen Sie eine Theorie Ihrer – Ihrer Unbarmherzigkeit ... Wie weit wollen Sie denn noch gehen?

BÜRGERMEISTER: Ich bin für die Sicherheit dieses Ortes verantwortlich ... für seine Ordnung ... für sein Gleichgewicht ... Falls Sie mich sprechen wollen – ich bin immer für Sie zu erreichen. *Zum Operateur.* Komm!

*Aus dem Haus treten die anderen Männer. Alle ab, bis auf Mircea, der zu seiner Hängematte geht, sich hineinlegt.*

MOSSE: Wenn du zu Hause geblieben wärst – du hättest dir alles ersparen können.

CARLA *aus der Situation erwirbt sie einen Zuwachs an Kraft*: Ich bin aber hier. Bei dir.

MOSSE: Bei mir ... Es hilft dir nicht viel.

CARLA: Ich muß zu Alf. Einer muß sich um ihn kümmern.

MOSSE: Er kann jetzt nichts als allein sein. Was er braucht, kann ihm niemand bringen.

*Pause.*

CARLA: Warum hat er das getan?

MOSSE: Alf?

CARLA: Erik! Warum hat er das getan ... Freiwillig ... Was kann er denn vorbereiten?

MOSSE: Er wird wiederkommen. Er braucht uns.

CARLA: Er braucht uns?

MOSSE: Er wird erst seine Ruhe finden, wenn wir ihm gefolgt sind. Wenn wir uns entscheiden, wie er sich entschieden hat.

*Pause.*

CARLA: Papa, war es sein Gesicht? ... Damals, in der Ruinenstadt ... als die Opferbank brach und du abgestürzt bist: war es Eriks Gesicht, das du über dem Brunnenrand ...?

MOSSE: Warum willst du das wissen, ausgerechnet jetzt?

CARLA: War es Erik?

MOSSE *schonend*: Ich glaube ... ja, ich glaube es.

CARLA: Wollte er dich – wirklich – aufgeben?

MOSSE: Wer hat dir das erzählt?

CARLA: Wollte er es? Ja oder nein?

MOSSE: Carla, wir müssen überlegen, was jetzt geschehen soll ... Ich habe Schmerzen ...

CARLA: Bist du ganz sicher, daß er es tun wollte?

MOSSE *schonend*: Vielleicht war es ... tatsächlich ... nur eine Zwangsvorstellung ...

CARLA: Du hast es geglaubt ... Du hast es also angenommen.

MOSSE: Wir allein sind übriggeblieben.

*Pause.*

CARLA: Wir werden übrigbleiben.

MOSSE *will aufstehen*: Ich sollte mich doch mal um Alf kümmern.

CARLA: Soll ich dir ...

MOSSE: Nein, nein – es geht schon.

CARLA *plötzlich, sie verfolgt eine Idee*: Warte. Einen Augenblick noch.

MOSSE: Du solltest dich auch hinlegen ... Wer weiß, wann sie das Essen bringen.

CARLA: Mit Streichhölzern könnte man es versuchen ...

MOSSE: Streichhölzer?

CARLA: Wenn du ein Streichholz anreißt ... vor dem Gesicht eines Blinden ... ganz nah ...

MOSSE: Was hast du vor?

CARLA: Er wird nicht reagieren ... Oder? Er wird doch nicht reagieren.

MOSSE: Ein bekanntes Beispiel. Warum?

*Kleine Pause.*

CARLA: Oder eine niedrige Tür ... Wenn du einen Blinden durch eine niedrige Tür führst – niemals wird er den Kopf einziehen ... das wäre eine Möglichkeit.

MOSSE: Warum fragst du danach?

CARLA: Mir ist etwas aufgefallen, Papa ... Ich glaube, ich habe etwas gemerkt.

MOSSE: Carla, ich bitte dich ... Es ist schon genug geschehen ... Tu nichts, was unsere Schwierigkeiten vermehrt ...

CARLA: Hast du nicht mal erzählt, daß man Fischschwärme ablenkt ... durch Schattengitter? Wie heißt das? ... Es gibt doch einen Namen dafür ... Auch wir – vor einer beliebigen Schattengrenze – wir zögern doch zuerst? Oder? Wir halten an ... vor einem plötzlichen Schatten.

MOSSE: Ich versteh dich nicht.

CARLA: Wart ab ... Wart nur ab. *Pause. In ihrer Hand ein Messer aus dem Operationsbesteck.*

MOSSE: Wo hast du das her ... das Messer?

CARLA: Das Messer? Es lag vor mir, auf einmal ... Man kann es gebrauchen.

MOSSE: Gib's mir. Da ist es sicher.

CARLA: Später.

MOSSE: Es ist sicherer bei mir.

CARLA: Ich brauche es.

MOSSE: Sei vernünftig, Carla.

CARLA *besessen von ihrer Idee*: Ich will nur etwas wissen ... Sei ganz ruhig ... ich will nur etwas klarlegen ... beweisen ...

MOSSE *besorgt*: Klarlegen! ... Du kommst nicht davon weg ... Dir ist erst geholfen, wenn du alles weißt ... Gib nur acht bei dem, was du vorhast ... Hörst du, Carla?

CARLA: Mach dir keine Sorgen.

MOSSE *mühsam zur Tür*: Nein, ich muß es allein schaffen ... ich muß ausprobieren, was noch möglich ist. *Ab.*

*Carla hebt die Augenbinde auf, die sie Radbruch zugeworfen hatte. Sie legt sie auf den Tisch. Sie hebt die beiden verbliebenen Augenbinden auf, vergleicht sie, bindet sie zusammen, stellt fest, daß sie offenbar zu kurz sind für das, was sie vorhat. Sie wirft die Augenbinden auf den Tisch.*

MIRCEA: Ich höre Sie ... Ich spüre, daß Sie da sind. *Mircea gleitet aus der Hängematte.* Warum antworten Sie nicht? *Pause.* Was tun Sie?

CARLA: Lassen Sie mich zufrieden.

MIRCEA *näherkommend*: Es tut mir leid, daß es geschehen mußte ... mit Ihrem Freund.

CARLA: Ich sagte, lassen Sie mich zufrieden.

MIRCEA *näherkommend*: Was kann ich denn dafür?

CARLA: Das wissen Sie nicht? *Geringschätzig.* Steigen Sie in Ihre Hängematte ... Legen Sie sich hin ... Tun Sie, was man von Ihnen erwartet.

MIRCEA: Er wird es vergessen – schneller, als Sie glauben.

CARLA *scharf*: Hören Sie auf. *Kleine Pause.* Ich kann es nicht mehr ertragen. *Rasch zitierend.* »Jetzt ist er uns näher gekommen« ... »Er ist nicht mehr allein« ... »Er ist am glücklichen Ufer« ... Ich kann diese Sätze nicht mehr ertragen. Sie sind schamlos.

MIRCEA: Sie haben nicht bei uns gelebt.

CARLA: Und ich werde hier nicht leben.

MIRCEA: Sie sind erregt.

CARLA: Was denn sonst?

MIRCEA: Ich warte freiwillig.

CARLA *höhnisch*: Sicher warten Sie freiwillig.

MIRCEA: Wenn ich zurückgehen kann ...

CARLA: ... gibt es ein Freudenfest ... Das ist klar.

MIRCEA *beherrscht*: Sie irren sich ... Sie waren noch nicht bei uns ... in unseren Straßen ... niemand hier denkt an Gefangenschaft ... Gehn Sie doch mal runter ... sprechen Sie mit den Leuten ... Und die Kinder ... fragen Sie die Kinder aus ...

CARLA *sarkastisch*: Vermutlich hört man überall Gesang?

MIRCEA: Es gibt mehrere Chöre.

CARLA: Das hab ich mir gedacht.

MIRCEA: In jedem Haus wird man Ihnen antworten.

CARLA: Und auf der Straße flüstern. *Sie geht plötzlich, vorsichtig, an ihm vorbei zur Hängematte.*

MIRCEA: Wie schnell Sie urteilen ...

CARLA: Es ist genug geschehen.

MIRCEA: Gehn Sie nicht fort ... bitte.

CARLA: Ich bleib hier, keine Angst. *Sie untersucht hastig die Hängematte.*

MIRCEA *während er spricht, schneidet Carla die Zurrleine von der Hängematte*: Machen Sie eine Probe ... Gehn Sie runter zu uns ... Allein ... Überzeugen Sie sich ... Sie sind glücklich ... Wenn Sie es wünschen – meine Schwester wird Ihnen helfen, Doina ... Sie wird Sie führen ... Sie haben Ähnlichkeit mit ihr ... Sie können ihr alle Fragen stellen ... Vielleicht werden Sie uns verstehen ... *Kleine Pause.* Sind Sie noch da?

CARLA: Immer noch, ja. *Sie wickelt die Schnur auf, kommt zurück.*

MIRCEA: Haben Sie keine Lust?
CARLA: Wozu?
MIRCEA: Sich zu überzeugen? ... Im Ort ... vielleicht ... wenn Sie nichts dagegen haben ...
CARLA: ... möchten Sie sich als Fremdenführer anbieten? Wollten Sie das sagen?
MIRCEA: Ich könnte Sie bekannt machen mit unserem Leben.
CARLA: Ich will nicht, verstehen Sie. Ich will nicht. *Sie mustert die Veranda, überlegt. Sie geht zur Verandatreppe, befestigt die Schnur an dem Pfosten der Treppe, achtet besonders darauf, daß sie in Augenhöhe hängt. Sie befestigt in der Mitte der Schnur ein Taschentuch.*
MOSSE *aus dem Haus*: Carla? Carla!
MIRCEA: Ihr Vater.
CARLA: Ich hab's gehört. *Sie bindet das Taschentuch ab, steckt es ein, desgleichen bindet sie die Schnur vom Pfosten los.* Ja, ich komme. *Ab.*
*Mircea geht zu seiner Hängematte; entdeckt, daß sie schlaff durchhängt, versucht die Ursache herauszufinden, lauscht zur Tür des Hauses, wo Carla wieder erscheint. Sie tritt heraus, lehnt sich gegen den Türrahmen.*
MIRCEA: Was tun Sie? ... Die Hängematte ... Was haben Sie mit der Hängematte gemacht? *Carla geht langsam, schweigend auf ihn zu.* Was haben Sie vor?
CARLA: Holen Sie den Bürgermeister.
MIRCEA: Ist etwas passiert?
CARLA: Ich bitte Sie, den Bürgermeister zu holen.
*Kleine Pause.*
MIRCEA: Ihr Vater?
CARLA: Er soll eine Bahre schicken ...
MIRCEA: Ist es schlimmer geworden?
CARLA: ... und Träger ... Er kann nicht gehn allein ... Sagen Sie dem Bürgermeister, er kann meinen Vater abholen lassen.
MIRCEA: Es tut mir leid ... Sie wissen, ich darf das Haus nicht verlassen.
CARLA: Der letzte ... Sagen Sie ihm, er kann kommen und den vorletzten holen ... Wir beide werden dann allein zurückbleiben.
MIRCEA: Sie erlauben es nicht.
CARLA: Sie bringen eine gute Nachricht ... Und ich bitte Sie.

MIRCEA: Es gibt keine Entschuldigung.
CARLA: Sie müssen eine Bahre mitbringen.
*Kleine Pause.*
MIRCEA: Wo sind Sie? *Er geht auf sie zu.* Gut. Ich gehe. *Leise.* Ihretwegen – nur Ihretwegen ... Ich weiß, daß Sie – mich verachten ...
CARLA: Ich danke Ihnen.
MIRCEA: ... weil ich stillhalte und tue, was man von mir verlangt ... Wenn ich nicht zurückkomme ...
CARLA: Sie werden zurückkommen ... Ich warte auf Sie.
MIRCEA: Man kann nicht gegen die andern leben ... nicht auf die Dauer. Bringen Sie mich zur Treppe, dann weiß ich Bescheid.
*Carla führt Mircea zur Treppe und die Treppe hinab. Mircea will etwas sagen, verzichtet. Ab.*
*Carla blickt ihm nach und geht auf die Veranda hinauf. Mosse. Er wirkt sehr geschwächt.*
CARLA: Warum bleibst du nicht liegen?
MOSSE: Ich will ihn im Freien erwarten. Bring mich zum Tisch.
*Carla hilft ihm.*
CARLA: Der Junge, er holt ihn.
MOSSE: Du bleibst nicht lange allein, mein Kind ... Wenn es besser geht ... gleich, wenn es besser geht, komme ich zurück ...
CARLA: Setz dich hin. *Mosse setzt sich. Carla schiebt einen zweiten Sessel heran, legt Mosses Beine hoch.* Frierst du? Du siehst aus, als ob du frierst.
MOSSE: Leg mir das Ding um ... die Binde.
CARLA: Wir haben noch Zeit.
MOSSE: Ich möchte mich gewöhnen ... Ein bißchen vorbereiten, weißt du ... Wenn er kommt – ich möchte es nicht im letzten Augenblick tun ... Also, fang an ... fang an.
CARLA *ratlos*: Willst du nicht warten?
MOSSE: Carla?
CARLA: Ja?
MOSSE: Du glaubst doch nicht, mein Kind, daß ich dich allein lasse ... Ich meine: hier – für immer – allein ... Das glaubst du doch nicht?
CARLA: Nein, Papa.
MOSSE: Dieser Gedanken wird mir helfen ... Ich werde schnell gesund werden ... Der Gedanke, daß du hier bist –

aushältst: er wird alles beschleunigen ... Wollen wir es uns versprechen?

CARLA: Was?

MOSSE: Die Rückkehr. Und das Aushalten. Ich verspreche dir, zurückzukommen ... Und du versprichst mir, auszuhalten ...

CARLA: Müssen wir das tun? Ist es so weit gekommen? *Sie geht hinter seinem Rücken zum Verandapfosten. Sie nimmt das Ende der Schnur auf und befestigt sie in Augenhöhe.*

MOSSE: Du hast recht: wir machen es wie früher ... Weißt du noch? Was gesagt ist, ist versprochen ...

CARLA: Du wirst gesund werden. *Sie mißt den Abstand der Schnur vom Boden.*

MOSSE: Leg mir jetzt das Ding um. *Sie befestigt ihr Taschentuch etwa in der Mitte der Schnur.* Kommst du?

CARLA: Ja, ich komme. *Im Vorbeigehen nimmt sie eine Augenbinde vom Tisch.*

MOSSE: Ich werde – weißt du, was ich tun werde?

CARLA: Du wirst Ruhe halten, Papa.

MOSSE: Unter der Binde werde ich die Augen schließen ...

CARLA: Wollen wir nicht warten?

MOSSE: Nein ... Wir wollen uns nicht aufhalten ... Ich will bereit sein, wenn er kommt.

CARLA *legt ihm die Binde über die Augen; zögert, nimmt sie ihm wieder fort*: Unmöglich ... ich kann es nicht ...

MOSSE: Denk, daß du mir hilfst ... dann geht es.

*Kleine Pause.*

CARLA: Ja ... ja. *Sie legt ihm die Binde über die Augen, verknotet sie am Hinterkopf. Sie tritt fast erschrocken zurück und mustert ihren Vater, der reglos und dabei gespannt in seine plötzliche Dunkelheit lauschend daliegt.*

MOSSE: Farbig, Carla ... die Dunkelheit ist farbig. Da sind Streifen und Kreise.

CARLA *verzweifelt*: Bitte, hör auf ... Hör auf.

MOSSE: Du kannst die Farben – fast – unterscheiden.

CARLA: Sprich jetzt nicht.

MOSSE: Entschuldige.

CARLA: Du darfst dich nicht anstrengen.

MOSSE: Du kennst meine Zähigkeit ... Du bist doch nicht

unsicher geworden? ... Zweifelst du vielleicht? ... Wir gleichen uns ... Das haben viele gesagt ... Wir können uns aufeinander verlassen.

Carla: Ich werde hierbleiben.

Mosse: Wenn die Schmerzen vorbei sind ...

Carla: Ich weiß, Papa. *Sie tritt an den Tisch. Sie nimmt die letzte, ihr zubestimmte Augenbinde. Sie zerschneidet die Augenbinde mit dem Messer, wirft die Stücke auf den Boden.*

Mosse: Was tust du?

Carla: Ich verspreche dir, zu warten.

*Kleine Pause.*

Mosse: Du mußt dich um Alf kümmern.

Carla: Ich werde mich um ihn kümmern.

Mosse: Ich hätte es ihm nicht zugetraut ... Er will hierbleiben ... Er ... Er will nicht gehn, solange du hier bist ... Was sagst du dazu?

Carla: Ich glaube, sie kommen.

*Der Bürgermeister. Gaspar. Zwei Männer mit einer Bahre. Mircea. Radbruch.*

Carla: Bleib liegen, Papa ...

*Der Bürgermeister und Gaspar steigen die Verandatreppe hinauf. Sie zögern vor der Schnur, tauschen schnell einen Blick. Beide bücken sich leicht und gehen unter der Schnur hindurch, Mircea folgt ihnen. Er läuft mit dem Gesicht gegen die Schnur. Carla geht rasch zum Pfosten und bindet die Schnur ab.*

Bürgermeister: Professor Mosse, Sie haben mich rufen lassen.

Carla *mit bitterer Sicherheit*: Nimm deine Binde ab, Vater!

Mosse *ratlos*: Wie bitte?

Carla: Du kannst deine Binde abnehmen.

Mosse: Wo ist der Bürgermeister?

Bürgermeister: Sie brauchen unsere Hilfe?

Mosse: Ja.

Carla *geht schnell auf Mosse zu, löst die Binde*: Du hast es nicht nötig ... Niemand ... niemand hat es nötig, die Binde zu tragen ... Hier nicht ...

Mosse: Carla! ... Was hast du getan?

Carla: Nichts. Nichts Besonderes ... *Zu Gaspar und zum Bürgermeister hinübernickend.* Sieh sie dir an ... Merkst du nichts? Du wirst gesehen ... Dein Blick wird erwidert! ... Es trennt sie nichts von uns ... Nichts ... Ihnen hat die Krankheit nichts getan ... Oder sie haben sich losgekauft von ihr ... *Zu Mosse.* Na? Spürst du, wie dein Blick aufgenommen wird? Sie erkennen dich, Papa ...

MOSSE *unbehaglich*: Was ist denn hier geschehen?

BÜRGERMEISTER: Sie haben uns rufen lassen.

CARLA *zu Mosse*: Sie haben es zugegeben ... Vor diesem Hindernis – einer gespannten Schnur – haben sie es zugegeben: sie sehen ... Ich habe es geahnt, nun weiß ich es: Einige können sehen, Papa ... Ich habe den Beweis ... Du brauchst die Binde nicht zu tragen.

*Kleine Pause.*

BÜRGERMEISTER: Ich bin gespannt, was Sie mit Ihrem Wissen anfangen wollen.

CARLA: Jetzt haben wir Gewißheit.

BÜRGERMEISTER: Ich fürchte, daß es Ihnen kaum helfen wird.

CARLA: Unterschiede – weißt du noch: man wollte uns willkommen heißen, wenn es keine Unterschiede mehr gibt ... Wie hieß es: wenn die Welt für Sie das geworden ist, was sie für uns ist ... Alles Täuschung ... Mein Gott, alles nur Vorwand und Trick ...

BÜRGERMEISTER: Auch wenn Ihre kleine List erfolgreich war ... ich zögere, Sie zu beglückwünschen.

CARLA: Aber Sie geben es zu ... *Zu Mosse.* Du hast es gehört ... *Zum Bürgermeister.* Ich habe Sie beobachtet ... Ihre Bewegungen ... Ihr Lauschen ... Ich hab mich gezwungen, dem Operateur zuzusehen ... Das Einverständnis auf ihren Gesichtern ...

BÜRGERMEISTER: Ihre Enttäuschung zeigt, wie wenig Sie begriffen haben.

CARLA: Begreifen? ... Hier gibt es nichts zu begreifen.

BÜRGERMEISTER: Nennen wir es: verstehen.

CARLA: Hören Sie doch auf ... Sie haben uns gezeigt, was von Ihren Forderungen zu halten ist ... von Ihren Ansprüchen ... Ich verstehe Sie, o ja ... Ich verstehe Sie besser, als es Ihnen angenehm sein kann ... Sie haben sich auf Ihre Gesetze berufen ... Im Namen Ihrer Gesetze haben Sie das alles geschehen lassen ... Aber wer hat sie gemacht, diese Gesetze? ... Und für wen?

BÜRGERMEISTER: Ich bin nicht hier, um mich zu rechtfertigen.

CARLA: ... Angst hat diese Gesetze gemacht ... Die Angst vor dem Moment, daß ein krankes Auge sich öffnet ... Das ist die Gefahr: ein Auge, in das auf einmal Licht fällt ...

BÜRGERMEISTER: Ich sagte, Sie begreifen es nicht ... Wer für das Gleichgewicht zu sorgen hat ... für das Gleichgewicht der Dinge ... ist auf Abstand angewiesen ... Anders sein: er muß sich ausschließen, anders sein ... *Plötzlich zu Mosse.* Sie wollten mich sprechen?

MOSSE: Ja.

BÜRGERMEISTER: Sind Sie bereit?

CARLA: Sie dürfen das nicht verlangen ... Die Binde ... jetzt ...

BÜRGERMEISTER: Ihr Vater wird die Hilfe erhalten, die er braucht. Vorausgesetzt – er unterwirft sich den Bedingungen.

CARLA: Warum? Warum jetzt noch?

BÜRGERMEISTER: Wir können keine Ausnahmen machen. Niemand würde es verstehen.

CARLA: Aber Sie selbst ... Sie und ein paar andere ... Sind Sie denn keine Ausnahmen?

BÜRGERMEISTER: Wir sind verbunden mit dem Los unserer Leute.

CARLA *verstört*: Erklär mir das, Papa ...

BÜRGERMEISTER: Professor Mosse, sind Sie bereit?

MOSSE *apathisch*: Ja, ich glaube.

BÜRGERMEISTER: Die Bahre!

*Die beiden Träger mit der Bahre kommen auf die Veranda. Radbruch folgt ihnen langsam.*

CARLA: Nimm sie nicht ... die Binde, Papa: nimm sie nicht.

MOSSE *hilflos*: Was soll ich denn tun?

CARLA: Das ist das einzige, was uns geblieben ist: wir können uns weigern ...

MOSSE *schwach*: Wir haben uns ... das Nötigste versprochen ...

CARLA: Aber – wenn du die Binde nimmst ... Du erkennst sie an ... Du bestätigst sie ...

BÜRGERMEISTER: Kommen Sie mit uns?

MOSSE *hilflos, mit bejahender Geste*: Ja ... ja.

BÜRGERMEISTER *ihm die Binde umlegend*: Sie werden die Hilfe erhalten, die Sie brauchen.

RADBRUCH *leise*: Carla? *Schweigen.* Carla, hörst du mich?

CARLA *tonlos*: Was ist?

RADBRUCH: Du kannst hier nicht bleiben – allein, ohne Schutz.

CARLA: Willst du bei mir bleiben?

RADBRUCH: Komm mit ... Wir sind dann alle zusammen ... wieder zusammen.

CARLA: Ich dachte, du wolltest mir deinen Schutz anbieten ... Hier.

RADBRUCH: Es lohnt sich doch nicht. *Kleine Pause.* Was willst du erreichen? Wem willst du etwas beweisen? Komm mit.

CARLA: Keine Angst: ich sorge selbst für meinen Schutz ... *Unerwartet.* Warum bemühst du dich plötzlich so um mich? Warum bist du so besorgt? Du hast mir doch auch sonst nicht deinen »Schutz« angeboten ... Warum jetzt auf einmal? Soll ich dir sagen, warum? *Mit traurigem Triumph.* Ich will nichts erreichen ... ich will euch auch nichts beweisen ... keinem ... Nur dies kleine Recht: sehen, was ich sehen will. Ja sagen, wenn es möglich ist ... Und nein – wenn ich nicht anders kann ... *Bitter.* Und jetzt geh ... Laß mich allein.

BÜRGERMEISTER *zu den Trägern*: Auf die Bahre ... Vorsichtig ...

*Sie heben Mosse auf die Bahre.*

MOSSE *hoffnungslos*: Wir haben es uns versprochen, Carla.

CARLA: Ja ... ich warte auf dich.

BÜRGERMEISTER *zu Carla, zynisch*: Es tut mir leid.

CARLA: Was?

BÜRGERMEISTER: Daß ich Sie allein lassen muß ... mit Ihrer Genugtuung ... mit Ihrer Entdeckung ... Ich hätte gewünscht, daß jemand bei Ihnen geblieben wäre ... ein guter Zuhörer zum Beispiel ... Aber trösten Sie sich: viele unserer Entdeckungen sind nutzlos.

CARLA: Sie irren sich ... Es könnte sich einiges ändern.

BÜRGERMEISTER: Wir haben Sie nicht aufgegeben ... Sie wissen, auf welchem Weg Sie uns erreichen. *Zu den andern.* Fertig? Kommt!

MIRCEA: Halt ... noch nicht. *Er nimmt die Binde ab. Er hebt blitzschnell die Hand vor die Augen. Er hält dem Bürgermeister die Binde hin. Die Träger setzen die Bahre ab.* Hier, Vater: das kannst du mitnehmen, ich brauch es nicht mehr!

*Kleine Pause.*
BÜRGERMEISTER *fassungslos*: Mircea ... Ist dir klar, was du tust?
MIRCEA *die Binde hinhaltend*: Nimm endlich. *Er bedeckt mit einer Hand immer noch seine Augen. Er scheint sich völlig auf sein Gesicht zu verlassen.* Nimm sie doch!
BÜRGERMEISTER: Du darfst die Binde nicht abnehmen!
MIRCEA: Hier ... damit ihr Vorrat habt. *Er wirft die Binde seinem Vater hin.*
BÜRGERMEISTER *befehlend*: Gaspar!
*Gaspar packt Mircea, hält ihn fest.*
MIRCEA: Jetzt geht mir ein Licht auf!
BÜRGERMEISTER: Du weißt, was darauf steht.
MIRCEA: Jetzt wird mir vieles klar ... Und ich habe dir vertraut ... Alle haben dir vertraut.
BÜRGERMEISTER: Wovon sprichst du?
MIRCEA: Wovon ich spreche? Hast du nicht verkündet, worauf es ankommt? Daß wir die Herrschaft der Krankheit hinnehmen müssen. Daß es nötig ist, uns mit ihr zu befreunden ... daß wir uns einrichten müssen in ihr, wenn wir – frei sein wollen ... Hast du das nicht immer wieder gesagt ... Hast du nicht behauptet, daß keiner von uns wählen kann ...? Und ich hab dir geglaubt ... Du hast dir das Recht genommen, uns die Welt zu erklären ... Du hast uns Ratschläge gegeben ... Du hast uns Verbote ausgesucht ... Und wir glaubten, einer von uns hat das getan ... in Notwehr ... In Wirklichkeit hast du nie zu uns gehört ...
BÜRGERMEISTER *zynisch*: Mir scheint, das sind ziemlich allgemeine Vorwürfe.
MIRCEA *mit kontrollierter Verachtung*: Dann will ich genauer werden.
BÜRGERMEISTER: Du meinst, ich habe dein Vertrauen enttäuscht.
MIRCEA: Das ist nicht das Schlimmste ...
BÜRGERMEISTER: Was dann?
MIRCEA: Du hast uns belogen ... belogen, indem du uns in Unwissenheit gelassen hast ... Und nicht nur das. *Ruhig.* Du hast es geschafft ... daß jeder ... sich selbst belog ...
BÜRGERMEISTER: Ich gebe dir einen Rat, nimm die Binde.
MIRCEA: Gib dir keine Mühe.
BÜRGERMEISTER: Ich wiederhole nicht gern.

MIRCEA: Es ist zu spät ... Nie werdet ihr das erreichen bei mir ... Bei mir nicht, und bei den andern nicht ... Dafür werde ich sorgen ... *Mircea reißt sich los. Er nimmt die Hand von seinem Gesicht, steht eine Sekunde wie geblendet da, stolpert mit vorgestreckten Händen zur Verandatreppe, erwischt einen Pfosten. Gaspar will ihn verfolgen, der Bürgermeister winkt überlegen ab, er ist seiner Sache sicher.*

CARLA: Vorsicht – die Stufen ... geben Sie acht! *Mircea geht die Stufen hinab. Gaspar verfolgt ihn mühelos, läuft an ihm vorbei, erwartet ihn dort, wo es zum Ort geht. Mircea beginnt unsicher zu laufen, alle sehn ihm zu.* Mircea! Vorsicht!

*Mircea erreicht Gaspar. Gaspar stellt ihm ein Bein. Mircea stürzt, will sich aufrichten, erfaßt die Beine Gaspars, der ruhig und überlegen vor ihm steht. Mircea läßt sich zurückfallen.*

BÜRGERMEISTER *zu den Trägern*: Vorwärts! *Die Träger nehmen die Bahre auf, tragen sie von der Veranda. Der Bürgermeister geht hinter der Bahre her. Am Treppenabsatz bleibt er vor Radbruch stehen.* Nun, Doktor? Gehen wir ... Hier wird uns nichts mehr überraschen.

*Sie folgen der Bahre. Gaspar hilft Mircea aufzustehen. Er führt ihn ab. Alle ab. Carla sieht ihnen nach. Das Licht wird schwächer. Aus dem Türeingang Alf; er wirkt verstört.*

ALF: Ist dort jemand? *Pause.* Wo seid ihr?

CARLA *langsam sich ihm zuwendend*: Ich bin hier.

ALF: Faß mich an.

CARLA: Ja, Alf.

ALF: Laß mich nicht los.

CARLA: Ich laß dich nicht los.

ALF: Sind wir allein?

CARLA: Allein, ja.

ALF: Ich möchte mich setzen.

CARLA: Am Tisch?

ALF: Hier.

CARLA: Setz dich.

*Alf setzt sich mit dem Rücken gegen den Türpfosten.*

ALF: Ich habe Tabak ... Krümel ... eine ganze Hand voll ...

CARLA: Wie gut.

ALF: Nur Papier ... es ist kein Papier zum Drehen da.

CARLA: Ich besorg es. *Carla zögert, geht zum Tisch, nimmt*

*eins der Hefte mit den eingetragenen Schädelmessungen. Sie öffnet das Heft, liest, blickt auf Alf, reißt eine Seite heraus.*

ALF: Gutes Papier? ... Zeitung?

CARLA: Schreibpapier. *Sie gibt ihm das Papier. Alf bemißt es, reißt ein Stück heraus.* Soll ich es versuchen?

ALF: Nein ... o nein ... Das muß ich selbst machen. *Er dreht eine Zigarette. Mit Genugtuung.* Siehst du? Ist sie nicht schön geworden? Sag, ist sie nicht rund und ebenmäßig!

CARLA: Sehr gut, Alf.

ALF: Nur Feuer – Feuer kannst du mir geben.

*Carla tut es.*

*Alf raucht.*

*Carla setzt sich neben ihn. Er lehnt sich leicht gegen ihre Schulter.*

*Vorhang*

Nicht alle Förster sind froh
Ein Dialog

Personen:

Hans
Georg

Uraufführung: 24. Februar 1973, Deutsches Theater in Göttingen

*Karger Büroraum einer Telefonseelsorge. Hans und Georg. Georg ist offensichtlich bemüht, seinen Aufbruch zu verzögern.*

HANS: Willst du nicht gehen, Georg? Das ist jetzt meine Wache.

GEORG: Gleich, Hans, gleich. Ich will nur noch meine Notizen wegschließen.

HANS: Vor einer halben Stunde hat meine Wache begonnen. Du bist noch immer hier.

GEORG: Ich bin noch immer hier, ja. Aber jetzt gehe ich. Jetzt bin ich fertig, wirklich.

HANS *mit gespieltem Argwohn*: Oder seid ihr unzufrieden? Sag ruhig, wenn ihr unzufrieden seid.

GEORG: Alle haben Vertrauen zu dir, Hans.

HANS: Das ist etwas anderes. Man kann zu einem Vertrauen haben und trotzdem mit ihm unzufrieden sein. Vielleicht fehlt es mir an Erfahrung.

GEORG: All unsere Erfahrungen reichen nicht aus, nicht in der Seelsorge. Bei dem, was wir hier tun, kann es nicht genügend Erfahrung geben.

HANS: Oder sollst du mir helfen?

GEORG *setzt sich, gießt sich Tee ein*: Helfen? Wie denn? Dir den Hörer aus der Hand nehmen? Mit deiner Stimme weitersprechen?

HANS: Du bist von Anfang an dabei. Du weißt, worauf es ankommt.

GEORG: Ich weiß genausoviel wie du. Wenn das Telefon klingelt, komme ich mir vor wie im Examen. Mittlerweile höre ich es überall klingeln: in den Anlagen am Fluß, sogar im Stadtwald. Keiner weiß hier mehr als der andere.

HANS: Wenn du den Auftrag hast, mir zu helfen, mich zu kontrollieren –

GEORG: Niemand hat diesen Auftrag, Hans; wirklich.

HANS: Erwartest du etwas? Warum sagst du nichts? Bist du hier geblieben, weil du etwas erwartest?

GEORG: Ich will nur meinen Tee austrinken. *Er tut es.*

HANS: Einen Anruf, den du nicht mir überlassen möchtest? Sag doch, erwartest du einen Anruf?

GEORG: Ja.

HANS: Die alte Lehrerin?

GEORG: Möchtest du Tee? Ich hab ihn aufgegossen, kurz bevor du kamst.

HANS: ... die von ihrer Nichte drangsaliert wird? Nein, danke.

GEORG: Sie hat angerufen, wie immer. Ebenfalls der Schauspieler. Unsere Stammkunden haben sich prompt gemeldet ... Willst du nicht anfangen? Es stört mich nicht.

HANS *beschäftigt sich mit einem Stoß alter Zeitungen mit Sammlerfreude*: Du mußt dir mein Archiv einmal ansehen, Georg: vierzehn Ordner ... Nur Artikel und Nachrichten über die Weltraumfahrt ... Alle selbst ausgeschnitten.

GEORG: Du kannst ruhig anfangen ... mit deinem Waidwerk.

HANS: Waidwerk?

GEORG: Die alten Zeitungen auszuwaiden.

HANS: Und welch einen Anruf erwartest du? Kenn ich den Fall?

GEORG: Ich weiß nicht.

HANS: Haben wir nie darüber gesprochen?

*Das Telefon klingelt.*

GEORG: Das Telefon, Hans.

HANS: Willst du?

GEORG: Es ist deine Wache. Nimm ruhig ab. Nimm schon.

HANS *nimmt den Hörer auf. Lauscht. Legt wieder auf*: Falsch verbunden.

GEORG: Angst.

HANS: Was sagst du?

GEORG: Ich sagte, es war nicht falsch verbunden. Es war Angst. Die übliche Angst, vor dem Anfang.

HANS: Vielleicht war es dein Anrufer. Vielleicht erwartet er, deine Stimme zu hören.

GEORG: Er wird nicht mehr anrufen. Laß dich nicht aufhalten ... Sieh die Zeitungen durch.

HANS: Warum, Georg? Warum wird er nicht anrufen? Du hast bis zuletzt gewartet. Du wartest jetzt noch.

GEORG: Es ist vorbei.

HANS: Machst du dir Sorgen?

GEORG *bilanzierend undurchsichtig*: Ich hab einen Fehler gemacht, Hans ... Vielleicht meinen größten Fehler, seit ich das hier mache: Telefonseelsorge.

HANS: Eine Frau?

GEORG: Nein, es war keine Frau. Es war ein Mann. Ein Förster.

HANS *mit vorgegebener Überraschung*: Das hat's noch nicht gegeben: ein Förster. Rief er von außerhalb an?

GEORG: Aus dem Wald. Aus einer Dachshöhle. Mitten aus einer Dachshöhle, ja.

HANS: Entschuldige, Georg. Das ist mir so rausgerutscht.

GEORG: Er hat sogar seinen Namen genannt, mehrmals. Ich hab ihn darauf aufmerksam gemacht, daß er mir nichts zu sagen brauchte: keinen Namen, keine Adresse.

HANS: In einer dieser Zeitungen, die ich durchsehe ... neulich ... es muß auf einer Filmseite gewesen sein ... Ein neuer Film wurde angekündigt, unter dem Titel: Alle Förster sind froh.

GEORG: Er rief zweimal an. Er schien völlig verzweifelt.

HANS: Schien? Du sagtest: er schien es zu sein?

GEORG: Vielleicht täusche ich mich. *Er will gehen.*

HANS: Setz dich doch hin.

GEORG: Es ist deine Wache. Ich will gehn.

HANS: Setz dich hin, Georg. Was wollte er?

GEORG *setzt sich*: Was? Einen Ratschlag, was sonst. Einen Ratschlag, wo nichts zu raten war.

HANS: Dir fiel immer was ein. In jeder Lage. Wirklich.

GEORG: Offenbar hat er einen Sohn.

HANS: Der Förster.

GEORG: Einen Jungen von sechs, schätze ich. Christoph. Er geht noch nicht zur Schule.

HANS: Dich hat noch niemand in Verlegenheit gebracht.

GEORG: Ein kleiner Junge, und wenn du den Beruf des Vaters erfährst, hast du doch gleich ein fertiges Bild vor Augen: die Kulissen öffnen sich, du siehst, wie er heranwächst.

HANS: Mit Fuchs und Eichhörnchen.

GEORG: Beispielsweise.

HANS: In grüner Waldeinsamkeit.

GEORG: Jedenfalls im Forsthaus; allein, ohne Spielkameraden.

HANS: Dafür mit den Hasen auf du und du.

GEORG: Wart nur ab. Alles begann offenbar in den großen Ferien. In den Sommerferien. Der Junge lief fort.

HANS: Von zu Hause?

GEORG: Soviel ich verstehen konnte, durfte er beim Kartenspiel nicht zusehen. Am Abend trafen sich einige Förster zum Kartenspiel. Christoph durfte nicht zusehen, obwohl sein Geburtstag war. Am nächsten Morgen verschwand er.

HANS: Man hat ihn wiedergefunden?

GEORG: Am kleinen Franzosen-See. Es scheint dort ein Gewässer zu geben, im Wald. Ich weiß nicht, warum es Franzosen-See heißt. Der See soll flach sein, dunkel, voll von Ästen und Blättern, ein Waldsee. Christoph saß im Schilf.

HANS: Ausschluß ... Sie hatten ihn ausgeschlossen am Abend vorher.

GEORG: Sie suchten ihn einen ganzen Nachmittag. Waldarbeiter halfen. Christoph hatte sich im Schilf ein Lager gemacht, eine Hütte.

HANS: Ist er das einzige Kind?

GEORG: Sie standen vor dem See; da hörten sie seine Stimme. Er sprach mit Mildi. Er warnte sie.

HANS: Er war nicht allein?

GEORG: Er warnte sie, als er die Rufe hörte. Mildi ging tiefer ins Schilf und versteckte sich. Ein Mädchen, so alt wie er. Sie brachten ihn gewaltsam nach Hause.

HANS: Bedien dich, falls du noch Tabak willst.

GEORG: Und dann schlossen sie ihn ein.

HANS: Zur Strafe.

GEORG: Sie hielten ihn zwei Tage eingesperrt. Durch die Tür hörten sie ihn reden. Das Mädchen kam und besuchte ihn. Mildi, ja. Christoph rührte sein Essen nicht an, zwei Tage, solange sie ihn eingeschlossen hatten.

HANS: Das Mädchen durfte ihn also besuchen.

GEORG: Es kam und ging. Es kam, wenn er es wollte, und ging, wenn er es wollte.

HANS: Und das hältst du für möglich?

GEORG: Es soll ihn getröstet haben ... Mildi. Er hatte sie sich erfunden. Das Mädchen gab es nur für ihn.

HANS: Er erfand sich, was er brauchte. Beneidenswert.

GEORG: Wart ab. Jetzt bleibe ich wirklich sitzen, obwohl es deine Wache ist. Entschuldige, Hans.

HANS: Mildi, den Namen hat er also erfunden, der Junge.

GEORG: Sie hatte natürlich eine Herkunft. Ich hab mir alles zusammengesetzt. Und ich glaube, ihn richtig verstanden zu haben ...

HANS: ... den Förster.

GEORG: ... daß sie eine Tochter von Kuppa war. Kuppa wohnte im Franzosen-See, du weißt schon: manchmal war sein fächelnder Bart im Wasser zu sehen. Oder sein Knollengesicht. Oder seine Hand ragte zwischen den Ästen hervor. Der Junge nannte ihn also Kuppa. Frag mich nicht, warum.

HANS: Namen soll man auf sich beruhen lassen.

GEORG: Eben. Kuppa wohnte im Franzosen-See. Man kann sich denken, daß er zu erkennen war, wenn die Sonne schräg auf das Wasser fiel. Zu hören bekam man ihn bestimmt auch, wenn man nur lange genug horchte, wenn man »richtig« horchte.

HANS: Ein Angstmacher allem Anschein nach.

GEORG: Kein freundlicher Mann, dieser Kuppa. Und Mildi war seine Tochter: sanft, möchte ich annehmen, vielleicht lieblich, jedenfalls unschuldig verstört.

HANS: So hat's der Förster nicht gesagt, Georg.

GEORG: Aber so ähnlich. Er bot mir so vieles an, was seine Verzweiflung glaubhaft machen sollte. Er meinte, alles sei unentbehrlich zum Verständnis.

HANS: Das heißt: du glaubst ihm nicht? Du zweifelst an seiner Geschichte?

GEORG: Er hat was gemerkt ... Er hat gemerkt, was er Christoph schuldig war, nachdem er den Jungen zwei Tage eingesperrt hatte.

HANS: Er hätte ihn nicht ausschließen dürfen.

GEORG: Gleich nach der verbüßten Strafe, in der Dämmerung, nahm er den Jungen mit, auf die Schnepfenjagd. Muß etwas Besonderes sein, reglos in der Dämmerung zu sitzen, am Rand des Franzosen-Sees, und auf den Strich der Schnepfen zu warten.

HANS: Der Junge begleitete ihn.

GEORG: Schweigend. Christoph fühlte sich gezwungen. Oder sagen wir: sein Mißtrauen überredete ihn, die Einladung als Entschuldigung anzusehen. – Gib mir auch noch etwas Tee. *Hans tut es.* Danke.

HANS: Das war sie ja auch. Ich meine: gleich nach der Strafe die Belohnung: das war zu durchsichtig.

GEORG: Jedenfalls, sie saßen in der Dämmerung und warteten auf Schnepfen. Der Junge starrte nur auf den kleinen See. Er zitterte. Sein Gesicht glänzte vor Schweiß. Er wartete nicht auf Schnepfen. Kann sein, daß sich über dem kleinen Waldgewässer Nebel hoben: da gab es genug zu sehen, zu erkennen.

HANS: Kuppa zum Beispiel.

GEORG: Sein Vater merkte nicht, wie er sich erhob. Auf einmal lief der Junge ins Schilf ... stürzte sich ins Schilf. Er watete zu seinem Lager.

HANS: Dort saß das Mädchen und wartete auf ihn?

GEORG: Ja, aber es ging nicht mit. Es floh nicht mit ihm. Schließlich mußte er es zurücklassen, weil er nach Hause gebracht wurde.

HANS: Mildi besuchte ihn doch hoffentlich?

GEORG: Kuppa ... Kuppa besuchte ihn ... jetzt begann die Zeit mit Kuppa. Und der war überall. Der zog die Angst immer enger ums Haus.

HANS: Wie meinst du das?

GEORG: Kuppa belagerte das Haus. Er wollte Christoph auflauern. Er war allgegenwärtig. Aus dem Schatten floß er hervor. Am Abend zeigte er sich am Fenster. Oder er hob die Bettdecke des Jungen auf, nachts, wenn er schlief.

HANS: Kuppa war gegen das Bündnis?

GEORG: So ist es. Er war gegen das Bündnis zwischen dem Jungen und seiner Tochter. Kann sein, daß er sich rächen wollte dafür, daß der Junge Mildi auf seine Seite gebracht hatte.

HANS: Du redest wie der Förster. Wirklich, Georg, du redest, du redest, als ob du deine Geschichte zu erzählen hättest. Ich höre die ganze Zeit den Anrufer sprechen.

GEORG: Für Christoph jedenfalls begann die Angst am Morgen. Der Vater nahm ihn sich vor. Es half nicht. Während der Vater ihn zu beruhigen versuchte, brauchte der Junge nur unter die Holzveranda zu gucken: da lag Kuppa. Die Mutter hatte es aufgegeben, Christoph in ihrem Sinne zu beeinflussen. Sie behandelte ihn wie einen Erwachsenen. Sie richtete es so ein, daß sie immer in seiner Nähe war. Was sich ihr bot –: ein Bild schweigender Angst.

HANS: Immerhin wußten sie, was mit ihm los war.

GEORG: Ja, Hans, das wußten sie. Und weil sie es wußten, hatten sie sich eine Menge vorzuwerfen. Nicht nur einander: auch sich selbst –: vorzuwerfen.

HANS: Ich sagte ja, es begann damit, daß sie ihn ausschlossen. Da fing alles an, an diesem gewissen Abend, an seinem Geburtstag.

GEORG: Wart nur ab. Der Junge war jetzt am liebsten bei den Waldarbeitern. Er saß stundenlang auf einem Stubben. Er sah zu, wie sie die Stämme schnitten und schälten.

HANS: Bis Kuppa auftauchte?

GEORG: Seine Mutter wollte ihn holen. Einmal erschien sie dort, um ihn nach Hause zu holen – sie hatte ihm seinen Lieblingskuchen gebacken. Er riß sich los. Er schlug auf ihren Arm ein.

HANS: Und danach lief er zum Franzosen-See.

GEORG: Er wollte zum Franzosen-See. Einer der Waldarbeiter brachte ihn nach Hause. Die Mutter sagte nichts mehr. Nach einem Gespräch mit ihrem Mann sagte sie nichts mehr.

HANS *scheinheilig*: Und der Förster?

GEORG: Der Förster?

HANS: Als er dich anrief: was befürchtete er da?

GEORG: Ein Unglück. Er sah ein Unglück entstehen, obwohl er noch nicht wußte: welch ein Unglück. Es war alles so weit, daß etwas geschehen mußte.

HANS: Mit dem Jungen?

GEORG: Auch mit der Frau. Sie sagte nichts mehr. Und er fühlte sich schuldig.

*Das Telefon klingelt.*

HANS: Willst du ans Telefon? Vielleicht ist es dein Anrufer?

GEORG: Er ist es nicht. Laß es klingeln. Hör zu.

HANS: Es ist meine Wache, Georg.

*Das Telefon klingelt.*

GEORG: Er wird schon wieder anrufen. Hör zu! Als der das erste Mal anrief ... Als er mir diese Geschichte erzählte, ratlos und anscheinend verzweifelt –

HANS: Der Förster –

GEORG: – ja. Ich weiß nicht, was du ihm geraten hättest. Zum Schluß bat er mich um einen Ratschlag. Ich hatte ihm lange genug zugehört: er durfte einen Ratschlag erwarten.

HANS *erleichtert*: Jetzt hat er's aufgegeben ... Der Anrufer, meine ich.

GEORG: Ich riet ihm, die Quelle der Angst zu beseitigen ... Ja, Hans ... ich riet ihm, sich etwas auszudenken, um Christoph die Angst zu nehmen.

HANS: Und für die Angst sorgte Kuppa.
GEORG: Ich machte ihm keinen genauen Vorschlag. Nur, daß der Junge aufhören müßte, sich zu ängstigen: das sagte ich ihm. Und so werde ich es auch in meinem Bericht schreiben, falls es notwendig sein sollte.
HANS: Sah er das ein?
GEORG: Er richtete sich danach. Und weißt du, was er tat?
HANS: Treibjagd auf Kuppa?
GEORG: An einem Abend nahm er den Jungen mit. Er zwang ihn wohl, mitzugehen. Zum Franzosen-See natürlich. Beide saßen vor dem dunklen See. Der Förster sprach von Kuppa, von seiner Gefährlichkeit. Dann kam der Nebel –
HANS: – und Kuppa ließ nicht auf sich warten, oder?
GEORG: Kuppas Bart war zu sehen, seine Hand im Astwerk. Er war da.
HANS: Das dachte ich mir.
GEORG: Er hatte seine Schrotflinte mit. Er lud sie, als Kuppa einwandfrei zu erkennen war. Und er richtete die Flinte auf den See – der Junge brauchte nur abzudrücken. Ja, Christoph sollte es tun. Er sollte selbst Kuppa den Garaus machen.
HANS: Die Angst mit Schrot spicken.
GEORG: Ja, so kann man es nennen. Aber der Junge wollte nicht. Er konnte nicht oder wollte nicht. Er brauchte nur abzudrücken, sein Vater hielt das Gewehr, doch dem Jungen gelang es nicht.
HANS: Also schoß er selbst.
GEORG: Da er ihn nicht dazu bringen konnte, den Abzug zu berühren, schoß er schließlich selbst, ja. Kannst du dir vorstellen, wie die Schrotladung ins Wasser schmetterte? Am Abend. Im beginnenden Nebel. Da geschah etwas im Wasser.
HANS: Ich hoffe, es hat Kuppa erwischt.
GEORG: Es hatte ihn erwischt: all die schwarzen Blätter, die hochkamen ... das Astzeug, das auseinanderspritzte: Kuppa war getroffen, ohne Zweifel.
HANS: Und jetzt, Georg, jetzt möchte man fast voraussagen, was weiter geschah.
GEORG: Dann sag es. Warum sagst du es nicht?
HANS: Jedenfalls: der Schuß hatte nicht die gewünschte Wirkung: ist das richtig?

GEORG: Christoph lief ans Ufer ... Die Wirkung, er wollte die Wirkung des Schusses beobachten. Und nachdem sich alles beruhigt hatte –

HANS: – entdeckte er die Reste von Kuppa, oder?

GEORG: – rief er das Mädchen. Er ging am Saum des Schilfs entlang und rief Mildi. Offenbar konnte er keine Antwort erhalten.

HANS *gequält belustigt*: Sie hat doch hoffentlich nichts abbekommen von der Schrotladung?

GEORG: Der Schuß ... allem Anschein nach hat der Schuß etwas anderes bewirkt, als der Förster gedacht hatte. Christoph konnte das Mädchen nicht finden.

HANS: Aber die Angst, hörte die Angst auf?

GEORG: Sie hörte auf. Die Angst hörte auf, ja. Christoph suchte das ganze Ufer des Franzosen-Sees ab. Er rief. Er horchte. Dann legte er sich einfach hin, als wenn er warten wollte.

HANS: Worauf? Sagte er nicht, worauf er wartete?

GEORG: Sein Vater mußte ihn nach Hause tragen. Er war nicht bereit, mitzugehen. Und seit diesem Tag schien der Junge die Sprache verloren zu haben. Er antwortete nicht mehr. Sie konnten machen mit ihm, was sie wollten: Christoph blieb stumm.

HANS: Und was machten sie mit ihm?

GEORG: Na ja, sie umstellten ihn mit Verboten. Er durfte das Haus nicht verlassen.

HANS: Noch Tabak?

GEORG: Danke ... Er durfte nur bis zur Verandatreppe. Aber: willst du nicht voraussagen, was dann geschehen ist? Traust du dir's zu? Nicht?

HANS: Vermutlich schloß er sich ein. Freiwillig.

GEORG: Er ging freiwillig ins Bett. Er wollte sein Bett nicht verlassen. Man sagte mir, der Junge sei krank geworden. Es war in dieser Zeit, da meldete sich der Anrufer zum zweitenmal.

HANS: Der Förster.

GEORG: Ja, Hans. *Dringend, mit schwerwiegendem Eingeständnis*: Und da hab ich einen Fehler gemacht. Einen großen Fehler.

HANS: Hat er dich um Rat gebeten?

GEORG: Er hat mich auch um Rat gebeten, ja. Er schien sehr verzweifelt. Er schien nicht mehr weiterzuwissen. Der

Junge, er war weggelaufen. Sie hatten ihn gerade noch herausholen können.

HANS: Aus dem Franzosen-See?

GEORG: Es scheint da eine sumpfige Ecke zu geben. Sie konnten ihn gerade noch herausholen.

HANS: Und was rietst du ihm?

GEORG: Ihn nicht an die Kette zu legen. Ja. Ich riet ihm, den Jungen gehen zu lassen. Christoph war nur darauf aus, das Mädchen wiederzufinden; Mildi. Diese Chance sollten sie ihm geben. Sie wußten ja, wo er sie suchen würde.

HANS: Du meinst den Franzosen-See.

GEORG: Dort hätten sie ihn selbst jederzeit finden können.

HANS: War das der Fehler?

GEORG: Und auf einmal kamen mir Zweifel: wenn sie ihm erlaubten, das Haus zu verlassen ... Wenn er – auf der Suche nach dem Mädchen – in den Sumpf geriet ... wenn ihm etwas zustieße –

HANS *unruhig*: Ich sagte, Georg, war das der Fehler, den du gemacht zu haben glaubst?

GEORG: Mir war nicht wohl nach meinem Ratschlag ... Auf einmal, Hans, je länger ich darüber nachdachte ... ich glaubte, den Rat nicht mehr verantworten zu können. – Welcher Art mein Fehler war?

HANS: Ja. Du sagtest, du hast einen Fehler gemacht.

GEORG: Das hab ich. *Mit unheilvoller Gelassenheit*: Dieser Fehler bestand darin, daß ich hier aufräumte.

HANS *bestürzt*: Aufräumte?

GEORG: Die Zeitungen. Die Ausschnitte. Das viele Papier, das du zurückgelassen hast: einmal hab ich es weggeräumt. Auch deine Mappen weggeräumt.

HANS *unruhig*: Ist das dein Ernst?

GEORG: Bei deiner Schnippelei: du hinterläßt mehr, als ein Papierkorb fassen kann. Ja. Und beim Aufräumen hab ich sie entdeckt.

HANS: Was? Was hast du entdeckt?

GEORG: Die Geschichte, Hans. Alles, was ich dir eben erzählt habe. Diese Geschichte von dem Jungen, der sich erfindet, was er braucht, jemand, der mit ihm spielt; und jemand, der für die Angst sorgt.

HANS: Das begreif ich nicht.

GEORG: Die Geschichte – sie war aus einer Zeitung ausgeschnitten. Allerdings hatte sie dort ein Ende. Ein schlimmes Ende, wie's nötig ist: auf der Suche nach dem Mädchen verunglückt der Junge im Sumpf des Franzosen-Sees. – Du siehst mich so an? Verstehst du nicht?

HANS: Alles, was du mir erzählt hast, stand also in einer Geschichte?

GEORG: Ja. Es stand in der Geschichte. Weißt du's nicht mehr? Du hast sie doch ausgeschnitten.

HANS: Hatte sie – einen Titel?

GEORG: Du hast ihn schon genannt.

HANS: Ich?

GEORG: Nicht alle Förster sind froh.

HANS: Aber so, Georg ... das war der Titel eines neuen Films. Ich erinnere mich.

GEORG: So hieß auch die Geschichte: Nicht alle Förster sind froh.

HANS *mit beharrlicher Verstellung*: Heißt das: dich hat niemand angerufen? Es gibt weder den Förster noch den Jungen? Hast du nichts weiter getan, als mir diese Geschichte zu erzählen? Nachzuerzählen?

GEORG: Nein, Hans.

HANS: Was dann?

GEORG: Mir wurde diese Geschichte aufgetischt. So, wie sie auf dem Ausschnitt zu lesen war, wurde sie mir am Telefon verabreicht. Jemand gab sie als seine Geschichte aus.

HANS: Das vermutest du.

GEORG: Das weiß ich. Jetzt weiß ich es.

HANS: Um dich reinzulegen?

GEORG: Um mich zu überprüfen. Ja, Hans, man wollte mich überprüfen. Welche Ratschläge ich gebe ... was meine Ratschläge wert sind ... wie ich Anteil nehme: all das wollte man herausbekommen.

HANS: Du meinst, man wollte dich kontrollieren?

GEORG: Man hat mich kontrolliert. Man wollte erfahren, wieviel ich noch tauge ... Du weißt, mir ist einmal ein Mißgeschick passiert.

HANS: Mit dem Studenten.

GEORG: Mit dem Studenten, ja. Er redete so lange von der Notwendigkeit, Selbstmord zu verüben, bis es mich anödete ... bis ich ihm lakonisch riet, es doch zu tun. Ich wollte ihm den Mut nehmen. Ich erreichte das Gegenteil.

HANS: Und wer, Georg? Wer wollte dich kontrollieren?

GEORG *gelassen*: Du.

HANS: Das glaubst du doch selbst nicht.

GEORG: Du hast es getan. Vielleicht hast du einen Auftrag bekommen. Vielleicht hast du dir auch einen Auftrag verschafft. Zuerst fiel ich auch rein.

HANS: Wir arbeiten so lange zusammen.

GEORG: Das schließt nichts aus. Nichts. Du hast die Geschichte gelesen. Du hast sie deinem Bruder erzählt. Und dein Bruder war es, der mich anrief. Dein Bruder Johannes. Er hat hier in deinem Auftrag angerufen.

HANS *in Protesthaltung*: Beweisen, Georg. So etwas muß man beweisen.

GEORG: Nicht mit dir ist man unzufrieden, sondern mit mir ... Dein Bruder war gut. Ich hab ihm alles geglaubt – bis auf eins: seine Verzweiflung, die konnte ich ihm nicht abkaufen. Die Geschichte hat er gut serviert. In deinem Auftrag.

HANS: Das behauptest du.

GEORG: Hör zu, Hans, ich hab dort angerufen, um dich zu sprechen. Dein Bruder war am Apparat. Die Stimme des Försters ist seine Stimme. Außerdem – ich hörte, wie er seinen Sohn berief. Sein Sohn heißt Christoph. Genügt dir das?

HANS *kapituliert*: Gut, Georg. Da du schon dies weißt –

GEORG: Ich weiß noch mehr. Der Titel der Geschichte, die du ausgeschnitten hast: auch das ist ein Beweis.

HANS *rechtfertigend*: Ich wollte sagen: es trifft zu. Es sind Beschwerden gekommen deinetwegen.

GEORG: Du warst gegen mich. Von Anfang an. Du warst mit der Art nicht einverstanden, wie ich hier gearbeitet habe. Und mit dieser Geschichte wolltest du mich fertigmachen.

HANS: Fertigmachen? Wie meinst du das?

GEORG: Ich habe dem Anrufer geraten, den Jungen gehen zu lassen, überallhin. Ja, das war mein Ratschlag. Und weißt du, was danach geschehen wäre? Genau das, was in der Geschichte geschehen ist: der Junge wäre im Sumpf des Franzosen-Sees umgekommen. Das hättet ihr mir beigebracht. Ja, Hans, dies Gewicht hättet ihr mir angehängt. Nach dem Studenten damals, jetzt dies: sieh doch selbst, wieviel deine Ratschläge taugen ... wozu sie führen.

HANS: Ich würde vorsichtiger sein, Georg. Ich an deiner Stelle würde mehr achtgeben.

GEORG: Die ist vorbei, die Zeit der Vorsicht.
HANS: Was heißt das?
GEORG: Ich geh hier. Ich quittiere hier. Kann sein, daß ich das zu lange gemacht hab; ich bin von Anfang an dabei. Vielleicht ist das Zuhören nicht mehr meine Stärke. Vielleicht hab ich auch zuviel erfahren, und jetzt kommt die Zeit, wo ich selbst sprechen möchte. Man ist ja nicht sicher.
HANS: Nicht sicher?
GEORG: – daß man eines Tages die nötig hat, die einen bisher selbst nötig hatten. Ich meine, Hans, es ist möglich, daß du von mir hörst. Vielleicht direkt, vielleicht indirekt. Es ist sehr gut möglich. Sonderbare Warnung: Meine Stimme wirst du gewiß erkennen. Ich hoffe es zumindest.
HANS: Du solltest deutlicher werden.
GEORG: Noch deutlicher. Von jetzt ab, meine ich, mußt du darauf gefaßt sein, daß ich der Anrufer bin, der deinen Rat braucht ... An Beispielen fehlt es nicht ... an Beispielen der Ausweglosigkeit ...
*Das Telefon klingelt.*
HANS: Ich hab's gehört.
GEORG: Es ist deine Wache. Willst du nicht rangehn?
HANS: Warum?
*Pause.*
GEORG: Vielleicht bin ich es schon. Vielleicht kommt schon dieser Anruf von mir.

*Vorhang*

Siegfried

# Lenz

## *Romane*

*Es waren Habichte in der Luft*

*Deutschstunde*

*Das Vorbild*

*Die frühen Romane*

*Heimatmuseum*

*Der Verlust*

*Exerzierplatz*

*Die Klangprobe*

## *Erzählungen*

*So zärtlich war Suleyken*

*Das Feuerschiff*

*Lehmanns Erzählungen oder So schön war mein Markt*

*Der Spielverderber*

*Leute von Hamburg – Meine Straße*

*Gesammelte Erzählungen*

*Der Geist der Mirabelle*

*Einstein überquert die Elbe bei Hamburg*

*Ein Kriegsende*

*Das serbische Mädchen*

## *Szenische Werke*

*Das Gesicht · Komödie*

*Drei Stücke: Zeit der Schuldlosen · Das Gesicht · Die Augenbinde*

*Haussuchung · Hörspiele*

## *Essays*

*Beziehungen*

*Elfenbeinturm und Barrikade*

## *Gespräche*

*Alfred Mensak (Hrsg.): Siegfried Lenz · Gespräche mit Manès Sperber und Leszek Kolakowski*

*Alfred Mensak (Hrsg.): Über Phantasie Siegfried Lenz · Gespräche mit Heinrich Böll, Günter Grass, Walter Kempowski, Pavel Kohout*